Ligeiramente
PECAMINOSOS

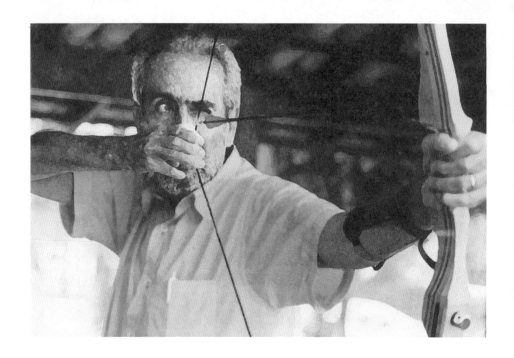

O Arqueiro

GERALDO JORDÃO PEREIRA (1938-2008) começou sua carreira aos 17 anos, quando foi trabalhar com seu pai, o célebre editor José Olympio, publicando obras marcantes como *O menino do dedo verde*, de Maurice Druon, e *Minha vida*, de Charles Chaplin.

Em 1976, fundou a Editora Salamandra com o propósito de formar uma nova geração de leitores e acabou criando um dos catálogos infantis mais premiados do Brasil. Em 1992, fugindo de sua linha editorial, lançou *Muitas vidas, muitos mestres*, de Brian Weiss, livro que deu origem à Editora Sextante.

Fã de histórias de suspense, Geraldo descobriu *O Código Da Vinci* antes mesmo de ele ser lançado nos Estados Unidos. A aposta em ficção, que não era o foco da Sextante, foi certeira: o título se transformou em um dos maiores fenômenos editoriais de todos os tempos.

Mas não foi só aos livros que se dedicou. Com seu desejo de ajudar o próximo, Geraldo desenvolveu diversos projetos sociais que se tornaram sua grande paixão.

Com a missão de publicar histórias empolgantes, tornar os livros cada vez mais acessíveis e despertar o amor pela leitura, a Editora Arqueiro é uma homenagem a esta figura extraordinária, capaz de enxergar mais além, mirar nas coisas verdadeiramente importantes e não perder o idealismo e a esperança diante dos desafios e contratempos da vida.

Ligeiramente
PECAMINOSOS

MARY BALOGH

Os Bedwyns 5

Título original: *Slightly Sinful*

Copyright © 2004 por Mary Balogh
Copyright da tradução © 2016 por Editora Arqueiro Ltda.
Tradução publicada mediante acordo com Dell Books, selo da Random House,
divisão da Random House LLC.

Todos os direitos reservados. Nenhuma parte deste livro pode ser utilizada ou
reproduzida sob quaisquer meios existentes sem autorização por escrito dos editores.

tradução: Ana Rodrigues

preparo de originais: Gabriel Machado

revisão: Carolina Leocadio e Nina Lua

diagramação: Ilustrarte Design e Produção Editorial

capa: Raul Fernandes

imagem de capa: Malgorzata Maj/ Arcangel Images

impressão e acabamento: Bartira Gráfica e Editora S/A

CIP-BRASIL. CATALOGAÇÃO NA PUBLICAÇÃO
SINDICATO NACIONAL DOS EDITORES DE LIVROS, RJ

B157L   Balogh, Mary
          Ligeiramente pecaminosos/ Mary Balogh; tradução de Ana
Rodrigues. São Paulo: Arqueiro, 2016.
          272 p.; 16 x 23 cm.   (Bedwyns; 5)

          Tradução de: Slightly Sinful
          ISBN 978-85-8041-617-6

          1. Ficção galesa. I. Rodrigues, Ana. II. Título. III. Série.

16-35756   CDD: 823
                                        CDU: 821.111-3

Todos os direitos reservados, no Brasil, por
Editora Arqueiro Ltda.
Rua Funchal, 538 – conjuntos 52 e 54 –Vila Olímpia
04551-060 – São Paulo – SP
Tel.: (11) 3868-4492 – Fax: (11) 3862-5818
E-mail: atendimento@editoraarqueiro.com.br
www.editoraarqueiro.com.br

CAPÍTULO I

Como passara praticamente todos os seus 25 anos na Inglaterra – portanto, isolado da maior parte dos conflitos que haviam assolado o resto da Europa desde a ascensão de Napoleão ao poder –, lorde Alleyne Bedwyn, o terceiro irmão homem do duque de Bewcastle, não tinha nenhuma experiência pessoal em batalhas campais. Contudo, ouvira com ávido interesse as histórias de guerra que o irmão mais velho, lorde Aidan Bedwyn, um coronel da cavalaria recém-aposentado, costumava contar e se considerara capaz de visualizar o cenário.

Só que estava errado.

Alleyne pensara em fileiras elegantemente posicionadas, os britânicos e seus aliados de um lado, o inimigo do outro, a terra plana como os campos esportivos de Eton entre eles. Imaginara a cavalaria, a infantaria e a artilharia, todos imaculados e bem-arrumados em seus vários uniformes, movendo-se com elegância e lógica, como peças de xadrez. Alleyne até conseguia ouvir os rápidos disparos, que pouco perturbariam o silêncio. A visibilidade seria clara, permitindo que avistasse todo o campo de batalha o tempo inteiro e avaliasse o progresso do combate a cada momento. Teria visualizado – se houvesse pensado a respeito – o ar claro e limpo para respirar.

Não podia estar mais errado.

Alleyne não era militar. Recentemente, decidira que era hora de fazer algo útil da vida e embarcara em uma carreira como diplomata. Fora, então, designado para a embaixada em Haia, sob as ordens de Sir Charles Stuart. Mas os dois tinham se transferido para Bruxelas com mais alguns da equipe enquanto os exércitos dos Aliados, sob o comando do duque de Wellington, se reuniam ali em resposta a uma nova ameaça de Napoleão

Bonaparte, que escapara de seu exílio da ilha de Elba no início daquela primavera e estava formando outra vez uma formidável tropa na França. Agora, a batalha tão aguardada entre as duas forças ocorria em um campo montanhoso e ondulante que se estendia ao sul da cidade de Waterloo. E Alleyne se achava bem no meio de tudo aquilo. Ele se oferecera para levar uma carta de Sir Charles ao duque de Wellington e para levar a resposta.

Estava grato por ter saído de Bruxelas sozinho, a cavalo. Não teria conseguido esconder de qualquer possível companhia o fato de que jamais sentira nem metade do medo que o tomava naquele momento.

O barulho do armamento pesado era o pior. Ia além do som: ensurdecia--o, pulsava no abdômen. E havia toda a fumaça que o asfixiava, fazia-o lacrimejar e tornava absolutamente impossível ver com clareza mais do que alguns poucos metros em qualquer direção. Cavalos e homens corriam de um lado para outro por toda parte em meio à lama causada pela chuva torrencial da noite anterior, no que parecia o caos para Alleyne. Oficiais e sargentos gritavam ordens e, de algum modo, conseguiam se fazer ouvir. Havia o cheiro acre de fumaça e o fedor adicional do que ele presumiu ser sangue e entranhas. Viam-se mortos e feridos para onde quer que se olhasse.

Era uma cena saída direto do inferno.

Aquela, percebeu Alleyne, era a realidade da guerra.

O duque de Wellington tinha a reputação de estar sempre onde a batalha era mais feroz, expondo-se de forma imprudente ao perigo e, de alguma forma, sempre conseguindo escapar ileso. E aquele dia não era exceção. Depois de pedir informações sobre o paradeiro do duque a pelo menos uma dúzia de oficiais, Alleyne enfim encontrou o homem em uma colina aberta, olhando a fazenda de La Haye Sainte, que ficava estrategicamente localizada. A casa da propriedade estava sendo atacada com ferocidade pelos franceses enquanto os soldados alemães tentavam defendê-la com a mesma firmeza. O duque não poderia estar mais exposto ao fogo inimigo mesmo se tentasse. Alleyne entregou a carta e logo se concentrou em manter o cavalo sob controle. Tentou não pensar no perigo que ele próprio corria, mas estava dolorosamente consciente do trovejar dos canhões bem perto e do zunido das balas de mosquete. O terror parecia se infiltrar em seus ossos.

Ele precisou esperar que Wellington lesse a carta e, então, ditasse uma resposta para um de seus ajudantes. A espera pareceu interminável para Alleyne, que observava a batalha abaixo – até onde ele conseguia enxergar, através das ondulações da fumaça de milhares de armas. Viu homens morrerem e esperou morrer também. E se sobrevivesse, perguntou-se, será que voltaria a escutar? Ou conseguiria se manter são? Enfim com a carta nas mãos, guardou-a em segurança no bolso interno do paletó e se virou para partir. Nunca se sentira mais grato por nada na vida.

Como Aidan tolerara aquela vida por doze anos? Por que milagre o irmão conseguira sobreviver para contar a história, para se casar com Eve e, então, se acomodar à vida na área rural da Inglaterra?

Quando sentiu uma dor aguda na parte superior da coxa esquerda, a princípio Alleyne pensou que dera um mau jeito na sela e distendera um músculo. Porém, ao baixar os olhos, viu o buraco nos calções e o sangue esguichando. Deu-se conta da verdade quase como se fosse um espectador indiferente.

– Santo Deus – falou em voz alta –, fui atingido.

Sua voz soava como se viesse de longe, abafada pelo pulsar das armas, pela surdez momentânea e pelo alarme em sua mente, que o enregelou.

Não ocorreu a Alleyne parar, desmontar ou procurar ajuda médica. Ele só conseguia pensar em se afastar dali, em retornar sem demora a Bruxelas e à segurança que a cidade oferecia. Tinha coisas importantes a fazer lá. Naquele exato momento, não conseguia lembrar que coisas eram essas, mas sabia que não poderia se permitir um atraso.

Além do mais, o pânico se apoderava cada vez mais dele.

Alleyne cavalgou adiante por alguns minutos, até se sentir mais confiante por já ter saído da zona de maior risco. Àquela altura, sua perna doía como o diabo. Pior, ele ainda sangrava copiosamente. Não tinha nada com que estancar o fluxo a não ser um lenço grande. Quando o tirou do bolso, temeu não conseguir envolver a coxa, mas o pano era maior do que calculara. Com as mãos trêmulas e desajeitadas, fez uma espécie de torniquete. Ele se encolheu de dor, quase desmaiando. A bala devia estar encravada em sua coxa. A agonia o rasgava a cada batida do coração. Sentia-se zonzo com o choque.

Milhares de homens já haviam sido feridos de forma mais grave, disse Alleyne a si mesmo com determinação, enquanto seguia adiante... *muito* mais grave. Seria covardia se concentrar na própria dor. Quando chegasse a Bruxelas, completaria sua tarefa e procuraria um médico para retirar a bala – a ideia o atemorizava! – e para costurar o ferimento. Ele e a perna sobreviveriam... ou ao menos era o que esperava.

Logo Alleyne alcançou a floresta de Soignés, cavalgando um pouco para o lado oeste da estrada na tentativa de evitar o tráfego pesado que vinha de ambas as direções. Ele passou por vários soldados na floresta, alguns mortos, muitos feridos, boa parte deles desertores do horror do campo de batalha – ao menos era o que suspeitava. Não conseguia culpá-los.

Conforme o choque diminuía, a dor piorava. O sangramento continuava, embora contido até certo ponto pelo lenço. Alleyne sentia frio e estava tonto. Precisava voltar para Morgan.

Ah, sim, era isso!

Morgan, sua irmã mais nova de apenas 18 anos, estava em Bruxelas, e o casal responsável por acompanhá-la já havia esperado demais para deixar a cidade, em vez de partir com a maior parte dos ingleses, que tinha ido embora ao longo dos dois meses anteriores. Os Caddicks agora se encontravam praticamente presos em Bruxelas, já que todos os veículos haviam sido requisitados pelo Exército. E, pior do que isso, permitiram que a jovem saísse sozinha de casa justo naquele dia. Quando Alleyne deixara Bruxelas mais cedo, ficara estupefato ao vê-la nos portões de Namur, com algumas outras mulheres, cuidando dos feridos que já chegavam à cidade.

Ele dissera à irmã que voltaria o mais rápido possível e garantiria que ela fosse levada de volta em segurança, de preferência até a Inglaterra. Solicitaria uma licença temporária no trabalho e a acompanharia ele mesmo. Alleyne não ousou pensar no que poderia acontecer a Morgan se a França fosse vitoriosa naquele dia.

Precisava voltar para a irmã. Wulfric, o duque de Bewcastle, a confiara aos cuidados do conde e da condessa de Caddick quando Morgan implorara para ir a Bruxelas com a filha do casal, Lady Rosamond Havelock, amiga dela. Ainda assim, Alleyne havia prometido que ficaria de olho. Santo Deus, ela era pouco mais do que uma criança, e era sua *irmã*.

Ah, sim, também precisava entregar a carta do duque de Wellington a Sir Charles Stuart. Quase se esquecera da maldita carta. O que poderia ser tão importante para que tivesse sido mandado à frente de batalha? Um convite para o jantar daquela noite? Não ficaria surpreso se fosse algo assim tão banal. Já começava a ter dúvidas sobre sua escolha de carreira. Talvez devesse ocupar um dos assentos no Parlamento que Wulf controlava – o único problema era que seus interesses em política eram mínimos. Às vezes, a falta de rumo da própria vida perturbava Alleyne. Mesmo que um homem fosse rico o bastante para se manter confortavelmente por toda a vida sem precisar fazer esforço algum, era preciso haver algo que incendiasse seu sangue e elevasse sua alma.

A perna de Alleyne parecia um balão prestes a explodir. Ao mesmo tempo, por mais paradoxal que fosse, sentia várias facas cravadas nela, que a faziam pulsar em um milhão de pontos. Uma névoa fria redemoinhava dentro de sua cabeça. O próprio ar que respirava era gélido.

Morgan... Ele fixou a imagem da irmã na mente – Morgan, jovem, vibrante, obstinada; dos cinco irmãos, a única mais nova do que ele. Precisava voltar para ela.

Será que estava longe de Bruxelas? Havia perdido completamente a noção de tempo e distância. Ainda conseguia ouvir as armas. Ainda estava na floresta. A estrada continuava à sua direita, apinhada de carroças, carruagens e pessoas. Apenas duas semanas antes, Alleyne tinha comparecido a um piquenique ali na floresta, sob o luar, organizado pelo conde de Rosthorn. Era quase impossível perceber que era o mesmo lugar. Rosthorn, cuja reputação estava longe de ser agradável, flertara com Morgan de forma não muito discreta e provocara um falatório considerável.

Alleyne cerrou os dentes. Não sabia se aguentaria ir muito mais longe. Nunca imaginara que fosse possível sentir tanta dor. Estremecia a cada passo do cavalo. Mas não ousava desmontar. Com certeza não conseguiria caminhar sozinho. Ele invocou todas as reservas de vontade e força física e seguiu cavalgando. Se ao menos alcançasse Bruxelas...

Contudo, o solo da floresta parecia irregular e o cavalo, sem dúvida já apavorado com as terríveis condições do campo de batalha, estava desnorteado com o peso morto do cavaleiro indiferente. O animal tropeçou na raiz de uma árvore e se empinou, assustado. Sob circunstâncias ordinárias, Alleyne iria controlá-lo com facilidade. Porém, aquele não era o caso. Por sorte, suas botas se soltaram do estribo no momento da queda, mas ele não estava em condições de fazer qualquer movimento defensivo que a amortecesse. Assim, Alleyne aterrissou com força de costas no chão e bateu com a cabeça na mesma raiz em que o cavalo tropeçara.

Desmaiou na mesma hora. Estava tão pálido por causa da perda de sangue e da queda que qualquer transeunte o daria por morto. E nem seria um fato estarrecedor, já que a floresta de Soignés, mesmo tão ao norte do campo de batalha, se encontrava repleta de cadáveres.

O cavalo de Alleyne se empinou novamente e se afastou galopando.

A casa tranquila e de aparência respeitável na Rue d'Aremberg, em Bruxelas, que quatro "damas" haviam alugado dois meses antes, era na verdade um bordel. Bridget Clover, Flossie Streat, Geraldine Ness e Phyllis Leavey tinham saído de Londres com a suposição – correta, por sinal – de que os negócios em Bruxelas seriam intensos até toda a loucura militar ter sido resolvida de algum modo. Estavam muito perto de conseguir realizar a ambição que as unira em uma parceria profissional e em uma rápida amizade quatro anos antes. O objetivo delas, seu sonho, era poupar o bastante para que pudessem se aposentar e comprar uma casa em algum lugar da Inglaterra que gerenciariam juntas, como uma respeitável pensão para damas. Tiveram todos os motivos para acreditar que, quando voltassem à Inglaterra, seriam mulheres livres.

Entretanto, o sonho foi destroçado.

No dia exato em que as armas retumbavam ao sul da cidade, anunciando que as hostilidades tinham enfim se acirrado e que havia uma batalha colossal em andamento, as quatro mulheres descobriram que tudo estava perdido, que todo o dinheiro ganho com muito esforço se fora.

Roubado.

E tudo por culpa de Rachel York.

Ela mesma dera a notícia ao chegar do norte. Em vez de seguir seu caminho de volta à Inglaterra, como quase todos os outros britânicos em Bruxelas estavam fazendo, escolheu voltar à cidade. Até mesmo muitos residentes fugiam em direção ao norte. Contudo, Rachel havia retornado. Voltara para contar às damas a terrível verdade. Tivera certeza de que a cobririam de recriminações, mas as quatro acabaram acolhendo-a, já que ela não tinha para onde ir, e lhe cederam o único quarto vago da casa.

Rachel agora era a mais nova moradora do bordel.

Pouco tempo antes, só de pensar nisso já teria ficado horrorizada. Ou teria achado uma ideia divertida, pois era bem-humorada. Mas, naquele exato momento, sentia-se arrasada demais para reagir ao simples fato de que estava morando com prostitutas.

Já passava bastante da meia-noite. Aquela *não* era uma noite de trabalho para as mulheres, algo que Rachel talvez considerasse positivo se estivesse em condições de pensar direito. Desde o dia anterior, até chegar ali e dar a terrível notícia, passara as horas muito perturbada. Agora estava apenas entorpecida. Entorpecida e terrivelmente culpada.

As cinco estavam sentadas na sala de estar. Já teria sido difícil ir para a cama e conseguir dormir, e ainda havia a distração da batalha, que permanecera acirrada durante todo o dia. Elas conseguiam *ouvi-la*, embora acontecesse a quilômetros de distância da cidade, se é que os rumores eram verdadeiros. Muitos boatos e ondas de pânico fizeram com que os moradores ainda presentes esperassem uma invasão iminente dos soldados franceses ensandecidos pela guerra. Mas, segundo a notícia que chegara tarde da noite, a batalha terminara, os britânicos e seus aliados haviam vencido e estavam expulsando o exército francês na direção de Paris.

– Que grande bem isso nos fará... – comentara Geraldine, as mãos espalmadas nos quadris magníficos. – Todos aqueles homens adoráveis se foram e aqui estamos nós, com uma mão na frente e outra atrás.

Não tinha sido apenas as notícias sobre a guerra que as mantiveram acordadas, mas também o desalento, a fúria, a frustração... e um desejo ardente de vingança.

Geraldine andava de um lado para outro, o robe de seda púrpura ondulando atrás de si, vestido por cima de uma camisola violeta que moldava o corpo voluptuoso, os cabelos pretos balançando contra os ombros e um braço cortando o ar, como se atuasse em uma tragédia. A herança italiana de Geraldine ficava muito clara para Rachel, que estava sentada ao lado da lareira, um xale passado ao redor dos ombros, embora a noite não estivesse fria.

– Aquele sapo viscoso e desprezível – vociferou Geraldine. – Espere só até eu colocar as mãos nele. Vou arrancar todos os seus membros, um a um. Vou esganá-lo até a morte.

– Primeiro temos que encontrá-lo, Gerry – replicou Bridget.

Ela estava jogada em uma cadeira, parecendo exausta. Também era deslumbrante a seu modo, o vestido rosa-choque contrastando terrivelmente com o improvável cabelo ruivo.

– Ah, eu vou encontrá-lo, Bridge, não se preocupe.

Geraldine ergueu as mãos e demonstrou claramente o que faria com o pescoço do reverendo Nigel Crawley se ele aparecesse naquele momento.

Mas o homem já estava longe. Àquela altura, talvez na Inglaterra, com uma enorme quantidade de dinheiro que não era dele nos bolsos de sua bela, piedosa e repulsiva pessoa.

Rachel adoraria deixá-lo com dois olhos roxos e fazê-lo engolir os dentes perfeitos, embora não costumasse ser uma pessoa violenta. Se não fosse por ela, Nigel Crawley jamais teria conhecido aquelas mulheres, logo não teria roubado todas as economias delas.

Flossie também não parava quieta, sabe-se lá como sem colidir com Geraldine. Com cachos louros e curtos, grandes olhos azuis, baixa estatura e roupas em cores pastel, parecia não ter nada na cabeça, mas a verdade era que sabia ler e escrever e era ótima com números. Era a tesoureira da sociedade delas.

– Precisamos encontrar o Sr. Ardiloso. Não sei como, onde ou quando, já que ele pode se esconder em qualquer lugar da Inglaterra... ou até mesmo do mundo, enquanto a nós não restou quase nenhum dinheiro para o persiguirmos. Mas vou encontrá-lo, mesmo que seja a última coisa da minha vida. Se você já reivindicou o pescoço do homem para si, Gerry, ficarei com outra parte do corpo e darei um nó nela.

– Mas provavelmente essa parte é pequena demais para que você consiga dar um nó, Floss – desdenhou Phyllis.

Roliça, bela e tranquila, com os cabelos sempre muito bem penteados e as roupas simples e discretas, Phyllis não correspondia em nada à imagem que Rachel tinha de uma prostituta. Era sempre prática e acabara de voltar à sala com uma grande bandeja de chá e bolos.

– De qualquer modo, ele terá gastado todo o nosso dinheiro muito antes de conseguirmos encontrá-lo.

– Mais uma razão para quebrarmos todos os ossos do corpo dele – argumentou Geraldine. – A vingança por si só pode ser doce, Phyll.

– Mas como vamos achá-lo? – perguntou Bridget, passando os dedos pelos cachos vermelhos.

– Eu e você vamos escrever cartas, Bridge – respondeu Flossie –, para todas as companheiras que souberem ler. Temos colegas em Londres, Brighton, Bath, Harrogate e outros lugares, certo? Vamos espalhar a notícia e o encontraremos. Mas precisaremos de dinheiro para ir atrás dele.

Ela suspirou e parou de andar por um instante.

– Então tudo o que precisamos fazer é pensar em um modo de enriquecer depressa – disse Geraldine, agitando de novo um dos braços no ar. – Alguém tem uma ideia? Há algum ricaço de quem possamos roubar?

Todas começaram a dizer os nomes de vários cavalheiros, provavelmente clientes, que estavam ou haviam estado em Bruxelas. Rachel reconheceu alguns poucos. Mas as damas não falavam sério. Elas pararam depois de lembrar mais ou menos uma dúzia e começaram a rir baixinho – sem dúvida um alívio após a terrível descoberta de que haviam perdido todas as economias, roubadas por um patife disfarçado de clérigo.

Flossie se acomodou no sofá e pegou um dos bolos no prato.

– Na verdade, há um modo, mas precisamos agir depressa. Não se trata exatamente de *roubo*. Uma pessoa não pode roubar dos mortos, certo? Eles não vão mais usar seus pertences.

– Pelo amor de Deus, Floss – disse Phyllis, afundando ao lado da colega no sofá com uma xícara e um pires nas mãos –, em que você está pensando? Não vou assaltar cemitérios, se é isso que tem em mente. Que ideia! Pode imaginar nós quatro, com pás apoiadas nos ombros...

– Estou falando dos mortos na *batalha* – interrompeu Flossie, enquanto as demais a encaravam, estupefatas, e Rachel apertava mais o xale ao redor do corpo. – Com certeza bandos de pessoas vão fazer isso. Aposto que hordas delas já estão por aí, fingindo procurar por entes queridos, mas na verdade em busca de pertences. Mulheres se saem muito bem: basta uma expressão penalizada, ligeiramente frenética, e o nome de um homem nos lábios. Mas teríamos que ir logo para lá se quisermos encontrar algo de valor. Conseguiremos recuperar tudo o que perdemos se tivermos sorte... e empenho.

Rachel ouviu o barulho de dentes batendo e percebeu que eram os próprios. Ela firmou o maxilar. Vandalizar os mortos... muito lúgubre. Como cenas de um pesadelo.

– Não sei, Floss... – replicou Bridget. – Não parece certo. Você não está falando sério, não é?

– Por que não? – questionou Geraldine, erguendo os braços. – Como disse Floss, não seria exatamente roubar, não é mesmo?

– E não estaríamos fazendo mal a ninguém – acrescentou Flossie. – Já estarão mortos.

– Ai, meu Deus. – Rachel colocou as mãos nas bochechas. – Sou eu que preciso encontrar uma solução. Foi tudo culpa minha.

A atenção de todas se voltou para ela.

– Não foi, *não*, meu amor – assegurou Bridget. – Com certeza não foi. Se alguém tem culpa, então sou eu, por permitir que você me reconhecesse na rua e por deixar que você entrasse nesta casa. Eu devia estar fora de mim.

– Não foi sua culpa, Rache – concordou Geraldine. – Foi *nossa* culpa. Nós quatro temos muito mais experiência com homens do que você. Eu me achava capaz de notar um patife a quilômetros de distância, com um dos olhos fechados. Mas fui enganada por aquele bandido bonito do mesmo modo que você.

– Digo o mesmo – falou Flossie. – Mantive os cordões de nossas bolsas bem apertados até ele aparecer com aquela conversa suave de nos amar e nos respeitar porque temos a mesma profissão que Maria Madalena e Jesus *a* amava. Eu me daria um tapa na cabeça se adiantasse alguma coisa. Dei àquele homem todas as nossas economias para que ele as depositasse em segurança em um banco da Inglaterra. Deixei que levasse o dinheiro... até lhe *agradeci* por levá--lo... e agora perdemos tudo. Foi minha culpa mais do que de qualquer uma.

– Nada disso, Floss – retrucou Phyllis. – Todas concordamos em entregar o dinheiro. Como sempre fizemos, pois planejamos, trabalhamos e tomamos decisões juntas.

– Mas eu o apresentei a vocês – insistiu Rachel com um suspiro. – Estava tão orgulhosa dele por não excluí-las... e o trouxe aqui. Traí todas vocês.

– Tolice, Rache – rebateu Geraldine de forma brusca. – Você também perdeu tudo o que tinha para ele, exatamente como nós. E teve coragem de voltar para nos contar o que aconteceu, por mais que houvesse a possibilidade de arrancarmos a sua cabeça.

– Estamos perdendo tempo com esta conversa sem sentido sobre culpados – adiantou-se Flossie –, pois já sabemos quem é. Se não formos logo ao local da batalha, não restará nada para nós.

– Eu vou, Floss, mesmo que precise ir sozinha – afirmou Geraldine. – Haverá coisas preciosas lá, não duvido, e pretendo ficar com algumas. Pretendo obter dinheiro para ir atrás daquele bandido com o coração mais perverso de todos os corações perversos.

Ninguém pareceu considerar o fato de que, se conseguissem uma grande quantia, poderiam simplesmente usá-la para repor a perda das economias, recuperar o sonho da pensão e esquecer o reverendo Nigel Crawley, que àquela altura, ou nos dias ou semanas que se seguiriam, poderia estar em qualquer lugar do mundo. Mas, às vezes, a indignação e o desejo de vingança podiam ficar acima até mesmo dos sonhos.

– Tenho um cliente marcado para amanhã à tarde... aliás, para *hoje* à tarde – avisou Bridget, cruzando os braços sob os seios e deixando os ombros caírem para a frente. – O jovem Hawkins. Não poderia ficar fora por muito tempo, portanto acho que nem valeria a pena ir, não é?

Rachel percebeu que a voz da moça tremia um pouco.

– Eu não vou, mesmo não tendo a justificativa da Bridget – falou Phyllis, com um ar de quem pede desculpas, enquanto pousava a xícara e o pires que segurava. – Lamento, mas eu desmaiaria assim que visse sangue e não seria de utilidade alguma. E teria pesadelos pelo resto da vida, acordaria vocês toda noite com meus gritos. É provável que isso aconteça de qualquer modo só de eu pensar a respeito. Ficarei aqui e atenderei à porta caso alguém nos procure enquanto Bridget estiver trabalhando.

– Trabalhando! – exclamou Flossie com um gemido. – A não ser que façamos alguma coisa sobre a nossa situação, vamos continuar trabalhando até estarmos velhas e decrépitas, Phyll.

– Eu já estou – comentou Bridget.

– Não, não está, Bridge – retrucou Flossie com firmeza. – Está em seu auge. Vários rapazes novos ainda escolhem você, principalmente os que ainda são virgens.

– Porque lembro a eles suas mães.

– Com esses cabelos fogosos, Bridge? – questionou Geraldine, bufando de forma nada elegante. – Acho que não.

– Eu não os deixo nervosos ou com medo de falhar – continuou Bridget. – Explico que a imperfeição não é um problema. Afinal, que homem é perfeito mesmo um bom tempo depois das primeiras vezes, não é verdade? Alguns nunca aprendem direito...

Rachel não conseguiu controlar o rubor que coloriu seu rosto.

– Iremos nós duas, então, Gerry – decidiu Flossie, ficando de pé. – Não tenho o mínimo medo de ver alguns cadáveres. Vamos lá em busca da nossa fortuna e, depois, faremos com que aquele camarada Crawley lamente o dia em que o pai dele olhou para a mãe com um olhar desejoso.

– Eu também iria – falou Bridget –, mas o jovem Hawkins insistiu em vir hoje. Ele quer que eu o ensine a impressionar a noiva quando se casarem, no outono.

Bridget já completara 30 anos. Anos antes, fora contratada como ama de Rachel, pelo pai viúvo da menina, e as duas rapidamente desenvolveram um enorme carinho uma pela outra, como se fossem mãe e filha. Mas o pai de Rachel perdera tudo nas mesas de carteado – algo que acontecera com perturbadora frequência ao longo de sua vida adulta – e se vira forçado a dispensar os serviços de Bridget. Havia apenas um ou dois meses, as duas tinham se reencontrado por acaso em uma rua de Bruxelas e Rachel descobrira o rumo que a vida de sua querida ama havia tomado. Ela insistira em retomar o contato com a amiga, apesar das preocupações de Bridget.

Rachel ficou de pé subitamente, sem nem se dar conta do que estava prestes a fazer – ou dizer.

– Também vou.

Houve um burburinho quando todas voltaram a atenção para a jovem, mas ela as silenciou com um gesto.

– Sou a principal responsável por vocês terem perdido suas economias. Não importa o que vocês digam: essa é a mais pura verdade. Além do mais, tenho meu próprio acerto de contas a fazer com o Sr. Crawley. Ele me induziu a admirá-lo, me fez até concordar em ser sua noiva. Então, roubou de nós e tentou mentir para mim, com certeza achando que eu era uma idiota completa. Se formos atrás dele, vamos precisar de dinheiro, logo farei a minha parte para que o consigamos. Vou com Geraldine e Flossie vasculhar cadáveres.

Ela desejou ter permanecido sentada, já que sentia as pernas subitamente muito bambas.

– Ah, não, meu amor – disse Bridget, levantando-se e dando um passo na direção de Rachel.

– Deixe-a, Bridge – pediu Geraldine. – Gostei de você assim que a conheci, Rache, porque é uma pessoa simples, e não uma dessas damas arrogantes que empinam o nariz e bufam quando passam por nós, como se carregássemos cachorros mortos há duas semanas dentro das bolsas. Mas esta noite passei a gostar de você ainda mais. Você tem força de espírito. Não aceitou passiva o que ele lhe fez.

– Não pretendo aceitar – concordou Rachel. – Passei o último ano como uma dama de companhia dócil e amável. E odiei cada momento. Se não fosse por isso, com certeza não teria me deixado seduzir por um bandido sorridente. Vamos logo, sem mais conversa.

– Vivas para Rachel! – exclamou Flossie.

Enquanto ia até o quarto no andar de cima, para vestir roupas mais quentes e resistentes, Rachel tentava nem pensar no que estava prestes a fazer: sair com Geraldine e Flossie para saquear corpos.

CAPÍTULO II

Ao amanhecer, a estrada ao sul de Bruxelas parecia uma cena saída do inferno. Estava lotada de carroças, charretes e homens caminhando penosamente, alguns carregando caixões ou apoiados em um companheiro. Quase todos exibiam ferimentos, parte deles bem graves. Voltavam do campo de batalha, ao sul da cidade de Waterloo.

Rachel nunca vira um horror interminável como aquele.

A princípio, achou que ela, Flossie e Geraldine eram as únicas indo na direção oposta. Mas é claro que se enganara: pessoas a pé ou até em veículos seguiam para o sul. Um soldado em péssimo estado com o rosto sujo de pólvora que guiava uma carroça ofereceu-se para levar as damas. Flossie e Geraldine, convincentes no papel de esposas ansiosas, aceitaram.

Rachel não aceitou. A bravata que a levara até ali estava se desintegrando rapidamente. O que ela estava *fazendo*? Como pudera até mesmo *pensar* em se beneficiar de toda aquela miséria?

– Vão vocês – disse Rachel às outras duas. – Deve haver muitos homens feridos na floresta. Vou olhar lá. Procurarei por Jack e Sam também – acrescentou, erguendo a voz para que não só o condutor da carroça como qualquer outra pessoa por perto pudesse ouvir. – E vocês procurem por Harry para mim, mais para o sul.

A mentira e a farsa fizeram com que se sentisse suja e pecadora, embora fosse pouco provável que alguém estivesse prestando atenção nela.

Rachel saiu da estrada lotada e começou a caminhar por entre as árvores da floresta de Soignés, embora não fosse muito longe, para não se afastar demais da estrada e acabar perdida. Que diabos iria fazer agora?, perguntou-se. Estava convencida de que não conseguiria continuar com o plano.

17

Não teria coragem de pegar nem um lenço de um pobre homem morto. E mesmo a ideia de *ver* um cadáver fazia a bile subir por sua garganta. No entanto, voltar com as mãos vazias, sem ao menos ter tentado, seria egoísta e covarde da parte dela.

Lembrou-se então do Sr. Crawley sentado com as damas na sala de estar da Rue d'Aremberg, explicando a elas como era perigoso manterem uma grande soma de dinheiro guardada com elas, em tempos tão voláteis e em uma cidade estrangeira. Ele se oferecera para levar o dinheiro com ele a Londres, onde conseguiria investi-lo com bons lucros. Rachel ficara ao lado do reverendo, sorrindo, orgulhosa por ter sido ela que apresentara as mulheres a uma pessoa tão bondosa, solidária, atenciosa. Depois, agradecera ao Sr. Crawley. E pensara que, ao menos uma vez na vida, havia conhecido um homem firme, confiável e resoluto. Quase imaginara que o amava.

Rachel cerrou os punhos ao lado do corpo e trincou os dentes. Mas a realidade dos arredores logo acabou com suas reminiscências inúteis.

Deve haver milhares de feridos em todas essas carroças e charretes, deu-se conta, desviando o rosto da estrada à sua esquerda. Todo aquele sofrimento ao redor e, ainda assim, ela fora até ali em busca de cadáveres, para vasculhá-los e saquear qualquer bem valioso que fosse de fácil transporte e que pudesse ser vendido. Simplesmente não conseguiria fazer isso.

Então, Rachel bateu os olhos no primeiro cadáver. Seu estômago pareceu se virar do avesso, dando-lhe uma ânsia de vômito.

Ele estava caído contra o tronco alto de uma das árvores, fora da visão da estrada, e definitivamente morto, além de nu. Rachel sentiu os músculos abdominais se contraírem de novo enquanto dava um passo hesitante, relutante, mais para perto do homem. Em vez de vomitar, ela riu. Rachel levou a mão à boca, mais horrorizada com a reação inapropriada do que teria ficado se houvesse esvaziado o conteúdo de seu estômago no chão em plena vista de milhares de homens. Por que achava engraçado não haver restado nada para saquear? Alguém descobrira aquele homem antes dela e levara tudo. Rachel sabia que, de qualquer modo, não conseguiria fazer aquilo. Naquele momento teve certeza absoluta disso. Mesmo se o homem estivesse completamente vestido e usasse um anel valioso em cada dedo, um relógio e um cordão de ouro, bolsas cheias na cintura e uma espada de ouro ao lado do corpo, ela não seria capaz de pegar nada.

Teria sido roubo, sim.

O homem era jovem, com cabelos que pareciam muito escuros em contraste com a pele pálida. A nudez era terrível, patética, sob aquelas circunstâncias, pensou. O rapaz era um monte insignificante de humanidade morta, com um ferimento medonho na coxa e uma poça de sangue sob a cabeça, sugerindo que ali também havia outra ferida grave. Ele era filho de alguém, irmão, talvez marido, talvez pai. A vida fora preciosa para ele e, talvez, para dezenas de outras pessoas.

A mão que Rachel levara à boca começou a tremer. Estava fria e úmida.

– Socorro! – chamou ela em voz fraca na direção da estrada. Rachel pigarreou e gritou com a voz um pouco mais firme: – Socorro!

Além de uns poucos olhares apáticos, ninguém prestou atenção nela. Todos, sem dúvida, estavam muito preocupados com o próprio sofrimento.

Ela se apoiou em um dos joelhos e se aproximou mais do homem morto, sem saber bem com que intenção. Iria rezar por ele? Fazer uma vigília por ele? Mesmo que o morto fosse um estranho, não merecia que alguém registrasse seu falecimento? Ele estivera vivo na véspera, com uma história, esperanças, sonhos e preocupações próprias. Ela estendeu a mão trêmula e pousou-a no rosto dele, como se o abençoando.

Pobre homem. Ah, pobre homem...

Ele estava frio. Mas não gelado. Com certeza havia um resto de calor sob sua pele. Rachel retirou a mão rapidamente e voltou a pousá-la no pescoço dele para sentir a pulsação.

Havia um fraco pulsar sob seus dedos.

Ele ainda estava vivo.

– Socorro! – gritou Rachel de novo, pondo-se de pé e tentando desesperadamente chamar a atenção de alguém na estrada. Ninguém olhou para ela. – *Ele está vivo!* – berrou mais uma vez com toda a força dos pulmões.

Estava desesperada por ajuda. Talvez o homem ainda pudesse ser salvo. Com certeza ele não tinha muito tempo. Rachel gritou ainda mais alto, se é que isso era possível:

– *É meu marido! Por favor, alguém me ajude!*

Um cavalheiro a cavalo – não era militar – voltou a atenção na direção dela e, por um momento, Rachel achou que ele se aproximaria para ajudá-la. Mas quem acabou saindo da estrada foi um homem gigante, um sargento, com uma atadura ensanguentada ao redor da cabeça e sobre um dos olhos, que veio cambaleando na direção dela.

– Estou indo, moça. O estado dele é muito grave?

– Acredito que sim. – Rachel se deu conta de que chorava muito, como se o homem inconsciente fosse um ente querido. – Por favor, ajude-o!

Rachel acreditara tolamente que, depois que eles chegassem a Bruxelas, tudo ficaria bem, que haveria uma enorme quantidade de médicos e cirurgiões esperando para cuidar dos ferimentos do grupo ao qual se juntara. Ela caminhava ao lado da carroça onde o sargento encontrara espaço para o homem nu e inconsciente. Alguém conseguira um pedaço de saco de aniagem para cobri-lo parcialmente, e Rachel também cedera o próprio xale. O militar seguia perto dela. Ele se apresentara como William Strickland e explicara que tinha perdido um dos olhos na batalha, mas que teria voltado ao regimento depois de ser tratado em um hospital de campanha se não houvesse sido dispensado do Exército – ao que parecia, não havia utilidade para sargentos com apenas um dos olhos. Pagaram o que lhe deviam, a dispensa fora registrada no livro de pagamento dele, e estava feito.

– Uma vida como soldado jogada no esgoto, por assim dizer – lamentou ele com tristeza. – Mas não importa, vou me recuperar. A senhora tem o seu homem com que se preocupar, madame, e não precisa ficar ouvindo meus choramingos. Ele vai conseguir se safar, se Deus quiser.

Quando eles chegaram a Bruxelas, havia um número absurdo de feridos e moribundos perto dos portões de Namur. O homem inconsciente talvez nunca conseguisse um cirurgião se o sargento não houvesse exercido a autoridade a que não tinha mais direito e gritado ordens para que se abrisse caminho até um dos hospitais improvisados em barracas. Rachel desviou o olhar quando retiraram uma bala de mosquete da coxa do desconhecido – graças a Deus estava inconsciente, pensou ela, sentindo-se fraca só de pensar no que estava acontecendo com ele. Mais tarde, ao voltar a ver o estranho, tanto a perna quanto a cabeça dele se achavam envoltas em pesadas ataduras, o corpo envolvido em um cobertor áspero. Strickland encontrara uma maca e dois soldados rasos acomodaram o homem ali.

– Os amputadores acham que seu marido tem chance se a febre não o levar e se a batida na cabeça não houver arrebatado o crânio dele – disse o sargento, sem meias palavras. – Para onde, madame?

Rachel se voltou para Strickland. Boa pergunta, para onde? Quem *era* aquele homem ferido, a que lugar ele pertencia? Não havia como saber até que ele recuperasse a consciência. Nesse meio-tempo, ela o reivindicara para si. Dissera que o desconhecido era seu marido em uma tentativa desesperada – e bem-sucedida – de atrair a atenção de alguém.

Mas para onde poderia levá-lo? A única casa que Rachel conhecia em Bruxelas era o bordel. E ela era apenas uma hóspede ali – totalmente destituída, por sinal, já que não tinha quase nenhum dinheiro para ajudar a pagar o aluguel. Pior que isso, era responsável pelo fato de as demais mulheres também terem perdido quase tudo. Como poderia, agora, levar o homem ferido para lá e pedir às damas que cuidassem dele e que o alimentassem até descobrirem de onde ele era e, então, arrumarem um modo de levá-lo para lá?

Contudo, o que mais poderia fazer?

– A senhora está em choque, madame – disse o sargento, segurando-a solicitamente pelo cotovelo. – Agora respire fundo e deixe o ar sair devagar. Pelo menos ele está vivo. Milhares não estão.

– Moramos na Rue d'Aremberg – respondeu ela, e sacudiu a cabeça, como se para clareá-la. – Siga-me, por gentileza – pediu e saiu pisando firme na direção do bordel.

Phyllis estava enfiada até os cotovelos em massa de pão – os criados haviam fugido de Bruxelas antes da batalha – e Bridget se preparava para entreter o Sr. Hawkins. Ela saiu do quarto ao ouvir a comoção na porta da frente, os cabelos ruivos presos em um coque frouxo no alto da cabeça com uma fita cor-de-rosa para mantê-los afastados do rosto, as faces vermelhas de ruge. Apenas um dos olhos estava pintado com uma sombra azul pesada e lápis; em contraste, o outro parecia assustadoramente nu.

– Deus amado – comentou Phyllis, os olhos se iluminando ao ver o sargento Strickland –, um gigante de um olho só e eu sou a única disponível.

– Rachel está com ele – observou Bridget. – Meu amor, o que é isso? Está com problemas? Ela não tinha más intenções, soldado. Estava apenas...

– Ah, Bridget, Phyllis – apressou-se em dizer Rachel –, estava procurando pela floresta e me vi diante desse homem. Pensei que estava morto, mas então o toquei e percebi que ainda estava vivo, só que levou um tiro na perna e tinha um ferimento horrível na cabeça. Chamei por todos os homens que passavam na estrada, mas nenhum deles me deu atenção até eu gritar que era meu marido. Então o sargento Strickland se aproximou para me ajudar e carregou o desconhecido até uma carroça. Depois que voltamos para Bruxelas e o cirurgião cuidou dele, o sargento encontrou esses homens com a maca e me perguntou para onde poderiam levar o ferido. Não consegui pensar em outro lugar que não aqui. Desculpem, eu...

– Ele *não* é seu marido, madame? – interrompeu Strickland, encarando Bridget com uma expressão que misturava desconfiança e fascínio.

Os dois soldados rasos olhavam a cena de soslaio e sorriam.

– Encontrou alguma coisa com ele? – perguntou Bridget, fitando Rachel com seus olhos grotescamente desacertados.

– Nada.

Rachel experimentou uma terrível culpa. Não apenas ela não conseguira nada como ainda levara até as amigas outra boca para alimentar... *se* ele algum dia recuperasse a consciência para comer.

– Ele estava completamente despojado.

– De tudo? – Bridget se aproximou mais da maca e levantou um canto do cobertor. – Ai, meu Deus.

– Você parece estar prestes a desmaiar, sargento – comentou Phyllis, limpando as mãos sujas de farinha no avental largo.

Pela primeira vez, Rachel olhou mais detidamente para Strickland, envergonhada por ter ignorado o problema do sargento, a perda do olho, tamanha sua ansiedade. Ele estava mesmo com uma aparência emaciada.

– Isso na sua atadura não tem a menor possibilidade de ser *sangue*, não é mesmo? – indagou Phyllis. – Se for, estou prestes a desmaiar.

– Onde devemos colocá-lo, sargento? – perguntou um dos soldados.

– Você fez a coisa certa, Rachel, meu amor – afirmou Bridget. – Agora, onde *podemos* colocar o pobre homem? Ele parece mais morto do que vivo.

Além dos pequenos quartos no sótão, reservados para criados, não havia outros cômodos vagos, pois Rachel ocupara o último na véspera.

– No meu quarto – respondeu ela. – Vamos colocá-lo lá. Eu posso dormir no sótão.

Os soldados carregaram a maca escada acima. Rachel foi na frente para afastar as cobertas de modo que o homem ferido pudesse ser acomodado logo sobre a cama em que ela mesma ainda não dormira. Rachel ouviu Phyllis logo atrás, no corredor:

– Se não tiver para onde ir, sargento... e me arrisco a dizer que não tem... nós o acomodaremos em um dos quartos do sótão. Farei chá e um caldo de carne. Não, não discuta. Está parecendo um morto-vivo. Só não me peça, nunca, para trocar sua atadura. É tudo que lhe peço.

– O que exatamente é este lugar? – Rachel escutou o sargento indagar. – Por um acaso seria...

– Pelo amor de Deus, você deve estar mais do que meio cego se precisa fazer essa pergunta. É claro que é.

Strickland enfim cedeu à insistência de Phyllis e se deitou. O sargento se revelou realmente muito mal, com uma terrível dor de cabeça e uma febre que só aumentava. Apesar dos débeis protestos do homem, ela e Rachel subiram e desceram as escadas para cuidar dele várias vezes pelo resto do dia, assim como Bridget, logo que terminou seu encontro com o Sr. Hawkins.

Rachel se surpreendeu por não sentir nada – choque, constrangimento nem repulsa – por saber que estava dividindo uma casa com uma prostituta em plena atividade. Tinha coisas mais importantes em que pensar.

Ela passou a maior parte da tarde e da noite no próprio quarto, sentada à cabeceira do desconhecido, e se deu conta de que talvez jamais viesse a saber a identidade dele. O homem não dera o mínimo sinal de estar voltando à consciência desde o primeiro momento em que ela o vira e permanecia mortalmente pálido – quase tão branco quanto a atadura que envolvia sua cabeça ou a longa camisola que Bridget encontrara para ele. A prostituta e Phyllis o haviam vestido depois de expulsar Rachel do quarto. A jovem teria achado graça disso se estivesse com humor para achar qualquer coisa engraçada. Fora ela quem o encontrara nu e, mesmo assim, sua antiga ama agora pensava que precisava preservar o recato da pupila.

De vez em quando Rachel verificava a pulsação no pescoço do homem para se assegurar de que ele continuava vivo.

Flossie e Geraldine haviam retornado no início da noite... de mãos vazias.

– Fomos para Waterloo e mais além, até onde a batalha foi disputada ontem – contou Flossie, quando todas se reuniram na sala de estar, que estava arrumada para um jogo de cartas mais tarde... aquela *era* uma noite de trabalho, lembrou Rachel a si mesma. – Você não pode imaginar o cenário, Bridge. A pobre Phyll teria caído dura no primeiro instante.

– Havia muita coisa a ser pega lá – acrescentou Geraldine. – Poderíamos estar ricas se não tivéssemos esbarrado com uma dupla de mulheres gananciosas. O primeiro cadáver que encontramos era de um jovem oficial que, com certeza, não tinha mais do que 17 anos, não é mesmo, Floss? E ele estava sendo privado de todas as roupas e bens refinados por duas mulheres com a sensibilidade de dois blocos de madeira. Mostrei toda a extensão da minha língua para elas.

– Geraldine disse todos os palavrões que conhecia – comentou Flossie com admiração. – Então, uma das mulheres cometeu o erro de zombar dela. Dei um soco na criatura e a deixei sem sentidos. Olhe, Bridge, os nós dos meus dedos ainda estão vermelhos. Vai levar dias para que eu volte a ter as mãos de uma dama. E uma das minhas preciosas unhas se quebrou. Agora terei que cortar as outras para que fiquem todas do mesmo tamanho. *Odeio* unhas curtas.

– Permaneci sentada montando guarda ao lado do corpo do rapaz – contou Geraldine – enquanto Floss foi em busca de alguém que estivesse se responsabilizando pelos enterros e que tratasse o menino com o devido respeito, pobrezinho. Não tenho vergonha de falar que derramei algumas lágrimas por ele.

– Depois disso – acrescentou Flossie, um tanto envergonhada –, não tivemos coragem de procurar outros corpos, não é mesmo, Gerry? Não conseguíamos parar de lembrar que todos aqueles homens tinham mães.

– Gosto ainda mais de vocês por isso – assegurou Phyllis.

– Eu também – concordou Bridget. – Não comentei nada ontem, mas fiquei feliz porque o jovem Hawkins estava vindo esta tarde e, assim, me dando uma desculpa para eu não ir. Não parecia certo... Prefiro terminar em um abrigo para pobres do que fazer minha fortuna saqueando o corpo de rapazes corajosos.

– Vamos ter que encontrar outro modo – disse Geraldine. – Não há a menor possibilidade de eu me conformar com esta situação, Bridge, e de voltar docilmente a ganhar a vida deitada em uma cama por mais uns dez anos. Posso até precisar fazer isso, é claro, mas só depois de encontrar aquele homem e lhe dar o que merece. Então não acharia a prostituição tão ruim, mesmo se não recuperarmos um centavo do nosso dinheiro. Como foi com você, Rache? Encontrou alguma coisa?

As duas olharam esperançosas para ela.

– Nenhum tesouro, lamento – revelou a jovem com uma careta. – Apenas mais responsabilidades.

– Rachel deparou com um homem ferido e inconsciente na floresta – explicou Phyllis – e o trouxe para casa. Ele estava nu.

– Deve ter sido empolgante – disse Flossie, parecendo interessada. – *Foi* interessante, Rachel? Valia a pena olhar para ele?

– Com certeza, Floss – respondeu Phyllis –, sobretudo a parte que mais importa. *Muito* impressionante. Ele está na cama de Rachel, ainda inconsciente.

– Também há um sargento no sótão – informou Bridget. – Ele ajudou Rache a trazer o outro homem para cá, mas também estava meio morto. Perdeu um dos olhos na batalha. Nós o colocamos na cama.

– Ou seja, desde ontem de manhã vocês receberam mais três bocas para alimentar graças a mim – resumiu Rachel. – Mas, se o oficial que viram estivesse vivo, vocês teriam coragem de deixá-lo morrer ou fariam o que fiz?

– Estaríamos brigando para decidir em que cama colocaríamos o rapaz, se na minha ou na de Flossie – garantiu Geraldine. – Não se sinta mal, Rache. Acharemos um modo de caçar aquele patife e conseguir nosso dinheiro de volta... e o seu também. Agora vamos fazer o papel de anjos misericordiosos. Gosto disso.

– É melhor darmos uma olhada nos pacientes enquanto temos tempo, Gerry – sugeriu Flossie, ficando de pé. – Logo teremos que nos preparar para o trabalho. Ainda precisamos ganhar o pão de cada dia.

Todas debateram a misteriosa identidade do homem inconsciente, observando-o junto à cama alguns minutos depois. Não havia como saber quem era, é claro, mas todas concordaram que provavelmente era um cavalheiro – um oficial. O corte e o inchaço na cabeça sugeriam algo mais grave do que um mero escorregão. Os ferimentos combinavam mais com uma queda de cavalo. Além disso, suas mãos não eram calosas e as unhas eram bem tratadas, como destacou Flossie. O corpo também não exibia sinais de maus-tratos: não havia marcas de chicote nas costas, reparou Bridget, logo não se tratava de um soldado raso. Os cabelos escuros eram curtos, em um corte elegante, lembrou Rachel – naquele momento estavam quase todos cobertos pela atadura. O homem tinha um nariz proeminente; de acordo com Geraldine, aristocrático, embora, por si só, não fosse nenhuma prova conclusiva de seu status social.

Rachel passou a noite toda sentada com o estranho, apesar de não haver nada a fazer a não ser observá-lo e, de vez em quando, pousar a mão em seu rosto e em sua testa em busca de sinais de febre, e no pescoço para checar a pulsação. Enquanto isso, ela ouvia a animação no andar de baixo e, mais tarde, sons diferentes vindos de outros quartos.

Dessa vez, aquilo provocou um desconforto *real* em Rachel. Porém, não conseguia se sentir superior às amigas e não desaprovava o modo como tinham escolhido ganhar a vida – se é que haviam tido alguma alternativa. Nem por um momento as quatro a culparam pelo que acontecera, embora tivessem bradado contra o Sr. Crawley, com quem ela deixara Bruxelas alguns dias antes. Agora a estavam abrigando e alimentando com o pouco que lhes restava e Rachel não tinha dúvidas de que continuariam a fazer isso com o dinheiro que ganhavam naquele momento e com o que ganhariam nas noites e nos dias seguintes.

Enquanto isso, ela vivia como uma dama ociosa, sem contribuir.

Talvez devesse resolver aquela situação, pensou. Nem perdeu tempo refletindo sobre essa perspectiva, apesar das distrações inexistentes durante aquela noite de vigília, com exceção do homem na cama. Rachel imaginou que, sob circunstâncias mais normais, ele devia ser muito bonito. Tentou visualizá-lo com os olhos abertos e o rosto corado e animado, sem a atadura na cabeça, imaginando o que ele diria, o que lhe contaria sobre si.

Rachel subiu algumas vezes ao sótão para se certificar de que Strickland não precisava de nada, mas em todas as vezes o sargento estava dormindo.

Como a vida era imprevisível..., pensou Rachel. Tivera uma infância instável e um início de juventude com um pai que jogava o tempo todo e, na maioria das vezes, estava poucos passos adiante dos credores. Após a morte dele, aceitara o emprego de dama de companhia de Lady Flatley, o que poderia ser descrito no mínimo como uma existência lúgubre. Poucos dias antes, pensara que enfim havia encontrado segurança e a possibilidade de ser feliz como noiva de um homem merecedor do maior respeito e lealdade, até mesmo de sua afeição. Mas agora lá estava ela, solteira e morando em um bordel, velando por um desconhecido ferido e se perguntando o que lhe aconteceria.

Rachel bocejou e cochilou na cadeira.

CAPÍTULO III

Alleyne ficou consciente da dor e tentou escapar dela voltando a mergulhar na abençoada escuridão do esquecimento. Mas não dava para ignorá-la. Na verdade, era tão intensa que ele nem conseguia definir claramente de onde vinha, só sabia que estava quase toda concentrada na cabeça. Parecia não estar *sentindo* dor, mas *ser* a própria dor. Havia luz além das pálpebras fechadas, dando-lhes um tom alaranjado desconfortável. Era luz demais. Virou a cabeça para fugir dela e a pontada o atingiu como uma bala entrando em seu cérebro e explodindo em milhares de estilhaços. Um instinto cego de autopreservação foi a única coisa que o impediu de gritar e tornar tudo ainda pior.

– Ele está voltando a si – disse uma voz feminina.

– Acha que devo queimar algumas penas, Bridge, e colocar sob o nariz dele? – perguntou outra voz de mulher.

– Não – retrucou a primeira voz. – Não queremos que desperte sobressaltado, Phyll. Ele já vai acordar com uma gigantesca dor de cabeça, de qualquer modo.

A dor de cabeça não pertencia ao futuro, pensou Alleyne. E "gigantesca" parecia a descrição de um pigmeu perto do que ele sentia.

– Ele vai sobreviver, então? – quis saber uma terceira voz feminina. – Na noite passada e hoje temi que fosse morrer. Está pálido como o travesseiro. Até os lábios estão brancos.

– Só o tempo dirá, Rache – respondeu uma quarta voz, rouca e ardente. – Ele deve ter perdido muito sangue por causa desse ferimento na cabeça. É o tipo que mais sangra. Já me admira ter sobrevivido.

– Menos conversas sobre sangue, por favor, Gerry – pediu uma delas.

27

Ele estava perto da morte?, pensou Alleyne com certa surpresa. Mesmo agora, corria risco de *morrer*? Aquelas mulheres estavam falando *dele*?

Alleyne abriu os olhos.

A luz do quarto foi tão dolorosa que ele se encolheu e estreitou os olhos. Diante dele, quatro cabeças o examinavam com atenção. Mais perto, a cerca de 30 centímetros, estava um rosto muito maquiado, os lábios e a face com muito ruge, os olhos delineados com alguma substância negra que também deixava os cílios espetados, e as pálpebras em um tom de azul-celeste. Era o rosto de uma mulher que tentara parecer dez anos mais jovem e fracassara tristemente. O rosto era emoldurado por cachos elaborados de um cobre escuro, com mechas vermelhas e cor de laranja.

Alleyne desviou os olhos para outra mulher, uma beldade latina vestida de seda verde-esmeralda, os cabelos pretos presos para o alto e cascateando sedutoramente, os olhos negros e ousados em um rosto bonito que se tornara ainda mais atraente com a sutil aplicação de cosméticos. Ela usava uma antiquada pinta falsa, em formato de coração, no lado direito da boca. Ao seu lado, estava uma mulher menor de formas voluptuosas, com o rosto em forma de coração cercado por exuberantes cachos louros e curtos, que o encarava com olhos grandes, de um azul imaculado, suavemente destacados por maquiagem. O quarto rosto, redondo, belo e também pintado, era emoldurado por cabelos de um castanho claro e brilhoso. Alleyne percebia que uma pessoa estava se apoiando numa das colunas da cama, mas não ousou mover a cabeça para mirá-la. Além do mais, já vira o bastante para chegar a uma surpreendente conclusão.

– Morri e fui para o céu – murmurou, fechando de novo os olhos. – E o paraíso é um bordel. Ou seria um inferno cruel, já que, lamentavelmente, pareço incapaz de aproveitar as vantagens da minha boa sorte?

O som de risadas femininas lisonjeadas provocou uma agonia tão excruciante que, para sua sorte, a inconsciência voltou a engolfá-lo.

Elas haviam acertado no palpite: o homem *era* um cavalheiro, pensou Rachel, sentada mais uma vez à cabeceira do desconhecido durante a noite. Por insistência de Bridget, ela dormira a maior parte do dia, depois ajudara na cozinha e auxiliara Geraldine a trocar o curativo do sargento. Essa última tarefa não seria páreo para os mais fracos. Strickland queria se levantar o tempo todo, mas, como Geraldine lhe explicara, naquele momento ele não estava no comando de seus homens, bradando ordens a cada instante. Ele tinha que se ver com cinco mulheres, que eram muito mais complicadas do que todo um batalhão de soldados. O sargento voltara se deitar docilmente – e, ao que pareceu, também grato por poder se dar a esse luxo.

Durante seu breve retorno à consciência, o homem misterioso falara com o estilo refinado de um cavalheiro. Devia ser um oficial ferido em batalha. Talvez houvesse membros de sua família ali mesmo, em Bruxelas, esperando ansiosos por notícias do destino dele. Como era frustrante não poder informar aos parentes que ele estava a salvo... embora talvez fosse uma conclusão precipitada, pensou Rachel, ficando de pé pela décima vez para pousar a mão na testa dele, que com certeza estava mais quente do que uma hora antes. Ainda era possível que o desconhecido morresse por conta do terrível ferimento na cabeça – um corte feio que deveria ter levado pontos e um inchaço do tamanho de um ovo grande. Era bem provável que ele falecesse se tivesse febre, como ocorria com tantos homens depois de serem submetidos a uma cirurgia. Pelo menos a perna não precisara ser amputada.

Rachel precisava agora ir pé ante pé ao sótão para dar uma espiada no sargento Strickland. Ela ouvira sons de dois homens deixando a casa na hora anterior, mas duas damas ainda deviam estar trabalhando. Talvez fosse melhor descer até a cozinha a fim de preparar chá para todas. Deviam estar cansadas e com sede depois de uma noite de serviço.

O fato de estar se adaptando tão depressa a impressionava.

Precisava fazer *alguma coisa* ou acabaria cochilando de novo.

Porém, de repente, deu-se conta de um ligeiro movimento vindo da direção da cama. Endireitou-se na cadeira e ficou imóvel, torcendo para que o homem sobrevivesse, para que se recuperasse dos ferimentos e abrisse os olhos. Ela se sentia responsável por ele de um modo curioso. Se ao menos o desconhecido resistisse, talvez ela pudesse se perdoar por ter ido à floresta em uma missão tão sórdida. Afinal, se não estivesse ali, não o teria encontrado. Ninguém o teria encontrado e ele certamente morreria.

Quando Rachel já começava a se perguntar se não imaginara o movimento, o homem abriu os olhos e ergueu-os, sem foco. Ela se levantou às pressas e se inclinou sobre a cama de modo que ele não precisasse mover a cabeça para vê-la. Os olhos escuros do estranho se voltaram em sua direção e se concentraram nela, sob a luz das velas. Rachel percebeu que estava certa: era um belo homem.

– Sonhei que havia ido para o céu e que o paraíso era um bordel – disse o desconhecido. – Agora, sonho que estou no paraíso com um anjo dourado. Acho que gosto mais desta versão.

Seus olhos estremeceram e se fecharam e os lábios se curvaram ligeiramente. Então era um homem com senso de humor...

– Infelizmente – retrucou Rachel –, este é um paraíso muito terreno. Ainda está sentindo muita dor?

– Por acaso bebi um barril inteiro de rum? Ou fiz outra coisa com a minha cabeça?

– O senhor bateu com ela. Acho que caiu de um cavalo.

– Uma deselegância imperdoável da minha parte. E terrivelmente embaraçoso se for verdade. Nunca caí de um cavalo na vida.

– O senhor levou um tiro na perna. Cavalgar, então, deve ter se tornado muito difícil, excruciante.

– Um tiro na perna? – Ele franziu a testa e voltou a abrir os olhos. Então, moveu as duas pernas e praguejou com vontade antes de se desculpar. – Quem atirou em mim?

– Imagino que tenha sido um soldado francês. Espero que não um dos nossos.

Os olhos dele a focalizaram com mais intensidade.

– Aqui não é a Inglaterra, é? – perguntou o homem. – Estou na Bélgica. Houve uma batalha.

Ela viu que o rosto dele agora estava perceptivelmente febril. Os olhos também se encontravam mais brilhantes do que o normal sob a luz de uma única vela. Rachel se virou para a tigela de água sobre uma mesa ao lado da cama, torceu o pano dentro dela e segurou-o contra as faces do homem, depois contra a testa. Ele suspirou, agradecido.

– É melhor nem pensar nisso agora – falou ela. – Mas o senhor vai ficar satisfeito em saber que vencemos a batalha. Acredito que ainda estivesse sendo disputada quando o senhor deixou o campo de batalha.

O homem ergueu os olhos para ela, contraindo o rosto por um momento, antes de voltar a fechá-los.

– Temo que esteja um pouco febril – comentou Rachel. – A bala de mosquete ainda estava alojada em sua perna e precisou ser removida por um cirurgião. Felizmente, o senhor estava inconsciente. Deixe-me ajudá-lo a elevar o corpo o bastante para que consiga beber um pouco de água. Não vai ser fácil... O senhor tem um inchaço na cabeça. E um corte.

– Parece que o inchaço é do tamanho de uma bola de críquete. Estou em Bruxelas?

– Está. Nós o trouxemos de volta para cá.

– A batalha. Agora me lembro – falou ele, franzindo o cenho.

Contudo, não comentou mais nada a respeito. De qualquer modo, Rachel não estava certa se queria ouvir os detalhes sangrentos.

O homem bebeu um pouco de água, embora Rachel soubesse que a dor de erguer a cabeça devia ser quase insuportável. Ela voltou a acomodá-lo com cuidado sobre o travesseiro, secou a água que escorrera pelo queixo e pressionou mais uma vez o pano fresco na testa dele.

– O senhor tem família aqui? Ou um amigo? Alguém que possa estar esperando ansioso por notícias do seu destino?

– Eu... – O homem fez uma careta de novo. – Não... Não sei. *Tenho?*

– Nós gostaríamos muito de lhes informar que o senhor está a salvo aqui em Bruxelas. Ou talvez sua família toda esteja na Inglaterra. Escreverei uma carta a eles amanhã se quiser.

Rachel não estava preparada para o que o desconhecido disse a seguir:

– Quem diabos sou eu?

Ela teve a sensação de que era apenas uma pergunta retórica, que lhe deu um calafrio.

Então, o homem pareceu resvalar novamente para a inconsciência.

Já era dia quando Alleyne acordou de novo. Não que houvesse ficado de todo inconsciente durante a noite. Sabia que passara a madrugada ora ardendo de calor, ora tremendo de frio, além de sonhar, ter estanhas alucinações – mas não conseguia se lembrar de nenhuma delas – e gritar várias vezes. Recordava que alguém o velara por toda a noite, refrescando-lhe o rosto com panos úmidos, colocando mantas quentes sobre ele, levando água aos seus lábios e sussurrando palavras de conforto em seus ouvidos.

Alleyne acordou se sentindo totalmente desorientado. Onde diabos *estava*?

Levara um tiro na perna, lembrou a si mesmo, e caíra do cavalo, fazendo estremecer todos os ossos do corpo e terminando com uma enorme concussão. Fora resgatado e levado para um bordel habitado por pelo menos quatro prostitutas muito maquiadas e um anjo dourado. Talvez fosse *tudo* um sonho estranho e bizarro.

Ele abriu os olhos.

O anjo não fora fruto de sua imaginação. Ela estava se levantando de uma cadeira ao lado da cama e indo se debruçar sobre ele. Alleyne sentiu a mão fresca na sua testa. Os cabelos da mulher eram como ouro puro, muito brilhantes, a pele rosada e sedosa. Os olhos, castanhos e grandes, estavam emoldurados por cílios cheios, vários tons mais escuros do que os cabelos dela. Uma boca larga e generosa, um nariz reto. Não era magra nem gorda. Tinha o corpo lindamente proporcionado, muito feminina. Ele sentia um aroma doce, embora não conseguisse distinguir nenhum perfume.

Com certeza a mulher mais adorável que Alleyne já vira.

Estava apaixonado, pensou, meio de brincadeira.

– Está se sentindo um pouco melhor? – perguntou ela.

Se as suposições dele não estavam erradas, a mulher também morava no bordel. Isso fazia dela...

– Estou com a mãe de todas as dores de cabeça – respondeu Alleyne, voltando a atenção para a própria condição física... o que não era nada difícil quando seu corpo clamava por ser notado. – Parece que todos os meus ossos foram rearrumados de um modo não muito gentil, e nem ouso mexer a minha perna esquerda. Estou quente demais, mas também tremendo. Meus olhos estão sensíveis à luz. A não ser por essas pequenas queixas, acredito que esteja com ótima saúde. – Alleyne tentou sorrir, porém sentiu uma pontada aguda em algum lugar na lateral da cabeça, provavelmente onde se ferira. – Tenho sido um paciente problemático? Acredito que sim.

Ela sorriu, encarando-o. Tinha os dentes brancos e bem alinhados. Seu olhar se tornou caloroso, dando-lhe uma beleza pura, estonteante, e então cintilou, com um toque travesso.

Ele estava *mesmo* apaixonado. Era um caso perdido. Absolutamente inebriado.

Contudo, ela lhe banhara a testa e murmurara tolices carinhosas durante toda uma noite febril. Que homem viril não acabaria encantado, ainda mais quando a dama tinha a aparência de um anjo?

É claro que ele estava um tanto delirante.

– De forma alguma – respondeu ela –, a não ser por seu terrível hábito de me mandar para o inferno sempre que tento levantar sua cabeça para que beba alguma coisa.

– Não é possível! Tenho me comportado com uma falta de galanteria tão vil? Peço que me perdoe. Ainda não estou convencido de que não morri e fui para o céu. E que a senhorita não é o meu anjo da guarda. Se eu estiver errado, poderia tentar me beijar para me acordar.

Ela riu baixinho para não piorar a dor de cabeça dele, mas infelizmente não aceitou o convite.

Então mais alguém entrou no quarto – a encantadora latina de cabelos negros e olhos desafiadores. Ela pousou a tigela de água fresca que trazia, levou as mãos à cintura bem torneada, colocando-se em uma pose que fazia o melhor tanto pelos quadris quanto pelos seios, e examinou-o de cima a baixo. Alleyne teve a sensação de que os olhos da mulher conseguiam ver por baixo das cobertas.

– Ora, que belo demônio você é, agora que os olhos estão abertos e alguma cor voltou ao seu rosto, embora deva dizer que ficará ainda mais bonito depois que se livrar dessa touca branca. Foi para o céu e descobriu que o paraíso é um bordel... realmente, teria sido uma grande sorte a sua! Está na hora de você ir para a cama, Rache, e ter o seu sono de beleza. Bridget disse que você ficou acordada a noite toda de novo. Eu assumirei aqui. Essa coxa precisa de um curativo novo, para minha felicidade?

Os olhos dela se voltaram com franca apreciação para os de Alleyne e a mulher franziu os lábios. Ela não estava maquiada naquela manhã, mas exibia uma sensualidade crua que deixava clara a sua profissão.

Alleyne deu uma risadinha, mas logo se encolheu e desejou não ter reagido ao flerte ousado da mulher, cometendo tal violência com a própria cabeça.

– Vou apenas passar um pano no rosto dele mais uma vez para baixar a febre, Geraldine – disse o anjo dourado. Ela era Rache... Rachel? – Então vou me deitar. Devo confessar que *estou* cansada. Mas você também deve estar.

Geraldine deu de ombros, piscou com ousadia para Alleyne e saiu com a tigela de água.

– Este lugar é um bordel? – perguntou ele.

Não deveria ter feito a pergunta em voz alta, deu-se conta ao ver Rachel enrubescer.

– Não vamos lhe cobrar o uso da cama – retrucou ela, com um toque de irritação na voz.

Era seu modo de confirmar, supôs, o que fazia dela...

Os olhos dele passearam pelo quarto. Era agradável, com decoração e mobília discretas, em tons de marrom e dourado – nenhum sinal de vermelho. A cama era um tanto estreita, mas larga o bastante para a função a que era destinada, imaginou ele. Era um cômodo ocupado por uma mulher: havia frascos, escovas e um livro na penteadeira.

– Este é o *seu* quarto? – quis saber Alleyne.

– Não enquanto o senhor estiver nele. – Ela arqueou as sobrancelhas e o encarou diretamente. Estaria zangada? – E, sim, eu *moro* aqui.

– Peço perdão, ocupei a sua cama.

– Não precisa se desculpar. O senhor não a requisitou, não é mesmo? Nem mesmo pediu por ela. Fiz com que o trouxessem para cá depois de encontrá-lo na floresta. O sargento que me ajudou também está aqui, em uma cama no sótão. Ele perdeu um dos olhos na batalha e está sofrendo muito mais do que jamais vai admitir. É uma perda particularmente lamentável, porque levou a uma dispensa sumária do Exército. E o homem não conhece outra vida desde os 13 anos.

– A senhorita me encontrou na floresta? Na floresta de Soignés?

Que diabos ele estava fazendo lá? Alleyne tinha uma lembrança confusa do som de armas pesadas, porém, por mais que tentasse, não conseguia se recordar de qualquer outro detalhe da batalha. Sabia apenas que o inimigo era Napoleão e que havia sido planejada por meses. Provavelmente lutara nela. Mas por que entrara a cavalo na floresta? E por que seus homens o tinham abandonado ali? Ou estava sozinho? Mas, se fora ferido no conflito, por que não buscara atendimento médico no próprio campo de batalha?

– Achei que estava morto – disse Rachel, molhando o pano em água fresca e pressionando a testa dele com um frescor abençoado. – Se eu não houvesse parado para tocá-lo, não teria percebido que ainda estava vivo. O senhor poderia ter morrido lá.

– Então estou em dívida com a senhorita para sempre, e também com esse sargento, a quem preciso agradecer pessoalmente assim que puder.

Ele pensou em algo de repente e sentiu uma onda de alívio ao se dar conta de que havia um detalhe muito mais importante do que a batalha em si.

– O que fez com meus pertences?

Alleyne a observou torcer o pano, mergulhá-lo na água e voltar a torcê-lo antes de responder.

– Roubaram o senhor. Levaram tudo.

– *Tudo?* – Ele a encarou, horrorizado. – As roupas também?

Rachel assentiu.

Meu Deus, ela o encontrara nu? Mas não foi o constrangimento que o fez fechar os olhos com força e cerrar os dentes, sem se preocupar com a dor que a tensão lhe causava. Alleyne sentia o pânico se intensificar, ameaçando extravasar. Teve vontade de jogar as cobertas para o lado e sair correndo do quarto. Mas para onde iria? E com que propósito?

Em busca da própria identidade?

Não restava nada que pudesse ajudá-lo a se lembrar.

Acalme-se, disse a si mesmo. *Acalme-se*. Ele caíra de um cavalo e batera a cabeça com força o bastante para ter uma concussão. A dor era uma prova. Por sorte ainda estava vivo. Provavelmente havia um calombo do tamanho de uma bola de críquete na lateral de sua cabeça. Precisava dar uma chance ao próprio cérebro de se reorganizar. O inchaço precisava ceder e os ferimentos necessitavam de tempo para se curarem. A febre deveria ir embora. Não havia pressa. Mais tarde, naquele mesmo dia, no dia seguinte ou no outro, ele se lembraria.

– Qual é o seu nome? – perguntou Rachel, pressionando o pano no rosto quente dele.

– Vá para o inferno! – exclamou.

Alleyne abriu rapidamente os olhos e a encarou, já cheio de remorso. Ela mordia o lábio inferior e seus olhos estavam arregalados, com uma expressão consternada.

Os dois falaram ao mesmo tempo "Lamento tanto..." e "Imploro que me perdoe".

– Não consigo me lembrar – admitiu ele, reprimindo o pânico.

– Não se preocupe. – Ela sorriu. – Logo vai se recordar.

– Diabos, não consigo nem lembrar meu próprio nome.

O horror provocou um aperto no estômago, como se uma mão gigante o estivesse espremendo com força. Alleyne lutou contra uma onda de náusea enquanto segurava um dos pulsos da jovem e o outro braço dela. Percebeu que sentia dor em ambos os braços. Podia ver os hematomas pretos e roxos por todo o membro direito.

– O senhor está vivo – disse Rachel, se aproximando um pouco mais – e consciente de novo. Sua febre parece ter baixado consideravelmente. Por algum milagre não quebrou nenhum osso. Bridget falou que senhor vai sobreviver, e confio no julgamento dela. Apenas se dê algum tempo. Tudo vai retornar ao normal. Até lá, deixe a mente descansar junto com o corpo.

Se a puxasse um pouco mais para perto, pensou Alleyne, conseguiria enfim beijá-la. Que ideia estúpida quando não havia um só osso em seu corpo que não estivesse terrivelmente dolorido! Caso a beijasse, talvez acabasse descobrindo que até seus lábios doíam.

– Devo a minha vida à senhorita. Obrigado. É incrível como, às vezes, as palavras podem ser inadequadas.

A jovem se afastou delicadamente e recolheu mais uma vez o pano úmido.

– A senhorita é uma delas? – perguntou Alleyne de repente, fechando os olhos e lutando mais uma vez contra a náusea. – É uma... *Trabalha* aqui?

Por alguns instantes, tudo que ouviu foi a água escorrendo. Alleyne desejou retirar a pergunta.

– Estou aqui, não estou? – rebateu ela, mais uma vez irritada.

– A senhorita não parece... Parece diferente das outras.

– Está querendo dizer que elas parecem prostitutas e eu não? – questionou Rachel. Alleyne percebeu por seu tom de voz que a havia ofendido.

– Acho que sim... Peço que me perdoe. Não deveria ter perguntado. Não é da minha conta.

Ela riu baixinho. Por algum motivo não foi um som agradável.

– Esse é meu principal atrativo: pareço inocente, uma dama, um anjo, como você comentou mais cedo. Um bordel bem-sucedido precisa ter mulheres de todos os tipos. Os homens têm gostos muito diferentes no que se refere às mulheres a quem pagam. Cuido dos que têm gosto para o refinamento e desejam uma ilusão de inocência. Faço muito bem o papel de inocente, não concorda?

Muito bem.

Alleyne abriu os olhos e a pegou sorrindo para ele enquanto secava as mãos em uma toalha. O sorriso combinava com o tom de voz que usara: não exatamente agradável.

– Peço que me perdoe... de novo – falou Alleyne. – Parece que não faço nada além de insultá-la desde que recuperei a consciência. Espero que um comportamento tão desagradável não me seja habitual. Perdoe-me, por favor?

A cabeça dele parecia um balão se expandindo e prestes a explodir a qualquer momento. A perna latejava como um tambor gigante. Havia também outros sofrimentos físicos variados, clamando apenas com um pouco menos de insistência pela atenção dele.

– É claro – respondeu Rachel. – Mas não acho essa profissão vergonhosa ou degradante. Nem considero minhas companheiras... prostitutas menos humanas ou menos preciosas do que outras mulheres que conheço. Até mais tarde. Geraldine tomará conta de você enquanto isso. Está com fome?

– Na verdade, não.

Ele a *ofendera*, pensou, depois que ela se foi. E Rachel tinha todo o direito de estar aborrecida. Se não fosse pela jovem, provavelmente estaria morto àquela altura. E ela e as amigas lhe haviam aberto a casa. Rachel cedera o próprio quarto. As mulheres estavam cuidando dele 24 horas por dia. Alleyne sabia que poderia ter um destino muito pior se fosse encontrado por uma dama respeitável. Na verdade, qualquer dama talvez tivesse gritado, corrido e logo desmaiado depois de vê-lo nu, e o deixaria para morrer.

Alleyne riu baixinho ao imaginar uma cena dessas, mas logo sentiu a náusea voltar. E o pânico.

E se nunca mais recobrasse a memória?

CAPÍTULO IV

Depois de acordar, Rachel desceu para ver se podia fazer algo para ajudar. A cozinha estava tomada por aromas deliciosos. Phyllis mexia uma grande panela de sopa. Uma das bancadas estava coberta por pães recém-assados e bolos de groselha. A grande chaleira fervia na lareira.

– Dormiu bem? – perguntou Phyllis. – Estão todas lá em cima, no quarto de William. Se puder ser gentil e fazer o chá, Rachel, nós o levaremos lá para cima também. O outro pobre homem ainda está dormindo?

Rachel não estivera no quarto do desconhecido antes de descer. Ainda se sentia um tanto embaraçada por levá-lo a acreditar que fazia parte do bordel, que trabalhava com as demais. Ao mesmo tempo, sentia-se aborrecida com o próprio constrangimento e com as perguntas dele. Aquelas damas a acolheram quando ela não tinha para onde ir. E o haviam acolhido também. O que importava se eram prostitutas? Para ela, o fundamental era serem ótimas pessoas.

O sargento se tornara o queridinho de todas. Embora houvesse perdido um olho e também seu meio de ganhar a vida, recusara-se desde o início a mergulhar na autopiedade. As cinco tiveram que se esforçar para persuadi-lo a continuar na cama por pelo menos alguns dias a fim de que os ferimentos se curassem devidamente. Rachel tinha um carinho especial por ele: Strickland se dispusera a resgatar um estranho que estava ainda mais ferido do que ele mesmo.

– Você não vai parecer tão mal depois que o globo ocular tiver sarado e puder usar um tapa-olho – dizia Bridget quando Rachel entrou no quartinho do sótão carregando a bandeja de chá.

Phyllis vinha logo atrás com um prato cheio de fatias grossas de pão com uma quantidade generosa de manteiga. Bridget limpara o ferimento e agora colocava uma atadura nova ao redor da cabeça do sargento.

– Acabo de perder o apetite – comentou Phyllis.

– Você vai parecer um pirata, Will – afirmou Geraldine –, embora eu imagine que nunca tenha sido muito bonito, não é?

– Isso não fui mesmo, jovem – concordou ele com uma risada gostosa. – Mas pelo menos tinha dois olhos, o que me permitia trabalhar como militar. Foi o que fiz desde menino. Não sei fazer mais nada. Mas vou descobrir uma forma de ganhar meu pão de cada dia, posso garantir. Vou sobreviver.

– É claro que vai – falou ela, inclinando-se para a frente e dando um tapinha carinhoso na mão grande do homem. – Mas ficará nessa cama por pelo menos mais um ou dois dias. Isso é uma ordem. Eu o carregarei de volta se tentar se levantar.

– Acho que não teria muito sucesso na empreitada, moça, embora eu ouse dizer que a senhorita tentaria com empenho. Me sinto um idiota deitado aqui. Tudo que me aconteceu foi perder um olho. Mas, quando me levantei há pouco para ver aquele camarada que trouxemos para cá, oscilei como uma folha ao vento na escada e tive que voltar. Esse é o resultado de passar tanto tempo deitado aqui.

– Ah, pão fresco... – disse Flossie. – Não há melhor cozinheira neste mundo do que a nossa Phyll. Ela está desperdiçando seus talentos sendo prostituta.

– Era eu quem deveria carregar essa bandeja pesada, senhorita – falou o sargento para Rachel. – O problema é que eu cairia com ela por cima da mesa e acabaria queimando a todas com o chá. Mas acredito que amanhã já estarei melhor. As damas, por um acaso, teriam necessidade dos serviços de um camarada corpulento que já parecia feroz mesmo antes de precisar usar um tapa-olho e que agora colocaria o próprio diabo para correr? Para tomar conta da porta enquanto estão trabalhando, talvez, e para jogar na rua qualquer cavalheiro impertinente que esqueça suas boas maneiras? O que acham?

– Quer ser promovido de sargento do Exército para porteiro de bordel, William? – perguntou Bridget, dando uma mordida no pão com manteiga.

– Eu não me importaria nem um pouco, até que consiga organizar minha vida, por assim dizer, madame. E não esperaria em retorno nada mais do que comida e esta cama aqui.

– Mas a questão, Will – adiantou-se Geraldine –, é que não pretendemos ficar aqui mais tempo do que precisarmos. Agora que os exércitos se foram, assim como a maior parte das pessoas que vieram acompanhar os soldados, o negócio está escasso. Precisamos voltar para casa, e quanto mais cedo melhor. Temos que encontrar um bandido e fazê-lo em pedacinhos.

– Ele levou todo o dinheiro que poupamos com trabalho duro por quatro anos – explicou Bridget. – E queremos o que é nosso de volta.

– No entanto, o mais importante é que queremos pegar aquele verme mentiroso e sorridente – acrescentou Geraldine.

– Alguém roubou o dinheiro de vocês? – O sargento fez uma carranca enquanto pegava um prato com duas fatias de pão com manteiga da mão de Phyllis. – E pretendem ir atrás dele? Vou com vocês. Só de encará-lo já tiro qualquer sorriso do rosto do desgraçado. E deixarei com ele mais do que um olhar como lembrança. Para onde ele foi?

– Esse é o problema – respondeu Bridget com um suspiro. – Temos quase certeza de que foi para a Inglaterra, William, mas é só o que sabemos. E a Inglaterra é um lugar bem grande...

– Bridget e Flossie escreveram para todas as nossas colegas que sabem ler – contou Geraldine. – Uma delas vai esbarrar com o patife e, mesmo se isso não acontecer, vamos arrumar um modo de encontrá-lo... ainda que leve um ano. Ou mais. Só precisamos de um plano.

– Precisamos é de dinheiro, Gerry – replicou Flossie secamente enquanto Rachel servia o chá. – Se vamos percorrer a Inglaterra, precisaremos de muito dinheiro. E, enquanto andarmos pelo país, não teremos como trabalhar.

– Talvez nunca o encontremos e nunca recuperemos nosso dinheiro – disse Phyllis. – E, nesse meio-tempo, teremos gastado uma enorme quantia e ganhado quase nada. Talvez seja mais sensato desistir, voltar para casa e poupar mais uma vez.

– Mas e a nossa motivação, Phyll? – retrucou Geraldine. – Eu pelo menos não estou disposta a deixá-lo escapar. Ele acha que conseguirá só porque somos prostitutas. Não foi tão insolente em seus roubos com mais ninguém. O patife tirou dinheiro de Lady Flatley e de outras damas, de acordo com Rache, mas lhes disse que era para a caridade. Elas talvez nunca percebam que o dinheiro na verdade foi morar no bolso dele. Mas o cretino nem mencionou a caridade para nós. Simplesmente levou tudo, incluindo nossos agradecimentos. É *isso* que faz o meu sangue ferver. Ele nos fez de tolas.

– Sim – concordou Phyllis. – Precisamos ensinar uma lição a esse homem, mesmo que terminemos mendigando.

– Precisamos é de dinheiro – repetiu Flossie, batendo com as unhas na borda do prato –, e em grande quantidade. Mas como vamos colocar as mãos nele... a não ser da maneira óbvia, é claro?

– Gostaria de ter acesso à minha herança – disse Rachel.

O tamborilar parou e todas a fitaram com interesse.

– Você tem uma herança, Rache? – perguntou Geraldine.

– Ela é sobrinha do barão Weston por parte de mãe – lembrou Bridget às outras.

– Minha mãe me deixou as joias dela – revelou Rachel. – Mas só terei direito a elas daqui a três anos, quando completar 25 anos. Lamento até ter mencionado a herança, já que não podemos usá-la agora. Pelos próximos três anos serei a mais pobre de todas.

– Onde estão as joias? – indagou Flossie. – Em algum lugar onde possa resgatá-las? Não seria roubo, certo? Elas *são* suas.

– Nós as pegaríamos usando capas e máscaras negras, com adagas presas atrás das orelhas, escalando os muros cobertos de hera na calada de uma noite sem luar? – sugeriu Geraldine. – Gosto da ideia. Diga, Rache.

Rachel balançou a cabeça, rindo.

– Não tenho ideia de onde estão. Meu tio as guarda, mas não sei onde.

Havia, é claro, um modo de obter as joias antes dos 25, mas não era relevante no momento.

– E quanto ao homem no andar de baixo? – perguntou o sargento. – Eu estava certo a respeito dele, não estava? É um nobre?

– Ele realmente é um cavalheiro – confirmou Rachel.

– Quem é ele, senhorita?

– Ele não se lembra.

Strickland deu uma risadinha.

– A batida na cabeça o fez perder a memória, não é? Pobre-diabo. Mas, se o homem é um nobre, muita gente deve estar procurando por ele, pode ter certeza. A família dele talvez até seja aqui de Bruxelas, se não fugiu toda antes de a batalha começar, como a maioria das pessoas. Eu me arriscaria a dizer que os parentes estão dispostos a pagar uma recompensa vultosa por vocês o terem salvado e tomado conta dele.

– Mas e se o homem nunca se lembrar de quem é? – perguntou Phyllis.

– Poderíamos publicar um anúncio com a descrição dele em todos os jornais da Bélgica e de Londres – sugeriu Bridget. – Mas demandaria tempo e dinheiro e, mesmo assim, talvez a família não estivesse disposta a pagar.

– Poderíamos não contar sobre o paradeiro dele no anúncio e mantê-lo como refém. – sugeriu Geraldine. – Dessa forma, ganhamos mais dinheiro do que com uma recompensa. Afinal, mantê-lo cativo não seria um problema, certo? O homem não possui uma peça de roupa a não ser a camisola que Bridge lhe arrumou. Não pode fugir, a menos que deseje ser visto correndo nu pelas ruas. E não vai conseguir ir a lugar algum por um longo tempo... não com aquele ferimento na perna. Além do mais, para onde iria? Nem sequer sabe o próprio nome.

– Eu poderia me certificar de que ele não fosse a lugar algum – ofereceu-se o sargento.

– Quanto pediríamos? – indagou Bridget. – Cem guinéus?

– Trezentos – propôs Phyllis.

– Quinhentos – disse Geraldine.

– Eu não aceitaria um centavo a menos do que mil guinéus – manifestou-se Flossie. – Fora as despesas.

Todos caíram na gargalhada. Rachel sabia, é claro, que nenhuma das outras falava sério sobre o esquema de sequestro. Por mais duras que parecessem, aquelas damas tinham o coração mole. A incapacidade de roubar os cadáveres no campo de batalha era uma prova.

– Enquanto isso – voltou a falar Phyllis –, teremos que despi-lo da camisola para que não consiga escapar com facilidade.

– E precisaremos amarrá-lo às colunas da cama – acrescentou Flossie.

– Ai, ai, acalme-se, coração palpitante – disse Geraldine, abanando o rosto com a mão. – Também não poderemos permitir nenhuma coberta sobre o corpo dele, não é mesmo? Talvez ele tente amarrá-las umas às outras e usá-las para escapar pela janela. E depois vesti-las como uma toga romana. Eu me ofereço como voluntária para fazer turno dobrado de guarda todo dia... e toda noite.

– Acho que vou ficar, afinal – declarou o sargento. – As damas vão precisar dos meus músculos avantajados para carregar todas as bolsas pesadas com o dinheiro do resgate.

– Seremos *ricas*, William – afirmou Flossie, jogando a cabeça para trás e balançando todos os cachos.

Os seis gargalharam de novo.

– Mas falando sério – disse Rachel quando o riso cessou –, a perda de memória do homem pode ser um problema grave, principalmente porque vai levar algum tempo até que ele possa voltar a andar. Não terá para onde ir. Mas sei que vocês estão ansiosas para retornar à Inglaterra, e eu também.

– Vamos jogá-lo na rua quando formos partir, Rache – retrucou Geraldine.

Ela estava brincando, é claro: nenhuma delas teria coragem de simplesmente abandonar o homem.

Se ao menos conseguisse ter acesso à própria fortuna, pensou Rachel, seria capaz de fazer muito mais do que financiar a busca por Nigel Crawley – que, de qualquer modo, não sabia se seria possível. Reembolsaria as amigas e resgataria o sonho delas. Permitiria que elas se aposentassem e levassem as vidas respeitáveis por que ansiavam. Antes de mais nada, aliviaria a própria consciência pesada. E, é claro, ganharia a independência econômica, algo muito bem-vindo.

Só que não adiantava nada sonhar, disse a si mesma com um suspiro.

– Vou descer para dar uma olhada no paciente – avisou ela. – Ele pode estar acordado e precisando de alguma coisa.

Quando voltou a acordar, no fim da tarde, Alleyne estava sozinho. Sentia-se consideravelmente melhor, embora não ousasse mover a cabeça ou a perna esquerda. Ele se perguntou se a febre teria ido embora. Tentou permanecer despreocupado e alegre e ensaiou o que falaria quando uma das mulheres entrasse no quarto: "Ah, boa tarde. Permita que eu me apresente. Sou..."

Sua mente permanecia alerta, ele sorria para o quarto vazio e fazia um lento movimento circular com a mão, mas o nome esquecido não lhe vinha.

Que absurdo esquecer o próprio nome! De que adiantava sobreviver por um triz se teria que passar o resto da vida como um anônimo? Mas era tolice começar a pensar daquela maneira, pensou Alleyne, tocando a atadura que ainda estava ao redor de sua cabeça e tentando, com muito cuidado, encontrar a protuberância para avaliar o tamanho.

A porta do quarto foi aberta e o anjo dourado – era Rachel, embora não pudesse chamá-la assim – entrou.

– Ah, o senhor acordou. Estava dormindo quando cheguei mais cedo.

Ele também sorriu e descobriu que isso já não lhe causava mais uma dor agoniante. Alleyne falou antes que pudesse perder a coragem:

– Acabei de acordar. Boa tarde. Permita que eu me apresente. Sou...

Porém, é claro que acabou se interrompendo tolamente, a boca aberta como um peixe removido do açude, pendurado no ar. Alleyne cerrou a mão direita, que descansava sobre as cobertas.

– Prazer em conhecê-lo, Sr. Smith – respondeu ela com uma risadinha. Então aproximou-se mais de Alleyne, com a mão direita estendida. – Sr. *Jonathan* Smith, foi o que disse?

– Talvez eu seja *lorde* Smith – corrigiu Alleyne, forçando-se a rir com ela. – Ou Jonathan Smith, conde de Sabe-Deus-o-Quê, ou Jonathan Smith, *duque* de Um-Lugar-Qualquer.

– Eu deveria, então, chamá-lo de *Sua Graça*, não é? – perguntou Rachel, os olhos cintilando provocadores, enquanto Alleyne tomava a mão dela e sentia a suavidade da pele e o aroma doce e límpido.

Ele gostou do fato de Rachel o encorajar a rir de si mesmo. Por que não? Afinal, qual era a alternativa? Alleyne segurou-lhe a mão com mais firmeza e levou-a aos lábios. Os olhos da jovem se desviaram e Alleyne viu que ela mordia o lábio inferior. Ah, sim, Rachel fazia muito bem o papel de inocente. E nenhuma mulher tinha o direito de ser tão linda.

– Talvez seja melhor não – respondeu ele. – Seria aviltante descobrir depois que não sou duque coisa nenhuma, mas um mero plebeu. Também não acredito que eu me chame Jonathan ou Smith.

– Devo me dirigir ao senhor apenas como *senhor*, então? – indagou Rachel, sorrindo de novo enquanto recolhia a mão e se inclinava sobre Alleyne para desenrolar a bandagem. Ela examinou o ferimento sem tocá-lo. – O corte já não está mais sangrando, cavalheiro. Acho que não há problema em ficar sem a atadura. Se a ideia o agradar, é claro, senhor.

Ela endireitou o corpo com um olhar risonho. Alleyne gostou de sentir a cabeça arejada. Ergueu a mão, passou os dedos pelos cabelos e se deu conta, pesaroso, de que estavam embaraçados, precisando ser lavados.

– Mas devo ser o Sr. *Alguém*, certo? Que mãe batizaria o filho apenas como *Senhor*? Seria excêntrico. Porém, não posso mesmo ser alguém tão importante como um duque ou um conde. Se fosse, não estaria lutando naquela batalha. Devo ser um dos filhos mais jovens de alguma família.

– Mas o duque de Wellington estava lutando – argumentou ela.

Naquele dia, os olhos de Rachel pareciam mais verdes do que castanhos, talvez por refletirem a cor do vestido. Ela o encarava diretamente, com um olhar bem-humorado, embora Alleyne também tivesse enxergado simpatia ali. Era um absurdo sentir-se um tanto sem fôlego diante da proximidade da jovem, pensou ele, e se perguntou se seria sempre tão palerma diante de lindas desconhecidas. Alleyne sentia como se seu corpo tivesse sido abandonado na esteira de uma manada de elefantes.

– Ah, sim, é claro – disse ele, estalando os dedos. – Talvez esse seja eu. Mistério solucionado. Com certeza tenho nariz para isso.

– Só que o duque com certeza já teria sido dado como desaparecido a uma altura destas – replicou Rachel, e Alleyne percebeu pela primeira vez a marca definitiva de perfeição do rosto dela... uma covinha no lado esquerdo da boca. – Então, se lembra da Batalha de Waterloo? Pelo que sei, foi assim que a chamaram.

Ela acabara de retirar a atadura e a pousara ao lado da tigela com água. Rachel sentou-se, embora mantivesse o corpo inclinado para a frente, permitindo que Alleyne sentisse sua proximidade. Ele se deu conta de que a jovem devia ser muito experiente em sua profissão e tentasse escravizá-lo aos seus encantos. Se fosse esse o caso, estava sendo bem-sucedida.

– Lembro-me, sim. – Alleyne franziu a testa e tentou se concentrar em alguma recordação... *qualquer* recordação. Mas não adiantou. – Pelo menos sei que a batalha aconteceu. Consigo me lembrar das armas. Faziam um barulho ensurdecedor. Até mais do que ensurdecedor.

– Sim, eu sei. Ouvimos o barulho daqui. Como sabe que tem o nariz parecido com o do duque de Wellington?

Alleyne a encarou, sem ação.

– Tenho *mesmo*?

Ela assentiu.

– Geraldine diz que é um nariz aristocrático.

Rachel ficou de pé e atravessou o quarto até uma cômoda enquanto Alleyne a observava. A moça tinha curvas atraentes e muito mais encantadoras do que as de muitas jovenzinhas esguias consideradas as beldades na moda – embora a própria Rachel não fosse muito mais do que uma jovenzinha, ele imaginava. Ela abriu uma das gavetas e retornou com um pequeno espelho. Ele o olhou, cauteloso, e umedeceu os lábios com nervosismo.

– Não precisa olhar – disse Rachel, mas estendeu o espelho.

– Preciso, sim.

Alleyne pegou o objeto, ainda ressabiado. E se não reconhecesse o rosto que visse? De algum modo, seria mais terrível do que não se lembrar do próprio nome. Mas ele dissera que tinha um nariz grande e Rachel confirmara.

Alleyne ergueu o espelho e encarou o próprio reflexo. Seu rosto se encontrava terrivelmente pálido. E com certeza mais comprido e fino do que estava acostumado a ver, logo o nariz parecia ainda mais proeminente. Os cabelos escuros se achavam desalinhados e oleosos. A sombra escura cobrindo a face e o queixo quase podia ser chamada de barba. Os olhos estavam ligeiramente injetados, com olheiras. A expressão era adoentada, abatida, mas ele reconhecia aquele rosto. Sentiu vontade de chorar de alívio. Porém, quando fitou os próprios olhos, procurando por respostas em suas profundezas, não conseguiu ver nada além de uma barreira nua e impenetrável de anonimato.

Era como encarar a si mesmo e um completo estranho ao mesmo tempo.

– Muito me espanta a senhorita não sair gritando do quarto – comentou Alleyne enquanto Rachel voltava a se acomodar. Reparou que ela se sentava como uma dama, a coluna mal tocando no encosto da cadeira. – Estou parecendo um bandido, um degolador... e do tipo sem banho.

– Mas, para ficar convincente, o senhor precisaria de uma pistola em uma das mãos e de uma faca na outra – observou ela, inclinando a cabeça para um dos lados e sorrindo. – Graças a Deus não temos armas na casa e Phyllis toma conta das facas de cozinha com a própria vida. Esse era o rosto que esperava ver?

– Mais ou menos – respondeu Alleyne, devolvendo o espelho a Rachel –, embora eu acredite que minha aparência costumasse ser menos infame. Só que é um rosto sem nome, por isso é melhor eu aceitar o que está disponível para mim. Jonathan Smith a seu dispor, madame. Ou melhor, *senhor* Jonathan Smith, a propósito.

– Sr. Smith. – Ela riu baixinho. – Sou Rachel York.

– Srta. York. – Alleyne fez uma ligeira mesura, mas logo desejou não ter feito o movimento de cabeça. – Estou encantado em conhecê-la.

Os dois ficaram se encarando por algum tempo, então ela voltou a se levantar e o surpreendeu ao se sentar na beira da cama e estender a mão para tocar o ferimento dele. Alleyne estava muito consciente da pele nua e sedosa acima do decote baixo e quadrado e da curva suave do seio, na maior parte escondido sob um babado de renda. Ele notou o leve perfume de sabonete e dos cabelos que pareciam um halo dourado contra o sol de fim de tarde que entrava pela janela. Prendeu a respiração, mas logo percebeu que não poderia fazer isso para sempre.

Rachel não apenas era linda. Ela o fazia pensar em lençóis desarrumados, braços e pernas entrelaçados e corpos encharcados de suor. Que azar o dele acabar em um bordel sem um centavo no bolso para chamar de seu. Muito azar mesmo...

– O corte está cicatrizando muito bem – comentou Rachel, os dedos frios contra a pele dele, leves como plumas –, embora o cirurgião não o tenha suturado. O inchaço está diminuindo, mas ainda está aqui.

Então, Rachel não estava mais olhando para o ferimento, mas encarando-o diretamente nos olhos, a apenas poucos centímetros de distância. Já não era um olhar risonho, apenas caloroso.

– No tempo certo o senhor vai se curar. Sua memória vai voltar. Eu lhe prometo.

Era uma promessa absurda, já que estava além do poder dela. Mas a declaração o confortou mesmo assim. Rachel baixou o olhar para ele e passou a língua por toda a extensão do lábio superior, de um canto a outro. Então enrubesceu e se levantou.

Por um instante, Alleyne se perguntou se a febre teria voltado.

Ele já não tinha dúvidas de que ela o estava envolvendo propositalmente. O modo de flertar de Rachel era mais sutil do que o que costumava ser empregado por suas colegas de profissão, mais óbvias e diretas ao lidar com ele, mas com certeza era um flerte. Alleyne tinha ferimentos graves e mal conseguia se mover sem sentir uma dor excruciante, porém não estava morto. Conseguia reagir sexualmente, mesmo que não conseguisse colocar seus desejos em prática. Rachel teria que ser uma tola para não peceber isso. E Alleyne não acreditava que ela fosse.

– Vou deixá-lo descansar – disse Rachel, sem olhar para ele. – Voltarei mais tarde se não houver muito trabalho. Alguém lhe trará o jantar. O senhor deve estar com fome.

Alleyne fechou os olhos depois que ela deixou o quarto, porém não conseguiu mais dormir. Sentia-se sujo, desconfortável, inquieto, faminto e...

Diabos, estava excitado.

Precisava tomar banho e fazer a barba. De repente, deu-se conta de que não possuía nem sequer um pente ou uma navalha. A ausência daqueles dois itens tão pequenos fez com que a extensão do dilema se abatesse sobre Alleyne. E não tinha dinheiro para comprar nenhuma das duas coisas. Nem um único centavo.

Que diabos iria fazer se não recuperasse a memória? Vagar nu pelas ruas de Bruxelas até que alguém o reconhecesse? Encontrar um posto militar na esperança de que alguém o identificasse? Ou de que dessem como desaparecido algum oficial? Ridículo... devia haver no mínimo dezenas na mesma situação que a dele. Encontrar uma embaixada, então, e pedir a eles para fazerem uma busca entre as boas famílias para descobrir qual delas dera como sumido um filho ou irmão... provavelmente um dos mais jovens? *Havia* uma embaixada em Bruxelas? Alleyne achava que sim, em Haia, mas quando puxou pela memória, não conseguiu resgatar nenhuma informação pessoal.

Qual seria o regimento dele? E a patente? Seria da cavalaria ou da infantaria? Ou talvez da artilharia? Tentou se imaginar cavalgando com seus homens ou liderando um avanço da infantaria. Mas de nada adiantou... não conseguiu ativar nenhuma lembrança verdadeira.

Rachel dissera que voltaria *se não houvesse muito trabalho*. Alleyne fez uma careta. Onde ela trabalharia, agora que ele ocupava seu quarto?

Isso não era problema dele. Assim como Rachel não era. Sem levar em conta que estava profundamente em débito com ela e não tinha ideia de como retribuir. Deixando de fora o fato de que Rachel era linda e ele estava se comportando como um colegial tonto e exagerado vivendo sua primeira paixão.

A partir do dia seguinte, disse Alleyne a si mesmo com determinação, teria que fazer um esforço concentrado para se erguer – figurativamente ao menos – e se colocar no caminho da recuperação. Já estava cansado de se sentir impotente.

E iria se lembrar de algo.

É claro que iria.

CAPÍTULO V

Rachel não voltou ao quarto naquele dia, percebendo mais uma vez o poder desconfortável que tinha sobre os homens.

Ela sabia que era considerada linda, embora apenas uma boa aparência a fosse fazer feliz. O espelho lhe dizia que a opinião geral devia ser verdadeira. Mais do que isso, havia anos os homens já a olhavam com admiração velada – e muitas vezes nada velada. Rachel nunca escolhera usar esse poder; bem ao contrário, na verdade. Embora houvesse tido uma criação estranha, com o pai sempre no limite do perigo e da pobreza – e alguns períodos de inebriante prosperidade, quando tinha sorte nas mesas de jogo –, ela fora criada como uma dama, e damas não alardeavam a própria beleza. Além do mais, os cavalheiros que conhecera antes da morte do pai, homens com quem ele se dava, com certeza não eram do tipo com que ela desejaria celebrar qualquer tipo de aliança. Desde que assumira o papel de dama de companhia de Lady Flatley, Rachel fora muito cuidadosa em chamar o mínimo de atenção para sua aparência. Nigel Crawley a agradara porque nunca fizera muitas referências à beleza dela. Parecera admirá-la como pessoa.

Rachel não tivera intenção de encantar o homem ferido. Quisera apenas demonstrar preocupação e simpatia, mas havia percebido a reação física dele e sentira a tensão entre os dois quando se debruçara sobre ele.

Que tolice fizera. A mera ideia de ficar sozinha com um homem em um quarto deveria tê-la chocado. Mas sentara-se na beira da cama, inclinara-se sobre ele, tocara sua cabeça e o fitara nos olhos...

Ora, isso não tinha sido nada, nada inteligente.

E, é claro, se fosse totalmente sincera consigo mesma, teria que admitir: o homem não fora o único a ficar daquele jeito. Ela também se sentira muito descomposta. O desconhecido podia estar ferido e vulnerável, mas era jovem e belo. E sem dúvida exalava masculinidade – só de pensar nisso, corou.

Rachel ficou longe do quarto dele até a manhã do dia seguinte, quando pareceu seguro entrar – o quarto estava cheio.

As damas haviam tirado a noite da véspera de folga, como faziam uma vez por semana, por isso estavam de pé cedo e de ótimo humor. Phyllis levou o café da manhã para o estranho e ficou no quarto, conversando. Bridget e Flossie apareceram vinte minutos mais tarde com uma camisola limpa, ataduras novas, água quente, panos e toalhas. Geraldine levou o café da manhã do sargento, no sótão. Ela aproveitaria a oportunidade para perguntar a Strickland se ele poderia emprestar seu material de barbear ao Sr. Smith – todas haviam decidido chamar assim o homem misterioso.

Quando Rachel terminou de lavar os pratos e de arrumar a cozinha, estavam todos no quarto do Sr. Smith, incluindo o sargento. Ela ficou parada na porta, observando e escutando.

– Devo dizer que me sinto uns 2 quilos mais leve... – falou o Sr. Smith. – Não, 3. Só a oleosidade do meu cabelo devia pesar 1 quilo.

– Eu lhe disse que seríamos gentis como a sua mãe, meu amor – lembrou Bridget com determinação enquanto dobrava a toalha.

– Imagino que diga isso a todos, Bridget, não é mesmo?

– Só aos muito jovens. Não diria isso a *você* em circunstâncias normais.

– Na verdade – replicou o homem, e Rachel percebeu que ele estava sorrindo e se divertindo –, minha memória voltou na noite passada e lembrei que sou um monge. Pobreza, castidade e obediência são os valores que me guiam.

– Com *esse* corpo? – questionou Geraldine, em seu tom de rainha da tragédia, levando as mãos aos quadris. – Que desperdício mortal.

– Não me incomodo com a parte da obediência – comentou Phyllis.

– Um monge lindo e sem um centavo em um bordel... – refletiu Flossie. – É o bastante para fazer uma pobre moça chorar.

– Ele ficará mais lindo sem essa barba que arranha – declarou Geraldine. – Fui pegar emprestado o estojo de barbear de Will, mas ele insistiu em trazê-lo pessoalmente.

– Um rival? – indagou o Sr. Smith, colocando a mão no peito. – Meu coração está partido.

Estavam todos se divertindo imensamente, flertando. Rachel desejou ser tão despreocupada. As amigas estavam vestidas para a manhã, sem cosméticos, penteados elaborados ou roupas chamativas. Eram mulheres bonitas e pareciam muito mais jovens daquele jeito.

– Esse é o sargento William Strickland – apresentou Geraldine. – Ele foi ferido em batalha.

– Perdi um olho, senhor – informou o sargento. – Ainda não peguei o jeito de ver apenas com um dos olhos, mas me adaptarei com o tempo.

– Ah – fez o Sr. Smith, e estendeu a mão direita –, então o senhor é o sargento que ajudou a Srta. York a salvar a minha vida, não é? Tenho uma dívida enorme com o senhor.

O sargento olhou para a mão estendida, obviamente embaraçado, e apertou-a por um brevíssimo instante, ao mesmo tempo que inclinava o corpo para a frente em uma saudação constrangida.

– Queríamos pegar emprestada sua navalha, não *você*, William – ralhou Flossie. – Deveria estar na cama.

– Não brigue comigo, moça. Não consigo passar todos os minutos do dia na cama. Eu voltaria para os meus homens, mas o exército não me aceitará mais por causa do olho que perdi.

– Sim, bem... seus homens acabariam marchando para oeste, entenda, William, enquanto você seguiria rapidamente para leste, porque eles estariam no seu lado cego e você não os veria. Você não seria de grande ajuda para eles, não é mesmo? E agora pretende cortar a garganta do Sr. Smith? Seria um terrível desperdício de um homem encantador, devo dizer. Eu poderia pensar em coisas muito melhores para fazer com ele.

Ela deu um olhar lascivo na direção do Sr. Smith.

– Acredito que *eu mesmo* conseguirei me barbear – disse o ferido – se alguém for gentil o bastante para me ajudar a me sentar mais ereto na cama.

– Qualquer coisa relacionada com camas é meu departamento – declarou Geraldine. – Saia do meu caminho, Will.

– Se na minha vida normal eu *for* um duque – comentou o Sr. Smith, fazendo uma breve careta quando Geraldine o ajudou a se erguer e ajeitou os travesseiros em suas costas –, provavelmente nunca fiz isso antes na vida e estou prestes a cortar a minha garganta, do mesmo modo que o sargento Strickland faria.

– Santo Deus – disse Phyllis, passando por Geraldine –, chega de conversa sobre sangue, se não se incomoda, Sr. Smith. Eu farei a sua barba. Já devo ter barbeado mais ou menos uns mil homens.

– Todos eles sobreviveram? – perguntou o Sr. Smith, sorrindo.

– Desconte mais ou menos uma centena aqui e ali. Mas todos concordaram que foi uma maneira encantadora de partir. Olhe para esse maxilar, Gerry. Já viu algum mais firme e dominante? Pelo amor de Deus, como ele é bonito!

Foi nesse momento que os olhos risonhos do Sr. Smith pousaram em Rachel no batente da porta. Não deixaram de sorrir, mas ficaram presos aos dela por um momento e Rachel soube que o homem misterioso a via de um modo diferente. Sentiu-se de súbito ofegante e muito constrangida. Ele estava pálido e ela percebeu que a limpeza e toda aquela agitação o cansavam e provavelmente faziam sua cabeça doer. Ainda assim, com a camisola nova, os cabelos lavados e úmidos e o sorriso travesso, o homem era de uma beleza devastadora.

Enquanto Phyllis ensaboava o rosto do Sr. Smith e fazia um floreio com a navalha no ar, Rachel pensou que dera a impressão errada a ele na véspera. Não deveria ter se sentado de modo tão ousado na beira da cama do rapaz.

Contudo, quando os outros deixaram o quarto, mais ou menos dez minutos depois, ainda animados, conversando e rindo, Rachel ficou para fechar as cortinas e impedir a entrada da luz forte do sol. Ela se aproximou da cama e ajeitou as cobertas, embora Bridget já houvesse feito isso antes de sair.

O Sr. Smith a encarava, um sorriso cauteloso ainda no olhar.

– Bom dia.

– Bom dia. – Rachel se sentiu inibida. – Posso ver que está cansado. E que está com dor de cabeça.

– Estou exausto de não fazer nada. – O sorriso desaparecera e fora substituído por uma expressão um tanto desolada. – Acordei em pânico esta manhã procurando pela carta nos meus bolsos inexistentes.

– Que carta?

Ela se inclinou ligeiramente sobre ele e franziu a testa.

– Não faço ideia. – O homem pousou as costas da mão sobre os olhos. – Será que foi apenas um sonho sem sentido ou terá sido um fragmento de memória tentando se destacar nesta bruma densa do esquecimento?

– O senhor estava *entregando* ou *recebendo* a carta?

Ele suspirou depois de alguns momentos de silêncio e retirou a mão de cima dos olhos.

– Não faço ideia – repetiu, voltando a sorrir. – Mas não estou com amnésia total, sabe? A senhorita é... Rachel York. E eu sou Jonathan Smith. Vê como minha memória trabalha perfeitamente se lhe peço para mostrar seus talentos apenas em relação aos últimos dias?

Ele estava fazendo piada da situação, mas Rachel percebeu que, para o Sr. Smith, a perda da memória era um sofrimento muito mais devastador do que qualquer um dos males físicos.

Ela não tivera a intenção de ficar no quarto, mas agora resolveu se sentar e puxou a cadeira mais para perto da cama. Rachel imaginou que naquela manhã, por trás da atitude alegre, o horror estivesse sempre à espreita.

– Vamos descobrir o que *realmente* sabemos a seu respeito? Sabemos que é inglês. Que é um cavalheiro. E um oficial. E que lutou na Batalha de Waterloo. – Ela contava cada item nos dedos. Ficou batendo no polegar, pensativa. – O que mais?

– Sabemos que sou um péssimo cavaleiro. Caí do cavalo. Isso significa que eu não era da cavalaria? Talvez nunca houvesse cavalgado. Talvez eu tenha roubado aquele cavalo.

– Mas levou um tiro na coxa – lembrou Rachel. – A bala de mosquete continuava cravada no seu corpo. O senhor deve ter sentido uma dor terrível, estava perdendo sangue. *E* já havia cavalgado uma boa distância desde o campo de batalha. Não é necessariamente um péssimo cavaleiro.

– Gentileza da sua parte – disse ele com um sorriso desanimado. – Mas, quando fui ferido, por que diabos... peço perdão pelo vocabulário... *por que* meus homens não me carregaram para fora do campo de batalha até o cirurgião mais próximo? Por que eu estava sozinho? Por que estava a caminho de Bruxelas? Presumo que é para onde me dirigia. Estaria desertando?

– Talvez alguns parentes seus morem aqui e o senhor fosse encontrá-los.

– Talvez eu tenha uma esposa. E seis crianças.

Rachel não pensara nisso. Mas, obviamente, que não havia razão alguma para se sentir desapontada diante dessa possibilidade. Talvez tivesse um casamento *feliz*. E filhos.

– Ela não teria trazido seus filhos para Bruxelas – falou Rachel. – Teria ficado na Inglaterra com eles. Quantos anos o senhor tem?

– Está fazendo uma pergunta capciosa para tentar me fazer lembrar de outro detalhe, não é, Srta. York? Quantos anos pareço ter? Vinte? Trinta?

– Algo entre os dois, imagino.

– Vamos supor, para efeito de argumentação, que eu tenha 25 anos – sugeriu o Sr. Smith. – Precisaria me manter muito ocupado para já ter seis filhos.

Ele sorriu e pareceu subitamente animado e travesso, apesar da palidez.

– Três pares de gêmeos – arriscou ela.

– Ou dois conjuntos de trigêmeos. – Ele riu. – Mas eu com certeza não poderia ter me esquecido de uma esposa, poderia? Ou de filhos? Por outro lado, talvez sejam eles a razão para minha memória ter resolvido sumir.

– Também sabemos que o senhor tem senso de humor. Tudo isso está sendo muito enervante, não? Mas ainda consegue brincar e rir.

– Ah, agora estamos chegando a algum lugar – falou o Sr. Smith. – Tenho senso de humor. Uma evidência-chave. Agora talvez sejamos capazes de descobrir quem eu sou. Mas, não, talvez não... atualmente não existe mais a figura do bobo da corte, não é mesmo? Seria uma pista bastante promissora.

Ele pousou um braço sobre os olhos e suspirou.

Rachel o encarou com simpatia. A vida dela não fora repleta de grandes momentos de felicidade, mas ainda assim detestaria acordar um dia e descobrir que tudo havia se apagado de sua memória. O que restaria?

– Talvez eu seja o mais sortudo dos homens, Srta. York – comentou o Sr. Smith, parecendo ter lido a mente dela. – Somos frequentemente encorajados a olhar para o lado bom de qualquer acontecimento, até do pior desastre, não é verdade? Com a perda da memória, descubro-me livre do passado e de todos os seus fardos. Posso me recriar e moldar um futuro sem a influência repressora dele. O que imagina que me tornarei? Ou, sendo mais objetivo talvez, *quem* devo me tornar? Que tipo de pessoa Jonathan Smith deve ser?

Rachel fechou os olhos e engoliu em seco. Ele falava com tranquilidade, como se achasse aquilo divertido. Ela considerava a situação aterradora.

– Só o senhor pode decidir isso – disse baixinho.

– Nu eu nasci naquela outra vida de que não consigo me lembrar e nu nasci também nesta nova vida. Eu me pergunto se, quando nascemos a primeira vez, nos esquecemos de tudo o que aconteceu antes... William Wordsworth desejaria que acreditássemos nisso. Já leu algum poema dele, Srta. York? A "Ode à imortalidade", por exemplo? "Nosso nascimento não é senão sonho e esquecimento"?

– Agora sabemos algo mais a seu respeito: o senhor lê poesia.

– Talvez eu também escreva. Talvez saia declamando versos ruins aonde quer que vá. Talvez essa morte e esse renascimento sejam o maior favor que já fiz para os meus contemporâneos.

Rachel deu uma gargalhada e o Sr. Smith tirou o braço de cima dos olhos e riu com ela.

– Sim, é claro – continuou ele –, caído do céu por um buraco em uma nuvem. Decidi que essa é a única explicação.

Rachel riu de novo e baixou os olhos para limpar uma poeira invisível da saia do vestido. Lá estava ela de novo sozinha com ele, sentindo a indesejada atração. Mas o homem era um *inválido*. E ela era sua *enfermeira*.

– E, assim – prosseguiu o Sr. Smith –, tive sorte o bastante para gozar de dois nascimentos no curso de uma vida. Só que, desta vez, não tenho uma mãe para cuidar de mim e me alimentar. Estou por conta própria.

– Ah, não, não fale assim – replicou ela, inclinando-se para a frente na cadeira. – Vamos apoiá-lo e ajudá-lo, Sr. Smith. Não vamos abandoná-lo.

Os olhos dos dois se encontraram e ficaram fixos um no outro. Os dois permaneceram calados pelo que pareceu um longo tempo, mas o ar parecia vibrar entre eles. Rachel voltou a se perguntar se seria a responsável por aquilo e desviou os olhos.

– Obrigado. A senhorita é incrivelmente gentil. *Todas* vocês são. Mas não tenho a intenção de ser um fardo por mais tempo do que o necessário. Já estou em dívida o suficiente.

A conversa estava ameaçando se tornar pessoal.

– Vou deixá-lo a sós. Estou certa de que precisa descansar.

– Fique. – Ele estendeu o braço na direção dela, mas abaixou-o antes que Rachel pudesse imaginar se tivera a intenção de pegar a sua mão. – Se puder, é claro. E se tiver vontade. Sua presença me acalma. – O Sr. Smith riu baixinho. – Pelo menos às vezes.

O homem caiu no sono quase no mesmo instante. Rachel poderia ter saído do quarto na ponta dos pés, mas ficou onde estava, olhando para ele, imaginando quem seria, o que faria quando houvesse se recuperado o suficiente para ir embora.

E se perguntando se era normal sentir uma... uma atração *física* tão grande por um desconhecido que salvara da morte.

Ao longo da semana seguinte, os ferimentos na cabeça de Alleyne haviam se curado o bastante para que ele conseguisse movê-la livremente em qualquer direção, desde que não o fizesse de forma brusca. E podia permanecer sentado por períodos cada vez mais longos sem ficar tonto. Os hematomas já não estavam tão feios e as dores iam diminuindo gradualmente. A perna se curava mais devagar, já que a bala de mosquete parecia ter causado algum dano aos músculos ou tendões da coxa. Assim, Alleyne ainda não podia se apoiar na perna ferida, e Geraldine ameaçara amarrá-lo à cama caso ele tentasse.

– *Pelado* – acrescentara ela enquanto varria o quarto, fazendo-o gargalhar.

Sentia-se terrivelmente inquieto. Não poderia ficar na cama para sempre, mais fraco a cada hora que passava. Ele mexia a perna e flexionava o pé e o tornozelo o máximo possível sob as cobertas. Com frequência, quando estava só, sentava-se na beira da cama e exercitava a perna sem colocar peso nela e sem exagerar para não desmaiar de dor. Precisava mesmo era de muletas. Mas como poderia pedi-las se não tinha meios de pagar por elas?

Alleyne tinha a sensação de ser um prisioneiro. Além de apenas uma das pernas ter pleno funcionamento, ele não possuía absolutamente nada, nem mesmo as camisolas que usava. Como poderia adquirir outras roupas? E como poderia sair da casa, e até mesmo daquele quarto, se não as adquirisse? Estava agoniado para procurar alguma pista de sua identidade, mesmo sabendo por Phyllis que a maior parte dos britânicos já havia partido àquela altura.

Perguntou-se por que ela e as outras ainda estavam ali. Parecia lógico presumir que tinham chegado à cidade para fazer negócio aproveitando o período de alvoroço em Bruxelas, com o pessoal do Exército e os visitantes britânicos. Então, Alleyne se deu conta de que a presença dele devia estar retendo-as. Ele se encolheu, como se sentisse dor.

É claro que elas ainda estavam fazendo negócios. Quase toda noite ouvia o barulho animado no andar de baixo, e logo sons mais íntimos, de prazeres privados, mais perto. Era tudo muito frustrante.

Era Rachel York que Alleyne via com mais frequência. Ela se sentava ao lado dele várias vezes por dia, embora já não fosse mais necessária a vigilância constante à sua cabeceira. Rachel costumava trazer algum trabalho de costura e mantinha a cabeça baixa sobre o que fazia enquanto conversava com Alleyne, ou ficava ali sentada, os dois em um silêncio camarada, até que ele cochilasse. Às vezes, Rachel lia em voz alta trechos do livro que Alleyne vira sobre a penteadeira dela: *Joseph Andrews*, de Henry Fielding. Era interessante descobrir que ela sabia ler... uma prostituta instruída.

Alleyne tentava ao máximo não usar essa palavra quando pensava nela. Na verdade, aquela era uma situação estranha: não gostava menos das outras quatro damas por causa da profissão, mas ficava desconfortável ao pensar que Rachel era uma delas. Talvez porque nenhum cavalheiro gostasse de admitir que estava enfeitiçado por uma prostituta.

Ele ansiava pelas visitas de Rachel. Gostava de observá-la e de ouvir a sua voz. Gostava dos seus silêncios. Gostava do modo como ela fazia seu coração acelerar, sentir-se mais cheio de vida e de energia. Não que Rachel houvesse flertado de novo tão abertamente como naquela tarde em que se sentara na beira da cama e tocara o inchaço em sua cabeça. Talvez tivesse entendido mal no fim das contas, pensou Alleyne. Talvez só ele houvesse sentido a tensão sexual naquele momento, atraído pela beleza, simpatia e proximidade de Rachel.

William Strickland criara o hábito de passar no quarto de Alleyne uma ou duas vezes por dia para ver se podia fazer algo por ele.

– A questão é a seguinte, senhor... – desabafou o sargento certo dia. – Estou bem o bastante para ir embora. Na verdade, nunca estive mal a ponto de realmente precisar ficar aqui, mas as damas me trataram como se eu estivesse prestes a dar meu último suspiro, por assim dizer. Porém, agora que *estou* aqui, parece que não consigo reunir coragem para partir. Aonde deveria ir? Tudo que sei fazer é trabalhar como soldado.

– Eu o entendo.

– Pensei em ir com elas quando voltarem para a Inglaterra, como uma espécie de guarda-costas, senhor. Vão precisar, já que são damas sem cavalheiro... por mais que alguns não fossem chamá-las de *damas*. Mas não tenho certeza se de fato precisam de mim ou mesmo se querem que eu vá.

O sargento levava água e navalha todo dia e sempre se oferecia para barbear Alleyne, que por sua vez declinava da gentileza e desempenhava a tarefa ele mesmo. Certa manhã, o sargento comentou enquanto o observava:

– Acho que não precisa de um valete, precisa, senhor? – perguntou com um suspiro patético. – Há mais mulheres do que o necessário para cuidar do senhor, mas nenhum homem. Um cavalheiro deve ter um homem a seu serviço.

– Sargento Strickland – disse Alleyne com uma risada triste –, o senhor ao menos tem o seu conjunto de barbear e provavelmente um ou dois pertences além do uniforme e das botas. Talvez tenha até algumas moedas para tilintar em seu bolso. No momento, possuo apenas a pele com que nasci e nada mais...

O sargento voltou a suspirar.

– Bem, se mudar de ideia, senhor... Acredito que ficarei aqui por mais alguns dias. Poderíamos chegar a um acordo.

Um cego guiando o outro, pensou Alleyne depois que Strickland voltou ao próprio quarto no sótão. Bom, um caolho guiando o incapaz talvez fosse uma imagem mais precisa.

Alleyne começara a temer que sua memória jamais voltasse. Era um terror profundo, de revirar os intestinos, enfraquecer os joelhos e atordoar a alma, na verdade.

Ele existia se não tinha passado?

Tinha algum valor como ser humano se não era ninguém?

Que significado poderia ter qualquer coisa que houvesse feito durante a vida se tudo podia ser apagado com uma queda do lombo de um cavalo?

Quem ele deixara para trás depois de perder a memória daquela forma, como se houvesse morrido?

Quem o pranteara?

Muito, muito tolamente, Alleyne ansiou por Rachel York – como se, no lugar de uma mãe, ela pudesse beijar seus machucados e fazê-lo se sentir melhor.

Embora com certeza não pensasse em Rachel como uma mãe.

Alleyne decidiu que, de algum modo teria que arranjar um par de muletas e algumas roupas. Precisava sair dali.

CAPÍTULO VI

As damas andavam inquietas e impacientes para voltar para casa. Estavam ansiosas para seguir o rastro do reverendo Nigel Crawley. A determinação delas para encontrá-lo, puni-lo e pegar de volta o dinheiro não diminuíra nem um pouco. Crawley não conseguiria se safar de um crime daqueles, declararam, ainda mais quando achavam que nenhum homem era capaz de enganá-las. Flossie e Bridget haviam escrito para o maior número de conhecidas que sabiam ler, mas tinham especificado nas cartas que qualquer resposta deveria ser mandada para Londres, pois não esperavam permanecer em Bruxelas por muito mais tempo. Estavam ávidas para descobrir se já haviam recebido algum retorno.

As mulheres fizeram uma reunião na cozinha certa tarde enquanto o sargento Strickland estava com o Sr. Smith.

Precisavam discutir alguns pormenores primeiro. Todas elas, com exceção de Rachel, conheciam muitos homens de Bruxelas. E Flossie e Geraldine tinham o hábito de calcular as medidas de um homem sem precisar de uma fita métrica. Elas conversaram sobre as roupas de que o Sr. Smith precisaria para andar mais livremente pela casa e, por fim, partir. Tomaram para si a tarefa de obter vestimentas de várias fontes. E Phyllis conseguiria alguém que doasse, ou ao menos emprestasse, um par de muletas.

Contudo, havia um problema muito maior a ser resolvido, é claro, antes que estivessem enfim livres para ir embora de Bruxelas.

– Ele ainda não consegue se lembrar de nada do que aconteceu antes de acordar aqui, certo? – indagou Geraldine. – Portanto, não temos nenhum lugar para onde mandá-lo e ele não tem nenhum lugar para ir.

– De qualquer modo, o homem ainda nem consegue caminhar – observou Phyllis.

– E estará mais fraco do que um bebê depois de ter passado mais de uma semana na cama – acrescentou Bridget.

– É um homem muito, muito encantador – comentou Flossie com um suspiro. – Mas às vezes tenho vontade de mandá-lo para o inferno.

– Se pudesse voltar no tempo e fazer as coisas de modo diferente, eu o teria deixado nos portões de Namur – disse Rachel. – Alguém teria cuidado dele. E ele teria sido reconhecido como um oficial assim que recuperasse a consciência. E alguém teria tomado para si a responsabilidade de descobrir quem era.

Só que ela não teria suportado abandoná-lo. E agora não conseguia suportar ouvi-lo falar de si mesmo como um fardo.

– Meu Deus, mas como ele é bonito – disse Phyllis com um suspiro. – Estou prestes a me apaixonar pelo homem.

– Todas estamos, Phyll, embora não seja apenas pela aparência dele, não é? – comentou Geraldine. – Ele tem um brilho malandro nos olhos. Não, não lamente tê-lo trazido para cá, Rache. Não me ressinto da presença dele aqui nos últimos dez dias... e o mesmo vale para Will Strickland.

– Mas logo vamos ter que fazer algo a respeito dos dois, Gerry – advertiu Flossie. – Não podemos ficar aqui para sempre. Estou com tanta saudade da Inglaterra que tenho vontade de gritar.

– Alguma sugestão sobre o que fazer com o Sr. Smith? – perguntou Bridget.

– Poderíamos sair e bater em cada porta da rua para ver se alguém perdeu um belo cavalheiro de olhos travessos e nariz aristocrático – sugeriu Phyllis.

As cinco riram.

– Mas nem todas falam francês aqui, Phyll – lembrou Flossie.

– Poderíamos convidá-lo para trabalhar conosco em Londres – sugeriu Geraldine. – Ele poderia trabalhar enquanto saíssemos para perseguir Crawley.

– As damas fariam fila por toda a rua até dobrar a esquina – afirmou Bridget. – Nossos clientes não conseguiriam chegar nem perto da porta quando voltássemos para Londres.

– Nesse caso, poderíamos cobrar uma porcentagem dos ganhos dele para pagar o aluguel – sugeriu Flossie. – Logo estaríamos ricas o bastante para comprar *duas* pensões.

Ao menos as mulheres tinham um senso de humor afiado, pensou Rachel quando todas voltaram a gargalhar. Na realidade, as perspectivas eram desoladoras. Havia pouquíssimas chances de encontrarem Nigel Crawley e, mesmo se isso acontecesse, era pouco provável que recuperassem algum dinheiro. Ainda assim, ela sabia que o orgulho e a indignação fariam com que as mulheres fossem atrás do reverendo de qualquer modo. Estariam duas vezes mais pobres quando enfim admitissem a derrota e voltassem para o trabalho. Felizmente eram capazes de rir de si mesmas.

Se ao menos Rachel conseguisse pensar em uma forma de ajudar as amigas... Entretanto, por mais abastada que fosse estar dali a três anos, no momento estava paupérrima.

– Acho que às vezes esquecemos que o Sr. Smith perdeu a memória, mas não a inteligência. Ele está se recuperando dos ferimentos e não acredito que vá se contentar em permanecer na cama ou dependente de nós por muito mais tempo. Talvez não caiba a nós decidir o que fazer com ele. Talvez o homem tenha algumas ideias próprias a esse respeito.

– O pobre querido... – disse Phyllis. – Talvez *ele* ande para cima e para baixo em cada rua da cidade, batendo nas portas.

– Ele será agarrado pela primeira mulher que abrir a porta – arriscou Geraldine com um suspiro. – Mas acho que deveríamos, *sim*, perguntar a ele.

– Eu farei isso – ofereceu-se Rachel. – Sentarei ao lado dele por um tempo esta noite enquanto vocês trabalham. Se o Sr. Smith não tiver nenhuma ideia, então voltaremos a nos reunir para pensar. Se conseguirmos resolver logo o problema dele, poderemos concentrar nossos esforços em obter algum dinheiro para ir atrás do Sr. Crawley.

Ela odiava pensar no Sr. Smith como um *problema*. Também odiava pensar no dia – bem próximo agora – em que ele não precisaria mais delas e iria embora.

– Minha ideia favorita ainda é escalar a hera na calada da noite e pegar suas joias, Rache – disse Geraldine, provocando risadas gerais.

Rachel se levantou e levou as xícaras vazias, os pires e pratos para a tina de lavar.

Quando levou a refeição da noite a Alleyne, Phyllis avisou que ele teria um par de muletas na manhã seguinte. Ele lhe falou que tinha vontade de beijá-la só por ouvir isso.

Phyllis caminhou na direção da cama, balançando os quadris de forma atrevida, e se inclinou sobre ele, projetando os lábios para a frente, para que Alleyne cumprisse o dito. Ele riu enquanto puxava a cabeça dela para baixo pela nuca e lhe dava um beijinho rápido nos lábios.

– E de onde estão vindo? – perguntou Alleyne enquanto Phyllis endireitava o corpo e abanava vigorosamente o rosto com uma das mãos, batendo as pestanas.

– Não se preocupe, conheço alguém.

Mais tarde, Geraldine disse quase o mesmo ao recolher a bandeja e lhe informar que logo ele teria algumas roupas, talvez no dia seguinte mesmo.

– Conhecemos pessoas – respondeu, assumindo a típica pose de mãos nos quadris e seios projetados para a frente, e piscou para ele.

Naquela noite, Alleyne ouviu a porta da rua se abrir e fechar e o barulho de vozes masculinas se misturando a risadas femininas. Strickland contara a ele que havia jogos de cartas na casa toda noite; as damas cuidavam das apostas e agiam como anfitriãs. Porém, o toque de recolher era obrigatório à uma da manhã. A partir de então, elas se dedicavam ao outro lado de sua profissão.

Como não adiantava nada ficar remoendo os problemas o tempo inteiro, Alleyne escolheu se divertir de novo com o fato de ter recebido abrigo em um bordel e ser sustentado ali. Estava muito claro para ele de onde viriam as muletas e as roupas. As damas com certeza não iriam comprá-las. Por um lado, era um alívio; por outro, continuava sendo uma situação desconfortável se ele se permitisse pensar a respeito. Alleyne optou por rir daquilo. Um dia, depois que recobrasse a memória e retomasse sua vida normal, olharia para trás, para aquele momento, e gargalharia.

Pelo menos conseguiria se deslocar pelo quarto no dia seguinte. Se algumas roupas também já houvessem chegado, ele talvez conseguisse até sair do cômodo. Quem sabe em alguns dias poderia deixar a casa em busca de sua identidade. Seria uma tarefa hercúlea se levasse em consideração que estava em uma cidade estrangeira, de onde aparentemente a maior parte dos visitantes britânicos já partira ou para seguir os exércitos até Paris ou para voltar à Inglaterra. Mas ao menos ele conseguiria *fazer* alguma coisa.

Talvez então tivesse mais sucesso em afastar o pânico.

Entediado, pegou para ler *Joseph Andrews*, que Rachel York deixara na mesa de cabeceira. Porém, depois de alguns minutos, pegou-se olhando para a mesma página, a testa franzida, pensando. Voltara a acordar de um cochilo naquela tarde com o mesmo pânico, preocupado com a carta.

Mas que diabos, *que carta*?

Alleyne desconfiava de que, caso se lembrasse dessa resposta, todo o resto voltaria. Entretanto, só o que retornou foi o latejar familiar de uma dor de cabeça. Ele fechou o livro, colocou-o na mesa de novo e encarou o baldaquino sobre sua cabeça.

Ainda estava olhando para cima quando a porta do quarto foi aberta.

Era Rachel York. Ele prendeu a respiração.

Ela estava usando um vestido simples, em cetim azul-pálido. Mas, é claro, não precisava de nada elaborado. O decote baixo e a cintura alta destacavam o colo elegante. Pregas de tecido macio e sedoso deslizavam pelas curvas atraentes e pelas pernas bem torneadas. Rachel arrumara o cabelo de um modo ainda mais belo do que o normal: estava erguido em tranças finas e cachos, com algumas poucas mechas roçando o pescoço e as têmporas. Alleyne não tinha certeza se o rosado em suas faces era natural ou resultado de uma aplicação bem-feita de cosméticos. De qualquer forma, Rachel parecia mais atraente do que nunca.

Ele a estava vendo pela primeira vez usando roupas de trabalho, pensou Alleyne. Realmente teria preferido não ver. Deu-se conta de que, naquele dia mesmo, havia chamado as outras damas pelos primeiros nomes, mas sempre a chamava de *Srta. York*. Não gostava de pensar nela como uma prostituta.

– Boa noite. Está se sentindo negligenciado?

– Na verdade, me sinto mais como uma baleia encalhada – retrucou Alleyne. – Mas soube que devo receber muletas e roupas amanhã. Não tem ideia de como me sinto grato a todas.

– Ficamos felizes em poder ajudar.

Ela sorriu.

– A senhorita não está trabalhando? – perguntou Alleyne, e logo desejou não ter feito isso.

– Não esta noite. Vim me sentar com o senhor por um tempo. Posso?

Ele indicou a cadeira com uma das mãos e Rachel se sentou com a habitual graciosidade, em seus modos de dama. Quando ouviu gargalhadas no andar de baixo, Alleyne ficou satisfeito por ela não estar lá.

– Vai se sentir feliz por poder se locomover novamente e recuperar suas forças – comentou Rachel.

– Mais do que a senhorita é capaz de imaginar. Prometo que não serei um fardo por muito mais tempo. Assim que conseguir andar com uma velocidade razoável, assim que estiver decentemente vestido, vou embora em busca de quem sou e do lugar de onde vim.

– Vai? Estávamos conversando esta tarde mesmo sobre como podemos ajudá-lo, mas então nos ocorreu que talvez o senhor tivesse ideias próprias a respeito. O que pretende fazer? Como vai descobrir quem é?

– Ainda deve haver alguns militares aqui e também alguns membros da nobreza. Alguém pode me reconhecer, ou talvez exista algum registro do meu desaparecimento. Se não conseguir encontrar nenhuma resposta aqui, acharei um modo de seguir para Haia. Há uma embaixada britânica lá. Eles me ajudarão, nem que seja me mandando de volta para a Inglaterra.

– Ah, então o senhor *realmente* tem planos. – Ela o encarou com os adoráveis olhos castanho-claros. – Mas não há pressa. Não ache que precisa sair correndo daqui. Esta é a sua casa pelo tempo que precisar.

Alleyne sentiu um súbito desejo por ela.

– Pelo contrário – replicou ele. – Já estou aqui há quase duas semanas, sem nenhuma noção da minha identidade ou do lugar de onde vim, enquanto as pessoas provavelmente estão procurando por mim e pensando o pior. E, talvez o mais importante, vocês devem estar ansiosas para voltar à Inglaterra. Já as mantive aqui por tempo demais.

– Nem por um momento. Estamos felizes por tê-lo aqui. Sentirei sua falta quando se for.

"*Estamos* felizes", mas "*sentirei* sua falta": não escapou a Alleyne a mudança do pronome.

E ele também sentiria falta dela.

Sem pensar, Alleyne estendeu a mão em sua direção. Rachel ficou olhando para ela por alguns instantes e ele pensou se poderia recolhê-la sem tornar tudo ainda mais constrangedor. Rachel se inclinou para a frente e pousou a mão na dele. Era cálida e esguia, a pele macia. Alleyne fechou os dedos ao redor.

– Vou encontrá-la de novo algum dia e descobrir um modo de pagar, ao menos em parte, o débito que tenho com a senhorita. Não há como pagá-la pela minha vida, é claro.

– O senhor não me deve nada – falou Rachel, e subitamente Alleyne se deu conta de que o brilho nos olhos da jovem era de lágrimas represadas.

Ele devia ter soltado a mão dela, então, e mudado de assunto. Havia um grande número de assuntos sobre o qual poderia ter conversado com segurança. Poderia ter lhe pedido que lesse mais de *Joseph Andrews*. Em vez disso, apertou a mão de Rachel com mais força.

– Venha cá – disse baixinho.

Ela pareceu assustada por um instante e Alleyne pensou que recusaria – o que poderia até ser bom, considerando o nível de tensão no quarto. Porém, Rachel se levantou e se sentou na beira da cama, o tempo todo segurando a mão dele.

Ainda estava longe demais. Parecia haver menos ar no quarto do que pouco tempo antes. O olfato dele foi atiçado por um aroma que, Alleyne se deu conta, sempre associara a ela.

– Rosas?

– Gardênia. – Ela baixou os olhos, agora arregalados, para encontrar os dele. – É o único perfume que já usei. Meu pai costumava me dar um vidro todo aniversário.

Alleyne inspirou lentamente.

– Gosta? – perguntou Rachel, e de repente ocorreu a ele que a jovem estava flertando daquele modo bem sutil. Teria orquestrado toda a cena?

– Gosto.

Alleyne observou-a umedecer o lábio superior, a língua passando devagar de um canto a outro. Ele fixou os olhos naquele movimento. Rachel tinha os lábios mais macios e desejáveis que já vira – ao menos era o que achava, já que não tinha como saber ao certo.

– Srta. York, eu não deveria tê-la convidado a se aproximar tanto. Temo estar prestes a me aproveitar de sua bondade ao vir se sentar comigo. Estou prestes a beijá-la. É melhor voltar para a sua cadeira, ou até mesmo sair novamente, se me considera impertinente ou presunçoso.

Os olhos dela ficaram ainda maiores, se é que isso era possível. As faces mais rosadas. Os lábios se entreabriram. Mas Rachel não se moveu.

Faço muito bem o papel de inocente, não concorda?

Ela lhe dissera essas palavras algum tempo antes e Alleyne já havia concordado na época. Agora, concordava cem vezes mais.

– Não o considero presunçoso – respondeu Rachel num sussurro.

Alleyne soltou a mão dela e pegou-a pelos braços. Viu que estavam arrepiados. Ele os acariciou por um tempo e puxou-a para baixo. Rachel apoiou as mãos no peito de Alleyne quando os lábios dos dois se tocaram.

Ele beijou-a com suavidade, os lábios se movendo sobre os dela, primeiro fechados, então abertos. Alleyne lambeu-lhe os lábios e enfiou a língua entre eles para roçar a carne quente e úmida mais além. Rachel não se mexeu para interromper o beijo, como ele imaginara que fosse acontecer, sorrindo provocantemente e escapando escada abaixo para atender aos clientes pagantes – por pior que fosse aquele pensamento.

Alleyne se permitiu perder um pouco mais do controle e aprofundou o beijo. Passou os braços ao redor dela e os seios encostaram em seu peito. Ele beijou-a com mais avidez, a língua penetrando mais fundo na boca. Podia sentir uma das tranças finas dos cabelos dela roçando a lateral do próprio rosto. Rachel era tão linda quanto ele sempre achara que fosse. Mesmo em um encontro relativamente casto como aquele, era uma mulher sedutora.

Ainda assim, Alleyne percebeu que, a princípio, ela beijava como uma jovem inocente, os lábios fechados, um pouco projetados para a frente, abrindo-os apenas quando ele os provocou com a língua. Era muito atraente. A ilusão de inocência se mesclava à sua sensualidade ardente e real em uma mistura explosiva. Alleyne sentia-se muito mais excitado do que seria o ideal naquelas circunstâncias. Mas, por enquanto, não se preocupava com isso.

Ela afastou a cabeça depois de um longo tempo e baixou os olhos para ele, as pálpebras semicerradas, a expressão questionadora. Quando Alleyne voltou a puxar a cabeça dela para baixo, beijou-a com mais gentileza, invadindo-lhe a boca aos poucos.

Foi Alleyne quem se afastou por fim, embora com a mais profunda relutância.

– Peço desculpas. Provavelmente isso não foi muito empolgante para a senhorita, que esperava por uma noite livre. E não posso nem pagar pelos seus serviços, quer cobre alguns centavos ou centenas de libras. Além do mais, gosto da senhorita e não me aproveitaria de sua boa natureza.

Ele viu o que talvez fosse perplexidade nos olhos de Rachel e, logo, mais alguma coisa. Ela abaixou mais a cabeça e pousou-a no ombro dele. Alleyne permitiu que a jovem se apoiasse novamente em seu peito. Os cabelos de Rachel faziam cócegas no queixo e no nariz dele.

Iria sofrer por aquela tolice, pensou Alleyne. Devia algo melhor do que isso a Rachel. Teria sorte se a amizade deles – *havia* uma espécie de amizade – sobrevivesse ao que estavam fazendo. Porém, antes que pudesse sofrer os arrependimentos do dia seguinte, precisava lidar com o desconforto daquela noite: estava rígido de desejo por ela.

Alleyne não tinha como saber havia quanto tempo estava sem uma mulher, mas parecia tempo demais. E ele desconfiava que não serviria qualquer mulher. Que o diabo o levasse, mas ele se permitira envolver por Rachel York. Ao que parecia, não tivera nada melhor para fazer com seu tempo e sua energia.

– Não estava pensando em nenhum pagamento – disse ela. – E o senhor não está se aproveitando de mim.

– Então deve ser o contrário – falou ele, rindo baixinho, tentando amenizar o momento. – *A senhorita* está se aproveitando de *mim*.

– Porque está enfraquecido com os machucados? – Rachel ergueu a cabeça, apoiou mais uma vez as mãos no peito dele e o encarou com uma expressão desconcertada. – Eu fiz isso? Não tive a intenção. Vou embora imediatamente.

Maldição, pensou Alleyne, ele a *magoara*. Não deveria ter mencionado a profissão dela. Rachel não estava ali com essa intenção. Sabia que ele não tinha nenhum meio de pagá-la.

Alleyne segurou-a pelos braços quando ela estava prestes a erguer o corpo.

– Rachel, não vá. Por favor, não vá. Eu só queria saber se não a estava ofendendo... mas parece que foi o que fiz de qualquer modo. Pode me perdoar?

Ela assentiu e Alleyne passou uma das mãos por sua nuca e puxou-a para beijá-la de novo.

– Fique comigo? – pediu ele contra os lábios dela.

Alleyne a ouviu engolir em seco.

– Sim.

– Essa porta tem tranca?

– Tem.

– Tranque-a, então. Vamos nos certificar de ter privacidade.

– Sim.

Rachel se levantou e ficou parada por alguns instantes de costas para ele depois de trancar a porta. Fariam amor, pensou, e não se sentiria culpado. Ela acabara de dizer que não pensara em pagamento, pois sentia uma vontade sincera de estar com ele. Muito bem, então. Se ela o desejava como ele a desejava, os dois teriam prazer juntos e se separariam amigavelmente assim que Alleyne estivesse forte o bastante para partir. E deixariam lembranças agradáveis um para o outro.

Entretanto, quando Rachel se virou e Alleyne viu o rubor de suas faces, ela parecia de fato a inocente que fingia ser e ele se sentiu ligeiramente pecaminoso por desejá-la de maneira tão desesperada.

CAPÍTULO VII

Só quando deu a volta na chave é que Rachel se deu conta plenamente do que acabara de fazer e do que estava prestes a fazer.

O Sr. Smith lhe avisara que iria beijá-la, mas ela não o detivera. Não *quisera* detê-lo. Agora ele lhe pedira que ficasse e Rachel concordara, embora não tivesse dúvida do que o homem pretendia.

O Sr. Smith iria levá-la para a cama.

E ela aceitara.

Estaria louca? Completamente *insana*? Mal o conhecia. Na verdade, nem sequer sabia o nome verdadeiro do sujeito. Logo ele sairia da vida de Rachel, partiria para sempre, apesar da promessa de encontrá-la algum dia para que pudesse pagar parte da dívida que achava ter com ela.

O Sr. Smith acreditava que ela era uma prostituta. Achava que aquele momento não era nada mais para ela do que uma breve diversão à parte, sem dinheiro envolvido.

Não era tarde demais. Ainda poderia recusar, destrancar a porta e fugir para o seu quarto no sótão.

Mas tinha 22 anos e sua vida até ali fora tão árida de empolgação, fosse sexual ou de outra natureza... Os homens que tivera oportunidade de conhecer – inclusive certos cavalheiros que frequentavam a casa de Lady Flatley e haviam pensado que ela era presa fácil por ser uma espécie de criada – sempre lhe provocaram arrepios de repulsa. Quando ela avaliara de forma muito racional e concordara em se casar com o Sr. Crawley porque achara que ele era bem diferente de todos os outros, descobrira que o reverendo era um patife de coração gelado.

Queria fazer aquilo. Ansiava por fazer aquilo com Jonathan Smith. Não havia ilusões nem promessas envolvidas. Não havia futuro. Apenas aquela noite. Não suportaria destrancar a porta e sair do quarto. Tinha certeza de que, se fizesse isso, se parabenizaria pelo resto da vida pelo próprio bom senso e fingiria que não se arrependia.

Sentia-se terrivelmente atraída por ele.

Levou alguns segundos para que esses pensamentos assentassem na mente de Rachel. Então ela inspirou devagar e se virou para o quarto. Talvez se lamentasse no dia seguinte, mas deixaria para pensar nisso quando o dia seguinte chegasse.

Ao olhar para ele e ver o desejo escancarado no rosto misteriosamente belo, percebeu o problema: não sabia como agir em uma situação daquelas. Se não houvesse saído da cama, não teria pensado na própria ignorância, mas ali estava ela, parada do outro lado do quarto, sem ter ideia do que fazer.

Rachel sorriu.

– Vai ter que me ajudar a sair do vestido e do espartilho.

Ela sentou-se novamente à beira da cama, de costas para Jonathan Smith, e inclinou a cabeça para a frente.

Ele não disse nada, mas Rachel sentiu seus dedos trabalharem nos botões, presilhas e cadarços. Ela segurou o vestido contra os seios depois que ele e o espartilho foram abertos nas costas e experimentou o frescor da noite contra a pele nua. Smith afastou a roupa dos ombros de Rachel, que estremeceu com as carícias das mãos masculinas.

Ela se levantou, então, e soltou o vestido, que deslizou, levando junto o espartilho. Deixou tudo de lado. Só o que restava eram as meias e a fina roupa de baixo que se moldava ao corpo. Rachel se sentou na cama de novo e foi tirando as meias. Percebeu que, ao mesmo tempo, ele despia a camisola e a jogava no chão, por cima do vestido.

Ela se virou e baixou os olhos para Smith. Os ombros eram muito largos, o corpo, musculoso e muito másculo, apesar de ele ter ficado inválido por quase duas semanas. O homem a encarava de volta, os olhos escuros, intensos. Rachel sentiu um medo súbito e repentino da paixão que parecia vibrar entre eles, mas é claro que já era tarde demais para mudar de ideia.

Além do mais, sentia um fascínio e um desejo avassalador misturados ao medo.

– Solte os cabelos – pediu Smith, mas, antes que ela pudesse levantar os braços, ele segurou suas mãos. – Não, deixe que *eu* os solte.

Como tinha tempo antes de começarem os trabalhos da noite, Geraldine fora até o quarto de Rachel para conversar e pegar emprestada a escova da outra com a permissão da dona. A prostituta fizera em Rachel um penteado que era uma obra de arte e a jovem ficara satisfeita, porque queria estar bonita para a visita ao cômodo de Jonathan.

Ele se demorou tirando os grampos e soltando as tranças. Rachel abaixou a cabeça de modo que os rostos deles ficassem próximos. Os cabelos caíram ao redor dos dois como uma cortina. Por vezes, Jonathan interrompia seus esforços para puxá-la mais para perto e beijá-la delicadamente – nas pálpebras, no nariz, nos lábios. Rachel sentia os seios rígidos, quase inchados, além de um latejar forte no ventre que se espalhava até o meio das pernas; reconheceu-o como um efeito físico do desejo.

Tudo aquilo parecia terrivelmente pecaminoso, pensou. E também insuportavelmente erótico. Se ele não terminasse logo de soltar seus cabelos, Rachel achava que pegaria fogo.

– Receio que o ferimento da minha perna vá me tornar menos ágil do que eu gostaria de estar neste momento – disse Jonathan por fim, passando os dedos pelos cabelos soltos de Rachel e puxando a cabeça dela para baixo mais uma vez, de modo que seus lábios se tocassem. – Terá que montar em mim e fazer a maior parte do trabalho. Levante-se por um momento.

Quando Rachel obedeceu, Jonathan afastou as cobertas para que ela se juntasse a ele na cama. As pernas bambas da jovem quase a traíram. E ela quase se esqueceu de respirar. Apoiou um dos joelhos no colchão e ele segurou a barra da camisa de baixo dela com ambas as mãos. Rachel levantou os braços para que Jonathan a despisse. A peça foi se juntar às outras no chão.

Ela estava assustadoramente consciente da vela acesa na mesa de cabeceira. Jonathan a encarava com os olhos semicerrados e os lábios torcidos.

– Para ser justo com as outras mulheres, deve haver alguma imperfeição na sua pessoa. Mas, se houver, não consigo ver. Venha cá.

Rachel estava com 22 anos, logo não era de todo ignorante a respeito do assunto, mas o homem à sua frente com certeza esperava experiência e talento. Bom, ela lhe dissera certa vez que era quem atendia aos que gostavam de inocência fingida.

– O senhor precisa me orientar. Sou nova nisso, lembra?

Ele riu baixinho.

– Monte em mim e lhe darei uma aula de amor... embora eu acredite que terminarei sendo mais pupilo do que professor.

Naquele momento, Rachel deu graças pela atadura que envolvia a coxa de Smith. Como precisava montar nele e se acomodar de modo a não machucá-lo, a não encostar no ferimento sem querer, a situação não foi tão estranha, logo não experimentou um constrangimento profundo. Ela sentiu o calor do corpo dele se espalhar por suas coxas.

Uma fraqueza quase dolorosa subiu pelo corpo dela, e até mesmo sua garganta ardia. Pousou as mãos nos ombros de Jonathan e se inclinou sobre ele, os olhos fixos nos dele.

Jonathan assumiu a partir daí. Ele passou uma das mãos pela nuca de Rachel e beijou-a de boca aberta, invadindo-a com a língua. Ela nunca sonhara ser consumida por um desejo tão grande.

Nos minutos seguintes, Smith tocou cada centímetro do corpo dela – com as mãos, os dedos, os lábios, a língua, os dentes – de maneiras que Rachel nem imaginava serem possíveis. Chupou seus seios, lambeu seus mamilos, mordiscou-os um pouco até ficarem rígidos e quase insuportavelmente sensíveis. Jonathan pousou a mão espalmada sobre o ponto mais íntimo dela, que pulsava, levando-a à loucura, então abriu-a, explorando a carne, acariciando, provocando, arranhando de leve... e deslizando um dedo devagar, depois dois, para dentro dela. Estava úmida, percebeu Rachel, e músculos que nem sabia possuir se contraíam ao redor dele.

Enquanto Jonathan lhe dava uma aula sobre carícias preliminares, as mãos dela deslizavam pelo corpo dele, maravilhando-se diante da sólida masculinidade, por puro instinto sabendo onde se deter e afagar. Depois que Smith chupou seus seios, Rachel abaixou a cabeça e lambeu um dos mamilos dele, provocando-lhe um arquejo e uma exclamação. Ela levantou a cabeça e sorriu.

– Foi gostoso?

– Sua feiticeira!

Ela moveu a boca para o outro.

– Se não descer logo o corpo sobre o meu – falou por fim –, vou passar vergonha.

Contudo, Jonathan não esperou que Rachel tomasse a iniciativa. Ele pousou as mãos nos quadris dela e puxou-os para baixo até que ela o sentisse rígido contra sua entrada úmida, que pulsava e ardia de desejo. Então, Smith pressionou-a com firmeza e Rachel foi sendo penetrada e aberta até sentir um desconforto crescente, uma dor aguda, que logo passou, conforme ele entrava mais fundo do que ela jamais imaginara ser possível.

Por um instante, não havia nenhum pensamento coerente na mente de Rachel, apenas o puro choque físico de haver perdido a inocência. Ela mordeu o lábio inferior no momento em que ouviu uma exclamação abafada.

– Que diabos...

Durante um tempo, nenhum dos dois se moveu. Então, ele começou a fazer coisas com Rachel que a deixaram entorpecida de novo. Ergueu ligeiramente o corpo dela e ficou entrando e saindo depressa, sem parar, até de repente baixá-la com força e segurá-la firme, imóvel, enquanto a jovem sentia um jato quente em seu íntimo. Ela percebeu que o ato terminara ali.

Rachel experimentou uma curiosa sensação de desapontamento. Tudo terminara rápido demais, depois daquela lenta construção de prazer que marcara o início. O ato em si parecera quase um anticlímax.

Contudo, ela não se arrependeria no dia seguinte. *Não se arrependeria.* Tivera o que desejara, e a culpa era dela se não achara a última parte nada fenomenal. Mesmo assim, tinha sido fantástico exercitar livremente a própria feminilidade e se deitar com um homem por quem vinha sentindo uma atração crescente nas duas semanas anteriores.

Rachel encostou a testa no ombro dele enquanto acalmava a respiração. Esperava não tê-lo desapontado muito.

Após um minuto ou dois de imobilidade e silêncio, Jonathan falou com uma voz surpreendentemente normal:

– Vai ser bem intrigante ouvir sua explicação para isso, Srta. York. Perdoe-me se estou exausto demais para ouvi-la neste exato momento.

Rachel fechou os olhos com muita força. Que humilhação! Ela não o enganara nem por um instante.

A perna de Alleyne latejava bastante. Ele ignorou a dor e se concentrou na irritação que sentia. Cedera à tentação de se divertir com o que pensou ser uma mulher experiente. Em vez disso, descobriu que estava corrompendo a inocência da jovem. Deveria ter seguido seus instintos, disse a si mesmo, obviamente tarde demais. Sempre pensara em Rachel York como uma dama. Sempre a chamara de *Srta. York.*

Por que diabos ela permitira que aquilo acontecesse?

Sentia-se um estuprador, pelo amor de Deus.

E não deveria ter feito aquilo de forma alguma, mesmo que Rachel York fosse uma prostituta com vinte anos de experiência. Ela salvara a vida dele. E, desde então, vinha cuidando dele incansavelmente. E Alleyne a agradecia assediando-a e tirando... Ora, ele tirara a virgindade dela.

Só que não fora à força, maldição.

Estava aborrecido com Rachel York e mais do que aborrecido consigo mesmo. Santo Deus, nem sequer tentara tornar o ato sexual entre eles uma experiência prazerosa para ela. Ficara tão chocado...

Rachel se afastara do corpo dele e saíra da cama instantes depois, então desaparecera atrás do biombo no canto do quarto, levando as roupas – uma exibição de pudor desnecessária após o que haviam feito juntos.

Mesmo correndo o risco de sentir mais dor na perna, Alleyne estendeu a mão pela beira da cama, pegou a camisola e voltou a vesti-la. Em seguida, cruzou os dedos atrás da cabeça, ergueu os olhos para o baldaquino e esperou.

Depois de um bom tempo, Rachel saiu de trás do biombo pé ante pé, talvez na esperança de que ele tivesse adormecido. Havia esquecido de pegar os grampos. Algumas mechas estavam presas atrás da orelha e a massa de cachos dourados descia pelas costas. Parecia mais linda do que nunca, pensou Alleyne, irritado.

– Pensei que o senhor estivesse dormindo – falou ela, após olhar rapidamente na direção dele.

– Pensou, foi? Sente-se, Srta. York, e me diga que diabos aconteceu aqui.

Ela se sentou na cadeira e o encarou, inexpressiva.

– Por que não me contou? – perguntou ele. – Sentiu-se coagida? Eu disse ou fiz algo que a levou a acreditar que não tinha escolha?

O rosto de Rachel ficou muito vermelho e ela mordeu o lábio inferior. Entrelaçando as mãos no colo, baixou o olhar para elas por algum tempo enquanto Alleyne a encarava com uma sensação muito próxima do desprezo. Talvez não devesse lhe importar se ela era uma prostituta ou uma virgem, mas ele se importava. E muito. Não era o tipo de homem – disso sabia com certeza – que saía por aí deflorando virgens. Então era o tipo que dormia com prostitutas? Não sabia, embora subitamente esperasse que não.

Meu Deus, eram mulheres. Eram *pessoas*. Alleyne pensou em Geraldine e nas outras. Sim, eram simples pessoas.

– Já lhe ocorreu, Sr. Smith, que precisa haver uma primeira vez para toda mulher?

– E para uma mulher *respeitável*, para uma *dama*, essa primeira vez deve ser no leito nupcial. Não posso nem pedi-la em casamento, percebe? Posso já ser casado.

Ela voltou a morder o lábio – porém Alleyne já não achava mais essa visão algo encantador.

– Eu não me casaria com o senhor mesmo que o senhor fosse livre como um pássaro, se ajoelhasse diante de mim e fizesse um belo discurso. Não sou tola, Sr. Smith, mesmo sendo virgem até pouco tempo atrás. Fiz isso pela mesma razão que o senhor... porque quis, porque o senhor me agradou. E não faz nenhuma diferença, exceto pelo fato de que uma possível lembrança agradável agora foi estragada por sua raiva. Por que está zangado? Fui tão decepcionante? O senhor também foi, se quer saber a verdade.

Ele a encarou, perplexo, e apesar de tudo sentiu um sorriso curvar os cantos da boca.

– Não! Fui? Devo admitir que me descontrolei como um colegial inexperiente. A senhorita me pegou completamente de surpresa.

Ela o olhou, parecendo um tanto obstinada.

– Mal posso esperar para ouvir a sua história – continuou Alleyne. – A senhorita é uma dama e era virgem até agora há pouco. Ainda assim, mora em um bordel com quatro prostitutas e gosta tanto delas que preferiu se igualar a se colocar moralmente acima das amigas. Talvez agora a senhorita até mesmo acredite que é uma delas. Há quanto tempo está aqui?

– Desde 15 de junho. Desde o dia da Batalha de Waterloo.

– O mesmo dia em que cheguei aqui?

Ele a encarou com os olhos semicerrados.

– Na véspera – respondeu Rachel. – Mas passamos a noite toda acordadas, portanto nunca dormi neste quarto.

Alleyne mudou ligeiramente de posição para tentar aliviar a queimação na perna. Deveria mandá-la embora dali. Sem dúvida a Srta. York estava ansiosa para ir embora – meu Deus, ela o achara decepcionante. Alguns minutos antes, ele também estivera ansioso para vê-la pelas costas. Mas toda aquela experiência no bordel estava sendo bizarra e Alleyne tinha a sensação de que ficaria ainda mais se ele ouvisse a história dela. Não iria mesmo conseguir dormir tão cedo se Rachel saísse do quarto.

– O que a trouxe para cá? – perguntou ele. – Estou autorizado a saber os detalhes?

A Srta. York baixou os olhos para as mãos.

– Minha mãe morreu quando eu tinha 6 anos. Meu pai contratou uma ama para cuidar de mim. Era Bridget Clover e se tornou uma segunda mãe para mim, embora eu agora perceba que ela devia ser muito jovem na época. Eu a adorava. Tinha pouco contato com outras crianças... até com adultos, para dizer a verdade. Morávamos em Londres e meu pai raramente estava em casa. Aos 12 anos, meu coração se partiu quando Bridget teve que ir embora. Meu pai disse que, naquela idade, eu já não precisava mais de uma ama, mas eu sabia que era uma desculpa. Ele já não podia mais lhe pagar. Estava sempre ganhando e perdendo fortunas nas mesas de jogo, mas naquele momento havia sofrido uma série de perdas. Dez anos se passaram até que eu voltasse a ver Bridget... em uma rua aqui de Bruxelas, dois meses atrás.

– Deve ter sido um choque e tanto para a senhorita.

– Por causa da aparência dela, quer dizer? Os cabelos dela eram de um vermelho vívido, é claro, e Bridget usava um vestido um tanto chamativo, embora não estivesse maquiada. Mas o interessante foi que a reconheci no mesmo instante e não reparei de fato na mudança da aparência. Era apenas a minha amada Bridget.

Alleyne observou-a torcer as mãos no colo.

– Quando amamos alguém – divagou ela –, não vemos mais essa pessoa objetivamente. Nós a vemos com o coração. Eu me perguntei por que Bridget ficava se esquivando das minhas perguntas sobre o que fazia e onde trabalhava. E também tentava entender por que ela relanceava o olhar para as outras pessoas na rua como se estivesse constrangida. Ela parecia ansiosa para se afastar de mim. Fiquei magoada.

– Mas não se permitiu ser dispensada com facilidade, não é? – indagou Alleyne.

– Não. – Ela suspirou. – Teria sido melhor para Bridget e para as outras se eu tivesse empinado o nariz assim que me dei conta da verdade, após alguns minutos, e tivesse seguido meu caminho. Não fiz nenhum favor a ela insistindo para visitá-la. Ela me permitiu vir só depois que lhe contei que estava trabalhando como dama de companhia de Lady Flatley e me sentia solitária e triste. Meu pai morreu há um ano e não deixou nada além de dívidas.

– Então a senhorita visitou o bordel.

Como ela devia ter sido inocente... Mas também corajosa, admitiu Alleyne, uma mulher guiada por seus princípios e não pelas convenções sociais.

– Sim. – Ela o encarou e sorriu subitamente ao lembrar. – Estavam todas reunidas na sala de estar na tarde em que vim, vestidas com roupas discretas e respeitáveis e se comportando da melhor forma possível. Gostei delas na mesma hora. Eram... Nem sei direito que palavra usar... Eram *genuínas*. Pessoas de verdade, ao contrário de Lady Flatley e de todas as amigas delicadas dela.

Alleyne esperou que a Srta. York prosseguisse, que descrevesse os eventos que a haviam levado a morar ali.

– Conheci o reverendo Nigel Crawley na casa de Lady Flatley – continuou ela. – Ele costumava ir lá com frequência, às vezes sozinho, às vezes com a irmã. Era muito charmoso. Todas as damas se encantavam com ele. O reverendo não tinha uma igreja própria na Inglaterra. Explicava que desejava ser livre para se devotar aos trabalhos de caridade, para arrecadar dinheiro em prol de causas que valiam a pena. Viera para Bruxelas porque achara que poderia trazer algum conforto para os milhares de homens que logo estariam encarando a morte em batalha.

– *Existem* capelães dos regimentos.

– Eu sei. Mas ele alegou que esses capelães devotavam tempo aos oficiais e negligenciavam as necessidades dos homens de baixa patente.

– Imagino que tenha se apaixonado no mesmo instante – falou Alleyne secamente. – Ele era belo?

– Ah, muito. Era alto e louro e tinha um sorriso encantador. Só que a princípio eu apenas o admirava. Ele nem me notava. Eu era pouco mais do que uma criada.

Talvez, pensou Alleyne cinicamente, porque ela não tivesse dinheiro para encher os cofres do homem.

– Começo a sentir o cheiro de um rato.

A Srta. York franziu a testa.

– Quando ele por fim me notou e começou a me cortejar, eu o achei irresistível. Não por causa da aparência ou porque estivesse apaixonada, mas porque era extremamente zeloso com seu trabalho e com sua fé. E porque era um homem de princípios, sóbrio, generoso e confiável. Não havia conhecido muitos assim na vida. E estava inegavelmente inebriada. A Srta. Crawley também se tornou minha amiga.

– Definitivamente um rato – concluiu mais uma vez Alleyne. – Mas deve ter sido sua aparência, e não sua fortuna, que o atraiu. Imagino que a senhorita não tenha um tostão.

Ele notou o rubor da jovem, mas ela estava com os olhos fixos nas mãos de novo.

– Ele começou a conversar comigo toda vez que ia à casa de Lady Flatley – prosseguiu Rachel – e me levava para passear sempre que eu tinha uma hora livre. A Srta. Crawley me convidou para o chá. Tudo parece ter acontecido há tanto tempo... Eu era tão ingênua! Quando o Sr. Crawley me pediu em casamento, aceitei sem hesitar. Talvez o que eu mais admirasse nele fosse ter pedido para ser apresentado a Geraldine e Bridget quando as encontramos certa tarde, mesmo tendo ficado óbvia a profissão das duas. O Sr. Crawley conversou com elas gentilmente e, de algum modo... ainda não sei como aconteceu... fomos convidados para tomar chá aqui.

Pelo silêncio dela e por vê-la engolindo em seco várias vezes, Alleyne imaginou que a história começava a se tornar dolorosa. Mas ele não fez nenhum comentário. Tentou mais uma vez acomodar a perna em uma posição mais confortável.

Rachel cerrou os punhos.

– O Sr. Crawley tinha muito talento para tirar informações das pessoas. Sem me dar conta do que fazia, eu lhe contara sobre a minha herança antes mesmo que ele começasse a me cortejar com determinação. E Geraldine ou Bridget... não lembro qual das duas... lhe falou sobre o sonho que tinham de economizar dinheiro o bastante para comprarem uma pensão em algum lugar da Inglaterra e se aposentarem. Acredito que tenham até revelado que estavam próximas de atingir esse objetivo, mas nunca haviam confiado em qualquer banco para manter o dinheiro delas seguro.

Se ela era uma herdeira, pensou Alleyne surpreso, por que diabos aceitara o trabalho como dama de companhia de uma senhora e fora viver em um bordel? Mas ele não queria interrompê-la.

– Fiquei pateticamente grata a ele por tratar minhas amigas com tanto respeito e gentileza – falou a Srta. York.

Alleyne fez uma careta.

– E ele levou todo o dinheiro delas? Esse homem devia ser mesmo muito esperto... É difícil enganar prostitutas.

– Ele era muito educado e gentil com elas. Chegou mesmo a dizer que sentia uma particular deferência por prostitutas, já que o próprio Nosso Senhor as tratava com respeito. O Sr. Crawley as persuadiu de que estar em um país estrangeiro em tempos incertos deixava-as incomumente vulneráveis a roubos. E as convenceu a colocarem o dinheiro sob a custódia dele, já que estava prestes a partir da Bélgica. Prometeu que iria levar as economias delas para Londres e depositá-las em um banco, onde renderiam juros.

– Pobres damas... – comentou Alleyne com sincera simpatia. Acabara gostando muito de todas.

– Assim, o Sr. Crawley foi embora levando o que elas haviam demorado anos para economizar. E também uma quantidade generosa de doações para suas obras de caridade, dadas por Lady Flatley e metade das outras damas de Bruxelas. Lady Flatley também estava indo embora para a Inglaterra, mas ficou aborrecida comigo quando lhe contei que iria me casar com o Sr. Crawley e me demitiu no mesmo instante. Parti com os Crawleys. A cerimônia seria na Inglaterra, depois seguiríamos até a casa do meu tio para reivindicar a minha herança. Porém, acabei escutando, totalmente por acaso, uma conversa entre os Crawleys enquanto esperávamos pelas passagens para a Inglaterra... Eu descera para tomar o café da manhã com eles na estalagem em vez de ficar no meu quarto escrevendo uma última carta para Bridget, como planejara fazer. Os dois estavam rindo e conversando sobre o que fariam com todo aquele dinheiro. E soavam muito diferentes das pessoas com quem eu lidara até então.

A Srta. York franziu a testa, com a cabeça baixa, e por alguns momentos Alleyne se perguntou se ela seria capaz de continuar. Por fim, Rachel o encarou com um olhar perturbado e distante.

– Eu os confrontei imediatamente. Não me ocorreu a possibilidade de dissimular. Exigi que devolvessem o dinheiro das minhas amigas e também o meu, que entregara ao Sr. Crawley para que ele o guardasse, embora não fosse uma grande soma. Eles alegaram inocência e tentaram me garantir que estavam *brincando*. Subi as escadas correndo, com os dois nos meus calcanhares, e tentei encontrar o dinheiro. Mas é claro que não consegui achá-lo nem no quarto dele, nem no dela. De qualquer modo, sabia que nunca me deixariam pegá-lo de volta. Se eu procurasse um policial, o que diria? Flossie dera o dinheiro a ele voluntariamente, com a plena aprovação das outras. Eu também... e estava *comprometida* com ele. Lembrei que o Sr. Crawley carregava pistolas como precaução contra bandoleiros e ladrões. Acabei cedendo covardemente, desculpei-me por minhas desconfianças tolas e voltei ao meu quarto, que, por sorte, ficava no térreo. Então fugi pela janela. Voltei para cá e contei a Bridget e às outras como haviam sido enganadas e como eu, mesmo sem querer, fora responsável pela perda delas.

– Uma atitude dessas exige coragem – comentou Alleyne.

Rachel continuou a olhar para ele como se não o visse.

– Elas não me disseram uma única palavra de reprovação. Ficaram furiosas e fizeram planos terríveis contra *ele* e sua vilania, e Bridget apenas me abraçou com força e chorou. Ela só conseguia pensar que eu estava magoada, que devia me sentir devastada por descobrir que ele me enganara.

– E se sentia?

– Talvez tenha acabado ali meu último resquício de confiança nos homens – disse Rachel, deixando os ombros caírem para a frente –, e isso sem dúvida foi doloroso. Só que meus sentimentos não estavam profundamente envolvidos. Eu não concordara com o casamento por romantismo. Agora apenas sinto constrangimento e incredulidade por não ter visto o Sr. Crawley como ele era de verdade.

– Seria melhor não ser tão dura consigo mesma. Flossie, Geraldine e as outras também não desconfiaram da vilania dele e são mulheres mais vividas, mais experientes. Suponho que a senhorita se sinta profundamente em débito por todo o dinheiro que seu ex-noivo roubou.

– Sim. – Ela assentiu. – Mas não posso fazer nada para ajudá-las. Nosso primeiro plano para ir atrás do Sr. Crawley falhou quando achei o senhor e quando Flossie e Geraldine deram com um pobre garoto cujo corpo havia sido saqueado. – O rosto da Srta. York ficou ruborizado e ela mordeu o lábio. – Havíamos saído para ver que objetos de valor poderíamos encontrar no rescaldo da batalha, mas voltamos sem nada.

– Não é possível! – Ele não conseguiu controlar uma gargalhada alta. – Posso até imaginar... três mulheres saindo para pilhar e percebendo que seus corações eram moles demais para a tarefa. E a senhorita acabou descobrindo meu corpo nu em vez de um tesouro. Pobre Srta. York...

– *Prefiro* ter encontrado o senhor a ter encontrado o tesouro – retrucou ela, parecendo mortificada.

– Obrigado.

Ele sorriu, porém logo ficou sério ao lembrar o que provocara a aparência desgrenhada e desalinhada dela.

Maldição, aquilo nunca deveria ter acontecido. O que o possuíra? Aquela sem dúvida era uma pergunta retórica, é claro: era óbvio que tinha sido a luxúria.

– Gostaria de devolver *tudo* a elas – falou a Srta. York apaixonadamente.
– Gostaria de lhes entregar de volta o sonho delas. Mas não posso. Só vou herdar minhas joias aos 25 anos. E três anos é tempo demais para esperar. Eu poderia tê-las antes, é claro, se me casasse com a aprovação do meu tio, mas não acredito que isso vá acontecer. Demorará muito, muito tempo até que eu volte a confiar em outro homem.

– Ah, agora os motivos de Crawley ficaram claros. Imagino que tenha contado a ele sobre a condição da sua herança, não é?

– Sim. – Ela o encarou com a testa franzida. – Fui terrivelmente tola e ingênua, não fui?

– Terrivelmente – concordou ele, e mudou mais uma vez de posição.

– O senhor está sentindo dor.

– Um pouco de desconforto. Acho que acabei me envolvendo no tipo errado de exercício para a minha condição física. Alguns diriam que estou recebendo a punição merecida.

– Sua perna está doendo? – Rachel se levantou de um pulo. – Vou pegar água fresca para limpar o ferimento, então aplicarei mais unguento e colocarei ataduras novas. Deixe-me ver. Está sangrando?

Alleyne levantou a mão com determinação quando ela se aproximou da cama.

– Acho que seria melhor para a minha paz de espírito se mantivesse distância de mim, Srta. York. Como concordamos que o que aconteceu entre nós esta noite foi um grande erro, e como, aparentemente, fomos uma decepção um para o outro, seria melhor se evitássemos qualquer possibilidade de repetição.

Ela o encarou por um momento, corada e com os olhos arregalados. Então, virou-se e foi em direção à porta com tanta pressa que seus movimentos foram quase deselegantes. Lutou por algum tempo com a tranca antes que ela cedesse e saiu em disparada do quarto, fechando a porta com certo barulho.

Ora, maldição, aquele não fora um discurso muito cavalheiresco da parte dele, certo? Acabara de informar a uma dama que a primeira experiência sexual dela tinha sido um grande erro e que ela fora uma decepção para ele.

Teria que lidar com alguns fatos nada agradáveis no dia seguinte.

E ficava com medo só de pensar no que viria pela frente.

CAPÍTULO VIII

Alleyne acordou em pânico de manhã cedo, esgotado como se não tivesse dormido a noite inteira. Tentou sair da cama, mas então lembrou que não conseguiria.

Precisava chegar aos portões de Namur. Ela o esperava lá e ele estava apavorado com a possibilidade de que ela pudesse correr um grave perigo.

A dor teve a dupla função de afastar o que restava do sono e interromper o sonho – se é que fora só um sonho. Alleyne permaneceu deitado, imóvel, uma das mãos sobre o machucado na coxa, que latejava, a outra agarrando as cobertas e tentando desesperadamente resgatar o sonho. *Quem* estava esperando por ele? E por quê? Qual era o perigo que ela corria?

Tinha sido só um sonho?

Ou era uma lembrança?

Alleyne desistiu depois de alguns minutos e tentou, talvez pela centésima vez, recuperar a memória do que acontecera com ele antes de chegar àquela casa. Estivera cavalgando do campo da Batalha de Waterloo em direção a Bruxelas. Pelo menos isso era o que presumia, já que provavelmente fora baleado na batalha. Havia uma carta. E uma mulher esperando por ele nos portões da cidade.

Contudo, por mais que se esforçasse – seu rosto chegou a ficar encharcado de suor e a cabeça começou a latejar –, Alleyne não conseguiu se recordar de mais nada. E não parecia haver ligação entre os detalhes aleatórios, que poderiam ser tanto lembranças reais quanto meros sonhos. Se ele lutara na Batalha de Waterloo, por que estava cavalgando para o norte para encontrar uma mulher? E por que a carta era tão importante? Seria algo que ela lhe escrevera, chamando-o para protegê-la de algum perigo? *No meio da batalha?*

Não, aquilo não fazia o menor sentido.

Foi um alívio ouvir uma batida na porta, embora ainda não estivesse pronto para encarar Rachel York. Virou a cabeça com cautela, mas era Strickland, com os apetrechos de barbear nas mãos, um par de muletas sob um dos braços e um largo sorriso, apesar das ataduras que ainda envolviam parte do rosto.

– O senhor ficará de pé e ativo hoje – disse depois de cumprimentar Alleyne com um alegre bom-dia. Ele pousou os itens de barbear e apoiou as muletas no pé da cama. – Isso vai animá-lo. Vou lhe dar uma ajuda com elas mais tarde.

– Ficarei ainda mais feliz quando conseguir algumas roupas. Já estou inerte e dependente há muito tempo. Não vejo a hora de andar por aí. Preciso descobrir quem sou e resgatar a minha antiga vida.

– Se não se incomodar, eu mesmo vou barbeá-lo hoje. Estou me acostumando a ver as coisas apenas com um dos olhos.

Alleyne o encarou, desconfiado.

– Você realmente tem ambições de ser um valete, não é?

– Preciso fazer alguma coisa – respondeu Strickland, passando sabão no pincel de barbear. – A vida inteira fui soldado. Estive a serviço de Sua Majestade desde que era um rapazote. A opção era ser ladrão e tentar não ser enforcado. Não tenho talento para roubos... nem para a forca. Preciso, então, encontrar outra opção de trabalho. E por que não ser valete? Venho recebendo ordens de cavalheiros e atendendo-os há seis anos, desde que me tornei sargento. Posso vesti-lo e barbeá-lo e cuidar de suas roupas com apenas um olho, do mesmo jeito que faria se enxergasse com os dois.

– Mas continuo sem dinheiro – lembrou-lhe Alleyne, mas deixou o homem ensaboar seu rosto e se preparou para ter a garganta cortada.

– Entenda, senhor, eu tenho um pouco. Não muito, do ponto de vista de um cavalheiro, admito, porém o bastante para me sustentar por algum tempo. Não necessito tanto de dinheiro, senhor, mas de me sentir útil, ao menos por um tempo, enquanto me reorganizo.

– Sei exatamente como se sente – disse Alleyne, abatido. – No entanto, você pode conseguir algo melhor, sargento. Nem temos certeza de que sou um cavalheiro, certo?

– Ah, eu tenho. Não duvidei disso nem por um momento, senhor. Já conheci homens que eram cavalheiros, outros que não, e outros ainda que fingiam ser. Sem dúvida é um cavalheiro. Não sei *quem* o senhor é... Não estava no meu regimento e eu nunca havia posto os olhos no senhor até vê-lo na floresta. Mas sei *o que* o senhor é.

Alleyne ficou imóvel enquanto a navalha corria por sua pele, o rosto de Strickland pairando acima, cheio de ataduras, machucado e firme, com a testa franzida em concentração.

– Já se sentiu apavorado? – perguntou Alleyne.

– Imagino que o senhor esteja se sentindo assim. – O sargento abriu um sorriso torto, revelando dentes largos e muito espaçados. – Esta é a primeira vez na vida que barbeio outro homem. E só tenho um dos olhos para ver o que estou fazendo.

– Digo, apavorado por ter perdido tão subitamente seu antigo modo de vida e por ter que arrumar um novo.

Strickland endireitou o corpo, já tendo completado uma das faces de Alleyne.

– Apavorado? Nunca me senti apavorado na vida, senhor. Ou pelo menos nunca chamei a sensação de pavor. Não parece másculo, concorda? Ou talvez não seja pavor, dependendo do que o camarada faz com o que sente. Posso até sentir um pouco de medo, senhor, mas não adianta deixar que ele nos domine, não é mesmo? Há todo um outro mundo além do exército. Vou descobrir o que me oferece. Quem sabe eu goste mais desse novo mundo do que do anterior. Ou não. Mas, se não gostar, voltarei a procurar outra coisa. Não há nada que me detenha, apenas minha morte, que acontecerá quando chegar a hora, não importa o que eu faça nesse meio-tempo.

Ele se debruçou sobre Alleyne para investir contra o outro lado do rosto.

– Na verdade, para ser honesto, não é covardia se sentir apavorado. Era o que eu sempre dizia aos meus garotos antes de uma batalha, principalmente aos recrutas recém-saídos da Inglaterra e dos braços das mães. Se nunca ficou apavorado, senhor, nunca vai descobrir do que é feito e o que é capaz de fazer. Nunca vai se tornar um homem melhor. Talvez seja isso que *o senhor* vá descobrir... E, quando enfim *lembrar* quem é, talvez se dê conta de que se transformou num homem melhor do que jamais foi. Talvez tivesse parado de amadurecer ao chegar à idade adulta. Talvez precisasse acontecer algo drástico como perder a memória para que conseguisse evoluir. Peço perdão por estar dizendo isso, senhor. Às vezes falo demais.

– Percebi que o senhor é um filósofo, Strickland. E me pergunto se terei caráter para corresponder às suas expectativas em relação a mim. Já me cortou?

– Não, senhor – retrucou o sargento, endireitando o corpo e examinando o resultado final de seu trabalho antes de secar o rosto de Alleyne com uma toalha limpa. – Acredito que já tenha perdido sangue o bastante por um mês.

– Obrigado.

Alleyne passou a mão pelo queixo liso e pensou nas palavras de Strickland. Sentia-se, é claro, muito apavorado, embora parecesse uma vergonha admitir. O que o destino lhe reservara sem dúvida era uma das piores sortes: perder-se, não guardar lembrança alguma de 25 anos de vida. Teria coragem para construir uma nova identidade e uma nova vida, talvez melhor do que as antigas?

Porém, o sargento não era tão corajoso quanto suas palavras sugeriam. O homem ainda estava no bordel, mesmo já recuperado o bastante para ter ido embora nos dias anteriores. E estava disposto a se ligar a um homem que não tinha um centavo no bolso para lhe pagar, só para não ter que sair sozinho pelo mundo.

Sair sozinho pelo mundo... era mesmo um pensamento terrível. Subitamente, Alleyne percebeu que estava tão ansioso para partir quanto para ficar, para encontrar alguma desculpa que adiasse o momento inevitável.

Strickland se demorava lavando o pincel e a navalha na tigela de água. Ele pigarreou e falou sem olhar para Alleyne:

– Gosto das damas daqui, senhor. Até servi de porteiro para elas na noite passada, a fim de que ficassem livres para atender aos cavalheiros e se sentissem seguras caso algum deles se tornasse mais agressivo. Não me importa o que fazem para ganhar a vida, mas me pergunto o que a Srta. York está fazendo aqui. A jovem não é uma delas. É?

Alleyne lançou um olhar incisivo ao sargento.

– Pelo que sei, ela é uma dama.

– Eu sabia, senhor. Desde o primeiro momento, quando ela gritou que o senhor era marido dela e estava gravemente ferido, soube que era uma dama. Mas sempre há o risco de que o bom nome da Srta. York seja manchado por estar vivendo em um bordel. Não queremos piorar as coisas para ela, se é que me entende. O que o senhor quer que eu faça com os grampos de cabelo dela que estão sobre a mesa? Não gostaria que as outras damas os vissem aqui quando trouxessem o café da manhã e tivessem a ideia errada.

Por um instante, Alleyne se sentiu como um soldado raso se encolhendo diante da língua gentil, mas inegavelmente direta, do sargento. Diabos, ele se esquecera dos grampos. Desejava com fervor que aquilo tudo tivesse sido um sonho. Mas lá estavam os grampos como uma prova incontestável.

– Recolha todos se puder, Strickland, e coloque-os na gaveta de cima da cômoda ali. A Srta. York teve uma dor de cabeça quando estava sentada aqui na noite passada me fazendo companhia e tirou os grampos para diminuir a pressão.

Que explicação absolutamente estúpida.

– Claro, senhor – disse o sargento de forma simpática, recolhendo os grampos em sua mão grande. – Eu protegeria aquela pequena dama com a minha vida se alguém tentasse fazer mal a ela... como estou certo de que o senhor também faria. Nunca me esquecerei do modo como ela chorou, debruçada sobre o senhor, embora *não* fosse o marido dela, como acabou ficando claro. Uma dama de coração terno, senhor.

– Estou muito consciente de que devo a minha vida a ela, sargento, e muito mais do que isso, até.

Strickland não se demorou mais. Recolheu os itens de barbear e saiu do quarto. Alleyne nem esperou que o café da manhã chegasse para afastar as cobertas, passar as pernas com cuidado pelo lado da cama e puxar as muletas em sua direção.

Estava se sentindo inquieto, fraco, irritado, culpado... e muito pecaminoso. Poderia fazer algo para aliviar os primeiros dois problemas, ao menos. E quanto aos outros? Teria que pensar em algum modo de fazer as pazes com Rachel York. Mas tinha a sensação de que um simples pedido de desculpas não bastaria.

Precisaria arrumar uma outra maneira.

Alleyne enfiou as muletas com firmeza sob os braços e se ergueu sobre o pé direito.

Rachel se ocupou na cozinha por boa parte da manhã, ajudando Phyllis a assar pães e bolos, descascando batatas e picando legumes. Felizmente as outras mulheres ficaram na cama até mais tarde. Rachel estava surpresa porque Phyllis pareceu não notar nenhuma diferença nela. Afinal, tinha a sensação de que as atividades da noite anterior se achavam escritas em seu rosto.

Também sentia-se muito grata porque Strickland se estabelecera como valete do Sr. Smith e cuidava das necessidades do homem durante a manhã.

Antes do meio-dia, Rachel se ofereceu para fazer compras e saiu apressada de casa. Vinha evitando sair muito desde que voltara a Bruxelas, temendo que algum conhecido de Lady Flatley a visse e a acusasse de ser cúmplice do Sr. Crawley – embora fosse pouco provável que alguém houvesse se dado conta da patifaria do homem. Na verdade, era bem possível que a maioria das pessoas nunca se desse conta, a menos que checassem com as obras de caridade para as quais achavam ter contribuído. Contudo, naquele dia estava desesperada por ar, por exercício, e não se incomodou com as chances de encontrar qualquer um. Não lhe ocorreu nem que, antes da morte do pai, em Londres, ela não tinha permissão para colocar os pés fora de casa sem acompanhante.

Rachel caminhou além do que seria necessário para resolver o que precisava. Chegou mesmo a passear por algum tempo no Parc de Bruxelles. Ficou observando os cisnes no lago e absorvendo o calor e a luz do sol. Mesmo já sendo o meio da tarde, chegou temerosa em casa. Retraía-se só de pensar em confrontar de novo o Sr. Smith. Como algum dia seria capaz de olhar para ele depois do que acontecera entre os dois? Quando ouviu vozes e risadas na sala de estar, decidiu se servir de uma xícara de chá primeiro e tomá-la ali para se recompor.

Rachel abriu a porta com cuidado e espiou ao redor, temendo que as amigas estivessem recebendo clientes, embora não costumassem fazer isso durante o dia. Porém, quase recuou ao ver que um cavalheiro estava de fato na sala com as mulheres – um cavalheiro extraordinariamente belo. Por uma fração de segundo, não o reconheceu, mas havia um par de muletas apoiado na cadeira ao lado do homem.

– Rachel! – chamou Bridget. – Entre, meu amor, venha conhecer a nossa visita.

– Ele não está lindo? – perguntou Phyllis, animada.

Geraldine estava parada perto da janela, as mãos nos quadris.

88

– Ele é bem elegante, devo admitir. Só é uma pena que esses bolsos estejam vazios.

– Não sei se me importo, Gerry – disse Phyllis.

– Vamos acabar deixando o pobre homem ruborizado – falou Flossie, enquanto Rachel entrava na sala a contragosto e fechava a porta. – Mas é verdade que ele é bonito o bastante para fazer qualquer garota respeitável disputá-lo com as melhores amigas.

Estavam todas brincando e flertando como sempre. O Sr. Smith sorria e aceitava tudo com bom humor, mas, ao ver Rachel, pegou as muletas e se levantou da cadeira, fazendo uma mesura surpreendentemente graciosa.

– Srta. York.

Ele a encarou, o olhar não mais tão risonho. Rachel torceu muito para não corar. Vendo-o ali, era quase impossível imaginar que, menos de 24 horas antes, os dois haviam estado nus e intimamente juntos. Mas, como *não* era impossível, ela sentiu uma enorme vontade de morrer de vergonha.

... como, aparentemente, fomos uma decepção um para o outro...

Rachel podia ouvi-lo falar aquelas palavras tão claramente como se as estivesse dizendo agora.

Não tinha notado como o Sr. Smith era alto. As roupas dele não haviam sido feitas pelo mais exclusivo dos alfaiates, imaginou, mas a camisa era muito branca, a gravata engomada com um nó elegante, o paletó azul caindo bem o bastante para destacar os ombros e o peito largos, e a calça cinza justa e muito lisa sobre as pernas musculosas – sem contar a marca da atadura na perna esquerda. Ele usava sapatos de couro em vez de botas, que combinariam melhor com aquele traje, mas no geral Phyllis tinha razão: Smith estava lindo. Dos cabelos recém-lavados caía uma mecha escura e convidativa sobre a sobrancelha direita.

– Suas novas roupas lhe caíram bem, então, Sr. Smith? – perguntou Rachel, esforçando-se para parecer simpática e casual.

– A não ser por um dos paletós. Infelizmente, foi o de que mais gostei. Mas, mesmo com todo o empenho de Strickland, não consegui me enfiar nele.

– Nós calculamos mal, Floss – disse Geraldine, aborrecida. – O peito dele é ainda mais largo do que tínhamos suposto.

– Os ombros também, Gerry – acrescentou Flossie, examinando-o abertamente. – Prestamos atenção demais nesse rosto bonito e no sorriso travesso que vem com ele. Não cometeremos de novo esse erro.

– Deveriam ter perguntado as minhas medidas, senhoritas – falou o Sr. Smith, voltando a se sentar com cuidado na cadeira depois de Rachel ter se acomodado em outra.

– Elas ficaram com medo de que o senhor não se lembrasse, e eu teria todo o prazer do mundo em usar a minha fita métrica para tirar as medidas – comentou Phyllis. – Isso vai ensiná-las a sempre terem por perto as próprias fitas.

A conversa seguiu assim por cerca de dez minutos, acompanhada de muitas risadas. Rachel tentava se recompor e ensaiar mentalmente o que diria quando por fim se visse sozinha com ele, como acabaria acontecendo mais cedo ou mais tarde.

E foi bem cedo.

– Em meu vacilante progresso pela casa – disse o Sr. Smith –, vi que vocês têm um belo jardim nos fundos e que alguém teve consideração para colocar um banco de madeira sob o salgueiro que se debruça sobre o lago de nenúfares. Se me derem licença, gostaria de ir até lá, passear um pouco pelo caminho pavimentado e me sentar por algum tempo, respirando o ar livre.

– Só tome cuidado para não exagerar no exercício – alertou Bridget. – Lembre que esse é o primeiro dia em que está de pé.

– Detestaríamos ter que carregá-lo de volta para a sua cama – falou Phyllis.

– Não, não detestaríamos, Phyll – negou Geraldine.

– Serei cuidadoso – prometeu o Sr. Smith. – Srta. York, se incomodaria de me acompanhar?

Bridget sorriu e assentiu em consentimento para Rachel, como se ainda fosse a ama dela. A jovem pousou a xícara vazia e o pires e se levantou. Teria feito de tudo para evitar aquele encontro. Ainda não estava pronta. Mas será que estaria algum dia? Como não podia mudar a noite anterior, só tinha a opção de seguir em frente e lidar com o constrangimento de ficar a sós com ele. Rachel segurou aberta a porta da sala de estar enquanto o Sr. Smith passava de muleta.

O caminhar dele era vagaroso, mas estável, percebeu ela, quando os dois saíram para o jardim. Rachel acertou o passo com o dele depois de fechar a porta dos fundos e cruzou as mãos nas costas.

– Bem, Srta. York, precisamos conversar – começou o Sr. Smith. O tom divertido de flerte, que usara na sala de estar, se fora.

– Precisamos? – Ela concentrava a atenção nas pedras da trilha que seguiam. Como uma criança, evitava pisar nos vãos entre elas. – Eu sinceramente preferiria que não fizéssemos isso. O que está feito está feito. Não significou grande coisa, não é mesmo?

– Que golpe no meu orgulho masculino! Realmente não foi de grande significância. Estou ciente de que, em circunstâncias normais, eu agora deveria pedi-la em casamento.

Rachel se sentiu mais mortificada do que nunca.

– Eu jamais aceitaria. Que ideia tola!

– Fico feliz porque a senhorita pensa assim. Não posso, é claro, fazer qualquer oferta desse tipo... ao menos ainda não. Eu não teria um nome legal com que assinar a licença ou o registro de casamento. E talvez eu até já seja casado.

Ela se esquecera dessa possibilidade. Sentiu o estômago se revirar.

– Nem agora, nem *nunca* – disse Rachel com firmeza. – Nem mesmo se, depois de descobrir sua identidade, eu souber que é solteiro. Estive envolvida em um noivado irrefletido este ano, Sr. Smith. Não tenho intenção de me envolver em outro tão cedo.

– O que está planejando fazer?

Rachel sentiu-se em desvantagem agora que o Sr. Smith estava de pé. Acostumara-se a olhá-lo de cima. Até mesmo na véspera, enquanto eles estavam... Bom, preferia não pensar a respeito.

– Não decidi ainda. Suponho que vá arrumar outro trabalho.

– E imagino que vá precisar de uma referência de caráter de Lady Flatley. Ela lhe daria?

Rachel fez uma careta.

– As damas aqui querem ir atrás do Sr. Crawley assim que voltarem à Inglaterra. Quer dizer, se conseguirem levantar dinheiro suficiente para cobrir as despesas de viagem. Pensei em ir com elas. Não será fácil encontrá-lo e há poucas chances de que recuperemos algum dinheiro, mas sinto que preciso ajudá-las ao máximo.

– Essas damas não precisam de sua ajuda, Srta. York. São mulheres calejadas pelo trato com o mundo. Vão sobreviver.

– Sim, é claro, vão sobreviver – disse Rachel. Ela parou e se virou para encará-lo, a raiva cintilando nos olhos. – Não importa que não farão nada mais do que isso, que não possam esperar por liberdade, felicidade ou abundância. Afinal, são apenas *prostitutas*.

Ele suspirou alto.

– Só quis dizer que a senhorita não é responsável por elas mais do que é responsável por mim... ou eu pela senhorita. Às vezes as pessoas precisam apenas permitir que as outras levem as próprias vidas, mesmo que seja difícil assistir.

Rachel franziu a testa. Estivera disposta a uma boa briga, mas o Sr. Smith se recusara a morder a isca.

– Talvez devêssemos nos sentar antes de continuar esta conversa – sugeriu ele. – Odiaria tropeçar, cair aos seus pés e talvez lhe dar a impressão errada.

Rachel seguiu à frente do Sr. Smith, mas esperou até que ele se sentasse com cuidado e apoiasse as muletas no braço de ferro fundido antes de se acomodar na outra extremidade. Desejou que o banco fosse um pouco mais comprido.

– Conte-me sobre o seu tio – pediu ele.

– Ele é o barão Weston de Chesbury Park, em Wiltshire. Não há muito mais a contar. Era irmão da minha mãe, mas renegou-a depois que ela fugiu aos 17 anos para se casar com o meu pai. A única vez em que o vi foi após a morte da minha mãe, quando ele foi a Londres para o funeral e ficou por alguns dias.

– Ele é seu único parente vivo?

– Até onde eu sei, sim.

– Talvez devesse procurá-lo. Ele dificilmente lhe daria as costas, não é?

Rachel virou-se para encará-lo, incrédula.

– Ouvi falar do homem *duas vezes* desde os 6 anos. Uma delas foi quando eu tinha 18 anos e ele se recusou a me entregar as minhas joias. A outra foi quando voltei a pedir as joias depois que meu pai morreu. Naquela ocasião, ele escreveu que eu não poderia tê-las, mas que, se estivesse passando necessidade, poderia morar lá e ele me encontraria um marido.

– Portanto é possível que a senhorita vá para lá.

– Se estivesse no meu lugar, o *senhor* iria? – questionou Rachel, voltando a ficar irritada. – Recorreria a alguém que renegou sua mãe quando ela se casou e que o ignorou por toda a vida, a não ser por alguns dias quando o senhor tinha 6 anos? Alguém que estava tão ansioso para vê-lo novamente que lhe informou que poderia ir viver com ele *se estivesse passando necessidade* e que ameaçou casá-lo com alguém da escolha dele. O senhor *iria*?

A proximidade do Sr. Smith era desconcertante. Sobretudo porque Rachel ainda precisava levantar os olhos para encará-lo. Ele parecia se agigantar, maior e mais imponente do que parecera deitado na cama.

– Acho que não – respondeu Jonathan. – Não, essa é uma resposta inadequada. Eu provavelmente diria ao desgraçado para enfiar a cabeça no óleo quente.

Rachel ficou tão surpresa e chocada que caiu na gargalhada. Ele sorriu lentamente e ela percebeu que os olhos do homem estavam fixos em sua covinha, que sempre considerara um traço infantil.

– Conte-me sobre as joias – pediu o Sr. Smith.

– Eu nunca as vi – ela desviou o olhar para o lago de nenúfares –, embora *saiba* que elas são bastante valiosas. Minha avó deixou-as para a minha mãe com a condição de que permanecessem sob os cuidados do meu tio até que ela se casasse com a aprovação dele ou depois que fizesse 25 anos. Minha mãe se casou sem a aprovação e morreu aos 24 anos. Mas ela deve ter se comunicado com ele de algum modo, porque deixou as joias para mim sob as mesmas condições.

– Talvez sua mãe achasse que as joias estavam mais seguras com ele do que com seu pai.

Rachel já havia pensado nessa possibilidade humilhante. Pobre papai... Ele teria apostado a fortuna toda e então chorado de remorso, para logo voltar às mesas de jogo tentando ganhar tudo de volta.

– Talvez meu tio ache que as joias estão mais seguras com ele do que *comigo*. Meu pai já havia morrido quando lhe pedi que as entregasse no ano passado. São minhas. Se eu fosse homem, não haveria argumento para reter a minha herança, pois sou maior de idade. Gostaria *tanto* que já fossem minhas... Eu devolveria a essas damas tudo o que perderam e resgataria seu sonho. Como ficariam felizes! Como *eu* ficaria feliz!

Rachel mordeu o lábio ao sentir os olhos marejados.

– Mas há um modo de a senhorita colocar logo as mãos na sua herança, não há? – lembrou Jonathan.

Ela deu uma risadinha zombeteira e o encarou. O Sr. Smith também a fitava com uma expressão firme.

– Eu teria que estar *casada*.

Ele ergueu uma das sobrancelhas.

– E conseguir a *aprovação* dele para esse casamento – completou ela.

O Sr. Smith levantou a outra sobrancelha e seus olhos assumiram a expressão sorridente que ele costumava reservar para as brincadeiras com as amigas dela.

– Não posso me casar com o *senhor* – falou Rachel com determinação. – O senhor mesmo já disse isso e, além do mais, não me casaria com ninguém apenas para colocar as mãos nas minhas joias.

– Admirável – murmurou ele, e sorriu.

– E, de qualquer modo, como conseguiria a aprovação do meu tio? O senhor nem sequer sabe o seu *nome*.

Ele voltou a erguer as sobrancelhas para ela e subitamente pareceu travesso, brincalhão... e irresistível.

– Nunca ouviu falar, Srta. York... ou devo ousar chamá-la de *Rachel*... de uma farsa?

– O quê?

Ela o encarou com os olhos arregalados.

– Eu *fingirei* ser seu marido e irei até Chesbury Park com a senhorita para resgatar sua fortuna das garras desse tio de mão fechada e coração duro. Então poderá fazer o que desejar com as joias, embora eu deva alertá-la de que talvez descubra ser muito difícil persuadir essas damas a aceitarem um centavo sequer seu.

– Mas o senhor está ansioso para ir embora daqui. Quer encontrar sua família e sua casa.

Ele fez uma careta e o riso desapareceu de seus olhos.

– Sim, é verdade, mas, ao mesmo tempo, a senhorita não faz ideia de quanto temo esse momento. E se eu for embora daqui e não encontrar nenhuma pista da minha identidade? Pior, se encontrar uma família grande e uma horda de amigos e descobrir que todos são absolutos estranhos para mim? Consegue entender o terror inerente a cada pensamento desse? Talvez, se eu adiar por um tempo minha jornada de autodescobrimento, a memória retorne por conta própria.

– Mas... – começou ela, os pensamentos se atropelando tão caoticamente que não conseguia organizá-los – não posso pedir que faça isso por mim.

– A senhorita não está me pedindo. – Ele voltou a sorrir e, de repente, Rachel sentiu vontade de esticar a mão e tocar tamanho calor. – Eu é que me ofereci. Poupe-me do pavor de não ter nada a fazer a não ser me lançar no vasto desconhecido, Srta. York. Vamos fazer isso.

Havia um milhão de argumentos contra aquela ideia... pelo menos um milhão. Mas tudo que Rachel conseguia visualizar era sua imagem sorridente entregando a Flossie a exata soma de dinheiro que vira a amiga pôr nas mãos de Nigel Crawley. Poderia fazer isso de verdade. E não precisaria se sentir culpada pela farsa, certo? O dinheiro era *dela* e tio Richard sempre fora horrível com ela. Rachel não lhe devia nada.

– Tudo bem.

Ela sorriu. O Sr. Smith apoiou o braço no encosto do banco e continuou a sorrir como um colegial travesso – exceto pelo fato de que estava ainda mais lindo.

– Só torço para que a senhorita não espere que eu fique de joelhos para pedi-la em casamento. Acho que nunca mais conseguiria me levantar.

CAPÍTULO IX

Alleyne ficou deitado na cama por mais de uma hora depois de voltar do jardim, mas sem dormir. Sentia dor em todos os ossos, em todas as juntas, e desconfiava que a perna esquerda estava ligeiramente inchada. Desanimou-o perceber como estava fraco, porém era um prazer saber que agora poderia se mover e recuperar a força e a energia.

Entretanto, era um covarde de primeira e se perguntava se sempre teria sido. Por quase duas semanas estivera irritado, ansiando para voltar a se levantar, para poder sair daquela casa e começar a descobrir quem diabos era. Mas, quando isso finalmente acontecera naquele dia, quando o momento da partida parecia iminente, Alleyne se descobrira dominado pelo pânico. Tinha dito a verdade a Rachel York.

E, meu Deus, em que tipo de encrenca acabara se metendo?

Ele quisera ajudá-la. Por mais aborrecido que tivesse ficado com ela na noite anterior por não lhe dar a escolha de manter sua virtude intacta, também desejara fazer algo positivo. Afinal, a Srta. York salvara sua vida. Alleyne não tinha dúvida de que teria morrido na floresta de Soignés se ela não houvesse aparecido e buscado ajuda. E Rachel se dedicara a ele por bem mais de uma semana. Alleyne desenvolvera carinho por ela. Aliás, ficara *inebriado* por ela desde o primeiro momento em que a vira.

O rapaz quisera fazer algo por Rachel. E a convidara para o jardim com a intenção de descobrir algo sobre o tio dela, para ver se era possível que a moça fosse viver com o parente. Havia planejado se oferecer para acompanhá-la até a casa do tio. Não teria sido muito em comparação ao que ela fizera por ele, mas pelo menos seria algo.

Algo são, sensato, honrado.

E, caso *descobrisse* que era um homem solteiro, voltaria a procurá-la e a pediria em casamento, como ditava a honra.

E olhe o que acabara fazendo!

Porém, a questão era que o pânico que Alleyne sentira pairando acima de sua cabeça durante todo o dia desaparecera assim que ele fizera a sugestão, e em seguida experimentara a empolgação de um louco desafio.

O que aquilo dizia sobre o caráter dele? Será que costumava se comportar como um garoto de 25 anos disposto a entrar em qualquer esquema maluco? Isso se *realmente* tivesse 25. Poderia muito bem ter 30.

Alleyne fez uma careta.

Agora era tarde demais para mudar de ideia sobre aquela aventura louca, mesmo se quisesse... e não estava certo de que queria. Iria assumir uma identidade nova e, junto com ela, uma esposa – supostamente em um casamento por amor. Sim, com certeza um casamento por amor. Convenceria o barão Weston de sua elevada respeitabilidade e retidão de caráter.

Alleyne riu baixinho. Tudo de que precisava era um desafio, e aquele era colossal. Sentia-se... Com certeza sentia-se novamente como seu antigo eu.

Esse pensamento ameaçou provocar um nova onda de melancolia. Fechou os olhos e pousou as costas da mão sobre eles.

Esperava passar o resto do dia na cama, ou pelo menos no quarto, mas Strickland apareceu à porta no fim da tarde para informar que aquela era a noite de folga das damas e que haviam convidado o Sr. Smith para se juntar a elas no jantar caso ele se sentisse disposto.

– Mas devo avisá-lo, senhor – acrescentou o sargento –, que elas também me convidaram.

– E por que não seria adequado jantar com um sargento? – questionou Alleyne, as sobrancelhas erguidas. – Não sei a que altura meu eu verdadeiro está na escala social, Strickland, mas este aqui ficará encantado de jantar com o senhor... e também com as quatro damas da noite.

Ficaria feliz com a companhia, pensou Alleyne, enquanto Strickland o ajudava a vestir o paletó e lhe penteava os cabelos. Ele próprio ajeitou a gravata com certo talento. Então, suas mãos se detiveram de repente ao lembrar que alguém ficaria horrorizado ao vê-lo naquele momento. Ele chegou até a se divertir com a ideia.

O problema era que aquela sensação, por mais vívida que fosse, não vinha acompanhada de um rosto ou de um nome.

Quem ficaria horrorizado?

Por um instante, Alleyne achou que conseguiria arrancar um nome das profundezas da memória. Era como se uma cortina oscilasse diante do vazio de sua mente, ameaçando ser lançada para o lado a qualquer momento, fustigada pelo vento, revelando o que estava por trás.

Mas a cortina se manteve teimosamente no lugar.

Alleyne tentou recuperar ao menos alguma coisa. Era um homem ou uma mulher? Quem diabos *era* aquela pessoa que surgira de súbito num momento em que ele nem sequer tentava se lembrar de algo?

Mas não adiantou.

– Mais dor, senhor? – perguntou o sargento.

– Não, nada.

A princípio, quando eles entraram na sala de jantar, Alleyne achou que Strickland havia se enganado e aquela *era* uma noite de trabalho. As damas estavam vestidas com toda a pompa, em seda e cetim, os seios perigosamente próximos de escapar do corpete, acima de espartilhos muito apertados, os penteados elaborados, cheios de cachos, os cabelos enfeitados com plumas, o aroma forte dos perfumes florais, os rostos muito maquiados. Alleyne se lembrou da primeira visão que tivera das mulheres. Inclinou-se na mesura mais profunda e gentil que suas muletas permitiram.

– Ainda estou convencido de que morri e fui para o céu.

Ele percebeu que o pequeno sinal preto em forma de coração que Geraldine costumava usar perto da boca fora colocado no lado esquerdo do decote.

Elas haviam se vestido para *ele*, pensou Alleyne – porque iria participar do jantar. Sentiu vontade de rir, mas não quis se arriscar a ofendê-las. Gostava imensamente de todas, de verdade.

Rachel York estava vestida como na noite anterior, exceto pelos cabelos, penteados de forma mais simples, brilhando como puro ouro sob a luz do candelabro no meio da mesa. Ele provavelmente perdera a sanidade mental para ter acreditado que a jovem trabalhava naquele bordel. Agora que seus olhos haviam sido abertos, estava muito claro que Rachel York era uma dama refinada e elegante.

Alleyne ainda se sentia um tanto ressentido com ela – ou talvez consigo mesmo, por causa da própria estupidez.

Foi uma refeição estranha. As mulheres não tinham criados, como Alleyne já havia percebido antes. Aparentemente, era Phyllis quem fazia a maior parte da comida. Por sorte, ela parecia ter um considerável talento culinário. Mas todas as cinco ajudavam a servir, a trazer os pratos quentes para a mesa e a tirar a louça vazia. E a conversa era inteligente e animada. Elas falaram sobre Bruxelas, sobre como a cidade estivera apenas algumas semanas antes, transbordando com todos os eventos glamorosos da aristocracia, e como estava naquele momento, após a partida de quase todos os estrangeiros. Tagarelaram sobre a guerra e suas consequências, sobre as perspectivas de paz e prosperidade para a Europa agora que Napoleão voltara a ser preso. Pediram a opinião de Strickland a respeito da estratégia de batalha usada. Conversaram sobre Londres e seus teatros e galerias de arte.

Quieta durante toda a noite, Rachel York enfim falou na hora da sobremesa, olhando diretamente para Alleyne e enrubescendo:

– Acredito que vou conseguir pôr as mãos nas minhas joias, afinal.

– Vai me deixar escalar a hera, Rache? – perguntou Geraldine.

– O Sr. Smith vai a Chesbury comigo, passando-se por meu marido. Vamos conseguir a aprovação do meu tio para o nosso casamento e ele me entregará a minha herança. Então, poderei vender uma peça ou duas e iremos atrás do Sr. Crawley, se for o que desejarem. E o Sr. Smith partirá em busca de seu lar e de sua família.

Houve um alto clamor de quatro vozes animadas, todas tentando falar ao mesmo tempo. Bridget venceu a disputa:

– *Passar* por seu marido, meu amor? Por que ele não pode *ser* seu marido? – Eu me cobrirei de luto profundo se ele fizer isso, Bridge – reclamou Geraldine –, em solidariedade ao resto das mulheres do mundo. Fico bem de preto.

– Mas é uma ideia *esplêndida* – interveio Flossie. – Não sei por que não pensamos nisso antes. Com certeza vai funcionar.

– Não pode ser um casamento de verdade – explicou Rachel. – O Sr. Smith ainda não sabe quem ele é. Além do mais, decidi que, se algum dia me casar, será por amor. Fui tola por me contentar com menos no caso do Sr. Crawley. Graças aos céus, percebi meu erro a tempo.

– Vai funcionar perfeitamente – opinou Phyllis, levando as mãos ao colo.

– Bastará um olhar para você, Sr. Smith, e o barão irá correndo pegar as joias.

– Mas não acho que devemos dar como certo, Phyll – argumentou Flossie –, que o barão irá simpatizar com ele como nós. O Sr. Smith terá que usar seu charme de um modo diferente, mas acredito que vai conseguir. Há um brilho malandro em seus olhos que me diz que ele irá se divertir com a situação e se superar.

– E ele tem um ar que sugere berço de ouro, dinheiro e poder – comentou Geraldine. – Ah, acalme-se, coração meu! Acha que seu tio se deixaria enganar se *eu* me passasse por *você*, Rache, e fingisse ser a Sra. Smith?

– Nem por um momento, Gerry – replicou Phyllis. – Mas pense em como essa situação é romântica. Aposto que o Sr. Smith e Rachel se apaixonarão e se casarão, vivendo felizes para sempre.

– Eu não ficaria nem um pouco surpreso – intrometeu-se Strickland –, se me perdoa por dar minha opinião quando ninguém a pediu, menina. E se *o senhor* me perdoa. Às vezes falo demais.

Alleyne sorriu para todos na mesa e viu que Rachel estava se sentindo desconfortável.

– Mas o próximo passo – continuou Bridget, colocando ordem de novo na conversa – é decidir o que o Sr. Smith vai contar. Precisamos inventar toda uma história de vida para não deixar nada ao acaso. Então ele terá que decorar seu papel, e Rachel, o dela.

Houve uma agitação geral, com todas dando sugestões, a maior parte delas completamente absurda, provocando muitas risadas. Alleyne deixou-as falar por algum tempo antes de levantar a mão e atrair a atenção.

– Com certeza não serei um limpador de chaminés que descobriu ser um príncipe ou um duque que é filho ilegítimo do rei com sua amante preferida, embora ambas sejam sugestões brilhantes e tentadoras. Talvez possa ser um baronete com uma propriedade no norte da Inglaterra. Mas seria melhor se eu e a Srta. York decidíssemos os detalhes entre nós dois e os apresentássemos a vocês, para que aprovassem.

– *Srta. York!* – exclamou Phyllis. – Precisa chamá-la de *Rachel* agora, Sr. Smith. E ela deve chamá-lo de *Jonathan*... a menos que escolha se tornar *Orlando*, como sugeri um minuto atrás, já que é um nome muito mais romântico.

– Há uma garrafa de vinho na despensa – lembrou Flossie. – Está no chão, embaixo da última prateleira, se quiser fazer o favor de pegá-la, William. Estávamos guardando para uma ocasião especial, e acho que este é o caso. Temos um casamento falso a comemorar.

Enquanto eles faziam brindes e bebiam vinho apenas alguns minutos depois, como se celebrassem um casamento de verdade, Alleyne percebeu que Rachel estava muito quieta.

Só que um esquema louco estava prestes a se tornar ainda mais ousado.

– Não pode aparecer na porta do barão sem um valete a seu serviço, senhor – disse Strickland a Alleyne quando pousou o copo na mesa. – Não sou o serviçal de melhor aparência em que já pousou os olhos, por conta do meu tamanho, do meu falar rude e da minha única experiência como soldado, mas sou melhor do que nada. Vou com vocês, senhor. Não precisa se preocupar em me pagar coisa alguma. Como lhe disse, tenho o bastante para pagar a minha própria passagem à Inglaterra e para as minhas necessidades por mais ou menos um mês. Isso me dará algo para fazer enquanto me recomponho, por assim dizer.

Alleyne olhou para ele com as sobrancelhas erguidas. Bom, na verdade o homem estava certo. Não daria uma impressão tão boa se aparecesse em Chesbury Park como marido de Rachel sem um valete. E a bagagem e o dinheiro? Tinha pouco mais do que as roupas que usava, para ser sincero. Subitamente, deu-se conta de que precisariam planejar aquele esquema com muito cuidado antes de saírem correndo para Wiltshire.

Antes que ele pudesse dar qualquer resposta ao sargento, Bridget se manifestou:

– E Rachel não deve chegar à casa do tio sem outra companhia que não a do Sr. Smith, mesmo se *supostamente* for casada com ele. Afinal, é um casamento recente e o barão deve acreditar que ela estava em Bruxelas na companhia de pessoas decentes. Eu serei essa companhia e irei com você, meu amor. Além do mais, já que o Sr. Smith e Rachel não são de fato casados, não seria certo viajarem juntos sem acompanhante, não é mesmo?

– Com esse cabelo, Bridge, o barão Weston a veria como uma prostituta mesmo que fosse cego – comentou Flossie.

– Posso tingi-lo. Eu o pintarei da minha cor natural, um elegante e respeitável castanho-acinzentado.

– Mas não podemos permitir que só você se divirta, Bridge – interveio Geraldine. – Se vai tirar férias por uma semana ou duas, então não vejo por que todas nós não podemos fazer o mesmo. Eu, por exemplo, não estou disposta a voltar a trabalhar em Londres antes de lidarmos com aquele patife do Crawley, e não podemos ir atrás dele sem ter notícias do paradeiro do homem por uma de nossas colegas, certo? Se vamos ficar sentadas girando os polegares, podemos muito bem nos divertir ao mesmo tempo. Gosto da ideia de ser camareira de uma dama. Tenho talento para penteados... é o que todas vocês dizem... e para escolher o que uma dama deve usar para tirar a melhor vantagem de seus dotes. Irei como sua camareira, Rache. Seria estranho se você não tivesse uma. E, com um pouco de sorte, descobrirei que o barão Weston emprega uma casa cheia de serviçais belos e altos e que tem um estábulo repleto de cavalariços belos e rudes, além de um parque lotado de jardineiros belos e bronzeados. Mas não precisa se preocupar com a possibilidade de eu desgraçá-la. Sei ser respeitável quando preciso.

Olhando ao redor da mesa, Alleyne se viu entre a diversão e o desespero. E se perguntou se Rachel estava se sentindo tão sem controle da situação quanto ele. O silêncio dela sugeria que sim.

– E quanto a nós? – quis saber Phyllis, parecendo ressentida. – O que Flossie e eu devemos fazer enquanto vocês duas se divertem em Chesbury Park?

– Usar nossa imaginação, Phyll, é isso o que faremos – respondeu Flossie. Ela bateu as pestanas sobre os grandes olhos azuis e levou uma das mãos aos cachos louros, em um gesto coquete. – Damas e cavalheiros, conheçam a Sra. Flora Streat, viúva respeitada e respeitável do falecido capitão Streat e amiga querida da Srta. Rachel York, que se casou recentemente na minha casa. E você, minha preciosa – acrescentou, sorrindo com graciosidade para Phyllis –, se não me engano, é a irmã querida do falecido marido, cujo próprio esposo, capitão Leavey, está no momento a serviço em Paris.

– O que foi, Floss? – retrucou Phyllis, esvaziando seu copo de vinho. – Você teve dificuldade para reconhecer a própria cunhada? Mesmo que tenhamos saído juntas da Inglaterra e estejamos voltando juntas para lá?

– E estamos fazendo um breve desvio em nosso retorno para casa – completou Flossie –, a fim de acompanhar uma jovem amiga, a recém-casada Lady Smith, a Chesbury Park.

– Agora estou terrivelmente arrependida por ter me condenado à cozinha – reclamou Geraldine. – Embora talvez não. Pelo menos terei todos aqueles serviçais, cavalariços e jardineiros só para mim, quando não estiver ocupada penteando Rachel. E também poderei fofocar com Will.

Alleyne pigarreou e quatro conjuntos de plumas de cabelos menearam a cabeça enquanto as damas lhe voltavam a atenção.

– Mas precisamos lembrar que isso não é apenas uma travessura que estamos aprontando para nos divertir. Nossa principal preocupação precisa ser garantir que a Srta. York... que *Rachel* e eu causemos uma boa impressão no tio dela, para que Rachel consiga pôr logo as mãos no que seria dela de qualquer modo aos 25 anos.

Todas ficaram sérias e continuaram a encará-lo, ansiosas.

– Mas também *será* uma travessura – replicou Geraldine depois de uma breve pausa.

Todas voltaram a tagarelar.

– Teremos que aguardar ao menos uma semana ou mais antes de partir – disse Rachel, enfim se manifestando. – Precisamos esperar até que o Sr. Smith recupere mais as forças e Strickland esteja livre de suas ataduras.

– Para você ele agora é *Jonathan*, Rachel – lembrou Phyllis. – Vai ter que começar a chamá-lo de *Jonathan*. Ou de Orlando. Não acham que ele tem jeito de Orlando?

– Eu tenho um tapa-olho – falou o sargento. – Ainda não o estou usando porque os hematomas não desapareceram completamente. Não quero assustar vocês, damas.

– Acho que vai parecer muito arrojado, sargento, apesar dos hematomas – comentou Phyllis. – Desde que não haja sangue.

– Não precisam esperar por minha causa – assegurou Alleyne. – Podemos muito bem começar essa farsa o mais rápido possível.

Ele – um homem sem dinheiro, sem posses, sem identidade – estava fadado a viajar para a Inglaterra com uma jovem esposa de mentira, cercado por um séquito composto por um valete ex-militar com aparência de pirata e quatro prostitutas exuberantes se passando por serviçais e damas. E partiriam com a missão de enganar um homem absolutamente respeitável para conseguir tirar dele uma fortuna em joias.

E tudo aquilo começara com a sugestão impulsiva dele no jardim, naquela tarde.

– O senhor ainda sente dor e está terrivelmente cansado – disse Rachel de repente. – Acredito que tenha exaurido suas forças hoje. Deve ter mais cuidado amanhã.

Ela estava certa, é claro. Alleyne vinha ignorando os sintomas havia algum tempo, mas mal conseguia se sentar ereto. A perna latejava sem cessar. E uma dor de cabeça o maltratava em algum lugar atrás dos olhos.

Rachel se levantou.

– Venha, vou levá-lo para o seu quarto.

Alleyne voltou a erguer as sobrancelhas. *Levá-lo* para lá? Por acaso era inválido? Mas ele não discutiu.

– Sim, vá com ele, Rache – concordou Geraldine. – E certifique-se de que ele esteja aquecido para a noite.

– Só não se enfie na cama com ele, seja uma boa moça – acrescentou Flossie. – Este é um estabelecimento respeitável e vocês só são casados de mentira.

– E não demore muito, meu amor – completou Bridget, como se, nas duas últimas semanas, sua antiga pupila não houvesse passado horas, todos os dias, no quarto dele. – Deixe a porta aberta.

– Ah, mas eu adoro um pouco de romance... – disse Phyllis com um suspiro. – Mesmo sendo de mentira.

– Há uma questão sobre mentiras – comentou Alleyne com Rachel quando os dois já não podiam mais ser ouvidos pelas outras. – Elas crescem como uma bola de neve assim que surgem. Está preocupada com o que acaba de ouvir?

– Estou preocupada com tudo que venho ouvindo desde esta tarde – retrucou Rachel, fechando a porta do quarto, mas sem trancá-la. – Porém, não vou impedir a situação. O senhor vai me ajudar a deixá-las felizes e elas precisam de um descanso desse tipo de vida que vêm levando nos últimos anos. Apesar das aparências, na verdade as quatro não são criaturas vulgares. São minhas amigas, Sr. Smith. E, mesmo se forem desmascaradas, mesmo se *o senhor* for desmascarado, e daí? Não estarei pior do que agora, não é mesmo? Meu tio não poderá mais negar minha herança depois do meu aniversário de 25 anos.

– É melhor seguirmos o conselho delas: eu e você devemos nos chamar de Jonathan e Rachel daqui em diante. Lembre que estamos perdidamente apaixonados e não somos o tipo de casal que se dirige um ao outro com uma formalidade distante.

Ela o encarou com a testa franzida.

– Muito bem, então. Mas uma coisa deve ficar clara desde o princípio, senhor... Jonathan. O que aconteceu na noite passada não vai se repetir, nem haverá flertes... de ambas as partes. Você talvez já seja casado e, mesmo que não seja, não iria querer se ver amarrado a uma esposa antes mesmo de se lembrar de sua vida normal. E não estou em busca de um marido. Achei que estava quando conheci o Sr. Crawley, mas, desde que me livrei dele, percebi que minha independência é importante demais para que abra mão dela facilmente.

– Além de tudo isso – acrescentou Alleyne, para não ficar para trás –, nós dois fomos uma decepção um para o outro na noite passada.

– S-sim.

Ela teve a graciosidade de corar.

– Então não haverá envolvimento em particular, apesar da exibição pública de afeto e gentileza – confirmou ele, vendo-a desviar os olhos.

Alleyne percebeu que estava se divertindo – sem contar que se sentia à beira da exaustão. Era como se uma dor única descesse do topo de sua cabeça até a ponta dos pés.

Ele se sentou na cama e apoiou as muletas na cabeceira. Rachel fez menção de ajudá-lo, mas Alleyne ergueu a mão para detê-la.

– Rachel, não há mais necessidade de estar disponível o tempo todo para mim. Na verdade, eu me sentiria muito mais feliz se você mantivesse uma distância permanente de mim daqui em diante.

A cor desapareceu do rosto dela.

– Muito bem, então – disse Rachel. – Chamarei o sargento Strickland.

Ela saiu do quarto sem falar mais nem uma palavra. Alleyne suspeitava que, longe de ser uma prostituta, a jovem era bastante inocente. Ela nem sequer o compreendera, achando que ele não conseguiria suportar seu toque. Estava certa, é claro, mas não pela razão que provavelmente imaginava.

Alleyne talvez ainda estivesse aborrecido com Rachel e tivesse deixado o bom senso de lado naquele dia – na verdade, não havia *talvez* quanto a isso –, mas ainda não estava morto. E ela ainda era a criatura mais linda, mais atraente que ele se lembrava de já ter visto.

Agora que era tarde demais, ocorreu a Alleyne que inventar um plano que o manteria perto de Rachel – *muito* perto – talvez tivesse sido a coisa mais estúpida que ele já fizera. E isso com certeza não era pouco!

Quem teria imaginado que cair de um cavalo poderia provocar tanto caos na vida de uma pessoa?

Alleyne estava tentando levantar a perna para cima da cama quando Strickland chegou para ajudá-lo.

– Fez a coisa certa, senhor, se permite que eu dê minha opinião sem tê-la solicitado – disse o sargento, despindo o paletó de Alleyne e colocando as pernas dele na cama.

– Obrigado, Strickland. Como desconfio que você esteja acostumado a opinar, não precisa se desculpar toda vez que fizer isso.

– Obrigado, senhor – falou o sargento, ajudando Alleyne a tirar a calça. – Essa atadura está um pouco frouxa. Posso apertá-la?

– Por favor. Mas você entende, não é, que meu casamento com a Srta. York é inteiramente fictício?

– Entendo que o senhor tomou para si o papel de marido e protetor da dama, seja de verdade ou não. E como é um cavalheiro, que não corta ligações como essa a menos que a dama o faça, não é de todo fictício. O senhor fez o correto e digno depois que ela teve aquela dor de cabeça aqui na noite passada e teve que tirar os grampos. O próximo passo agora caberá à dama, não é mesmo? Quero dizer, decidir que seja de verdade ou não, quando sua memória voltar e o senhor descobrir se já não é casado.

– Obrigado, sargento – agradeceu Alleyne brevemente.

Strickland retirou a atadura e já se preparava para voltar a colocá-la mais firme quando, o desmemoriado percebeu que o ferimento estava se curando muito bem, apesar de certo inchaço e da dor causada pelo procedimento.

– Eu precisava mesmo dessa chamada de atenção sobre as minhas obrigações como um cavalheiro.

– Não, não precisava, senhor – retrucou Strickland. – Eu falo demais. Sem inflamação nesse ferimento, não é mesmo? O senhor estará novo em folha em mais uma semana ou duas, embora eu acredite que há mais para curar do lado de dentro do que do lado de fora.

Alleyne olhou pensativo para o sargento enquanto o homem se endireitava.

– Você estaria disposto a me emprestar metade do dinheiro que tem?

Strickland ficou em posição de sentido e falou sem hesitar:

– Venho tentando pensar em um modo de lhe oferecer parte do dinheiro sem ofendê-lo, senhor, embora não seja muito. Um cavalheiro precisa ter fundos, não é? Não seria certo que ele esperasse que as damas abrissem as bolsas a cada caneco de cerveja de que necessitar para matar a sede. Mas não seria um empréstimo. O senhor pode ficar com parte dele. Tenho o bastante.

– Mas será um empréstimo de qualquer modo – replicou Alleyne com firmeza. – E temporário, eu espero. O que você sabe de Bruxelas? Ficou baseado aqui antes da Batalha de Waterloo? Conhece algum lugar onde um homem pode ir para jogar pesado? Além desta casa, quero dizer.

– Cartas? – O sargento estava ajudando Alleyne a despir o resto das roupas e logo o ajudou a vestir a camisola. – Conheço um ou dois lugares, senhor, embora não sejam finos como os que o senhor deveria frequentar.

– Não importa.

A hipótese de ser reconhecido se fosse a um lugar frequentado pelas altas classes, embora fosse atraente de certo modo, talvez só complicasse as coisas, agora que ele concordara em ir para a Inglaterra com Rachel York.

– Apenas me indique um que você conhece.

– Vai jogar, senhor? – perguntou Strickland, colocando um travesseiro extra sob o joelho de Alleyne e, assim, deixando-o mais confortável. – Tem certeza de que se lembra como jogar?

– Perda de memória é uma coisa estranha. Pelo menos a *minha* perda de memória é. Parece que me lembro de tudo, menos dos detalhes relacionados à minha identidade.

– E costumava ter sorte nas cartas, senhor?

– Não faço ideia, mas espero que sim. Caso contrário, em breve chegarão a Chesbury Park um cavalheiro empobrecido e sua esposa. E terei uma dívida tão constrangedora com *você* quanto com as damas daqui.

– Mas o senhor tem tido sorte no amor – disse o sargento, animado, aparentemente determinado a acreditar que o casamento se destinava a ser uma união verdadeira por amor. – Vamos encarar isso como um bom presságio. Vou descobrir o melhor estabelecimento para o senhor jogar. As coisas podem ter mudado um pouco desde a batalha. Até irei com o senhor, se me permitir. Para ficar de olho, quer dizer, no caso de alguém tentar alguma grosseria, embora não acredite que isso vá acontecer. E para tentar minha sorte também.

– Combinado. Terei que me conformar com a escuridão e com o sono cedo assim?

Strickland estava assoprando as velas e se preparando para sair do quarto.

– Está cansado, senhor. A Srta. York tinha me avisado, mas eu ia acabar percebendo por mim mesmo.

Alleyne se viu deitado na cama, no escuro, em uma hora em que imaginava que todos os seus pares estariam saindo para a farra. Ele desejou se lembrar de uma única ocasião em que tivesse feito isso. Tentou arrancar uma única lembrança de trás daquela cortina pesada que nublava sua mente. Apenas uma... e então todas voltariam de uma vez, ele estava certo.

Porém, como não tinha lembranças com que se distrair enquanto esperava o sono, a mente de Alleyne deslizou de volta para as últimas horas.

Logo estava rindo baixinho de si mesmo.

CAPÍTULO X

Rachel duvidava que fosse reconhecer o tio quando enfim o reencontrasse. Não o via desde que tinha 6 anos. Na época, ele parecera alto, grande e sólido como uma rocha, além de confiável e bem-humorado. Mas essas lembranças logo haviam azedado.

A carruagem passou por um sulco na estrada e lançou para o alto um jato de lama, embora a chuva tivesse parado fazia uma hora. Nesse momento, o joelho dela tocou o de Jonathan, que estava sentado à frente, com um espaço estreito entre os assentos. Por sorte, era o joelho da perna boa, embora a outra viesse se curando rapidamente durante as duas semanas e meia desde que ele começara a usar muletas. Jonathan agora conseguia apoiar um pouco do peso sobre a perna, embora ainda utilizasse uma bengala robusta quando caminhava.

Rachel afastou a perna às pressas e seus olhos encontraram os dele antes de se desviarem, fingindo interesse pela paisagem. Ambos tinham cumprido o acordo: mal haviam se tocado, mal haviam ficado juntos a sós, mal haviam trocado uma palavra em particular.

Dessa forma, longe de estar mais confortável na presença de Jonathan, Rachel sentia exatamente o oposto. Continuava sem acreditar nos eventos daquela noite fatídica. Só podia ter sido um sonho. Mas logo surgiam em sua mente imagens vívidas e chocantes de si mesma, dele, *deles*, e sentia vontade de pular no lago mais próximo para se esconder e apagar o rubor.

Também não ajudava em nada o fato de, a cada dia, Jonathan estar mais forte, mais saudável, mais bonito, mais másculo e mais... ah, mais *tudo*.

Nem em um milhão de anos, pensou Rachel, segurando a tira de couro acima do ombro enquanto a carruagem sacudia mais uma vez ao passar por outra depressão na estrada, poderia ter previsto que sua vida tomaria aquele rumo. Era simplesmente bizarro demais.

O sobressalto da carruagem fez Bridget acordar de um cochilo. Ela se sentou e ajeitou a touca.

– Quase adormeci.

– Gosto *mesmo* da sua aparência, Bridget – elogiou Rachel.

– É porque estou parecendo uma matrona sisuda, meu amor – retrucou ela, com uma expressão sofrida.

– É porque você se parece novamente com a minha querida ama – explicou Rachel, apertando o braço da outra.

Flossie, Phyllis e Geraldine seguiam na carruagem atrás deles, com o sargento Strickland. Todas as quatro damas haviam abandonado as plumas vistosas antes de saírem de Bruxelas e estavam vestidas com uma respeitabilidade quase cômica. Com o rosto brilhando de tão limpo e os cabelos de uma cor acinzentada uniforme demais, Bridget se assemelhava a sua versão mais antiga. A mulher também parecia mais jovem, embora provavelmente jamais fosse admitir isso para si mesma.

Jonathan também estava com uma aparência mais bem cuidada e elegante do que qualquer cavalheiro teria o direito de ter. Usava roupas novas e caras e tinha *dinheiro*.

Rachel não sabia onde o conseguira, embora não fosse necessário um grande esforço intelectual para imaginar *como* conseguira. Jonathan saíra umas duas vezes com Strickland e, na segunda vez, voltara com um baú novo, novas roupas, botas e uma bengala – e também com uma enorme quantidade de comida para a casa. Ele até pagara a própria passagem para a Inglaterra e as delas também, embora Rachel tivesse toda a intenção de reembolsá-lo assim que estivesse de posse das joias e houvesse vendido algumas delas. E também fora Jonathan que contratara as carruagens e cavalos, já na Inglaterra.

Se ele havia sido um jogador em sua vida passada, obviamente não perdera o jeito. Devia ter ganhado uma boa soma.

Se havia uma classe de cavalheiros que Rachel desprezava mais do que qualquer outra era a dos jogadores. O pai dela fora um. Era bom não estar apaixonada por Jonathan Smith e o casamento deles não ser verdadeiro. Jogadores não davam maridos responsáveis e comprometidos em prover a família – isso para dizer o mínimo. Existiam momentos de abundância, de extravagância eufórica, mas também semanas, meses e até mesmo anos de pobreza extrema, fugindo de credores.

Jonathan tinha mais outra fraqueza de caráter, é claro. Que outro cavalheiro teria imaginado e posto em prática uma farsa como aquela? E se entregado à farsa com tanto entusiasmo? Ele discutira os detalhes do plano por *horas* com Rachel e as amigas e sempre parecera estar se divertindo imensamente.

Os olhos do homem já eram bonitos o bastante como eram, pensou, ressentida, sem o brilho travesso que os iluminava com frequência. Rachel percebeu que eles estavam fixos nela.

– Devemos chegar em breve – avisou ele.

Na última troca de cavalos, haviam garantido a eles que não seria necessário fazer outra. Por um momento, Rachel desejou estar em qualquer outro lugar da Terra que não fosse próximo a Chesbury Park. O estômago dela parecia ter a firme intenção de dar cambalhotas e Rachel experimentou alguns momentos de puro pânico.

O que estava fazendo?

Mas só iria pegar o que era dela, o que a mãe lhe deixara. De qualquer modo, era tarde demais para mudar o plano agora – porém, pela maneira como a encarava, Jonathan parecia temer que ela estivesse muito perto de fazer exatamente isso. Como aquele homem fazia *apenas* os olhos sorrirem, mantendo imutável o resto do rosto? Ele devia saber quanto aquela expressão o tornava atraente.

– A área rural da Inglaterra lhe parece familiar? – perguntou Rachel.

– É a Inglaterra – disse ele, dando de ombros. – Não me esqueci do país, Rachel, apenas do meu lugar nele.

Só que ela mal ouviu a resposta. A carruagem estava passando por altos portões de ferro fundido e Rachel percebeu que haviam chegado a Chesbury Park.

Um caminho de cascalho além dos portões seguia através de uma floresta de antigos carvalhos e nogueiras. Achou tudo tão grande e imponente... A consciência da audácia do que estavam prestes a fazer voltou a atingi-la.

Então, aos poucos, surgiram fragmentos de uma majestosa mansão de pedra cinza, mais grandiosa do que qualquer coisa que Rachel imaginara. Fora *ali* que a mãe dela crescera? Podia ver, acima da casa, além do bosque, gramados espaçosos com árvores aqui e ali e um grande lago com o estábulo ao lado. E também um jardim em estilo *parterre*, com seus canteiros delimitados por sebes ou muretas em disposição simétrica se estendendo à frente da mansão.

Quando a carruagem fazia uma curva mais fechada diante do estábulo e se aproximava do terraço que separava a casa do jardim, Rachel subitamente pensou que talvez o tio não estivesse em casa.

Que balde de água fria aquilo seria nas expectativas de todos! Ela quase torceu para que isso acontecesse, mas logo percebeu que, sendo assim, eles se veriam no meio de Wiltshire, praticamente sem um centavo e sem um plano.

Jonathan se inclinou para a frente no assento e pousou a mão no joelho de Rachel.

– Fique firme. Vai dar tudo certo.

A carruagem parou aos pés de largos degraus de pedra que levavam às portas duplas de entrada da casa. Elas estavam fechadas e ninguém veio correndo até o lado de fora para investigar a chegada de duas carruagens de viagem estranhas. Nenhum cavalariço saiu apressado do estábulo. O cocheiro desceu, abriu a porta e posicionou os degraus do veículo para que descessem. O ar cálido e fresco do verão invadiu o interior abafado. Jonathan desceu com cuidado, apoiou-se na bengala e estendeu a mão para ajudar Rachel.

Ela viu que os demais saltavam da outra carruagem. Geraldine e Strickland se mantiveram mais para trás, ao lado do veículo. Apesar do vestido cinza, simples, da capa e da volumosa touca, Geraldine ainda parecia uma atriz italiana voluptuosa, além do tipo de serviçal que causaria inveja às empregadas da casa e disputas a soco entre os empregados. Strickland tinha um tapa-olho preto, os hematomas agora apenas manchas amarelo-acinzentadas no rosto, e realmente se assemelhava a um pirata feroz, como previra Geraldine.

As outras duas mulheres se adiantaram pelo terraço enquanto Jonathan ajudava Bridget a descer. Phyllis parecia uma jovem matrona satisfeita consigo mesma que nunca na vida tivera um único pensamento malicioso. Flossie domara os cabelos louros sob a elegante touca preta e mantinha as formas bem-feitas cobertas por um vestido preto decente. Ela parecia frágil, bela e respeitável como a esposa de um vigário.

– Ainda acho estranho não precisar estreitar os olhos quando me viro para o seu cabelo, Bridge – comentou Phyllis.

– Belisque as bochechas, Rachel – aconselhou Flossie. – Está mais pálida do que um fantasma.

Jonathan fez com que Rachel se sobressaltasse novamente ao lhe dar o braço. Ele sorriu, com os olhos cálidos e uma expressão de adoração.

– Vamos começar o jogo – murmurou.

– Sim. – Ela lhe deu um sorriso encantador.

Jonathan guiou-a pelos degraus e bateu em uma das portas com o punho da bengala. Um minuto inteiro se passou – ou, ao menos, foi o que pareceu – antes que um criado idoso atendesse a porta. Ele olhou para cada um deles como se tivessem duas cabeças.

– Sra. Streat, Sra. Leavey, Srta. Clover, Sir Jonathan e Lady Smith, antiga Srta. Rachel York, esperam falar com o barão Weston – disse Jonathan bruscamente, estendendo um cartão de visita para o criado. – O barão está em casa?

– Vou ver, senhor – retrucou o criado, mas se afastou para o lado a fim de deixá-los entrar.

Jonathan se lembrara até de encomendar cartões de visita.

Fileiras de colunas altas estriadas se erguiam de um chão quadriculado, sustentando o piso do segundo andar. O teto era dourado, pintado com o que pareciam ser anjos e querubins. Bustos de mármore sobre pedestais de pedra os encaravam com olhos duros e vazios do alto de seus nichos nas paredes. Uma escada grande e larga, do lado oposto às portas, levava ao andar de cima, dividindo-se em um patamar de onde saíam dois lances curvos. Sobre ela, pairava um enorme candelabro.

Era um saguão projetado para impressionar as visitas, pensou Rachel. Esse foi o efeito sobre ela.

O criado desapareceu escada acima.

Rachel sempre imaginara Chesbury Park como uma casa de bom tamanho, cercada por jardins também de bom tamanho. Não esperara encontrar uma mansão enorme ou um vasto parque – apesar do nome da propriedade. Pela primeira vez, compreendeu a dimensão do atrevimento da mãe ao insistir em se casar com o pai de Rachel, apesar da oposição do irmão. Ela saíra *daquele* lugar para os cômodos escuros e apinhados que costumavam alugar em Londres.

– É *enorme* – sussurrou Phyllis.

Estavam todos olhando ao redor, impressionados, exceto Jonathan. A expressão em seu rosto era de interesse, mas ele parecia totalmente à vontade. Isso significava que estava acostumado com esse tipo de ambiente?

Depois do que pareceu uma eternidade, o criado voltou e os convidou a acompanhá-lo. O homem os conduziu pelo lance à esquerda até o segundo andar. Lá, corredores largos levavam em ambas as direções, mas os sete não seguiram por nenhum deles. Em vez disso, foram instados a passar por altas portas duplas que davam em uma sala de visitas bem à frente. Nas paredes forradas de brocado cor de vinho estavam pendurados quadros com retratos e paisagens em molduras douradas e pesadas, o teto era coberto por muitas cenas da mitologia clássica e as longas janelas tinham pesadas cortinas de um rico veludo. Um tapete persa cobria a maior parte do chão e a mobília dourada e pesada estava arrumada em grupos para permitir a conversa. O principal ficava diante da lareira alta, entalhada em mármore, com o consolo acima.

Havia um cavalheiro parado diante da lareira, de costas para eles. Não era muito idoso, embora parecesse ser à primeira vista. Era magro e grisalho – até mesmo seu corpo parecia cinzento – e estava de ombros caídos. Porém, mesmo se tivesse boa postura, não teria mais do que uma altura mediana. Rachel não via o tio fazia dezesseis anos e o examinou intensamente agora. Era muito diferente do homem de que se lembrava. Seria mesmo ele?

O homem a encarou com olhos intensos sob as sobrancelhas densas e grisalhas. Rachel se adiantou na direção dele, à frente dos outros, e inclinou o corpo em uma profunda mesura. E enfim o reconheceu. Lembrava-se daqueles olhos, que sempre a haviam encarado diretamente, mesmo quando tantos adultos não enxergavam de fato as crianças.

– Tio Richard?

Rachel se perguntou se deveria cruzar a distância que ainda os separava e beijá-lo no rosto, mas hesitou por um momento longo demais, e então já era impossível fazê-lo. Além do mais, o tio era um estranho para ela, mesmo que fosse seu único parente conhecido.

– Rachel? – O tio manteve as mãos atrás das costas enquanto inclinava a cabeça com cortesia, mas de modo impessoal. – Você se parece com a sua mãe. Então se casou, não é?

– Sim. Há apenas uma semana, em Bruxelas, para onde fui antes da Batalha de Waterloo. – Rachel virou a cabeça e sorriu calorosamente quando Jonathan apareceu ao seu lado. – Permita-me apresentar Sir Jonathan Smith. Jonathan, esse é o barão Weston.

Os dois trocaram mesuras.

– Eu estava morando com amigas queridas em Bruxelas antes do casamento – continuou Rachel – e, como elas também voltavam à Inglaterra esta semana, foram gentis o bastante para nos acompanhar até aqui. Permita-me apresentá-las. Sra. Streat, Sra. Leavey, cunhada dela, e Srta. Clover, que fez a gentileza de ser minha acompanhante depois que deixei de trabalhar para Lady Flatley.

Cortesias e mesuras foram trocadas.

– Phyllis e eu realmente fizemos questão de acompanhar nossa jovem amiga até a sua porta antes de seguirmos nosso caminho – explicou Flossie –, embora, é claro, não fosse necessário, já que ela agora está casada com Sir Jonathan e tem a querida Bridget para lhe fazer companhia. Mas somos muito apegadas a ela.

De algum modo, Flossie conseguiu parecer ao mesmo tempo muito viva e exausta, como se ir até ali houvesse sido uma grande provação e um nobre sacrifício.

– Asseguramos à querida Rachel que o barão Weston ficaria aborrecido conosco se a abandonássemos assim que chegássemos às terras inglesas – acrescentou Phyllis com um sorriso gracioso, como uma rainha fazendo uma concessão a um súdito. – Embora eu acredite que o senhor não ficaria *tão* aborrecido, já que ela agora é uma mulher casada. Ainda é difícil para nós acreditarmos, não é mesmo, Floss... Flora? Uma corte tão rápida e uma cerimônia nupcial muito comovente.

– Sentem-se, senhoras – disse Richard. – E você também, Smith. A bandeja de chá chegará a qualquer momento. Quartos serão preparados para todos vocês. Está fora de questão que continuem viagem antes que estejam totalmente descansadas.

– Que gentileza extraordinária da sua parte, milorde – comentou Flossie. – Não sou uma grande viajante e confesso que de fato estou exausta depois de alguns dias de viagem.

– Vomito terrivelmente sempre que tenho entre mim e as profundezas azuis do mar apenas a borda frágil de um navio – confessou Phyllis. – Suponho que *passar mal* fosse uma expressão mais educada, certo? Mas sou famosa por falar diretamente, não é mesmo, Flora?

Rachel se sentou em um sofazinho e Jonathan se acomodou ao seu lado. Os dois se entreolharam, uma leve aflição na expressão dela, a sombra de um riso na dele, embora houvesse feito muito bem até ali o papel de cavalheiro respeitável. Ela torceu para que Flossie e Phyllis não falassem demais.

Rachel logo voltou a atenção para o tio e o examinou, perturbada. *Aquele* era o homem alto, robusto e risonho das lembranças de sua infância? Mesmo levando em consideração que ela era muito nova na época e que o vira da perspectiva de uma criança, ele sem dúvida mudara consideravelmente em dezesseis anos. Parecia doente. Não, não havia dúvida sobre isso: o homem estava esquelético e com uma aparência exaurida.

Rachel imaginara que chegaria ali para ludibriar um homem robusto, arrogante e obstinado – para lutar contra alguém que justificaria o logro e o desafio. E agora se ressentia de sua fragilidade.

Isso chegava até a assustá-la um pouco.

Até onde Rachel sabia, o tio era o único parente vivo dela, a única pessoa que a impedia de ser completamente sozinha no mundo. Parecia uma preocupação absurda, já que os únicos contatos que tivera com o homem em 22 anos haviam sido aqueles poucos dias, quando estava com apenas 6 anos, e as duas cartas desde então, negando-lhe o que ela pedira.

Mas, ainda assim, estava perturbada.

Alleyne sentia-se feliz por estar na Inglaterra. Dava-lhe uma sensação de lar, embora não tivesse ideia de a que parte específica do país pertencia. Também estava confortável no ambiente atual, embora não lhe parecesse familiar. E não acreditava já ter se encontrado com lorde Weston, embora houvesse se perguntado se o barão o reconheceria. A situação se complicaria bastante se isso tivesse acontecido.

Weston não era exatamente como Alleyne esperara – um tirano rude e sem cerimônia. Mas inválidos podiam ser petulantes e bem desagradáveis, e Weston com certeza era um inválido. Fosse como fosse, sentia-se empolgado com o desafio, agora que estavam colocando a farsa em prática. As últimas duas semanas haviam parecido intermináveis enquanto esperava que sua perna se curasse o suficiente para que pudesse viajar.

Contudo, percebeu que Rachel parecia desconfortável. Era compreensível. O homem era tio dela, seu único parente. Alleyne pegou a mão dela, pousou-a sobre a manga de seu paletó e ficou segurando-a. Flossie estava comentando sobre a beleza da casa e que a fazia lembrar da casa do cunhado, em Derbyshire – da casa do *irmão* de Phyllis, ela deve ter se dado conta de repente.

– Não concorda, Phyllis? – perguntou, sorrindo graciosamente.

– Estava pensando a mesma coisa, Flora.

– Como o senhor está, tio Richard? – perguntou Rachel, inclinando-se ligeiramente para a frente.

– Muito bem – respondeu ele, largando-se sobre uma cadeira perto da lareira, porém Alleyne achava que o homem mais parecia com o pé na cova. – Uma situação bastante súbita, não é mesmo, Rachel? Você foi a Bruxelas para ser dama de companhia de Lady Flatley. Já conhecia Smith naquela época?

– Sim – garantiu ela. Aquilo tudo era parte da história que haviam inventado, é claro. – Nós nos conhecemos em Londres no ano passado, pouco depois da morte de papai. Voltamos a nos encontrar em Bruxelas e Jonathan começou a me cortejar seriamente. Quando Lady Flatley decidiu voltar à Inglaterra antes da Batalha de Waterloo, Bridget me chamou para morar com ela e com essas damas, suas amigas.

– Bridget é uma amiga muito querida – explicou Flossie, só para o caso de Weston não ter compreendido bem que aquela era uma relação particularmente especial.

– E foi minha ama por seis anos depois que mamãe morreu – completou Rachel. – Fiquei encantada por reencontrá-la em Bruxelas e aceitei com satisfação o convite, ainda mais quando foi gentilmente reiterado por Flora e Phyllis. Então Jonathan me convenceu a me casar com ele antes de voltarmos para casa.

Weston ficou olhando pensativo para Alleyne, mas, antes que pudesse fazer qualquer comentário, o chá chegou. Phyllis se acomodou atrás da bandeja e, sem cerimônia, começou a servir a bebida e passar as xícaras.

– Todas concordamos, milorde – disse Bridget a Weston –, que eu deveria acompanhar Lady Smith até aqui, já que ela se casou muito recentemente. Então Flora e Phyllis não conseguiram resistir a vir também.

Alleyne ainda achava divertido olhar para Bridget e ver uma mulher mais jovem, de aparência agradável e respeitável, que por acaso acabara de falar com a mesma voz da Bridget Clover que ele conhecera em Bruxelas.

117

Nesse meio-tempo, Weston voltou a fixar o olhar em Alleyne.

– E você, Smith? Quem viria a ser exatamente? Smith é um nome bastante comum. Há alguns de boa linhagem em Gloucestershire. Você é um deles?

– Duvido muito, senhor. Sou de Northumberland e a maior parte da minha família vive ali há gerações.

Northumberland era o mais distante ao norte em que haviam conseguido colocá-lo sem chegar à Escócia.

Alleyne continuou a falar, explicando como, dois anos antes, herdara do pai uma propriedade próspera e de bom tamanho – mas nem tão grande assim, ou tão próspera, ao contrário do desejo de Geraldine e Phyllis, que queriam apresentá-lo como um rei Midas dono de uma imensa fortuna. Apoiado por Rachel, Alleyne ressaltara que deveria parecer um cavalheiro que o barão Weston aprovaria, mas não alguém que ele pudesse conhecer, mesmo que em um lugar remoto como Northumberland.

Alleyne seguiu dizendo que fora a Bruxelas porque o primo estava servindo ali com seu regimento.

– E lá reencontrei Rachel – disse, sorrindo com carinho para ela e segurando-lhe os dedos da mão, que ainda descansava sobre a manga do seu paletó. – Não a havia esquecido. Como poderia? E me apaixonei perdidamente assim que pousei os olhos nela de novo.

Foi interessante ver Rachel enrubescer e morder o lábio inferior.

– Nunca nada me tocou tanto na vida quanto a doçura do romance que floresceu diante dos olhos atentos da nossa querida Bridget – comentou Phyllis com um suspiro – e diante do meu olhar benevolente e do de Flora, milorde.

– Sir Jonathan me faz lembrar muito meu querido e finado marido, o coronel Streat – falou Flossie, e um lencinho se materializou em suas mãos. – Ele teve a morte de um herói na Guerra Peninsular, dois anos atrás.

Streat fora promovido a alturas vertiginosas, pensou Alleyne. Começara como capitão umas duas semanas antes, não fora? Ele torceu para que as damas não planejassem ser muito prolíficas em suas mentiras – a não ser que tivessem memórias muito boas.

O barão pousou a xícara vazia e o pires.

– Devo confessar que estou desapontado – manifestou-se o barão – por Rachel ter se casado sem me procurar primeiro. Estou ciente de que ela é maior de idade e que, há mais de um ano, já poderia se casar com quem escolhesse. Sem dúvida não precisava da minha permissão. Mas eu teria gostado se ela houvesse pedido a minha bênção e, assim, realizasse o casamento aqui em Chesbury. Só que não fui consultado.

E assim, pensou Alleyne, ele começava em desvantagem. Estava sendo visto como um homem cujas paixões o haviam levado a uma indiscrição. Não levara Rachel até a casa na Inglaterra para se casar, não a levara a Northumberland para apresentá-la à família dele e não a levara ali a Chesbury Park para receber a bênção do tio. Qualquer pessoa em sã consciência se perguntaria por que ele não fizera nenhuma dessas coisas.

Por outro lado, Weston nunca mostrara qualquer interesse real na sobrinha. A preocupação que demonstrava agora era hipócrita, para dizer o mínimo.

– Sir Jonathan é incrivelmente romântico e impulsivo – interveio Phyllis, com as mãos entrelaçadas no colo. – Nada o convenceria do contrário, milorde. Foi preciso realizar a cerimônia nupcial em Bruxelas, para que pudesse trazer Rachel para casa com ele como sua esposa. Meu querido coronel Leavey é do mesmo jeito.

– O coronel Streat também era assim – acrescentou Flossie. – Ele insistiu que eu seguisse o regimento até a Península com ele por longos períodos.

Ah, *outro* coronel. Flossie não acabara de dizer que não estava acostumada a viajar?

– E agora você vem aqui – continuou Weston, a atenção ainda em Alleyne e Rachel. – Acho que não é difícil imaginar por quê.

Rachel olhava com firmeza para o tio, o queixo erguido.

– Eu me casei com um cavalheiro que o senhor não pode de forma alguma desaprovar, mesmo que acredite que o enlace de fato se deu com pressa desnecessária. Mas por que eu teria vindo aqui para me casar? O senhor nunca demonstrou qualquer interesse por mim. Nunca quis me conhecer. Mesmo depois que meu pai morreu e o senhor me convidou para vir morar aqui, foi apenas para que pudesse me casar o mais rápido possível e se ver livre de mim. Ora, eu mesma cuidei disso. Vim para buscar as minhas joias, a herança que minha mãe me deixou. O senhor não tem argumentos para se recusar a me entregá-las desta vez.

Suas palavras agressivas e os modos hostis não foram um movimento inteligente e não faziam parte de qualquer plano, mas Alleyne a admirava por não se deixar subjugar pelo tio. Ao menos Rachel decidira ser honesta sobre seus sentimentos, mesmo se todo o resto fosse mentira. Alleyne apertou a mão dela com mais força.

– Não estou ciente de que preciso ter qualquer *argumento*, Rachel – retrucou o barão.

Ela respirou fundo, mas Alleyne deu um tapinha carinhoso em sua mão e falou primeiro:

– Sua precaução em relação à sobrinha e suas reservas a meu respeito são compreensíveis, até mesmo louváveis, senhor. Não esperaria que ficasse encantado ao saber de um fato consumado, sem aviso, e em seguida receber a exigência de entregar as joias confiadas a seu cuidado e julgamento pela falecida Sra. York. Tudo que peço, senhor, é que me dê um pouco de tempo para lhe provar que sou de fato merecedor da mão de sua sobrinha, que ela me escolheu com a cabeça e o coração, que não sou um caçador de fortunas, que nenhum de nós irá desperdiçar a herança. Permita que fiquemos aqui pelo tempo que o senhor achar adequado para um teste. É claro que estou ansioso para levar minha esposa para casa, mas farei o que a deixar feliz. E ganhar a sua confiança a deixará feliz.

O problema de interpretar um papel era que a pessoa se tornava rapidamente imersa nele. Apesar de Alleyne falar com convicção, quase todas as palavras eram mentira. A única verdade era que desejava ver Rachel feliz.

– Muito bem. – Weston assentiu depois de observar Alleyne, pensativo, por um longo instante, bem enervante por sinal. – Veremos como me sinto após um mês, Smith. Bom, estou negligenciando meus outros hóspedes. Por quanto tempo esteve na Península com seu marido, madame? – perguntou a Flossie.

Um mês?

Flossie se dedicou a uma ousada e colorida descrição de seus anos no lugar enquanto Alleyne observava o barão mais detidamente. Ficara claro desde o princípio que o homem estava doente. Porém, sua pele parecia ter empalidecido mais nos minutos anteriores. Seria o efeito de ter cinco hóspedes inesperados? Ou a emoção de rever Rachel e sentir a hostilidade da sobrinha?

Ou alguma outra coisa?

Alleyne voltou o olhar para Rachel. Vendo que ela também estava muito pálida, sorriu e piscou. Bem ou mal, era o marido devotado da jovem pelo *mês* seguinte. Diabos, tinha contado que alguns poucos dias bastariam. Ou no máximo uma semana. Mas agora não havia o que fazer.

Alleyne ergueu as mãos dadas dos dois e levou as costas da mão de Rachel aos lábios por um instante enquanto lhe sorria calorosamente, olhando-a nos olhos, ciente de que aquele gesto estava sendo visto pelas outras pessoas na sala. Na verdade, esperava que estivesse. Mal a tocara em duas semanas e meia e já percebera que fora muito inteligente em se manter distante dela.

Rachel era linda e atraente demais para o bem da saúde mental dele. Era melhor que tivesse o cuidado de limitar essas demonstrações de afeição ao mínimo.

Meu Deus, um mês.

Um mês inteiro.

Mas não poderia culpar ninguém a não ser a si mesmo, certo?

CAPÍTULO XI

— Todos os criados parecem sapos e todos os cavalariços parecem doninhas – comentou Geraldine. – Ainda não conheci nenhum jardineiro, portanto ainda há esperança, embora não pareça haver muitos deles. A cozinheira está de mau humor porque há muitas bocas extras para alimentar.

– Ah, Geraldine, como pode julgar tão rápido? – disse Rachel, rindo. – Não há necessidade de fazer meu penteado. Eu mesma posso fazê-lo.

Geraldine pegou a escova com firmeza e girou-a no ar.

– Se vou ganhar minha fortuna como camareira, arrumarei seus cabelos, Rache, amarrarei seus cadarços, abotoarei e ajeitarei seus vestidos e a colocarei na cama à noite. Não terei muito mais a fazer. O Sr. Edward, o mordomo que abriu a porta para você, está comentando com todos os criados sobre as grandes damas que são Floss e Phyll, o que mostra que grande juiz de caráter *ele* é. Não consigo nem mesmo *olhar* para Will ao ouvir essas coisas, para não cair na gargalhada.

– Mas, na verdade – voltou a falar Rachel –, isso não é brincadeira. Meu tio está doente e sua recepção a nós foi fria, para dizer o mínimo, embora ele tenha sido bastante civilizado, principalmente com Flossie e Phyllis. Ele desaprova meu casamento, ou ao menos o *modo* como me casei. Agora vamos demorar uma eternidade para convencê-lo de que nosso relacionamento é verdadeiro, de que temos um casamento sólido e próspero e que minhas joias devem ficar comigo e não com ele. Estou achando que *nunca* conseguiremos ir atrás do Sr. Crawley.

– Não se preocupe com isso – replicou Geraldine, escovando os cabelos de Rachel. – Um homem como Crawley continuará com suas patifarias para sempre, até que alguém o detenha. Vamos encontrá-lo e resolver nossas pendências com ele mesmo que tenhamos que esperar um ano. Floss escreveu para Londres pedindo que qualquer carta das nossas colegas fosse redirecionada para cá. De qualquer modo, não cabe a você nos financiar, Rache, e mesmo se acabar fazendo isso, reembolsaremos cada centavo. Para dizer a verdade, só estamos aqui porque não conseguimos resistir à ideia de uma viagem de férias ou de uma aventura. Portanto, não se preocupe conosco.

Sentada bem quieta para que Geraldine a penteasse, Rachel estava muito ciente de que seu cômodo de vestir e o de Jonathan eram separados apenas por um arco e que cada um dava para o quarto de dormir mais além. Felizmente, nenhum dos dois queria estar próximo um do outro mais do que a farsa exigia. No entanto, foi bastante constrangedor descobrir que seus aposentos se conectavam, sem nem mesmo uma porta no meio, como se fossem de fato marido e mulher. E, naquele momento, Jonathan estava em seus cômodos com o sargento Strickland, arrumando-se para o jantar. Rachel podia ouvir o murmúrio dos dois.

– Ooh, como *você* está incrível! – exclamou Geraldine ao terminar o penteado de Rachel, alguns minutos mais tarde. – Me dê licença enquanto eu desmaio por uns instantes.

Rachel levantou os olhos, assustada, só que Geraldine não estava se referindo a ela. Jonathan se encontrava parado na entrada do quarto de vestir. E a amiga não exagerara. Ele se vestira com elegante formalidade, em calções cor de marfim que iam até os joelhos, com meias brancas e sapatos pretos. Usava um colete de um dourado fosco, paletó de jantar preto e camisa branca. Provavelmente ele mesmo amarrara o lenço no pescoço – Strickland com certeza não seria capaz de fazer um trabalho tão sofisticado. Os cabelos negros, que tinham crescido ao longo do último mês, haviam sido escovados até brilhar, embora, como sempre, uma mecha caísse sobre a sobrancelha esquerda.

Rachel se submeteria a qualquer tortura antes de admitir isto, mas sentia-se feliz por estar sentada. Suas pernas ficaram bambas. Até a bengala parecia elegante...

– Que comentário refinado vindo da camareira de minha esposa – disse ele com um sorriso torto.

Alleyne voltou os olhos para Rachel e examinou-a da cabeça aos pés. Ela usava um vestido de noite verde-pálido que possuía fazia três anos, mas que estava quase novo porque mal tivera chance de usá-lo.

– Mas vamos mantê-la a nosso serviço, Geraldine. Você fez um trabalho incrível com os cabelos de Lady Smith. Ou talvez seja a dona dos cabelos que esteja fazendo meu coração saltar.

Realmente não havia necessidade para esse tipo de conversa, já que tio Richard não estava presente. Porém, Rachel percebeu que Jonathan piscava para Geraldine, divertindo-se. Ela se levantou, girando no dedo a aliança de casamento que Smith se lembrara de comprar assim que chegaram à Inglaterra.

– São as duas coisas – afirmou Geraldine. – Esses cabelos dourados dela às vezes me fazem lamentar o fato de minha mãe ser italiana. Agora é melhor eu conversar com Will para saber o que ele acha deste lugar.

Geraldine desapareceu além do arco.

– Bem, Rachel – disse Jonathan, cruzando as mãos nas costas –, o que *você* acha?

– Deveríamos fingir que esse arco é uma parede sólida, é o que acho – falou ela, erguendo o queixo.

Mesmo sabendo que Geraldine e Strickland provavelmente estavam a poucos metros, aquela situação era íntima demais para Rachel.

Ele ergueu a sobrancelha, parecendo ao mesmo tempo arrogante e belo.

– Vamos, milady?

Jonathan fez uma mesura elegante e ofereceu o braço a ela.

– Não paro de pensar – comentou Rachel, aceitando o braço dele e saindo do quarto – que este foi o lar da minha mãe até os 17 anos, antes que fugisse com meu pai. Foi aqui que ela cresceu. Sob outras circunstâncias, me seria muito familiar. Eu teria vindo frequentemente com mamãe. Teria passado natais e outros feriados aqui, tanto antes quanto depois da morte dela. Teria conhecido bem o meu tio, logo haveria mais alguém da família por perto, não apenas meu pai.

– Mas Weston nunca perdoou a sua mãe.

– Como ansiei por irmãos, primos e tios quando era criança... ou mesmo apenas por um tio – desabafou ela com um suspiro, e logo se sentiu uma tola por ter aberto o coração daquela forma.

– Espero que não esteja se arrependendo desta farsa, Rachel. Agora é tarde demais, não é?

– Não me arrependo. Meu tio fingiu que desejava nossa vinda antes do casamento para que pudesse nos oferecer a cerimônia. Então disse que iria *pensar* a respeito das joias depois de um mês inteiro. O barão Weston não tem nenhum amor por mim. Só lamento que esteja doente. Você acha que ele está morrendo?

A possibilidade ainda a incomodava, embora Rachel não soubesse bem por quê. O tio não significava nada para ela – por escolha dele.

Jonathan deu um tapinha carinhoso na mão dela que estava pousada sobre a manga do paletó.

Flossie e Phyllis já estavam na sala de estar conversando com tio Richard. Bridget também se encontrava lá. Todas pareciam educadas e refinadas. Como era fácil enganar, pensou Rachel... O problema é que precisariam fazer isso por um mês inteiro. Ficariam ali por tanto tempo?

O tio estava imaculadamente vestido, embora ainda parecesse magro demais e abatido. Rachel sentiu uma ponta de culpa e se irritou com isso. Se o homem estivesse em seu melhor estado de saúde, ela com certeza não se importaria por decepcioná-lo. Que diferença fazia a doença? Ele ainda não a amava... a própria sobrinha, sua parente mais próxima.

O jantar foi muito menos tenso do que Rachel temera. Todos se esforçaram para conversar e ninguém comentou o fato de que a comida estava ruim e quase fria. Ao fim da refeição, Jonathan expressou interesse em ver a propriedade.

– Vou pedir ao meu capataz que o leve para conhecê-la – disse tio Richard. – Tenho andado um tanto indisposto e não saio muito ao ar livre. Drummond lhe mostrará o que você desejar ver... Pode mostrar a Rachel também, se estiver interessada, embora eu acredite que não. A maior parte das damas tem outros gostos.

– Tenho interesse, tio Richard – retrucou Rachel, irritada. – Minha ignorância a respeito é grande, já que morei a vida toda em Londres, a não ser pelos últimos poucos meses em Bruxelas. Porém, estou ansiosa para saber mais da propriedade, agora que estou casada com Jonathan e vou morar no campo.

Ela teria mais familiaridade com o campo se houvesse sido convidada para ir ali ao menos algumas vezes quando era menina.

– Eu mesma não me sinto particularmente interessada por vacas, porcos e fardos de feno – intrometeu-se Flossie. – Mas estou ansiosa para explorar o parque durante os dias que virão. Com sua permissão, é claro, milorde.

– Ficarei desapontado se não agir como se estivesse em casa, madame.

– O senhor mantém um estábulo grande? – perguntou Jonathan. – Talvez eu pudesse usar um de seus cavalos?

– Acha prudente, Sir Jonathan? – indagou Bridget. – Sua perna ainda não está completamente curada.

Mais cedo, elas haviam contado ao tio de Rachel que Jonathan fora ferido enquanto tentava controlar um cavalo fujão nas ruas de Bruxelas.

– Preciso de exercício – explicou ele.

– Não mantenho um estábulo do tamanho que costumava manter – respondeu tio Richard –, mas o senhor é bem-vindo para usar qualquer cavalo que esteja ali.

Rachel sorriu para Jonathan e estendeu a mão para tocar a dele. Estava achando mais difícil interpretar seu papel do que os outros, mas precisava se acostumar a manifestar publicamente afeto pelo homem com quem o tio achava ser casada.

– Tenha cuidado, então, Jonathan.

– E você deve cavalgar comigo, meu amor – sugeriu ele, sorrindo e encarando-a com tamanha intimidade que Rachel precisou se controlar para não afastar o corpo e abrir uma distância maior entre eles.

– Não ando a cavalo, lembra-se?

Rachel percebeu um lampejo de surpresa nos olhos dele.

– Nem eu, Rachel – adiantou-se Bridget. – Não se sinta mal a respeito.

– Eu não fazia nada *além* de andar a cavalo quando estava na Península com o coronel Streat – anunciou Flossie. – Tenho grande carinho por esses animais.

Jonathan cobriu a mão de Rachel sobre a mesa.

– É claro que me lembro, meu amor, mas devemos consertar essa situação sem demora se vamos passar a maior parte dos nossos dias juntos. Você vai aprender a andar a cavalo. Eu lhe ensinarei.

Rachel notou o já conhecido brilho travesso nos olhos dele.

– Mas não tenho desejo de aprender – assegurou ela, tentando se desvencilhar, porém Jonathan entrelaçou os dedos aos dela e o sorriso se espalhou por seus lábios.

– Você não é covarde, certo, meu amor? – Ele ergueu as mãos entrelaçadas de ambos e beijou o dorso da mão dela, como fizera mais cedo. – Se vai ser minha esposa e morar no campo comigo, precisa saber andar a cavalo. Eu lhe darei a primeira aula pela manhã.

– Jonathan, realmente preferia não fazer isso agora – replicou Rachel, desejando que o assunto houvesse surgido quando eles estivessem a sós, para que ela pudesse dar um não enfático.

– Mas fará.

Ele mantinha no rosto o sorriso cheio de calor, admiração, afeto... e malícia.

Rachel suspirou alto.

– Ah – disse Phyllis, também soltando um suspiro –, adoro ver um bom romance se desenrolando diante dos meus olhos. De algum modo, me conforta por não estar perto do meu querido coronel Leavey, que foi obrigado a marchar para Paris com sua companhia.

Rachel se retraiu. Um coronel com nada além de uma *companhia* sob seu comando? Mas o tio não pareceu ter notado.

– Você *já* andou a cavalo, Rachel – disse ele. – Andou a cavalo comigo quando estive em Londres para o funeral de sua mãe.

Ela esquecera aquele detalhe em particular da visita do tio, mas lembrou assim que ele mencionou. A menina de 6 anos devia ter entendido que a mãe estava morta. Rachel se recordava até de ter chorado incontrolavelmente ao lado do túmulo e se agarrado à mão do pai, escondendo o rosto nos calções dele. Mas, por outro lado – ou talvez esse fosse um aspecto típico da natureza das crianças –, experimentara uma felicidade enorme ao longo dos dias seguintes, quando tio Richard a levara para passear de manhã até a hora de dormir. Ele lhe mostrara lugares que ela nunca vira – em alguns casos, inclusive, nem chegou a ver de novo. Foram ao jardim zoológico da Torre de Londres e ao show de cavalos no Anfiteatro de Astley. E o tio lhe comprara sorvete no Gunter's, além de uma boneca de porcelana, na qual um dos amigos do pai esbarrara pouco depois, quando bebia na casa dela – o brinquedo se quebrara sem chance de conserto. Só que o melhor e mais empolgante de tudo fora o tio permitir que ela montasse diante dele em seu cavalo.

Entretanto, Rachel não queria se lembrar disso. O tio a abandonara. Não tivera mais notícias dele até escrever para o barão aos 18 anos – durante meses o pai acumulara dívidas, e até mesmo o pouco de comida na mesa vinha sendo comprado a crédito. Na época, precisava desesperadamente das joias.

– Isso foi há muito tempo – disse Rachel, rígida.

– Sim – concordou o barão. – Há muito tempo.

Ele parecia muito pálido, magro e exausto. Rachel se ressentia porque o tio trouxera o passado à tona. Ressentia-se da fragilidade dele. Queria enlaçar-lhe o pescoço e chorar muito sem saber exatamente por quê.

– Já não recebo ninguém aqui ou aceito convites há tempo – voltou a falar o tio. – Mas preciso me redimir. Vou convidar meus vizinhos para virem conhecer minha sobrinha, o marido e minhas outras hóspedes. E vou encontrar um modo de celebrar seu casamento, Rachel, já que agora é tarde demais para realizar aqui as núpcias. Talvez dê um baile.

Os olhos de Rachel se arregalaram em desalento. Não lhe ocorrera que precisariam manter a farsa diante de ninguém mais do que o tio. Mas a verdade era que não esperara ficar mais do que uns poucos dias ali. Ele iria trazer convidados? Queria celebrar o casamento dela?

Rachel se virou para Jonathan, mas ele estava sorrindo, os olhos cheios de... adoração.

– Será esplêndido, meu amor. Não precisaremos nem esperar até voltarmos a Northumberland para dançarmos juntos.

Dançar. O tio falara sobre um baile. Rachel nunca estivera num, mesmo tendo aprendido a dançar, mesmo tendo sido um dos seus sonhos mais duradouros na infância e no início da vida adulta. Por um momento, uma onda de ansiedade e prazer substituiu o desalento. Haveria um baile ali em Chesbury. Ela seria a convidada de honra. Iria *dançar.*

Com Jonathan.

– Tio Richard, não! – exclamou ela, voltando à realidade. – Não deve se dar o trabalho. Não esperamos uma coisa dessas. E Jonathan não pode dançar. Ainda precisa da bengala até para andar.

– Mas minha perna está melhorando a cada dia.

– Um baile? – disse Flossie, louca de alegria. – Eu o ajudarei a organizá-lo, milorde.

– E eu também – ofereceu-se Phyllis. – Ah, como gostaria que meu querido coronel Leavey estivesse aqui para dançar comigo.

Ela deixou escapar um suspiro sentido.

– Sinceramente, Rachel – falou tio Richard –, acredito que preciso me dar o trabalho. Não tenho filhos, minha esposa morreu há oito anos e minha única irmã só teve uma filha... você. Sim, sim, vou fazer isso. – Ele parecia de fato animado.

Rachel já não mais prestava atenção. O tio fora *casado*? Ela tivera uma *tia*? Sentia-se desolada, lamentando a morte de alguém cuja existência desconhecia até aquele momento. E estava com raiva por não ter sabido, por ninguém ter lhe contado. Ainda assim, o tio agora falava em fazer uma festa para ela porque era a única filha da única irmã dele?

Rachel se levantou abruptamente, desvencilhando-se de Jonathan e empurrando a cadeira para trás.

– Flora, Phyllis, Bridget, vamos deixar meu tio e Jonathan e passar para a sala de estar.

Quando ela olhou para o tio, sem nem mesmo tentar esconder a raiva, mais uma vez reparou que ele parecia exaurido, a pele mais cinzenta.

– Tio Richard, receio tê-lo sobrecarregado. O senhor está parecendo exausto. Por favor, não se sinta obrigado a continuar a nos entreter.

Ele se levantara junto com ela, assim como Jonathan.

– Talvez eu me recolha cedo. Agora mesmo, na verdade. Smith, talvez possa acompanhar as damas à sala de estar. O chá será levado lá para vocês. Desejo a todos uma boa noite. Eu os verei pela manhã.

Simplesmente não esperara nada como aquilo, pensou Rachel, enquanto seguia até a sala de estar um ou dois minutos depois. Não achara que sentiria uma onda de carinho por um homem que a magoara por anos ou pela casa antiga onde nunca havia posto os pés. Quando concordara com a sugestão louca de Jonathan de ir a Chesbury Park para resgatar as joias, Rachel nem sequer considerara a possibilidade de ter *sentimentos* sobre um passado do qual não participara.

Não tinha se dado conta da profundidade dos traumas de infância.

– Haverá visitas sociais – comentou Flossie quando chegaram à sala de estar. Ela se afundou em uma poltrona, parecendo satisfeita. – E uma grande festa de casamento... provavelmente um baile. *Agora* podemos contar com reclamações de Gerry!

– Aquele homem está doente – disse Bridget.

– Aquela cozinheira deveria ser mandada embora – acrescentou Phyllis. – E não deveria ter permissão para colocar os pés em uma cozinha pelo resto da vida.

– Acredito que isso seja parte do problema do barão, Phyll – replicou Bridget. – Ele precisa engordar, precisa de pratos saudáveis, apetitosos, bem preparados.

– Isso é intolerável – falou Rachel, parando no meio da sala e cerrando os punhos ao lado do corpo em um gesto de impotência. – Não podemos permitir que venham convidados para conhecer a mim e a Jonathan como se realmente fôssemos esposos. Não podemos permitir que um baile seja organizado em nossa homenagem. Precisamos *fazer* alguma coisa. Jonathan, tire esse sorriso insuportável do rosto. Você nos meteu nisso. Agora nos tire dessa.

De repente, Jonathan ficou sério e tomou as mãos dela.

– Rachel, meu amor, isso é exatamente o que planejamos, não é? Seu tio a aceitou como sobrinha e reconheceu nosso casamento, mesmo sem estar muito satisfeito com a rapidez de tudo isso. Ele nos ofereceu a oportunidade perfeita para brilhar, para nos exibirmos como um casal perfeito tanto a ele quanto a este mundo rural. O que mais poderíamos pedir?

– Ele está certo, Rachel – adiantou-se Bridget. – Estou mais encantada com o barão do que imaginara ficar. Ele parece disposto a reconhecê-la e valorizá-la como sua parente mais próxima.

– Mas não conseguem ver que esse é o problema? – Rachel tentou se desvencilhar de Jonathan, porém ele segurou as mãos dela com mais força. – O afeto do meu tio, se é que ele sente algum, é a última coisa que eu queria ou de que precisava. Estou aqui para *enganá-lo*, para fazer com que entregue as joias.

– Você poderia contar a verdade ao barão – sugeriu Bridget. – Na verdade, isso deve ser o melhor a fazer, meu amor. Você precisa do seu tio tanto quanto ele precisa de você.

– Contar a verdade *agora*? – perguntou Rachel, horrorizada. – É impossível.

– O barão provavelmente cancelaria o baile – lembrou Flossie. – Seria uma pena, não é mesmo? Embora eu imagine que Gerry fosse ficar feliz.

Jonathan levou as mãos de Rachel ao peito e cobriu-as com a dele.

– Rachel, estamos aqui por minha sugestão e é bem possível que eu tenha me equivocado... tanto em relação aos seus sentimentos quanto aos de Weston. Gostaria que eu fosse até ele e confessasse tudo? Farei isso se você quiser.

Ela o olhou nos olhos e se deu conta, horrorizada, de que ele estava falando sério. A decisão era dela. Poderia terminar com a farsa agora se quisesse. Eles poderiam ir embora naquela noite mesmo ou de manhã cedo. Bastava dizer uma palavra.

Rachel estava muito ciente do olhar questionador que a fitava – e das três amigas ainda sentadas, encarando-a, parecendo prender a respiração.

Se a verdade fosse revelada, se ela partisse no dia seguinte, nunca mais veria o tio. Disso não tinha dúvidas.

– Agora é tarde demais – falou, por fim, e ergueu o queixo. – Está claro que todos os planos do meu tio não têm nada a ver com qualquer afeto que sinta por mim. Ele ainda acha que tem o direito de guardar o que é meu. E planeja nos manter aqui esperando por um mês inteiro só porque está aborrecido por não o termos consultado antes do casamento. E por que *deveríamos*? Ele não é meu tutor. E também não significa nada para mim.

Jonathan estava sorrindo para ela, mas bem no momento em que Rachel precisava ver um brilho travesso naqueles olhos, não havia a menor sombra dele.

– A bandeja de chá ainda não chegou – comentou Phyllis. – Aposto que jamais chegará. Não tenho nenhuma simpatia pela cozinheira ou por seus lacaios.

– Hoje o dia foi cheio – disse Jonathan, sem soltar a mão de Rachel ou afastar os olhos dela. – Talvez devêssemos seguir o exemplo de Weston e nos recolhermos cedo.

– Boa ideia – concordou Bridget, ficando de pé.

– Além do mais – acrescentou Jonathan, sorrindo para Rachel e parecendo mais consigo mesmo de novo –, você vai precisar levantar cedo pela manhã, meu amor. É a melhor hora para andar a cavalo.

Rachel puxou as mãos com firmeza.

– Não tenho a menor intenção de aprender a andar a cavalo. Vivi feliz por 22 anos com meus pés firmes no chão e não tenho ambição alguma de me tornar uma amazona famosa... ou infame, para ser mais precisa.

– Você é covarde mesmo – replicou Jonathan, os olhos cintilando ao encará-la.

– Andar a cavalo é algo que todas as damas precisam saber fazer, Rachel – interferiu Bridget – e agora você finalmente tem a oportunidade de aprender.

– Pense apenas na impressão favorável que vocês dois vão causar em lorde Weston se ele os vir envolvidos em uma lição de equitação quando levantar pela manhã – acrescentou Flossie. – Se você não deixar Sir Jonathan ensiná-la, Rachel, ele é muito bem-vindo para me ensinar em seu lugar.

– Mas você já é uma amazona experiente, Flossie – lembrou-a Jonathan com um sorriso. – Cavalgou por toda a Península com o coronel Streat.

– Ora, não se pode culpar uma garota por tentar – disse ela, batendo as pestanas.

– Você e Sir Jonathan vão parecer maravilhosamente românticos cavalgando sob o sol do início da manhã, Rachel – comentou Phyllis.

– Não me obrigue a chamá-la de covarde a sério, meu amor – falou Jonathan.

– Ela estará de pé cedo, não se preocupe – prometeu Flossie, levantando-se da poltrona. – Mandarei Gerry jogar um balde de água fria nela caso se recuse a sair de baixo das cobertas por vontade própria.

– E, se Geraldine não fizer isso, eu mesmo farei – ameaçou Jonathan.

– Vocês todos podem me forçar a ir até os estábulos se quiserem – disse Rachel, olhando indignada de um rosto animado para outro –, mas não vão me colocar em cima de um cavalo. Isso eu prometo.

Todos ignoraram os protestos dela enquanto se desejavam boa noite e seguiam seus caminhos, cada um para o próprio quarto.

Rachel teria dado tudo para estar de volta ao quartinho no sótão da Rue d'Aremberg, em Bruxelas. Mas, em vez disso, estava em Chesbury Park, o lar da mãe, a casa dos ancestrais.

CAPÍTULO XII

Alleyne estava de pé à primeira luz da manhã. Tivera uma noite agitada, a princípio porque não havia nenhuma porta separando os quartos de ambos nem os dois pequenos cômodos entre eles. E Rachel estivera particularmente adorável durante a noite, no vestido verde-pálido, com os cabelos arrumados por Geraldine. Por algum motivo, irritou-se ao vê-la tão atraente, isso quando estava determinado a evitar qualquer envolvimento emocional. Porém, não era de surpreender, imaginou Alleyne, sobretudo porque a possuíra uma vez – um evento que preferiria esquecer se ao menos fosse possível. Porém, não tinha muitas outras lembranças que pudessem ajudá-lo a bloquear aquilo.

Quando enfim conseguira cair no sono, seu descanso fora perturbado por sonhos confusos que pareciam vívidos até ele tentar se lembrar deles ao acordar. Alguns já eram conhecidos, com a carta e a mulher o esperando nos portões de Namur. Mas dessa vez houvera outro também – e tudo de que Alleyne conseguira se recordar em seus períodos de vigília era uma fonte jogando água a mais de 10 metros de altura de uma bacia de mármore que ficava no meio de um jardim circular. A água refletia a luz do sol, que transformava as gotas em arco-íris cintilantes. Por mais que tentasse, não pôde situar a fonte e o jardim em qualquer cenário mais amplo. A princípio, pensou que fosse parte de Chesbury, mas então se deu conta de que ali só havia um longo jardim *parterre*.

Se aquela era uma cena relembrada, deduziu que a ida para o campo a houvesse provocado.

Que sonho estúpido e inútil, pensou enquanto seguia a caminho dos estábulos, usando a bengala, embora tentasse não se apoiar muito nela.

Contudo, podia-se dizer o mesmo dos outros sonhos, ou fragmentos de memória, ou que diabos fosse aquilo.

Ele estava adiantado, mas queria dar uma olhada nos cavalos antes de Rachel chegar, a fim de escolher as montarias adequadas para ambos. E o mais importante: desejava descobrir se teria condições de subir num cavalo. A perna esquerda ainda não voltara totalmente ao normal, e fora com relutância que Alleyne pedira a Strickland para acompanhá-lo.

Havia apenas um cavalariço de pé, que estava parado à porta de uma das baias, olhando distraidamente ao longe e se coçando, quando Alleyne e o sargento entraram no pátio pavimentado do estábulo. O rapaz os encarou e bocejou antes de sumir de vista dentro da baia.

– Há aqui o mesmo tipo de comportamento que vemos na cozinha – observou o sargento. – É como se não houvesse uma mão no comando, senhor.

De fato parecia que não havia ninguém no comando nos arredores dos estábulos, concordou Alleyne. Os cavalos pareciam bem alimentados e tinham água, embora nenhum estivesse tão bem tratado assim, a não ser um garanhão negro de pelo sedoso que, mais tarde, ele descobriu pertencer ao capataz de Chesbury, o Sr. Drummond. O cheiro dos estábulos dava a impressão de que não eram devidamente limpos havia dias, pelo menos.

– Sele esses dois cavalos e leve-os para o pátio – Alleyne instruiu o cavalariço, que voltara à vista assim que se tornara óbvio que não iriam deixá-lo em paz, entregue aos devaneios e coceiras. – Este aqui com uma sela lateral.

– E que essas baias estejam limpas e cobertas de feno fresco quando eles voltarem – acrescentou Strickland.

– Recebo ordens do Sr. Renny – retrucou o rapaz de forma atrevida.

Diante dos olhos surpresos do cavalariço, o valete de Alleyne subitamente se transformou no sargento que já fora.

– É mesmo, garoto? Se o Sr. Renny ainda estiver dormindo por ter trabalhado muito duro ontem, você receberá ordens de quem quer que o mande fazer direito aquilo que é pago para fazer pelo barão. Pare de se preocupar com suas coceiras e fique em posição de sentido.

Surpreendentemente, foi o que o rapaz fez, como faria um soldado raso sob o olhar crítico de seu sargento.

– Anime-se, garoto – disse Strickland de forma mais amável –, e encontre as selas.

Alleyne riu, embora voltasse a ficar sério quase no mesmo instante. Provavelmente era a mão de comando de Weston que estava inativa. A doença do homem deixara o pessoal do estábulo relapso e, ao que parecia, também os empregados da cozinha, a julgar pela qualidade do jantar da noite anterior – uma refeição que Weston mal provara, percebera Alleyne. Era pouco provável que o barão sempre tivesse dirigido a propriedade com desleixo. O lugar não parecia negligenciado havia tanto tempo.

Montar no cavalo cinco minutos mais tarde provou ser tão difícil quanto Alleyne antecipara. Depois de algumas tentativas abortadas e de se recusar a permitir que o sargento o erguesse, Alleyne resolveu o problema subindo desajeitadamente pela lateral direita, logo só teve o trabalho de passar a perna esquerda por cima do cavalo. Felizmente, depois que já estava posicionado, a sensação na perna era quase confortável.

– Você se dá conta, Strickland – perguntou ele, pegando as rédeas –, de que esta deve ter sido a última coisa que eu fiz antes de cair na floresta de Soignés, bater com a cabeça e perder a memória?

– Mas é fácil ver que o senhor nasceu sobre uma sela – respondeu o sargento, afastando-se do cavalo, que empinou, andou para o lado e bufou nervoso, pois sem dúvida não era montado havia algum tempo.

Alleyne nem sequer percebera que o animal não estava imóvel e dócil. Era verdade, pensou, bastante animado: respondera ao cavalo e o controlara inconscientemente, como se tivesse acessado talentos antigos adquiridos durante a outra vida.

– Espere aqui, vou só dar uma volta ao redor do pátio.

A sensação de estar em cima de um cavalo era tão boa que Alleyne soube que fizera aquilo a vida toda. Ele guiou o animal por trás dos estábulos e atravessou a meio galope pelo amplo gramado ali, tentando se imaginar cavalgando com outras pessoas, disputando corridas, pulando cercas e sebes, caçando. Procurou se visualizar na batalha – à frente da cavalaria ou dirigindo o avanço da infantaria. Desejou recapturar aqueles momentos finais na floresta, quando a perna devia estar doendo como mil demônios, quando devia estar preocupado com a carta e a mulher à sua espera nos portões de Namur. Tentou adivinhar o que o levara a cair e bater a cabeça com força o bastante para fazer desaparecer tudo o que havia lá dentro.

Mas tudo que conseguira agora, pensou ao voltar para os estábulos, fora uma bela dor de cabeça.

Rachel estava lá, conversando com Strickland e olhando para o outro cavalo com óbvia apreensão. Ela usava um vestido azul prático, para andar de carruagem, e um chapéu audaciosamente inclinado para a frente sobre os cabelos dourados penteados para cima. Estava parada em um quadrado de luz e, sem o chapéu, teria parecido o anjo dourado de Alleyne.

Ele sentiu uma ponta de desconforto. O dia anterior não correra exatamente como imaginara. Alleyne tinha uma terrível suspeita de que Weston não era o monstro frio que Rachel descrevera e ela não era indiferente ao tio como fingira ser – ou como talvez ela pensara ser.

– Bom dia.

Ele tirou o chapéu num cumprimento e meneou a cabeça para ela.

– Bom dia – respondeu Rachel.

Quando se aproximou com o cavalo, Alleyne pôde ver seus olhos arregalados e o rosto muito pálido.

– Ah, não, eu não vou conseguir. Realmente não vou conseguir. Não é nada bom. Se houvesse aprendido na infância, talvez fosse uma amazona de talento razoável a esta altura. Mas não posso começar a aprender aos 22 anos. De qualquer modo, está na hora de você descer daí antes que machuque de novo a perna.

Por mais que Alleyne achasse incrível Rachel nunca ter andado a cavalo, ele percebeu que não poderia simplesmente esperar que ela pulasse na sela do outro animal e saísse cavalgando ao nascer do sol. Talvez nem mesmo subisse sozinha naquele dia. Mas ela iria andar a cavalo, ah, se iria.

Alleyne descobriu que podia ser muito teimoso.

– Você precisa ver a vida da perspectiva do lombo de um cavalo. Não há nada que se compare a isso. Você vai ficar empolgada.

– Acredito em você sem sentir a necessidade de experimentar. Agora vou voltar para a casa.

Alleyne guiou o cavalo para bloquear o caminho dela.

– Não até que você tenha me provado que não é covarde. Primeiro andará comigo, no meu cavalo. Estará segura. Apesar do que aconteceu na Bélgica, não deixarei que caia. Prometo.

– Andar a cavalo *com você*?

Ela levantou a cabeça e os dois se encararam.

Ah, sim, Alleyne podia compreender o que ela estava pensando, embora Rachel não o colocasse em palavras. Segurar-lhe as mãos contra o peito na noite anterior havia elevado a temperatura dele em alguns graus. Saber que Rachel estava dormindo em um quarto separado apenas por três batentes o mantivera acordado metade da noite. E agora ele a convidava para andarem juntos no mesmo cavalo? Mas Alleyne sabia que não se tratava só de um convite: era um desafio.

Ora, que fosse. Ele decidira que Rachel aprenderia a andar a cavalo e era isso que iria acontecer.

– Normalmente eu sugeriria que você colocasse seu pé sobre a minha bota esquerda para que eu pudesse erguê-la até aqui, mas no momento não sou capaz de uma demonstração máscula como essa. Strickland, acha que poderia erguer Lady Smith até aqui?

Ela deixou escapar um som que parecia uma estranha combinação de um gritinho com um grasnido.

– Farei isso, senhor. Se me permite a liberdade, senhorita. Sr. Smith... Sir Jonathan, devo me lembrar de dizer, assim como deveria ter me lembrado de chamá-la de Lady Smith. Sir Jonathan a manterá em segurança quando já estiver em cima do cavalo. É fácil ver que ele nasceu sobre uma sela, como comentei agora há pouco. E acredito que a senhora vai gostar do passeio.

Como Strickland via Rachel como algo muito próximo de um anjo, era de duvidar que o homem teria agido contra os desejos expressos dela. Mas felizmente – ou talvez infelizmente – ele agiu rápido e, enquanto Rachel ainda abria a boca para sem dúvida protestar, o sargento já a erguia com as mãos grandes espalmadas na cintura da jovem e a depositava no lombo do cavalo, diante da sela. Alleyne a enlaçou para firmá-la.

– Oh – fez Rachel. – Oh.

Ela se agarrou a ele, em pânico.

– Relaxe – disse Alleyne, segurando-a com mais firmeza. – Você só corre perigo se lutar comigo. Relaxe, meu amor.

Ele sorriu diante dos olhos arregalados de Rachel.

– Aí está, senhorita... Lady Smith – falou o sargento. – Não parece ter nascido sobre uma sela, mas nasceu para estar nos braços de Sir Jonathan.

O sargento se afastou, rindo da própria observação espirituosa, e desapareceu dentro do estábulo – provavelmente para ir atrás dos cavalariços e fazê-los trabalhar.

Rachel já estava menos tensa, mas ainda permanecia imóvel. Sem nem mexer a cabeça, continuava a olhar bem em frente.

– Você deve estar se imaginando sentada em uma sala de estar tentando escolher entre ler um livro ou fazer um bordado.

– Jamais o perdoarei por isso – retrucou ela, a voz rígida.

Alleyne riu e voltou a guiar o cavalo para fora do pátio do estábulo.

Ele talvez nunca se perdoasse também. Sentia o calor do corpo de Rachel contra o seu. E o aroma do perfume de gardênia.

Do ponto de vista de uma pessoa com os pés plantados na terra, um cavaleiro não parece muito distante do chão. Mas quando *você* é o cavaleiro, ou pelo menos você está sentado diante do cavaleiro – o que dá no mesmo –, o chão parece assustadoramente distante.

Rachel estava bastante consciente do espaço vazio ao redor. Se o cavalo houvesse permanecido muito, muito quieto, ela talvez conseguisse se recompor depois de um instante. Mas é claro que não era da natureza dele ficar parado. Assim, o animal começou a andar para o lado, a empinar e a resfolegar.

Então, ele se moveu ainda mais: girou ao redor, batendo os cascos nas pedras do pavimento, e seguiu para fora do pátio do estábulo.

Rachel estava convencida de que, a qualquer momento, seria arremessada para a frente ou jogada para trás e que alguém precisaria recolher seus restos mortais. Ou talvez ela acordasse vários dias depois com um inchaço do tamanho de um ovo na lateral da cabeça e sem memória – não se lembraria nem mesmo daquilo, seu primeiro passeio a cavalo em dezesseis anos.

O peito de Jonathan parecia tranquilizadoramente sólido, pensou Rachel, enxergando-o pela visão periférica a apenas poucos centímetros do seu braço esquerdo. Se quisesse, poderia se apoiar nele e sentir-se relativamente a salvo. Porém, recusou-se a mostrar tamanha fraqueza e se empertigou de propósito. Só então Rachel percebeu que um dos braços de Jonathan estava passado ao redor da cintura dela. Mesmo que inclinasse o corpo para trás, não cairia. O outro braço dele segurava as rédeas, mas a tocava na frente da cintura também e parecia uma barreira sólida o bastante.

Na verdade, Rachel podia sentir o calor do corpo dele e o perfume da colônia, do sabonete ou da espuma de barbear.

E havia algo mais impedindo-a de cair. A coxa direita de Jonathan, ela se deu conta subitamente, comprimia o traseiro de Rachel e a parte interna da coxa esquerda estava pressionada contra os joelhos dela.

Era estranho como só notara a proximidade do homem muito depois de se preocupar com o animal e o perigo – embora não houvesse passado tanto tempo assim, na verdade. Eles ainda estavam saindo do pátio do estábulo e o cavalo mudou novamente de rumo, distanciando-se da frente da casa e margeando o lago até um amplo gramado nos fundos que se estendia até a fileira de árvores a distância.

– Isso é inútil – disse Rachel. – Você nunca vai conseguir me transformar em uma amazona.

– Vou conseguir, sim. Decidi que você aprenderá a cavalgar e descobri que devo ser um homem bem obstinado, que impõe sua vontade aos que estão ao redor. Talvez fosse um camarada dos coronéis Leavey e Streat.

Ela não ousou virar a cabeça, mas sabia que ele sorria. Jonathan estava muito satisfeito consigo mesmo, assim como na véspera, sem nenhuma preocupação no mundo.

– Eu me arrisco a dizer que todos os seus homens o odiavam – comentou Rachel maldosamente.

Ele riu.

– Não se pode viver no campo e não saber andar a cavalo – insistiu Jonathan. – Seria o mais completo absurdo.

– Passei a minha vida toda em Londres, sem contar os últimos meses, e é para lá que vou depois que isto tiver terminado.

– O que planeja fazer lá?

– Vou arrumar outro trabalho. Ou, se conseguir minha herança, viverei do dinheiro da venda das minhas joias depois que devolver às minhas amigas o que perderam. *O que você está fazendo?*

– Instando o cavalo a caminhar lentamente. Ele estava quase se arrastando.

– E acredita mesmo que me persuadirá a fazer isso sozinha algum dia? Apenas eu em cima do cavalo?

– Tinha a esperança de que isso acontecesse ainda hoje, mas fui otimista demais ao mandar que um cavalo fosse selado para você. Teremos que esperar até amanhã.

– *O que você está fazendo?* – perguntou Rachel mais uma vez.

– Passando a uma caminhada mais acelerada. – Ele riu. – Relaxe, Rachel, não vou disparar nem nada parecido. E não vou saltar sobre nenhum portão ou sebe. Apenas atravessaremos a trote este gramado e voltaremos, para que você possa sentir como é andar a cavalo. Não vou deixar que se machuque.

– *A trote?* – questionou Rachel, com uma voz fúnebre.

De repente ela percebeu que o ar da manhã estava frio, refrescante. Já havia notado isso assim que colocara os pés para fora de casa, mas agora podia sentir o frescor contra o rosto. Logo que conseguiu reunir coragem para relaxar os músculos do pescoço e virar a cabeça, viu como era adorável o lago que se estendia de um dos lados do gramado, as águas paradas e verde-escuras por causa do reflexo das árvores na margem mais distante. A própria grama também era linda, embora não tivesse sido aparada recentemente. Avistou margaridas, botões-de-ouro e trevos por toda parte, fazendo com que o terreno parecesse mais uma pradaria. O cavalo perturbou diversos insetos ao passar, como as coloridas borboletas que sobrevoavam o tapete verde, branco e amarelo. Pássaros passavam acima das cabeças deles. Os cascos seguiam caminho com um som ritmado.

Rachel teve uma súbita lembrança de si mesma aos 6 anos, cavalgando diante do tio nas ruas de Londres, e uma vez no Hyde Park, quando ela acreditara que andar a cavalo com certeza era a coisa mais empolgante do mundo. A criança que já fora com certeza tinha razão, pensou Rachel no mesmo momento em que se deu conta de que estavam realmente trotando – ou talvez "meio galope" fosse a descrição mais apropriada.

Ela se pegou rindo e virou a cabeça para compartilhar a euforia que sentia com Jonathan, que a encarou com olhos muito escuros e nada sorridentes.

Rachel não disse nada – seu estômago estava ocupado demais dando cambalhotas. Jonathan também se manteve em silêncio.

Ela se voltou de novo para a frente, um tanto confusa, e olhou ao redor mais uma vez. Sua euforia não diminuíra, mas somara-se a ela uma consciência física aguda da presença de Jonathan Smith.

Perguntou-se por um instante se teria coragem de fazer o que fizera com ele em Bruxelas se já o tivesse visto vestido e de pé, ou a cavalo, e percebido como era viril, cheio de energia, quando não estava acamado por causa dos ferimentos. Com certeza teria saído em disparada do quarto para não voltar nunca mais. Ou talvez não. Afinal, não se deitara com Jonathan porque ele estava enfraquecido e abatido, certo?

Havia simplesmente enlouquecido, só isso. Uma insanidade irresponsável. Uma irresponsabilidade insana.

E logo depois concordara com aquela farsa louca.

Lembrava-se de um dia ter se considerado uma moça quase monótona de tão sensata. Precisara ser assim para manter o controle da casa paterna.

Entretanto, não se demorou nesses pensamentos, pois estava se divertindo, contra todas as possibilidades. As árvores distantes se aproximavam rápido demais. Logo voltariam para os estábulos e a primeira aula de equitação dela – se é que podia ser chamada assim – terminaria. Rachel relutou em admitir que lamentava a perspectiva.

– E então? – perguntou Jonathan, quebrando um longo silêncio, quando se aproximaram das árvores. Ele fez com que o cavalo passasse a andar.

– O passeio está sendo bastante agradável, devo confessar – respondeu ela, da forma mais recatada possível. – Mas tenho certeza de que não conseguiria fazer isso sozinha.

– Conseguiria, sim. *Conseguirá*.

Jonathan não fez a volta imediatamente, como Rachel esperava. Seguiu até mais perto das árvores e passou devagar entre elas, abaixando a cabeça, assim como Rachel, quando algum galho parecia próximo demais. Na beira do bosque, a relva era alta, mas então a maior parte dela desaparecia, desencorajada a crescer, sem dúvida, pela espessura das folhas e dos galhos acima.

Apesar de não irem muito longe, conseguiam ouvir o som de água correndo quando pararam.

– Ah, como eu suspeitava – disse ele. – Acredito que um rio atravesse este bosque para alimentar o lago. Vamos investigar?

– As árvores ficam mais densas a partir daqui.

– Então vamos a pé. Fique aqui, é seguro. Só vai me tomar um instante.

Jonathan desceu do cavalo e logo fez uma careta de dor.

– Você se esqueceu do ferimento, não foi? – repreendeu ela, sentindo-se bastante insegura ali em cima. – Nem trouxe a bengala.

Quando levantou os braços e a fez descer, Jonathan estava rindo de novo, mas Rachel percebeu que ele trincava os dentes, que o esforço lhe provocava uma dor considerável.

– Estou mortalmente cansado dessa enfermidade, Rachel, de ficar andando por aí com uma bengala como se eu fosse um octogenário com gota – lamentou-se ele, prendendo o cavalo a uma árvore. – Vamos encontrar o rio.

Para a sorte dele, não era longe. A vista sem dúvida valeu a breve caminhada. O rio não era muito largo e descia de uma encosta à direita deles que não era íngreme o bastante para formar uma cachoeira, mas ainda assim a água cascateava sobre pedras de vários tamanhos, formando uma espuma branca em vários lugares. Tratava-se de um cenário adorável, de tirar o fôlego, completado pelas árvores que se elevavam nas margens. Além da vista, havia o som sussurrante e borbulhante da água, o cheiro dela e do verde que cercava tudo. E também o canto dos pássaros, centenas deles ao que parecia, embora estivessem todos ocultos entre os galhos.

Para Rachel, que passara a vida toda na cidade, era como estar em um pedaço do paraíso. Estava deslumbrada. Era como se um punho enorme houvesse acertado seu estômago e lhe roubado o ar.

– Vamos nos sentar? – sugeriu ele.

Rachel percebeu que estavam parados sobre uma rocha grande, plana no topo, ao redor da qual a água corria veloz. A mão esquerda de Jonathan pressionava a parte de cima da coxa dele.

– Homem tolo. Ainda deveria estar na cama.

– É mesmo? – Jonathan a encarou com sua típica expressão arrogante, do alto do nariz proeminente, com as sobrancelhas erguidas. – Com você como minha enfermeira, Rachel? Acredito sinceramente que a inocência daqueles dias se foi para sempre. Não se preocupe comigo. A perna está sarando e não vou exagerar nos cuidados com ela.

Jonathan se abaixou com cautela sobre a pedra, a perna esquerda esticada à frente, a direita dobrada. Apoiou um braço no joelho e o outro atrás do corpo. Rachel se sentou ao lado dele, o mais distante que o patamar da pedra permitiu, e abraçou os joelhos erguidos. Às vezes Jonathan parecia tão risonho e travesso que ela quase esquecia que também era um homem sob a constante ameaça do pânico.

Ele *não era* Sir Jonathan Smith. Rachel não sabia o nome dele. *Ele* não sabia o próprio nome.

– Mas como você vai voltar a montar? – perguntou ela.

– Estava me perguntando a mesma coisa. – Ele riu baixinho. – Vou pensar em um modo quando chegar a hora. Este é um belo lugar... além de isolado. Perfeito para namorar se a pessoa estiver inclinada a isso.

– Mas a pessoa não está – respondeu ela rapidamente.

– Não, a pessoa com certeza não está.

Por incrível que parecesse, Rachel se sentiu insultada. Jonathan tinha mesmo que deixar tão óbvio que a falta de modos naquela noite a tornara nada atraente? Ele a achara uma decepção. Que humilhação!

Rachel apoiou o queixo nos joelhos e olhou ao redor. Uma cena como aquela, pensou, seria capaz de recuperar uma alma. Rachel achava que nunca havia sido tão afetada pela beleza natural. Sempre pensara que nem sequer gostava do campo.

– Perdemos muito passando a vida toda na cidade.

– É *realmente* lindo – concordou ele.

– Você cresceu no campo?

– Uma pergunta capciosa, Rachel? – disse Jonathan após uma breve pausa. – Mas acredito que possa respondê-la. Devo ter crescido, ou pelo menos devo ter passado grande parte da vida em uma propriedade rural. Nada disto aqui me parece familiar. Não creio que tenha visto este lugar antes e seu tio não pareceu me reconhecer, não é? Só que me sinto confortável aqui. É como se pertencesse ao lugar, a este tipo de lugar, mesmo que não a esta propriedade específica.

Rachel o encarou, a bochecha encostada no joelho.

– Você agora tem uma noção mais sólida de quem é, então? Há alguma lembrança particular, mesmo que pequena?

Ele balançou a cabeça, fitando com os olhos semicerrados a água que cascateava, cintilando ao sol da manhã.

– Não exatamente. Apenas sonhos persistentes, que nem tenho certeza se são recordações. Se eu me concentrar muito neles, talvez me induzam ao erro. Talvez me levem a criar uma realidade que não se assemelhe em nada à verdade. Há a carta, que me provoca uma sensação de urgência sempre que sonho com ela. E a mulher esperando por mim nos portões de Namur. *Havia* alguma mulher lá quando você e o sargento Strickland me levaram de volta para a cidade?

– Dezenas. E centenas, talvez milhares de homens. Estava um caos completo lá, ainda que algumas pessoas tentassem manter algo semelhante à ordem. Mas ninguém veio reivindicá-lo, embora várias mulheres examinassem desesperadas todos os rostos na esperança de encontrar um conhecido, eu suponho.

– Então talvez a mulher só exista no sonho. Caso contrário, quem é ela? Quem é ela?

Rachel não conseguiu pensar em uma resposta que pudesse consolá-lo. Abraçou os joelhos com mais força.

– E na noite passada tive um novo sonho – voltou a falar Jonathan. – Havia uma fonte no meio de um grande jardim circular e a água jorrava alto no céu. Nada mais. Não vi os arredores. Acho que, quando ouvi a água desse rio correndo, pensei que fosse descobrir a origem do meu sonho. A luz cintilava sobre a água como aqui, mas criava um arco-íris. Algumas pessoas dizem que não sonhamos em cores. Porém, vi aquele arco-íris em toda a sua glória. Eu me pergunto se isso é uma prova de que a fonte realmente existe em algum lugar... Mas qual é a importância disso para mim?

– Talvez ela fique na casa onde você cresceu. Na sua casa *de campo*.

Jonathan ficou em silêncio por algum tempo e Rachel reparou de novo no som da água e dos pássaros, na paz que aquele lugar inspirava. E imaginou se a mãe estivera ali, bem naquele lugar – para brincar na infância, para pensar e sonhar na juventude. Será que fora até ali para ponderar sobre a decisão fatídica de desistir do pai de Rachel, ou desafiar tio Richard e fugir com o namorado?

Em certa época – distante, talvez até antes da morte da mãe –, o pai de Rachel fora muito mais vistoso, encantador e alegre do que em seus últimos anos, quando o vício do jogo e, em menor grau, o álcool o haviam deixado amargo, tornado seu humor mais inconstante, imprevisível. Era fácil entender por que a mãe largara tudo por ele. Se houvesse vivido mais um ano, herdaria as mesmas joias que naquele momento ainda estavam fora do alcance de Rachel. A família teria sido muito mais abastada – até com certeza o pai perder tudo no jogo.

– Sempre devo ter amado a terra – comentou Jonathan. – E me pergunto se isso me magoou, já que, provavelmente, era um dos filhos mais novos, portanto destinado a ir para o Exército. Ou talvez eu tenha negado meu amor pela terra porque sabia que nunca a herdaria ou poderia viver perto dela depois que crescesse.

– Você falou sobre o perigo de confiar demais em seus sonhos... – começou Rachel. – Será que suas suposições talvez não sejam lembranças reais? Pode afirmar mesmo que foi um oficial?

Ele virou a cabeça para encará-la, com as sobrancelhas erguidas. Ficou encarando-a por um longo tempo, durante o qual Rachel descobriu ser impossível desviar os olhos.

– Não – respondeu Jonathan por fim. Ele riu, embora não parecesse estar se divertindo. – Não posso afirmar nem mesmo isso, não é? Mas por que eu estaria naquele campo de batalha se não estivesse com o Exército? Para tomar um tiro só por diversão? Pareço mesmo ser um homem imprudente, não pareço? Se eu for um civil, isso explicaria por que estava sozinho e havia me afastado do campo de batalha.

– É apenas um palpite. Não sei mais do que você. Pensei também em outra possibilidade. Se você tem cerca de 25 anos, provavelmente já teria sua patente há cinco, seis ou sete anos. Só que, além dos ferimentos sofridos pouco antes de o encontrarmos, não havia outros em nenhuma parte do seu corpo. Nenhum ferimento antigo, de antigas batalhas, quero dizer. Não seria improvável, até mesmo inacreditável?

– Talvez eu sempre tenha sido extraordinariamente sortudo. Ou talvez sempre tenha me escondido atrás de algum sargento robusto ou de um soldado raso quando surgia um mosquete ou uma espada diante de mim. Ou talvez, até Waterloo, eu estivesse sempre baseado em casa.

Rachel suspirou e voltou a apoiar o queixo nos joelhos. Se ao menos pudesse fazer algo para ajudá-lo a lembrar... Poderia vê-lo de volta ao seu antigo eu e às pessoas que o amavam. Guardaria boas lembranças dele depois que tivesse partido, certa de que Jonathan voltara a ser quem sempre fora.

Havia algo que pudesse fazer?, perguntou-se Rachel. Investigar por conta própria, quem sabe? Tinha algumas amigas em Londres... Poderia escrever para elas e perguntar se sabiam de algum cavalheiro da alta sociedade desaparecido desde a Batalha de Waterloo? Com certeza seria um absurdo indagar uma coisa: centenas de homens deviam estar desaparecidos. Mas o sumiço de oficiais já teria sido estimado, não é? Nenhuma das amigas dela circulava na alta sociedade. Seria bom ao menos tentar?

Jonathan fora até ali para tentar ajudá-la.

– Acho – disse ele, interrompendo os pensamentos de Rachel depois de vários minutos em silêncio – que já a mantive ao ar livre o bastante para convencer seu tio de que me disponho a ensiná-la e estou apaixonado a ponto de roubar algum tempo a sós para nós dois.

Rachel voltou a encará-lo. Jonathan sorria preguiçosamente, a seriedade esquecida, ao que parecia, ou afastada da mente mais uma vez.

De repente, Jonathan se inclinou mais para perto e, antes que Rachel conseguisse compreender sua intenção, encostou os lábios nos dela.

Teria sido muito fácil se distanciar, ficar de pé, alisar o vestido e voltar através das árvores até o cavalo. Jonathan só a estava tocando com os lábios.

Mas Rachel não pensou nisso naquela hora. Permaneceu sentada, cativa da surpresa e de alguma outra emoção muito mais sedutora.

Foi um beijo delicado e demorado, em que as línguas umedeceram os lábios um do outro e se tocaram brevemente. Não foi lascivo e não ofereceu risco de levar a algo mais intenso. Só que também não foi um beijo fraterno ou de amigos casuais. Sem dúvida havia um componente sexual.

Os pensamentos e as emoções de Rachel se mesclaram à beleza da natureza que os cercava, ao correr da água, ao farfalhar das árvores e ao canto dos pássaros. Aquilo era tudo pelo que seu coração ansiara durante a vida inteira, pensou ela – embora, na verdade, não estivesse realmente pensando, e o pensamento teria parecido estranho caso houvesse lhe ocorrido.

Quando Jonathan se afastou, Rachel o encarou com olhos sonhadores e abriu os lábios, indefesa.

– Pronto – disse ele. – Agora você parece ruborizada e recém-beijada, Rache, como deveria mesmo parecer quando voltarmos.

Ele sorriu. Rachel se sentiu uma completa tola. Era tudo parte da farsa, nada mais. Ela se levantou às pressas e passou as mãos pela saia.

– Não me lembro de ter lhe dado permissão para me chamar de *Rache* – comentou tolamente.

Jonathan riu.

– Agora você acaba de acenar com a bandeira vermelha diante do touro. Será Rache, sim, daqui em diante. Pode revidar e me chamar de Jon.

Ela voltou sem esperar por ele, embora mantivesse certa distância prudente do cavalo. Então percebeu que Jonathan estava mancando muito. Ficar sentado na pedra depois de cavalgar sem dúvida enrijecera bastante a perna dele.

– É melhor eu caminhar de volta aos estábulos – sugeriu ela – e ver se há uma carroça ou uma charrete que possa ser mandada aqui para pegá-lo.

– Se der um passo que seja naquela direção, Rache, esquecerei que algum dia já ouvi a palavra *joia* e sairei caminhando em direção ao pôr do sol... na verdade capengarei apoiado em minha confiável bengala... e deixarei a seu cargo explicar a Weston por que ele deve lhe entregar sua herança um minuto antes dos seus 25 anos que seja se acaba de ser abandonada pelo marido com quem acabou de se casar.

– Você poderia simplesmente ter dito "não".

Ele deu a volta até o lado direito do cavalo e se ergueu com movimentos muito desajeitados, mas conseguiu montar. A única demonstração de dor foi o cerrar de dentes causado pela dor – só por conta da presença dela, acreditava Rachel. Então, fingiu que sorria ao baixar os olhos.

– É melhor você vir para esse lado também, Rache – sugeriu Jonathan –, embora vá acabar virada para o lado errado.

– Voltarei caminhando.

– É uma pena que não possamos ter certeza de que seu tio estará espiando de uma janela dos fundos. Eu estalaria meu chicote em suas costas se não tivesse dúvidas e, assim, asseguraria ao seu tio que você conseguiu um marido que sabe como manter a esposa no devido lugar. Coloque o pé sobre minha bota direita ou eu descerei até aí e a deitarei atravessada nas costas do cavalo.

Apesar de se sentir ultrajada e de querer manter a dignidade, Rachel achou as últimas palavras dele muito engraçadas e riu ao fazer o que Jonathan exigira. Não foi uma performance que qualquer um dos dois fosse querer repetir diante de uma plateia, mas com uma quantidade nada elegante de esforço, puxões, arquejos e risadas – de ambas as partes –, ela finalmente se viu diante dele de novo, embora virada para a direita, e não para a esquerda.

– Terei a mesma vista da vinda... – lamentou Rachel.

– Está reclamando? Posso fazer o cavalo voltar de costas para o estábulo, se quiser, embora duvide que ele vá gostar da ideia. Ou você poderia passar as pernas por cima do pescoço do animal e se virar para o lado em que deveria estar, afinal.

Os dois riam como crianças tolas, pensou Rachel. Ela não sabia por quê, mas resolveu tomar essa sugestão absurda, que nem fora dada a sério, como um desafio. Ainda se sentia a quilômetros do chão, porém havia um galho convenientemente próximo para lhe dar tanto uma ilusão de segurança quanto uma dose de coragem.

Apoiando-se no ramo, passou as pernas por cima do pescoço do cavalo, uma de cada vez, expondo primeiro o tornozelo esquerdo, então a perna esquerda até o joelho, e o mesmo logo depois com a perna direita. Os dois ficaram imóveis sobre o animal quando Rachel enfim assumiu a posição que queria, com as pernas pendendo para o lado esquerdo. Jonathan a enlaçou, como fizera na vinda. Ambos estavam ofegantes de tanto rir.

Foi a cena mais indigna de que Rachel já tomara parte.

– E se eu sugerisse que você ficasse de pé sobre as costas do cavalo... em uma perna... girando arcos na cintura, no pescoço, nos braços e na perna erguida?

Rachel deu um gritinho.

– Você poderia ganhar uma fortuna no Anfiteatro de Astley – disse ele, manobrando o cavalo para fora do bosque e fazendo-o andar a passo, então trotar através do gramado na direção da casa e dos estábulos.

– Eu poderia aproveitar o dinheiro depois de ter quebrado todos os ossos do corpo. Não precisaria nem das minhas joias.

Na ida, Rachel observara o lago e a terra que o cercava. Agora, na volta, olhou através da ampla extensão de relva até o terreno montanhoso mais além, parcialmente coberto de árvores. Ainda a espantava perceber que *ali* era Chesbury Park, o lar de infância da mãe, que sempre havia imaginado ser menor e mais modesto.

– E pensar que só faltam trinta dias – comentou Jonathan. – Há 31 dias este mês, eu acredito, tanto se considerarmos julho quanto agosto.

– Você precisará de cada um desses dias para me persuadir a subir naquela sela e cavalgar neste gramado – disse Rachel, virando-se para encará-lo.

– Ah! Eu a converti, então, não é?

Era verdade. Rachel não queria que o passeio terminasse. Mal podia esperar pelo próximo. Na próxima vez, estaria sozinha no próprio cavalo e ficaria aterrorizada, mas perdera tanto na vida, presa na existência pobre com o pai em Londres... Talvez não fosse tarde demais para recuperar o tempo perdido.

– Não exatamente – respondeu ela. – Mas não tenho a intenção de passar 31 dias sentada girando os dedos.

– Como eu pensei: converti você.

Ele jogou a cabeça para trás e riu.

CAPÍTULO XIII

Alleyne tomou café da manhã sozinho – bacon frio e viscoso, linguiças cruas no meio, torrada queimada e café morno e fraco demais. Ele rejeitou os ovos, que estavam gelados no prato aquecido do bufê.

Rachel fora direto dos estábulos para o próprio quarto – para escrever uma carta, explicara.

Quando saiu mais tarde para olhar ao redor, ele encontrou duas das outras damas nos jardins. Elas estavam sentadas em um banco longo, uma de cada lado do barão. Flossie se encontrava vestida de preto – até o guarda-sol rendado era dessa cor –, enquanto Phyllis estava toda de rosa. Eram figuras belas e extremamente respeitáveis. Alleyne conteve o riso ao se juntar a elas, esforçando-se para apoiar o mínimo de peso possível na bengala. A perna vinha se comportando bem depois do passeio a cavalo.

– Ah, lá vem Sir Jonathan – disse Flossie, girando o guarda-sol.

– Bom dia.

Weston inclinou a cabeça enquanto Alleyne fazia uma mesura para os três.

– Nós os vimos pela janela mais cedo, Sir Jonathan – comentou Phyllis, animada –, não é mesmo, Flora? E persuadimos o querido lorde Weston a assistir também. O senhor manteve Rachel bem segura sobre o cavalo. E devo dizer que os dois fazem um par muito belo e romântico.

Alleyne sorriu.

– Encontramos as cascatas entre as árvores, senhor, e nos sentamos lá por algum tempo. É uma parte adorável do parque.

Weston assentiu. Não parecia muito melhor depois da noite de sono.

– Recebi uma reclamação do meu principal cavalariço – comentou o barão – de que o seu *valete*, Smith, andou interferindo no andamento do estábulos.

Quando Alleyne e Rachel haviam deixado o local mais cedo, Strickland estava despido até a cintura, limpando as baias, e alguns cavalariços o ajudavam. Alleyne declinara da oferta do sargento de largar tudo e voltar para casa a fim de ajudá-lo a mudar de roupa.

– Peço perdão, senhor. Meu valete foi sargento da infantaria até perder um dos olhos na Batalha de Waterloo. Está acostumado a trabalhar duro e a mandar outros homens fazerem o mesmo quando há trabalho a ser feito.

– E há trabalho a ser feito nos estábulos? – perguntou o barão, com a testa franzida.

Alleyne hesitou. Permitir que o próprio valete desse ordens aos cavalariços de Chesbury para arrumar os estábulos era uma falha de etiqueta que não iria torná-lo mais caro ao barão.

– Era de manhã cedo e Strickland foi até os estábulos comigo para me ajudar a montar, pois foi a primeira vez que fiz isso desde que machuquei a perna. Havia apenas um cavalariço lá e muito a ser feito em relação aos cuidados com os cavalos e à limpeza das baias. Acredito que tudo teria sido feito, ou ao menos estaria a caminho de ser feito, se houvéssemos chegado cerca de uma hora mais tarde. Vou orientar meu homem a limitar seus serviços à minha pessoa no futuro.

Weston continuava com a testa franzida.

– Não estive lá desde o meu último problema no coração, vários meses atrás. Talvez o trabalho tenha ficado negligenciado. Vou prestar atenção nisso.

Alleyne achou divertido ver Flossie pousar a mão no braço do barão em solidariedade.

– Mas não deve se exaurir, milorde – falou ela. – Por nenhum motivo... nem mesmo para nos entreter. Somos perfeitamente capazes de nos distrairmos sozinhas. E, inclusive, faremos o possível para deixá-lo bem confortável, não é mesmo, Phyll?

– É muita gentileza da sua parte, madame – agradeceu o barão, ainda distraído e de cenho franzido. – Os canteiros estão cheios de ervas daninhas.

– Mas até mesmo as ervas daninhas podem ser encantadoras – comentou Flossie. – Na verdade, nunca compreendi por que algumas plantas são aprovadas e chamadas de flores, enquanto outras, igualmente belas, são consideradas ervas daninhas, com desprezo.

– Está tentando fazer com que eu me sinta melhor, Sra. Streat – disse lorde Weston com um sorriso –, e conseguiu. Mesmo assim, preciso conversar com o chefe dos jardineiros.

– A pessoa com quem eu gostaria de ter uma palavra – manifestou-se Phyllis, apoiando a ponta do guarda-sol no chão – é com a sua cozinheira, milorde. Não quero ser ofensiva, mas ela parece estar precisando de alguns conselhos.

Alleyne quase se retraiu. Todos eles estariam de volta à estrada naquele dia mesmo, expulsos de Chesbury Park com um pé no traseiro, se não tivessem muito tato.

Flossie deu um riso contido e discreto, em total contraste com a gargalhada gostosa que costumava dar.

– Não é preciso conhecer bem minha cunhada para saber que ela tem paixão por culinária, milorde. O coronel Leavey mantém sua própria cozinheira quando está em casa, mas a pobre mulher sempre acaba ociosa. Phyllis não consegue resistir a passar os dias na cozinha. Não tolera que ninguém mais cozinhe. E é excelente, devo dizer.

O barão suspirou.

– Não tenho muito apetite ultimamente, mas percebi que a comida vem deixando muito a desejar. E é difícil encontrar alguém para substituí-la aqui no campo. Porém, não posso permitir que uma hóspede minha trabalhe na cozinha, madame.

– Acredite em mim, milorde, isso me dará grande prazer – garantiu Phyllis. – Vou até lá agora mesmo para supervisionar os cardápios do dia. Acho que vou querer fazer algumas mudanças.

Ela se levantou parecendo satisfeita, animada e bela.

Flossie também se levantou e olhou para o barão enquanto girava a sombrinha acima da cabeça.

– Foi gentil da sua parte nos acompanhar até aqui fora, milorde, porém o senhor realmente deveria entrar para descansar agora, ainda mais porque receberá visitas esta tarde. Eu o acompanharei de volta. Preciso escrever algumas cartas, se puder me mostrar onde encontro papel, pena e tinta.

Quando o barão se levantou, ela lhe deu o braço e os dois seguiram pela trilha pavimentada, perfeitamente à vontade um com o outro.

Phyllis se deteve.

– Pobre e querido cavalheiro – comentou quando o homem já não podia ouvi-la. – Os empregados o estão enganando vergonhosamente, Sr. Smith. Parece que os estábulos estão em mau estado... Os jardins com certeza estão. Gerry disse que a cozinheira tem uma queda pelo gim; já a governanta tem uma queda pelo gim *e* pelo porto e mal sai do próprio quarto. O mordomo é um desses camaradas velhos e fracos que não têm nenhum controle sobre os subordinados.

– Não tenho dúvidas de que, com você e Geraldine, a cozinha vai acabar entrando nos eixos, Phyllis – disse Alleyne com um sorriso. – Meu estômago, devo confessar, tem protestado por conta do que vem sendo servido até agora, embora um hóspede não deva reclamar.

– Pois pode esperar um almoço delicioso. Cabeças vão rolar quando eu entrar naquela cozinha, Sr. Smith. Tenho todo o peso da autoridade do coronel atrás do meu nome.

Ela soltou uma risada travessa. Alleyne riu para si mesmo enquanto a observava se afastar. Flossie já ajudava o barão a subir os degraus. Elas eram uma dupla impagável e, ao que parecia, estavam se divertindo imensamente. E haveria visitas à tarde, então? Eles se afundariam ainda mais na farsa. Ora, agora não adiantava mais se arrepender. Como já dissera algum personagem da literatura – Macbeth? –, recuar agora seria tão imprudente quanto seguir em frente.

Ele se sentou no banco vago. Tivera a intenção de procurar o capataz e pedir ao homem que o levasse para conhecer a fazenda, mas talvez fosse melhor esperar até o dia seguinte, para que pudesse estar com Rachel quando as visitas chegassem. Além do mais, Strickland já estava deixando sua marca nos estábulos e Phyllis invadira a cozinha. Era melhor que ele tivesse cuidado para que o interesse pela propriedade não fosse visto como uma interferência.

Contudo, Alleyne estava interessado mesmo e não pôde deixar de se lembrar do que Rachel dissera mais cedo: talvez houvesse crescido em uma propriedade rural. Aquele tipo de vida parecia entranhado em seus ossos. E com certeza ele amava o campo. Ao olhar ao redor, quase podia chorar de tão comovido, depois de passar algumas semanas em Bruxelas e, depois, viajando até ali.

Seria um filho mais novo? *Seria* um oficial? Devia ter se sentido deslocado, incapaz até mesmo de considerar a ideia de viver em uma terra que não era sua, mas do pai e, depois dele, do irmão mais velho. Como lidara com esses sentimentos? Ficara emburrado, ressentido, mal-humorado? Não conseguia se imaginar dessa forma, mas como poderia saber? Talvez a perda de memória também provocasse mudança de personalidade. Teria se reprimido, experimentando a inquietação e o vazio? Odiara o Exército? Ou fingira para si mesmo que adorava? Ou simplesmente fizera o melhor possível? Ou, se nunca houvesse sido um oficial, seguira pela vida sem maiores objetivos? Teria sido capaz de fazer isso?

Talvez, se a memória nunca retornasse e ele jamais mais pudesse encontrar a própria família, procurasse emprego como administrador. Talvez *tivesse sido* um. Era um trabalho de cavalheiros, afinal, mas também não tinha ideia de sua posição na escala social. Quem sabe trabalhar sempre houvesse sido uma necessidade para ele. Mas por que um administrador de propriedade estaria vagando pela floresta de Soignés, com a Batalha de Waterloo em andamento e uma bala de mosquete na coxa?

Alleyne invejou Rachel e Flossie por passarem a manhã escrevendo cartas. Essa talvez fosse uma atividade da qual ele não costumasse gostar, mas agora desejava que houvesse *qualquer pessoa* para quem pudesse escrever. Teria sido ele que redigira a carta de seus sonhos? Ou alguém a redigira para ele? Ou – uma possibilidade que nunca considerara – talvez ele fosse apenas um mensageiro.

Alleyne fechou os olhos e tentou imaginar esse cenário. Por quem? Para quem? E qual seria o envolvimento dele naquilo?

A dor de cabeça já familiar começou a incomodá-lo atrás dos olhos.

Quando voltou a abrir os olhos, sentiu-se quase grato ao ver Bridget e Rachel saindo para o jardim. Alleyne se levantou para cumprimentá-las.

Rachel mudara de roupa e usava um vestido de dia, de musseline estampada com raminhos. Ele lembrou com certo desconforto que a beijara novamente perto das cascatas. Havia prometido a si mesmo que não voltaria a fazer nada semelhante. Encobrira o próprio erro com uma desculpa razoável, é claro, mas a verdade era que não fora premeditado. Rachel estava mais luminosa do que nunca naquele cenário rural. Maldição, os dois haviam rido das tolices dela sobre o cavalo como duas crianças despreocupadas e Rachel parecera irresistível.

Ele não sugerira levá-la até Chesbury para achá-la irresistível. Queria estar livre quando partisse dali. Não tinha como saber os laços emocionais que deixara para trás ao perder a memória. Com certeza não precisava de nenhuma nova amarra.

Rachel não estava usando touca, percebeu Alleyne, e seus cabelos cintilavam como puro ouro ao sol. Bridget carregava uma cesta larga e rasa pendurada em um dos braços e parecia muito mais jovem do que em Bruxelas, com os cabelos agora castanhos, o chapéu com aba de palha e um sorriso relaxado. Era realmente uma mulher bonita, embora já devesse ter bem mais de 30 anos.

– Vou colher alguns botões para alegrar a casa, Sr. Smith – avisou Bridget. – Sente-se de novo e Rachel lhe fará companhia. Deve tirar o peso dessa perna pelo máximo de tempo possível.

– Sim, madame – disse Alleyne, sorrindo e esperando que Rachel se sentasse, antes de se acomodar ao lado dela. – Tem certeza de que consegue distinguir entre as flores e as ervas daninhas?

– Há mesmo *muitas* ervas daninhas – comentou Bridget, olhando criticamente para o jardim. – Eu deveria ter trazido uma enxada. Adoraria dar uma boa limpeza nesse jardim. Está uma desgraça.

– O jardim me parece ótimo, Bridget – disse Rachel.

– Isso é porque você cresceu na cidade grande, meu amor.

– E você não? – perguntou Alleyne.

– Eu, não – respondeu Bridget. – Cresci em uma casa paroquial, Sr. Smith. Meu pai era ministro, mas muito pobre. Eu era a primogênita de sete irmãos. Não havia nada que eu gostasse mais do que ajudar a minha mãe no jardim e na horta... as flores na frente da casa, a horta nos fundos. Não há sensação melhor na vida do que enfiar os dedos na terra. Acho que teria me casado com Charlie Perrie se a casa dele tivesse jardim, horta, algumas galinhas e quem sabe um porco, embora ele não fosse nem um mínimo generoso ou bem-humorado. Aos 16 anos, segui para Londres em busca de fortuna. Fui a garota mais feliz do mundo quando o Sr. York me contratou como ama de Rachel, e o emprego durou seis anos. Não estou reclamando da minha vida desde então, mas ter um jardim é a minha ideia de paraíso. Se conseguirmos nossa pensão, ela terá um enorme jardim. E uma cozinha grande para Phyll. Mas estou falando demais. Vou colher algumas flores agora.

Ela seguiu ao longo do *parterre* e se inclinou para cortar alguns botões.

– Foi Bridget que a ensinou a ler? – perguntou Alleyne a Rachel.

– Acho que foi minha mãe. Ou talvez meu pai. Ele gostava de ler e era um homem muito culto. Costumava ler para mim quando eu era bem pequena.

– Como era a sua vida?

Rachel pensou por um tempo.

– Devo ter sido muito próxima da minha mãe. Sei que fazia pirraças terríveis por algum tempo depois que a pobre Bridget chegou... para tomar o lugar da minha mãe, foi o que pensei na época. Mas logo passei a amá-la como a uma mãe... assim é a inconstância infantil. Fiquei muito infeliz quando Bridget foi embora e a situação do meu pai em relação ao jogo e à bebida piorou. Porém, gostava de ser a dona da casa, responsável por tudo ali, e acho que me saí bem. Aprendi a ser frugal e a guardar nos bons tempos para que pudéssemos atravessar melhor os tempos ruins. Só que, nos últimos anos do meu pai, os tempos ruins eram quase constantes. Eu o amava e sempre guardarei com carinho as lembranças de momentos em que ele me amou com alegria e generosidade e de quando se permitia ser amado. Eles foram ficando mais esparsos no fim da vida dele.

– Você nunca foi à escola?

– Não.

– Tinha amigos?

– Uns poucos. – Rachel baixou os olhos para as mãos. – Tínhamos alguns bons vizinhos que permanecem meus amigos até hoje.

Ela fora uma criança solitária e pobre, pensou Alleyne, examinando o perfil de Rachel com os olhos semicerrados. E por muitos anos, desde que Bridget partira, fora carente de amor, imaginou. E de amigos. Mas fizera o melhor possível daquela situação. Não era de choramingar.

Em vez de ter inventado aquela travessura como um colegial animado, Alleyne percebeu que deveria ter insistido com mais determinação na primeira ideia que dera a Rachel. Era ali que ela deveria morar permanentemente – como a Srta. York de Chesbury Park. Alleyne começava a ter sérias dúvidas sobre a impressão que Rachel tinha de Weston.

– Não foi uma vida ruim – continuou ela, encarando-o. – Não quero lhe dar a impressão de que meu pai foi cruel comigo, ou mesmo que me negligenciou, ou que eu o odiava. Acho que papai era doente. Ele não conseguiu evitar nos levar à ruína. Então, pegou o que pareceu ser um resfriado inofensivo e morreu em três dias.

– Sinto muito.

– Eu não. – O sorriso dela era tenso. – A vida se tornara algo muito próximo de um tormento para ele. E para mim.

Entretanto, Rachel mordeu o lábio superior ao terminar de falar e baixou rapidamente a cabeça para esconder os olhos marejados. Alleyne viu uma lágrima cair nas costas da mão dela e resistiu ao impulso de passar o braço por seus ombros. Ela não se sentiria bem com sua piedade.

– E agora você acredita que as joias podem resolver todos os seus problemas – comentou Alleyne – e que vão permitir que viva feliz para sempre.

Ela ergueu os olhos depressa, as lágrimas ainda perigando escorrer.

– Não, é claro que não! – Rachel saltou de pé e o encarou com irritação. – O dinheiro não trará meu pai de volta do jeito que ele costumava ser ou do jeito que deve ter sido quando mamãe o conheceu e se apaixonou. O dinheiro não me fará feliz. Não sou *idiota*, Jonathan. Mas apenas pessoas que têm muito dinheiro o desprezam. Para o resto de nós é importante. Pode ao menos nos dar comida e roupas e alimentar nossos sonhos. Você deve ser de uma família abastada ou jamais diria o que acabou de dizer. E acredito que seja muito parecido com meu pai. Você é um jogador. Por acaso, na última vez que jogou, quando estávamos em Bruxelas, a sorte estava do seu lado e lhe garantiu dinheiro o bastante para que agora você não se preocupe. Da próxima vez, pode ser que não tenha tanta sorte.

– Rachel – falou Alleyne, inclinando-se para a frente e tentando pegar uma das mãos dela –, não tive a intenção de que minhas palavras tivessem esse efeito.

Ela puxou a mão.

– Ah, teve, sim. As pessoas sempre falam que não tiveram intenção quando sabem que ofenderam alguém. Que outra intenção poderiam ter suas palavras? Sou filha de um pai imprudente e sempre vivi de artifícios, isso é o que você pensa. Acha que, se eu colocar as mãos nas minhas joias, vou acabar com a fortuna toda exatamente como meu pai fez com o que ganhava e que logo estarei pobre de novo. Além do mais, sou apenas uma mulher. É o que está pensando, não é? O que as mulheres sabem sobre planejar e gastar com sabedoria?

– Rachel, você acha que sabe muito sobre o que penso. Mas lamento por ter falado de forma tão descuidada, lamento mesmo.

Ele quisera dizer que ela precisava de mais do que dinheiro. Precisava de família e amigos. Precisava pertencer a algum lugar. Precisava encontrar o amor ou deixar o amor encontrá-la. Não necessariamente o amor sexual, embora sem dúvida com o tempo também fosse encontrar esse tipo. Precisava de um lar. Precisava de Chesbury e de Weston, mas fora teimosa demais após a morte do pai para notar isso e agora se colocara em uma situação desagradável que talvez acabasse tornando impossível qualquer reconciliação com o tio.

E tudo por culpa dele, Alleyne, é claro.

A intenção dele fora dizer que provavelmente ali havia um tesouro muito maior para Rachel do que as joias. E que Weston estava tão solitário e necessitado de uma família quanto ela.

O problema é que se expressara de forma lamentável. E tinha sido *ele* que pensara naquele esquema ardiloso para conseguir as joias.

– Não – disse Rachel –, você não lamenta. Os homens nunca lamentam. Eles dominam o mundo e as mulheres são apenas criaturas tolas e completamente incapazes de saber o que lhes trará felicidade. *Sei* que não deseja estar aqui, embora tenha sido você quem sugeriu que viéssemos fingindo sermos o que não somos. Ora, agora está preso aqui por todo um mês. Não dou a menor importância para o que pensa de mim ou do meu desejo de me apossar da fortuna. Não me *importo*.

Alleyne se levantou sem a ajuda da bengala. Percebia que Rachel estava muito aborrecida, e não podia ser apenas devido ao comentário infeliz. Ele achava que a realidade de Chesbury Park era muito diferente do que ela imaginara. E Alleyne sentia-se terrivelmente culpado por isso.

– Talvez devêssemos pôr um fim em toda essa farsa, Rachel. Explicarei tudo ao seu tio, as damas podem ir embora para organizarem a própria vida do jeito delas e você pode ficar vivendo aqui.

– Ah, sim! – berrou ela. – Isso é o que você iria *mesmo* sugerir agora que a novidade dessa brincadeira está se esgotando. Me deixaria aqui onde não sou desejada e onde não quero estar e me forçaria a abandonar minhas amigas mais queridas. Só pensar na vida que teriam já é insuportável. Ora, isso não vai acontecer e pronto.

Rachel estendeu a mão e o empurrou no peito. Não foi um empurrão forte, mas o pegou de surpresa e o fez perder o equilíbrio, já que estava apoiando a maior parte do peso do corpo em apenas uma perna. Alleyne cambaleou de forma nada elegante e caiu para trás, com força, sobre o banco.

Ele ergueu as sobrancelhas.

– E *agora* veja o que me levou a fazer – continuou Rachel, irritada. – Nunca derrubei ninguém na minha vida.

– Eu arriscaria dizer que nunca *fui* derrubado. Mas acho que mereci. Não escolhi as palavras com o cuidado que deveria, algo que me lembrarei de fazer na próxima vez que quiser ser gentil com você quando estiver tão espinhosa quanto um ouriço.

– Gentil! – exclamou ela, com um tom zombeteiro. – E *não* sou espinhosa.

Antes que ela pudesse brigar mais, Bridget se aproximou apressada, a cesta cheia de botões de flores.

– O que aconteceu? O senhor *caiu*, Sr. Smith? Eu lhe avisei...

– Apenas uma rusga de amantes, Bridget – explicou Alleyne, sorrindo e se sentindo muito tolo. – Nossa primeira. A culpa foi toda minha, é claro. Rachel me derrubou.

– Tudo isto pareceu uma ideia brilhante em Bruxelas – falou Rachel. – Todos pensaram que seria uma grande diversão. E assim é, e continuará a ser. Acho que tio Richard está morrendo.

Ela levantou a saia de tecido leve depois de soltar esse comentário aparentemente sem lógica, girou nos calcanhares e saiu apressada, quase correndo em direção à casa. Alleyne teria ido atrás dela, mas Bridget pousou a mão na manga dele.

– Deixe que ela vá. Eu me lembro de Rache chorar desconsolada pela mãe toda noite. E de quando um dos amigos tolos do Sr. York quebrou a linda boneca de porcelana dela. Rache juntou os cacos em uma antiga manta e chorou sobre eles a noite toda. Mas era pelo tio que ela chorava. Ele surgira como um raio de sol após a morte da mãe e lhe comprara aquela boneca. Então o barão desapareceu tão abruptamente quanto chegara. Ela superou tudo isso ao longo daquele primeiro ano e, depois, foi uma garota de espírito forte, com grande poder de adaptação. Só que agora me pergunto se Rache superou mesmo tudo aquilo. Ela odeia lorde Weston. Mas acho que não vai admitir para si mesma que ainda o ama desesperadamente. Ele é *irmão* da mãe dela... o único vínculo com suas raízes.

– Ah, meu Deus – disse Alleyne com um suspiro –, também acho isso, Bridget. E olhe a confusão em que a meti.

– Não se preocupe. Tudo vai dar certo. Espere e veja.

Alleyne desejou sentir tanta confiança.

CAPÍTULO XIV

Meia hora mais tarde, Rachel já estava quase se recompondo adequadamente da briga – que parecera surgir do nada e a fizera atacar outra pessoa. Foi então que ouviu uma batida à porta. Geraldine entrou sem esperar por autorização.

– Que confusão, Rache. Phyll está na cozinha em plena batalha. Ela assumiu o comando das criadas da cozinha, da comida e dos fogões, mas a cozinheira apenas recuou para reorganizar as forças para um contra-ataque. Ela e a governanta estão se fortificando com gim. Então, as panelas e os insultos vão voar, pode estar certa. Não perderia isso por nada no mundo, por isso vou me apressar com o recado que tenho para dar. O barão quer vê-la nos aposentos privados dele. É melhor você ir. Talvez consiga descobrir onde ele guarda as joias e eu possa usar minha capa preta e minha máscara, colocar uma faca entre os dentes e encontrar um galho de hera na parede da casa que dê para escalar esta noite, na lua nova.

Rachel riu apesar de tudo, mas enquanto se apressava na direção dos aposentos do tio, o que realmente desejava era estar em qualquer outro lugar da Terra. De repente, todas as mentiras e engodos pareciam desprezíveis. Mas o que ela poderia fazer agora, senão seguir em frente com o plano? Afinal, não era a única envolvida na farsa. Não poderia expor as amigas como fraudes.

Odiava Jonathan. *Odiava*. Ele provavelmente fora rico, arrogante, insensível e sem coração na outra vida. Ela ignorou o fato de que Jonathan não a empurrara de volta e, ainda, se desculpara.

– Entre e sente-se, Rachel – disse o tio depois que o valete abriu a porta para ela.

Ele não se levantou. Seus pés estavam apoiados em um banquinho. Apesar de parecer cansado, observou intensamente Rachel atravessar o cômodo e ocupar a cadeira que lhe fora oferecida. Os dois estavam sentados de frente para uma janela baixa, que dava para os jardins e o gramado mais além.

– Tio Richard, como o senhor está? Quero dizer, como *realmente* está?

– É o meu coração – confessou ele. – Está desistindo lentamente de mim... ou rapidamente. Quem pode saber? Tive alguns problemas nos últimos três anos, o mais recente em fevereiro último. Estava me recuperando bem, mas então algo aconteceu e me aborreceu. Então, ontem, você chegou aqui.

Ela estava sendo colocada junto com o que quer que o tivesse aborrecido recentemente? Bem, não poderia reclamar. Havia se convidado para ficar ali depois de recusar o convite dele no ano anterior. Nem mesmo escrevera para avisar o tio de sua chegada. E levara consigo um bando de pessoas.

Não chegara a ocorrer a Rachel que o barão teria envelhecido em dezesseis anos. E ela com certeza jamais considerara a possibilidade de ele estar doente. Esperara encontrar o mesmo homem robusto e confiante – a única diferença seria que ela agora estava armada contra ele.

– Partiremos amanhã, se desejar – disse Rachel. – Ou até mesmo hoje.

– Não foi isso o que eu quis dizer. Quanto você conhece Smith, Rachel? O que sabe dele? É belo e charmoso, confesso... ou pelo menos é charmoso quando convém a ele. Você se casou porque era dama de companhia e suas escolhas não pareciam muitas? Mas isso teria sido muito tolo de sua parte. Será uma mulher rica um dia. Poderia ser rica a qualquer momento durante o último ano se houvesse se casado com a minha aprovação.

– Amo Jonathan. E sei que ele é um homem com quem posso viver feliz e segura pelo resto da vida. O senhor não poderia ter escolhido com mais sabedoria por mim, tio Richard.

– E, ainda assim, vocês brigaram com bastante violência esta manhã. Ele a insultou, imagino, e você o empurrou.

Rachel fechou brevemente os olhos. É claro! Ele tivera uma visão privilegiada da altercação com Jonathan. Ela mesma podia ver naquele momento o banco em que estiveram sentados sem precisar nem esticar o pescoço. Ao menos a janela estava fechada, logo ele não ouvira uma palavra do que disseram.

– Não foi nada – assegurou ela. – Uma troca de palavras ríspidas e logo nos entendemos. Só isso.

– Mas você não se entendeu com ele. Deixou-o ainda zangada e ele permitiu que você fosse.

– Não foi nada sério – insistiu ela, e espalmou as mãos no colo.

– Espero sinceramente que você não tenha cometido o mesmo erro que sua mãe cometeu, Rachel.

Ela fuzilou-o com os olhos.

– Como sabe que foi um erro? O senhor desaprovou o casamento dela e, depois, cortou-a de sua vida e só a viu morta. Como sabe que minha mãe não foi loucamente feliz durante todos esses anos? Como sabe se não teria continuado feliz até papai morrer, no ano passado?

Ele suspirou.

– Eu não falaria mal de York. Ele era seu pai, Rachel, e acredito que você gostasse dele. Não seria natural se fosse o contrário.

– Eu o *adorava* – disse Rachel com determinação, embora tivesse consciência de que estava sendo enfática demais. Amara o pai até o fim, mas não fora nada fácil. E, às vezes, o odiara. – O que lhe dá o direito de julgar? De cortar qualquer contato com a única irmã porque desaprovava a escolha dela e então aparecer e tripudiar quando ela morreu? O que lhe deu o direito de conquistar o afeto de uma criança... de *comprar* esse afeto com sorvetes, uma boneca e passeios de cavalo... e depois desaparecer e deixá-la crescer acreditando que não fora digna do seu amor? Eu era sua sobrinha. Não tinha culpa se desaprovava a meu pai. Ainda assim, era filha de sua irmã. E ainda era uma pessoa com méritos próprios.

– Rachel. – Ele fechou os olhos, encostou a cabeça nas almofadas da poltrona e levou a mão ao coração. – Rachel.

Ela se levantou com as pernas bambas.

– Sinto muito. Sinto tanto, tio Richard... Por favor, me perdoe. Eu nunca brigo com ninguém... Ainda assim, fiz isso duas vezes esta manhã, com duas pessoas diferentes. Vim a Chesbury por minha livre e espontânea vontade. É imperdoável da minha parte atacá-lo como se o *senhor* tivesse invadido a *minha* casa. Tudo isso aconteceu há muito tempo e o senhor de fato me ofereceu um lar aqui depois que papai morreu, mesmo que tenha condicionado o convite à ameaça de me casar com alguém da sua escolha.

– Uma ameaça... – Ele riu baixinho. – Rachel, você contava com 21 anos e não tivera oportunidade, até onde eu sabia, de conhecer pretendentes adequados. Seu pai não a apresentara à sociedade. Pensei que estava lhe fazendo uma gentileza.

– Ora, não foi essa a impressão que tive por sua carta, talvez porque eu não estava com uma disposição muito generosa a seu respeito. O senhor não me ofereceu condolências pela morte de papai.

– Porque eu fiquei feliz – replicou ele com a voz cansada. – Achei que a morte dele finalmente lhe daria uma chance na vida, pois você ainda era jovem o bastante para agarrá-la. Mas foi desatencioso da minha parte não compreender que *você* estaria sofrendo.

– Não importa. Eu agarrei, *sim*, a minha chance para a felicidade, mas não cegamente, tio Richard. Escolhi um homem que era ao mesmo tempo apresentável e um bom partido. Escolhi alguém a quem eu poderia amar e que me ama.

Por um instante, ela ficou tão presa ao papel que acreditou piamente que *adorava* Jonathan.

– Posso lhe servir algo? – perguntou Rachel. – Algo para beber, talvez?

– Não.

– Eu não sabia que o senhor estava doente e acabei aborrecendo-o vindo até aqui. Deveria ter ficado longe.

– Passaram-se 23 anos desde que sua mãe foi embora. Ela era quinze anos mais jovem do que eu, mais como uma filha para mim do que uma irmã. Eu a amava profundamente. Mas ela era impulsiva, teimosa e uma romântica incurável. Lidei mal com a situação. Embora meu casamento tenha sido bom, sinto um vazio na minha vida desde que sua mãe partiu. Estou feliz por você ter vindo.

O tio fechou os olhos. Ele poderia ter preenchido aquele vazio a qualquer momento durante os anos seguintes à morte da mãe, pensou Rachel, dividida entre uma angústia terrível e uma raiva crescente. Porém, não brigaria mais com o tio. Fora uma pessoa de temperamento moderado durante toda a vida, até ali. Só assim, acreditava, tinha sido capaz de lidar com o pai, os amigos dele e a vida tumultuada que levavam.

– Tio Richard, entregue-me as joias. Eu as guardarei como um tesouro, e o mesmo fará Jonathan. Ficaremos mais alguns dias e o deixaremos em paz. Escreverei para o senhor. E virei visitá-lo.

Ela *iria* escrever para ele, jurou a si mesma. E confessaria tudo. Se o tio a perdoasse, o visitaria sempre que pudesse. Tentaria não guardar mágoa por conta do passado. Talvez os dois pudessem de algum modo se tornar tio e sobrinha de verdade.

– Não estou com pressa alguma para que parta – retrucou ele. – Já faz muito tempo que não tenho jovens nesta casa, Rachel. E gosto das suas amigas. São damas encantadoras. Já faz muito tempo também que não recebo ou mesmo vejo meus vizinhos sem ser na igreja. Devem ter se passado vinte anos desde que foi dado um baile em Chesbury. Não haverá ninguém aqui durante o próximo mês. Fique para que possamos nos aproximar e para que eu possa conhecer seu marido.

Rachel mordeu o lábio. A enormidade da farsa em que havia se envolvido se tornava mais óbvia e mais dolorosa a cada hora que passava.

– E minhas joias?

O barão demorou algum tempo para responder.

– Não vou prometê-las, Rachel, nem mesmo no fim do mês. Vamos ver. Smith é bem capaz de sustentá-la, de acordo com a apresentação dele, por isso você não precisa das joias para vendê-las. Quanto a usá-las... Ora, são peças antigas, pesadas, nada adequadas a uma jovem mulher. São heranças de família que foram confiadas aos meus cuidados... primeiro pela minha mãe, depois pela sua.

Então tudo aquilo fora para nada, pensou Rachel... A única mínima esperança era um "vamos ver".

Poderia ter argumentado, mas percebeu que a mão do tio estava no peito mais uma vez e que sua pele parecia cinzenta. Ele não abriu os olhos. Ela o observou, alarmada. Inclinou-se na direção dele, porém não conseguiu se obrigar a tocá-lo.

– Eu o deixei exausto, tio Richard. Posso chamar seu valete para atendê-lo?

Rachel saiu apressada sem esperar por uma resposta, mas o valete estava andando de um lado para outro no corredor, assim ela nem precisou buscá-lo.

Que manhã estranha fora aquela, pensou Rachel, descendo as escadas. Parecera mais longa do que um dia normal, ou mesmo do que uma semana. Sentia-se exaurida. Houvera tão pouca paixão na vida dela até então, e agora havia abundância.

A cozinheira e a governanta levaram suas reclamações pessoalmente ao barão Weston. A governanta usou seu trunfo de imediato. Se o patrão não confiava nela para contratar os melhores empregados possíveis para cada função naquela casa, declarou, então se demitiria. Não toleraria que damas que nunca vira na vida invadissem sua cozinha e aborrecessem a cozinheira de tal maneira que a pobre mulher duvidava que fosse produzir uma refeição decente.

O barão Weston dispensou a cozinheira e aceitou a demissão da governanta.

– Não havia me dado conta – comentou ele na sala de estar à noite, logo depois do jantar – de como nossas refeições estavam tão pouco agradáveis. Eu lhe agradeço, madame. A Carlton House não serviria pratos mais deliciosos do que os desta noite. Achei que tinha perdido o apetite, mas comi com muita vontade agora.

Phyllis enrubesceu.

– E os bolos do chá, nesta tarde, estavam leves como o ar – elogiou ele. – Todos os vizinhos tentarão roubar a minha cozinheira.

Ele deu uma risadinha e, subitamente, pareceu melhor do que no dia e meio anterior, reparou Alleyne.

Os Rothes haviam feito uma visita naquela tarde, levando o filho e as duas filhas, e tinham ficado para o chá. O mesmo acontecera com a Sra. Johnson e sua irmã, Srta. Twigge, e o reverendo e a Sra. Crowell. Todos expressaram grande prazer em conhecer a sobrinha do barão e seu marido e pareceram encantados com Flossie e Phyllis, que haviam se afastado por uma hora de suas tarefas na cozinha. A Sra. Crowell se envolvera em uma conversa agradável com Bridget sobre flores, legumes e verduras e cercas vivas, pelo que Alleyne ouvira.

– Mas não posso, é claro, esperar que continue a trabalhar na minha cozinha, madame – continuou o barão com um suspiro. – Terei que ver o que meu capataz é capaz de me sugerir amanhã.

– Nada me daria mais prazer, milorde – assegurou Phyllis. – Gosto de me manter ocupada... como o coronel Leavey lhe confirmaria, se estivesse aqui. Cozinhar é a minha grande paixão, assim como o bordado ou a pintura são para outras damas.

– Com sua permissão, milorde – disse Flossie –, irei até os aposentos da governanta pela manhã para examinar as contas e organizar as tarefas dos criados para o dia. Não há problema nenhum nisso. Embora o coronel Streat empregue toda uma equipe quando estamos em casa, sempre insisto em manter um olho neles eu mesma.

– É uma oferta bastante gentil, madame – agradeceu o coronel, compreensivelmente surpreso. – Estou impressionado.

Enquanto ele falava, Bridget arrumava uma almofada atrás de sua cabeça e pousava os pés dele sobre um banquinho. Durante o jantar, ela já dissera ao barão que prepararia um chá com uma mistura especial, muito boa para o coração, e lhe serviria na hora de dormir.

Alleyne estava espantado com o fato de eles ainda não terem sido postos na rua por terem mexido em tantos vespeiros. De qualquer forma, as refeições sem dúvida haviam melhorado incrivelmente. E, enquanto Alleyne se arrumava para o jantar, Strickland contara que os estábulos tinham recebido uma limpeza em regra, levando embora pelo menos um mês de sujeira. O chefe dos cavalariços se ocupara dando ordens.

– Eu disse ao rapaz – falava o sargento – que talvez ele estivesse deprimido porque o barão dispensara quase todos os caçadores e já não cavalgava mais, nem sequer usava a carruagem todos os dias. Mas acrescentei que isso não era desculpa para que perdesse o orgulho de um serviço bem-feito ou para não cumprir com as obrigações pelas quais era pago e recebia casa e comida. Disse também que, se ele fosse um soldado, seria esperado que mantivesse a arma limpa e carregada, o equipamento em ordem, o estômago sem muito rum, mesmo que não estivesse em meio a uma guerra, porque nunca se sabe quando nossos nobres vão resolver brigar com os de outro país e o armamento precisará ser usado novamente.

No entanto, nenhum dos hóspedes foi mandado embora. Na verdade, Weston parecia até gostar da companhia. Só que seus olhos passavam muito tempo presos em Rachel, com uma expressão um tanto taciturna. E ela era a única que fazia muito pouco ou nenhum esforço para conquistar o barão – ou para se exibir como a recém-casada feliz que estava ali para interpretar.

Ela ainda estava aborrecida com *ele*, é claro, percebeu Alleyne.

Como na noite anterior, todos foram para a cama cedo. Quando já não podiam ser ouvidos por Weston, Bridget comentou que dormir cedo era um luxo do qual nunca se cansaria, e Phyllis concordou com entusiasmo, principalmente porque precisaria estar de pé cedo para preparar o café da manhã.

Alleyne não tinha certeza se aqueles horários do campo combinavam com ele. Sentia-se inquieto. Pensou até em voltar ao andar de baixo e sair para uma caminhada, mas viu pela janela que as nuvens haviam se acumulado durante a noite. Estava muito escuro do lado de fora e ele não conhecia o parque bem o bastante para se aventurar sem a orientação de alguma luz. Além do mais, caso Weston o escutasse, se perguntaria por que o marido da sobrinha a abandonara na cama quando o casamento ainda estava na lua de mel.

Alleyne permitiu que Strickland o ajudasse a tirar o justo paletó de noite e conversou com o sargento por alguns minutos, mas o dispensou antes de se despir por completo. Estava muito ciente do silêncio enquanto permanecia de pé diante da janela. Geraldine também havia saído do quarto de Rachel – Alleyne ouvira as duas conversando e rindo pouco antes.

Ele entrou no próprio quarto de vestir. Não havia luz no de Rachel, porém o rapaz conseguiu distinguir ao longe o brilho suave de uma vela. Então ela estava acordada. Alleyne hesitou por algum tempo. Conversar em um dos quartos de dormir com certeza não era o mais sábio a se fazer tarde da noite, mas ao menos poderiam ter certa privacidade.

– Estou entrando. Se precisar fazer algo para preservar seu pudor, faça agora.

Rachel estava na janela, usando uma camisola simples e prática na qual parecia muito mais atraente do que qualquer outra mulher usando pura renda. Geraldine havia penteado seus cabelos até ficarem brilhantes e macios e eles agora caíam até o meio das costas. Ela estava descalça, abraçando o próprio corpo, e exibia uma expressão surpresa e um tanto indignada.

– Não se preocupe – disse Alleyne. – Não vim cobrar meus direitos conjugais.

– Por que veio? – questionou ela, correndo os olhos pela camisa, os calções e os pés ainda com meias. Alleyne não levara a bengala. – Não tem nada para fazer aqui. Vá embora.

– Supostamente somos recém-casados, Rache. Nosso casamento devia ter sido por amor. Devíamos cintilar com a dimensão recém-descoberta do amor que as noites na cama nos mostraram. Em vez disso, ficamos em silêncio, os lábios cerrados um para o outro, mal conseguindo nos tratar com educação. É *desse* modo que pretende convencer seu tio de que nosso relacionamento é uma versão do paraíso?

Rachel lhe deu as costas e voltou a encarar a escuridão do lado de fora enquanto Alleyne apoiava um dos ombros no batente que separava o quarto de vestir do quarto de dormir dela.

– A única coisa de que nos esquecemos quando concordamos em um plano foi que teríamos que fazer juntos. Você atua muito melhor do que eu.

– Você tem tanta aversão assim por mim? – Ele suspirou e a encarou com certa irritação. – Há não muito tempo, só de vê-la entrando em meu quarto, meus dias se iluminavam. Fiquei encantado por você desde o instante em que a vi pela primeira vez. Sabia disso? Antes você escolhia ficar na minha companhia, sentar-se comigo para conversar e ler para mim, mesmo quando não havia necessidade de cuidados médicos. Acha possível esquecermos o que aconteceu para mudar tudo isso?

– Não – retrucou Rachel, após um longo silêncio. – Não é possível. Coisas como essa não podem ser esquecidas apenas porque queremos. Fui desajeitada, sem a menor habilidade, e fiz com que sentisse aversão por mim.

– Que diabos, Rachel acha mesmo que me importo com falta de jeito e inexperiência? Só fiquei ressentido porque você me enganou. Mas isso é passado. E está na hora de deixarmos para trás o que aconteceu.

– É impossível esquecer. É tolice até sugerir que tentemos.

– Meu Deus, Rachel, estamos falando só de uma ida para a cama. Talvez não tenha sido uma experiência marcante, por algumas razões específicas, mas também não foi de todo ruim. Foi apenas *sexo*.

– Exatamente.

Mulheres, é claro, eram muito diferentes dos homens no modo de ver esse tipo de assunto. Ele tinha noção disso, embora não soubesse como. Não devia ter dito uma tolice dessas. Para ela, Alleyne sabia, a experiência tinha sido marcante, embora não de uma forma agradável.

Diabos, naquele momento ele poderia estar mancando pelas ruas de Bruxelas ou de Londres buscando parentes e amigos sob cada pedra. De onde tirara a maldita ideia daquela farsa? Mas sabia de onde. Rachel quisera ajudar as amigas e ele quisera ajudá-la, porque lhe devia a vida e talvez porque ainda se sentisse um tanto encantado por ela.

– Bem, você vai ter que atuar melhor amanhã, Rache. Vai precisar fingir que está apaixonada por mim e que esse amor transborda por cada poro do seu corpo. Caso contrário, teremos vindo até aqui em vão e partiremos dentro de um mês sem estarmos melhor do que agora.

Ela se virou para encará-lo.

– Meu tio está com problemas cardíacos. Pode morrer a qualquer momento. Disse que está feliz por eu ter vindo e deseja que fiquemos aqui, para que possa nos conhecer melhor... embora tenha visto a nossa briga pela janela esta manhã. Tio Richard falou que há um vazio em sua vida desde que minha mãe fugiu com meu pai. Ele está determinado a dar um baile em nossa homenagem. Só que deveria ter feito isso anos atrás. Deveria ter me trazido para visitá-lo com frequência nos últimos dezesseis anos. Deveria ter perdoado a minha mãe antes disso, para que ela viesse visitá-lo comigo. E agora está morrendo.

Rachel cobriu a boca com a mão, mas Alleyne percebeu que ela mordia o lábio superior para controlar as emoções.

– Talvez, Rachel, esteja na hora de você simplesmente perdoá-lo.

– Como posso? Como *posso*? *Minha* vida também tem sido vazia. Às vezes eu pensava que era mais mãe do que filha para o meu pai. Tomar conta dele foi um enorme fardo.

Alleyne a encarou, pensativo. Como eram pesadas as bagagens que as pessoas carregavam do passado... A perda de memória teria sido uma vantagem? Que tipo de assuntos não resolvidos ele estaria carregando antes de cair e bater com a cabeça?

– Odeio isso – falou Rachel de repente. Ela foi até a cama e afastou as cobertas. – Odeio essa autopiedade, esses resmungos. Não sou assim. Essa não sou *eu*. Nunca saí por aí declarando que minha vida era vazia, um fardo. Simplesmente a vivia. Por que agora a vejo dessa forma?

– Talvez por ter vindo para cá e, assim, aberto o livro do seu passado. E talvez suas emoções negativas tenham se intensificado porque você veio do modo errado... e eu sou inteiramente culpado por isso.

– Não comece a se oferecer de novo para confessar a verdade a tio Richard. – Ela se sentou na cama, segurando no colchão com firmeza, aparentemente não se dando conta da mensagem que poderia passar. – É tarde demais.

– Mesmo que consiga pôr as mãos em sua fortuna, aquelas quatro damas se recusarão a receber um único centavo como forma de recompensa.

– É claro que não recusarão. – Rachel arregalou os olhos. – Foi minha culpa. E tudo que elas têm para sustentá-las é o sonho de um futuro diferente.

– Duvido. Elas são mulheres de fibra, Rachel. Sobreviveram a alguns dos golpes mais duros da vida e vão continuar a sobreviver do jeito delas. Não são responsabilidade sua... ou minha. Não desejariam ser.

– Vou encontrar uma forma de persuadi-las. *Preciso* encontrar. Mas primeiro é necessário convencer tio Richard. Ele me disse esta manhã que não tem pressa de me entregar as joias. Falou que você tem condições de me sustentar e que não preciso realmente das joias. É tão injusto... Eu não deveria ter que implorar ou bajular. Se meu tio gosta de mim, deveria me entregar o que é meu de livre e espontânea vontade.

O que Rachel precisava mais do que qualquer outra coisa na vida, pensou Alleyne de repente, era de algumas gargalhadas. Pareciam ter sido quase inexistentes em sua vida. Mas ele a vira se transformar completamente naquela manhã, quando lutara para subir no cavalo e embolara as pernas nas saias, mostrando uma extensão chocante da perna.

Ele a metera na confusão e agora lhe cabia tirá-la dela. Ao mesmo tempo, talvez pudesse pensar em algumas formas de fazê-la rir de novo.

– Amanhã, Rachel, teremos que agir como se houvéssemos passado a noite toda nessa cama fazendo amor. Precisamos nos comprometer com essa farsa, já que você não permite que eu termine com ela. Sorria para mim.

– O quê? – Ela o encarou sem entender.

– *Sorria* para mim. Com certeza não é tão difícil. Já fez isso antes. Sorria.

– Que bobagem!

– Sorria.

Ela esticou os lábios, parecendo desafiadora e constrangida.

Alleyne sorriu também.

– Tente de novo. Imagine que você me ama mais do que a própria vida. Imagine que acabei de fazê-la feliz na cama e que estou me preparando para voltar a fazer o mesmo. Sorria para mim.

Ele ficou satisfeito por ter permanecido onde estava, o ombro ainda encostado no batente, as pernas cruzadas. Quando Rachel sorriu, tudo dentro dele pareceu mudar de lugar. Sentiu uma pressão na virilha, mas lutou contra ela, consciente de que ainda usava os mesmos calções reveladores.

Alleyne sorriu lentamente e percebeu que os nós dos dedos de Rachel ficavam muito brancos conforme ela agarrava o colchão com mais força.

– Eu a verei nos estábulos amanhã de manhã, na mesma hora de hoje – disse baixinho. – Boa noite, meu amor.

Rachel não respondeu. O silêncio seguiu Alleyne de volta ao próprio quarto, onde ele pagou o preço por aquele breve experimento passando uma hora inteira ou mais sofrendo com um calor inquietante.

CAPÍTULO XV

A aula de equitação teve que ser cancelada porque as nuvens da noite anterior haviam trazido chuva e, quase até o meio da manhã, ainda chuviscava.

Assim que o tempo clareou, Alleyne foi em busca de Paul Drummond, o capataz de Chesbury, que concordara em lhe mostrar as terras cultivadas da propriedade. Rapidamente Alleyne ficou muito mais certo de que pertencia à vida no campo. Os cenários, sons e cheiros do parque e dos estábulos lhe eram tão familiares quanto o ar que respirava.

Ele achou todo o passeio fascinante – o mar verde das plantações ondulando com o bater da brisa, o solo dos campos de um marrom escuro luxuriante depois da chuva, as vacas e os carneiros pastando nas campinas, os porcos nos chiqueiros, as galinhas e patos andando soltos, a enorme horta, os pomares, o celeiro cheirando a feno e esterco, as carroças, os arados e ancinhos.

— A propriedade parece próspera — comentou Alleyne quando voltaram aos estábulos.

— E ela é, senhor — concordou Drummond. — E poderia ser ainda mais com algumas melhorias e investimentos, é claro, mas o patrão perdeu um pouco o interesse na terra desde que ficou doente. Ele me deixa resolver as coisas, mas não quer ouvir falar de mudanças.

Alleyne não desejava se envolver. Não era problema dele. Mas compreendia a frustração do homem: ter energia e entusiasmo e não conseguir lhes dar vazão podia comprometer o amor de alguém pela vida.

Teria sido isso o que acontecera com ele em algum momento no passado? Seria ele um homem sem objetivo? Sem direção?

De repente, Alleyne se recordou de algo que Strickland lhe dissera em Bruxelas: *Quando enfim lembrar quem é, talvez se dê conta de que se transformou num homem melhor do que jamais foi. Talvez tivesse parado de amadurecer ao chegar à idade adulta. Talvez precisasse acontecer algo drástico como perder a memória para que conseguisse evoluir.*

Uma coisa ele sabia com certeza: pertencia ao campo, pertencia à terra. Se, ao fim daquele mês, descobrisse que era mesmo um oficial, venderia sua patente. Se fosse realmente o caçula, sem fortuna e sem renda própria, procuraria emprego como capataz, mesmo se sua família – quem quer que fosse – considerasse essa atitude uma mácula no orgulho dela.

Não tinha como saber naquele momento que tipo de homem havia sido. Mas o homem que era agora estava pronto para assumir as rédeas da própria vida e fazer exatamente o que quisesse.

Seus devaneios foram interrompidos quando Drummond lhe fez algumas perguntas sobre a suposta propriedade em Northumberland. A facilidade com que Alleyne inventou os detalhes o convenceu mais uma vez de que, no mínimo, possuía conhecimento para tornar plausível a mentira.

Quando devolveu o cavalo aos estábulos e voltou para a casa no início da tarde, sentia-se revigorado e mais animado pela primeira vez desde a manhã anterior.

Bridget estava arrancando ervas daninhas em uma das extremidades do *parterre*. Dois jardineiros faziam o mesmo, um no canto oposto e outro no meio do terreno. Mais quatro jardineiros estavam espalhados além do jardim cortando a grama com gadanhas enquanto dois ajudantes faziam pilhas com o que era ceifado. O aroma de grama recém-cortada e úmida dominava o ar.

Rachel estava parada no caminho pavimentado, observando, mas se virou ao ouvi-lo se aproximar e abriu um sorriso devastador. Alleyne se perguntou o que fizera para cair nas graças dela até lembrar que a sala de estar de tio Richard dava para os jardins. Ele sorriu, passou um braço pela cintura dela e beijou-a. Não a abraçou por tempo de mais – teria sido vulgar, já que os dois estavam à vista de Bridget e de vários criados – nem de menos. Porém, quando ergueu a cabeça, sorriu de novo e manteve o braço ao redor da cintura dela.

– Fiquei fora por duas horas – comentou ele – e pareceu uma eternidade longe de você, meu amor.

– Passei a manhã toda me arrependendo por não ter ido com você.

Alleyne se perguntou se algum ator no palco já teria se visto quase com uma ereção. Ele sorriu e abraçou-a com mais força por um instante antes de se afastar.

– Suponho que isso seja obra de Bridget, certo? – falou Alleyne, indicando com a cabeça as pessoas ocupadas à sua frente.

– Flossie fez uma reunião com todos os criados e Bridget também participou. Pelo que eu soube por Geraldine, parece que Flossie levou todos às lágrimas ao apelar à lealdade deles para com um patrão que sempre os tratou com bondade e generosidade, mas que agora está doente demais para perceber que estão preguiçosos. *Essa* foi a resposta dos jardineiros. Bridget, é claro, não conseguiu resistir a juntar-se a eles.

Alleyne riu. Rachel ergueu os olhos para ele e riu também.

Ela estava usando um vestido limão bem claro e, mais uma vez, Geraldine fizera um excelente trabalho com seus cabelos, arrumando-os em um halo dourado de cachos e mechas. É claro que não era necessário reparar nesses detalhes, pois Rachel era a beleza em pessoa – mesmo vestida com uma camisola de algodão simples e os cabelos soltos.

Pensando na possibilidade de o tio dela estar observando, Alleyne beijou-a na ponta do nariz.

– Percebe a diferença, Rachel? – perguntou Bridget, erguendo o corpo e passando as costas da mão enluvada pela testa suada.

– Sim – admitiu ela, observando a parte do canteiro que acabara de ser limpa. – Como as cores das flores parecem mais vivas agora! E que cheiro glorioso da grama!

Ela fechou os olhos e inspirou, parecendo absolutamente feliz. Alleyne a observava.

– Bridget, ainda vamos tornar Rachel uma mulher do campo.

A cortesã olhou de um para o outro e sorriu.

– Espero que sim. Pelo bem de vocês dois, espero que sim, Sir Jonathan.

Rachel passara a maior parte da noite anterior acordada. Depois que Jonathan saíra do quarto, milhares de pensamentos encheram sua mente, nenhum deles agradável. Chegara à conclusão de que tudo que poderia fazer no mês seguinte era continuar o que começara e fazer o papel dela o melhor possível. Também decidira deixar qualquer ideia preconcebida de lado e se dar a oportunidade de conhecer o tio. Afinal, talvez nunca tivesse outra chance. Não sabia se ele se recuperaria do próximo ataque cardíaco. De qualquer modo, não estava ali para roubá-lo.

Abandonaria o mau humor e a culpa. Estava mortalmente enjoada de ambos. Ela jamais conseguiria mudar o passado. Viveria o presente e moldaria o futuro o melhor que pudesse.

Dessa forma, durante a semana seguinte, Rachel aprendeu a montar – lenta e dolorosamente, mas com empenho – e foi recompensada com uma sensação de realização e de prazer que quase nunca experimentara antes. Passou vários momentos com o tio, muitas vezes procurando-o, não só o evitando quando não tinha muita escolha. Recebeu várias visitas dos vizinhos e as retribuiu com Jonathan, Bridget e às vezes Flossie – embora ela ficasse a maior parte do tempo debruçada sobre os livros de controle da casa, tentando pôr alguma ordem no caos, ou sobre os livros de contas da propriedade com o Sr. Drummond, enquanto ele pacientemente interpretava colunas e números para ela. Rachel foi à igreja e ajudou Flossie e Bridget a sobrescritar os convites para o baile, com base em uma lista que o tio lhe entregara.

Deixou o amor transbordar de cada poro de seu corpo, como Jonathan pedira, sorrindo para ele, rindo com ele, montando a cavalo e caminhando com ele, passeando pela fazenda com ele e ouvindo as explicações dele. De mãos dadas e dedos entrelaçados, permitindo que Jonathan beijasse sua mão e até mesmo os lábios a cada mínima desculpa, sentando-se ao lado dele, conversando com ele, olhando-o com admiração e devoção e, de modo geral, comportando-se como uma recém-casada nos primeiros dias de um casamento por amor. Às vezes, ela quase se esquecia de que era tudo encenação.

O espelho lhe mostrava que seus olhos estavam mais brilhantes e o rosto, mais corado do que nunca, desde sua infância. Por mais que ansiasse para ver terminado o fardo daquele mês e por mais que se lembrasse de que as amigas deviam estar ansiosas para pegar a estrada e começar a busca por Nigel Crawley, uma parte dela temia deixar Chesbury e voltar a Londres para procurar emprego novamente, caso o tio se mostrasse determinado a não lhe entregar as joias.

Certo dia, quando estavam todos saboreando o delicioso e farto almoço de sopa de legumes, pão recém-assado e queijo, seguido por bolo de maçã e creme –, tudo preparado por Phyllis –, Rachel percebeu como a aparência do tio mudara para melhor durante a semana anterior. Ele com certeza ganhara peso. Às vezes, ainda parecia abatido e taciturno, principalmente quando a olhava, mas encontrara energia para receber algumas pessoas e parecia muito mais animado. Demonstrava muito carinho por Flossie, Bridget e Phyllis. Rachel sorriu para ele.

– O pastor e a esposa virão nos visitar esta tarde – avisou o tio. – Ele precisa conversar sobre algumas coisas comigo, e a Sra. Crowell deseja falar sobre jardinagem com a Srta. Clover, eu acredito. Drummond vai levar a Sra. Streat para ver o ferreiro, e a Sra. Leavey, como sempre, insiste em nos preparar o chá e o jantar. Por que você e Sir Jonathan não dão um passeio esta tarde, Rachel? Os últimos dias têm estado frios e nublados, mas hoje está quente e ensolarado. Seria uma pena desperdiçar um dia destes ficando em casa.

A não ser pelas aulas de equitação de manhã, quase todo o tempo que Rachel passara com Jonathan fora na companhia dos outros. Ela não estava certa se desejava ficar sozinha com ele sem cavalos para desviar a atenção.

Rachel se virou para Jonathan com uma expressão de dúvida, torcendo para ele arrumar alguma desculpa. Ela não era a única que mudara de aparência devido ao ar do campo. Jonathan estava bronzeado, apesar dos últimos dias terem sido nublados, e mais belo do que nunca.

Ele sorriu, com uma expressão de branda adoração nos olhos, e pousou a mão na dela, sobre a mesa.

– Que ideia brilhante! Aonde nos sugere ir, senhor?

– Ao lago, talvez – respondeu tio Richard. – Ainda não estiveram lá, não é mesmo? Peguem um dos meus barcos para ir até a ilha. Imagino que não esteja muito bem cuidada este ano, mas sempre foi um recanto tranquilo. É um lugar discreto e com uma vista agradável do parque.

– Ah, sim, leve Rachel à ilha, Sir Jonathan – entusiasmou-se Flossie. – Deve ser um cenário belíssimo. E vocês ficarão completamente a sós lá.

Havia um brilho travesso nos olhos dela quando se virou para Rachel.

– Leve a sombrinha para proteger a pele – aconselhou Bridget.

– Tenho medo de andar de barco – confessou Rachel.

– Que bobagem, meu amor! – Jonathan sorriu e apertou sua mão. – Você ficava parada na amurada do navio sempre que podia, quando estávamos vindo de Ostend, e se divertia bastante.

– Mas aquele era um navio grande. Agora seria um barquinho pequeno na água.

– Não confia em mim para mantê-la em segurança? – Jonathan aproximou mais a cabeça até ela.

Rachel suspirou.

– Ah, você sabe que confio em você com a minha vida, Jonathan.

– Muito bem, então. – Ele levou a mão da jovem aos lábios. – Está resolvido. Obrigado, senhor, por nos dar licença em relação às visitas desta tarde. Devo confessar que a perspectiva de uma tarde inteira sozinho com a minha esposa é tentadora.

– Prepararei um piquenique para vocês – ofereceu Phyllis.

E assim, menos de uma hora mais tarde, Jonathan estava arrumando uma cesta de piquenique no barco que o chefe dos jardineiros dissera ser o mais firme. Rachel encarava tanto a embarcação quanto a água com uma expressão desconfortável. Ela sempre achara o lago grande. Agora, parecia enorme, quase como um mar. Não sabia nadar – um fato que não importara muito quando transitara entre a Inglaterra e a Bélgica. Nessas ocasiões, argumentara consigo mesma que, se o navio afundasse, a habilidade de nadar não seria de grande valia para a sobrevivência, de qualquer modo.

– Isso é realmente necessário?

– Depois que o seu tio sugeriu? – retrucou Jonathan. – Eu diria que sim. Além do mais, você prefere ficar sentada entretendo o digno pastor e sua esposa em mais uma visita?

Rachel percebeu que a pergunta era retórica, mas não estava certa se daria a resposta esperada, se fosse o caso. Jonathan estendeu a mão para ajudá-la a entrar no barco, parecendo muito firme, embora só houvesse deixado a bengala de lado uns dois dias antes.

O barco oscilou de forma alarmante quando Rachel entrou, mas ela se sentou rapidamente em um dos bancos e se conformou com a própria sorte. Jonathan tirou o paletó antes de se acomodar no banco oposto e colocou-o no fundo da embarcação, junto com a cesta. O chapéu dele logo teve o mesmo destino e a brisa brincou com os cabelos mais longos. A aparência dele era saudável e viril.

– Você parece incrivelmente animado – comentou Rachel, abrindo a sombrinha para proteger a nuca dos raios de sol, enquanto Jonathan pegava os remos.

– Por que não estaria? – perguntou Jonathan, manobrando o barco para dentro da água. Rachel se agarrou à amurada com a mão livre. – O dia ensolarado é o bastante para trazer uma sensação de bem-estar a qualquer um.

– Achei que você não tinha a mínima vontade de ficar sozinho comigo.

Rachel relanceou o olhar para a perna esquerda de Jonathan, que ele flexionava e esticava conforme remava. Era difícil acreditar que aquele era o mesmo homem que, não muito tempo antes, estava deitado no bordel, parecendo mais morto do que vivo. Quem *era* ele? Às vezes se esquecia que ele não era Jonathan Smith. Para ela, era estranho não saber nem seu nome verdadeiro – imagine para ele.

– Mas não somos crianças para brigar a cada oportunidade, certo, Rachel? Podemos concordar em aproveitar juntos uma tarde livre?

– Acho que sim – respondeu ela, olhando ao redor.

As árvores na margem oposta pareciam mais verdes que o normal. A água do lago cintilava ao pôr do sol e, por algum motivo, parecia menos assustadora agora que ela estava ali. Ou talvez fosse porque Jonathan sabia o que fazia com os remos.

– Você sabe nadar?

– Mais uma das suas perguntas capciosas? – indagou ele. – Devo mergulhar para saber? Mas o que você faria se descobrisse que não sei e a última coisa que visse de mim fosse uma bolha na superfície? Acabaria encalhada aqui pelo resto de sua vida de viúva. Sim, Rachel, sei nadar. É estranho, não é, que eu saiba certas coisas impessoais como essas a meu respeito? *Você* sabe nadar?

– Não. – Rachel deslizou a mão livre pela água. Estava fria, mas não muito. – Nunca tive a oportunidade de aprender.

– Teremos que consertar isso também.

Rachel não discutiu. Sempre achara que nadar devia ser delicioso, conseguir se mover através de um meio diferente, flutuar misteriosamente na aparente fragilidade da água. Agora, mais do que nunca, ansiava aprender tudo que perdera crescendo em Londres, sem nunca ter se aventurado no campo, nem mesmo para uma curta visita.

– O que você fazia para se divertir na infância? – perguntou Jonathan.

Rachel mal soubera que o verbo "se divertir" poderia se aplicar a ela.

– Eu lia, costurava e bordava. Às vezes pintava. Quando Bridget ainda estava comigo, e acho que também enquanto a minha mãe estava viva, eu costumava sair para longas caminhadas no Hyde Park e em outros lugares. Às vezes levávamos uma bola.

– E depois que Bridget foi embora?

– Eu não tinha permissão para sair sem uma criada. Às vezes, quando *tínhamos* uma criada, costumávamos ir à biblioteca. Umas poucas vezes fui às compras com nossos vizinhos.

– Ir para Bruxelas deve ter lhe parecido uma enorme aventura.

– De certo modo. – Rachel sorriu. – Mas você deve lembrar que eu estava trabalhando e meus deveres me mantinham ocupada.

– Lady Flatley levava você à rua com ela? – perguntou ele. – A bailes, eventos e visitas?

– Não. Lady Flatley estava em Bruxelas porque o filho dela era oficial da cavalaria. A Srta. Donovan, prometida dele, também estava lá com os pais. Eu não era necessária, então, a não ser durante as manhãs. Ou para servir chá e ficar à disposição caso Lady Flatley recebesse visitas.

– Ah. Então não existe nenhuma chance de você ter me visto lá.

– Nenhuma. O mais perto que cheguei de ir a qualquer festa foi na noite de um piquenique sob o luar, na floresta de Soignés. Eu iria porque Lady Flatley queria que eu carregasse seus xales, para caso a noite ficasse mais fria. No entanto, no último momento, o Sr. Donovan resolveu que acompanharia a esposa e a filha, e não havia espaço para mim na carruagem.

Rachel exibia uma decepção amarga. Jonathan a encarava e piscava rapidamente. Ele parara de remar.

– O que foi? – Ela se inclinou para a frente. – Você estava *lá*?

Rachel notou a tensão no rosto dele, o esforço que fazia para se lembrar. Gotas de suor escorriam de sua testa. Mas, depois do que pareceu um minuto inteiro, Jonathan balançou a cabeça.

– Quem ofereceu o piquenique?

– Não consigo me lembrar – respondeu Rachel após pensar por alguns instantes. – Um conde, eu acho. Não tinha uma reputação muito boa e houve muito falatório porque ele quase comprometeu uma jovem dama que foi tola o bastante, imagino, para se tornar presa de seu encanto. O nome dele me escapa. Mas sei que nunca esteve na casa de Lady Flatley.

– Às vezes – falou Jonathan com um suspiro –, é como se houvesse uma cortina pesada diante da minha memória, que balança e ameaça se abrir. Entretanto, toda vez ela volta a ficar parada, firme no lugar. Se eu estava

177

na Bélgica naquela época, é bem possível que tenha comparecido ao tal piquenique. Por um momento, tive *certeza* de que compareci. Mas já estou ficando entediado com essas referências intermináveis ao lamentável estado da minha mente. Eu a trouxe até aqui para que pudéssemos aproveitar a tarde. Você está aproveitando?

– Estou – respondeu Rachel.

E era verdade. Para ser sincera, vinha se tornando cada vez mais viciada no campo. Cavalgar, explorar o parque, fazer visitas, passear pelos adoráveis jardins e agora andar de barco no lago – tudo parecia um longo idílio. Isso, é claro, se ela ignorasse os aspectos negativos de sua estadia, que poderiam lhe roubar a alegria do momento se refletisse muito sobre eles. Naqueles dias, estava determinada a ignorá-los.

Jonathan voltara a remar e estava manobrando o bote ao longo de um pequeno quebra-mar na ilha. Amarrou o barco com firmeza a uma estaca e ajudou Rachel a desembarcar.

A ilha parecia maior do que quando vista da terra firme. O terreno se erguia já desde a beira da água. Eles subiram ao topo, mesmo podendo ter seguido por uma das trilhas malcuidadas à esquerda e à direita, que aparentemente os guiariam ao redor do perímetro. Jonathan carregava a cesta de piquenique, embora Rachel houvesse se oferecido para fazer isso, devido à perna esquerda fraca dele, que ainda o fazia mancar um pouco.

Havia arbustos e algumas árvores na subida, mas o topo da colina era coberto pela relva um pouco alta e um mirante – era um local bem isolado, feito de pedra e com um aspecto arruinado, mas esse parecia ser o objetivo quando o construíram. Um banco firme de madeira fora colocado sob o teto de ardósia e oferecia proteção da chuva e do vento e uma vista esplêndida do lago, dos estábulos e da casa.

O dia estava adorável, ensolarado, com uma brisa suave e morna, e a sombra do refúgio não os atraiu. Depois que Jonathan pousou a cesta no chão e Rachel apoiou a sombrinha ao lado dele, os dois passearam pela área aberta, admirando toda a paisagem. O cenário mais lindo era o do rio cascateando sobre as pedras e desaguando no lago, a certa distância.

Rachel sentia o calor do sol em seus braços nus e no corpo todo. A água era de um azul claro e profundo. Ela inspirou o aroma da relva, das flores e da água. Não conseguia se lembrar de nenhuma outra vez em que houvesse experimentado tamanho bem-estar. Nem mesmo aquela manhã nas cascatas se comparava com aquilo.

Rachel inclinou a cabeça para trás a fim de sentir a luz e o calor no rosto, abriu os braços e girou.

– O mundo não é um lugar muito lindo?

Jonathan já voltara para perto da cesta. Ele estava abaixado, apoiado em um dos joelhos, abrindo sobre a grama a manta fina que Phyllis também colocara na cesta. Deixara o casaco e o chapéu no barco. A camisa dele oscilava com a brisa, assim como os cabelos. Ele ergueu os olhos para Rachel, semicerrados contra a luz do sol.

– Com certeza é. E a mulher parada no topo do mundo agora não é um atrativo menor.

O constrangimento deixou Rachel fraca. Seus braços penderam ao lado do corpo e ela se sentiu uma tola pelo espetáculo de exuberância. A ilha parecia subitamente muito isolada. E lá estava ele, mais vigoroso, mais atraente do que qualquer homem tinha o direito de ser.

Jonathan ficou imóvel por longos minutos, o ar parecendo vibrar entre os dois. Ele desviou o olhar primeiro. Então ficou de pé depois de fechar a tampa da cesta e abrir a manta.

– A questão é, Rachel – disse ele, irritado –, que sempre que nos encaramos por mais de alguns segundos, nos sentimos atraídos, mas a imagem do episódio feio entre nós acaba interferindo no que temos juntos. Um impulso de puro desejo da minha parte e de tentação da sua parte, e nossa amizade se foi. Nada nunca mais foi o mesmo.

Toda a luminosidade e alegria abandonaram o dia. Era como se nuvens pesadas houvessem coberto o sol, embora na verdade o céu permanecesse sem nuvens. Ela abraçou o próprio corpo como se para se proteger do frio.

Desejo. Tentação. Eles tinham sido amigos mesmo? Sim, é claro. E existira certa ternura.

– Leve-me de volta para casa – pediu ela –, arrume suas coisas e vá embora. Eu explicarei a tio Richard. Não precisa se preocupar mais. Você não me deve nada.

– Não foi isso que eu quis dizer – replicou Jonathan com um suspiro. – Só lamento por aquele relacionamento perdido e me pergunto se o mesmo acontece com você.

– Nós não *temos* um relacionamento.

– É claro que temos – falou Jonathan, impaciente. – Não duvido que, depois do seu passado difícil, você anseie por assumir o controle da própria vida antes de se acomodar no casamento e na maternidade. Já eu anseio por descobrir meu passado e, de algum modo, alinhar meu presente e meu futuro com ele. Vamos seguir nossos caminhos separados quando o mês terminar e provavelmente nunca mais voltaremos a nos encontrar. Mas com certeza sempre haverá uma espécie de relacionamento entre nós. Sempre vamos nos lembrar um do outro, quer desejemos ou não. Nunca esquecerei a mulher que me salvou e acredito que você nunca esquecerá o homem que salvou. É *assim* que vamos nos recordar um do outro? O mês que se passou desde aquela noite não foi feliz ou confortável para nós, certo?

Rachel fora feliz durante a semana anterior. Jonathan parecia sempre muito risonho, vívido. Eles haviam se comportado como recém-casados apaixonados quando estavam juntos. Mas ele tinha razão. Com a possível exceção das manhãs em que montaram a cavalo juntos, não se sentiam confortáveis na companhia um do outro. E haviam se sentido naquelas duas semanas em Bruxelas, antes de irem juntos para a cama.

– O que sugere, então? – perguntou Rachel. – Que troquemos um aperto de mão e façamos as pazes?

Ela virou a cabeça para fitar o trecho que ia do lago até as cascatas. Tinha vontade de chorar. Apaixonara-se um pouco por ele antes daquela noite. Desde então ficara atraída por Jonathan – fisicamente atraída – e essa não era nem de longe uma sensação tão reconfortante.

E eles também haviam sido amigos. Ela perdera um amigo.

– O que precisamos fazer, Rachel, é voltar atrás de alguma maneira e criar lembranças diferentes para levarmos conosco em nossos futuros separados. Lembranças melhores.

– O quê?

Rachel olhou para Jonathan por sobre o ombro. Ele estava parado em uma das pontas da manta, os pés separados, as mãos apoiadas nos quadris estreitos, a camisa balançando com a brisa.

– Precisamos fazer amor – explicou Jonathan –, só que desta vez com mais prazer, mais alegria, mais afeto. Precisamos levar esse relacionamento a uma conclusão plena e feliz. Aqui, ao ar livre, sob a luz do sol, no calor do verão. *Precisamos*, Rachel.

CAPÍTULO XVI

A ideia lhe surgira apenas ao olhar para Rachel e falar com ela. Embora tivesse consciência de que poderia se arrepender de suas palavras quando tivesse a chance de pensar sobre elas em um estado mental mais ponderado – àquela altura, Alleyne sabia que provavelmente sempre fora uma pessoa impulsiva –, agora não lamentava. Não apenas a beleza dela colocara a ideia em sua mente, ou aquela oportunidade perfeita de estarem sozinhos em uma ilha. E com certeza não era apenas desejo, embora Alleyne soubesse que a desejava de forma intensa – sempre a desejara.

Dissera a verdade a Rachel. Mal conseguia olhá-la sem se lembrar daquela noite. Se o que haviam tido juntos parecera ligeiramente pecaminoso na época, agora parecia pecaminoso demais. A noite mudara o relacionamento deles para pior e, por consequência, as lembranças que teriam um do outro. Antes disso, houvera algo doce entre os dois – amizade, talvez um pouco mais – e Alleyne queria muito se lembrar de Rachel como a vira antes, queria sentir o que sentira ao conhecê-la. Queria que ela se recordasse dele como o homem de quem gostara a ponto de se sentar junto mesmo quando não era necessário cuidar dos ferimentos.

Eles *precisavam* se perdoar por aquela noite em Bruxelas.

Rachel o encarava com os olhos arregalados, a cabeça ainda inclinada por cima do ombro.

– Está *louco*?

– Por acreditar que dois erros poderão gerar um acerto? Talvez. Embora o afeto estivesse mesclado com desejo na última vez, não se esqueça de que eu era um homem me deitando com uma prostituta. Odeio até mesmo *pensar* nisso, mas é verdade, implica coisas terríveis a meu respeito. Eu me ressenti ao descobrir a mentira. E isso depois de eu tê-la *decepcionado*. Era a sua primeira vez e eu a transformei em uma experiência terrível.

– Não se pode culpá-lo inteiramente. Você não me seduziu. Na verdade, foi o contrário. Deixei que você acreditasse que eu trabalhava lá e estava disponível naquela noite. Depois, fui tão... desajeitada. Bem, não importa.

De repente, ao olhar para Rachel, Alleyne se deu conta de que ela era a perfeita dama bem-criada, vestida com bom gosto, na moda, em um vestido de musselina, os cabelos bem penteados e brilhantes sob um chapéu com aba estreita de palha, a sombrinha com babados sobre a grama, ao lado da cesta. Ele devia a ela uma corte delicada, e não um convite para que se deitasse ali na grama. Mas a vida de Rachel não seguira rumos típicos. Nem a dele, desde o último dia 15 de junho.

Ela continuou a encará-lo. A distância entre os dois era de, talvez, 5 metros. O fio da conversa se rompera e houve um bom tempo de silêncio. Alleyne tinha uma consciência crescente do sol que os aquecia, da água cintilando mais abaixo, dos insetos zumbindo na relva alta e de um único passarinho oculto cantando em uma das árvores.

O olhar de Rachel se desviou para algum ponto da relva entre eles.

– Não a tocarei sem a sua permissão – garantiu Alleyne. – Se preferir, esqueceremos tudo o que foi dito, nos sentaremos nesta manta e saborearemos o chá que Phyllis arrumou na cesta para nós. Depois, eu a levarei de volta para casa. Retornaremos à farsa e daremos o nosso melhor até chegar a hora de nos separar e tentar esquecer que algum dia nos conhecemos. A última coisa que desejo é piorar a situação.

Rachel abriu a boca para dizer algo, mas voltou a fechá-la. Baixou os olhos para as mãos espalmadas no colo e viradas para baixo. O rosto dela não estava à vista sob a aba do chapéu de palha.

– Não sei nada sobre... fazer amor. Sempre fui muito tolhida, com meu pai e com Lady Flatley... até conhecer Nigel Crawley. Mas ele nem sequer beijou minha mão. Eu não sabia o que estava fazendo naquela noite em Bruxelas com você. Não sei como tornar... agradável.

Alleyne fechou os olhos por um instante quando se deu conta de que seus sentimentos por Rachel talvez fossem mais profundos do que ele se dispusera a admitir.

– Você não precisa saber – retrucou ele. – *Eu* sei. Quero deixá-la com lembranças mais felizes de mim. Quero levar comigo recordações mais felizes de você. Só me diga uma coisa, Rachel. Houve consequências daquela noite? Já faz um mês. A esta altura você já saberia.

Ela ergueu os olhos e enrubesceu.

– Não.

– E também não haverá hoje – assegurou ele. – Eu lhe prometo. Deixe-me fazer amor com você.

Rachel levantou um pouco o queixo e manteve os olhos fixos nos dele.

– Muito bem, então.

Rachel caminhou na direção de Allayne, parando a centímetros. Ela soltou o laço sob o queixo dela e deixou o chapéu cair no chão. Segurou seu rosto entre as mãos e comprimiu a boca à dela.

Aquilo, é claro, não era um exercício clínico e sem paixão para acertar as coisas entre eles. A atração entre os dois estivera presente desde o primeiro momento e não enfraquecera com o tempo, embora o relacionamento houvesse tomado um rumo errado. Na verdade, era mais do que atração – sempre fora. Era um desejo profundo, uma paixão devastadora.

Eles se desejavam e, agora que haviam decidido ter um ao outro, não existiam barreira de boas maneiras ou decoro para esfriar o calor que crescia entre os dois e nada tinha a ver com o sol. Alleyne passou um braço com força pela cintura dela e levou a outra mão ao traseiro de Rachel, puxando-a com mais firmeza contra o próprio corpo.

O beijo se tornou mais profundo. Alleyne invadiu a boca de Rachel com a língua e ela a sugou, levando-o quase ao delírio. Porém, ele queria mais do que um desejo urgente e descuidado.

Afastou a cabeça e a encarou, os olhos semicerrados pelo sol e pela proximidade dela. Rachel retribuiu o olhar, os lábios úmidos e entreabertos, as pálpebras pesadas de desejo. Ela era Rachel. Era o anjo dourado dele.

Ambos sorriram.

Ele beijou a testa dela, então as pálpebras, as têmporas, as bochechas. E abrandou a paixão entre os dois. Quando voltou a atenção para a boca de Rachel, beijou-a com mais delicadeza, saboreando os lábios com a língua, mordiscando-os de leve. Ela fez o mesmo, com uma sensualidade suave e instintiva.

Alleyne ardia por Rachel.

Fazer amor sempre deveria ser uma atividade ao ar livre, pensou, sentindo o frescor da brisa e o calor do sol, vendo seu brilho através das pálpebras fechadas, ouvindo o som dos insetos na relva, consciente do solo macio e verde aos pés. E segurando uma mulher de ouro nos braços.

Contudo, de repente, Alleyne lembrou que, dali, era possível ver a casa. Isso significava que qualquer um que olhasse de lá também poderia vê-los. Não havia problema nisso – afinal, acreditava-se que fossem marido e mulher. Por outro lado, quando ele se ajoelhara na relva poucos minutos antes, tanto o lago quanto a casa haviam ficado ocultos pelos arbustos e árvores.

– É melhor nos deitarmos – comentou Alleyne contra os lábios dela.

– Sim.

Rachel se deitou sobre a manta e arrumou as saias ao redor do corpo, como se para preservar o pudor, parecendo mais uma vez um pouco constrangida. Alleyne se apoiou em um dos joelhos ao lado dela e se debruçou para beijá-la com delicadeza. Ele tocou um dos seios de Rachel através do tecido do vestido, segurou-o na mão e correu o polegar sobre o mamilo até senti-lo enrijecer sob o toque e vê-lo pressionar a musselina fina que o cobria. Alleyne levou a mão ao outro seio e a desceu pela barriga lisa e delicada até chegar ao vértice entre as coxas dela. Encaixou a mão ali e beijou Rachel mais uma vez antes de levantar a cabeça a uma distância que lhe permitisse encará-la.

Rachel abriu um sorriso lento, quase preguiçoso e muito sensual.

A mão de Alleyne continuou sua jornada para baixo, traçando os contornos das pernas dela. Então, ele levantou a saia com ambas as mãos até expor o corpo bem acima dos joelhos, mas não tão alto a ponto de fazê-la se sentir desconfortável. Tinham todo o tempo do mundo para que Rachel aprendesse a se sentir à vontade naquela situação. Ele tirou os sapatos e as meias dela, uma de cada vez, e jogou-os sobre a relva. Baixou a cabeça e começou a beijar os pés dela, os tornozelos, a parte interna dos joelhos e das coxas. Não foi além. Rachel era uma mulher inexperiente e ele estava determinado a lhe dar prazer – a dar prazer *aos dois*. Não se arriscaria a chocá-la.

Alleyne desceu o corpete do vestido de decote alto pelos ombros até que Rachel pudesse passar os braços pelas mangas. Ele levou a boca a um dos seios e logo ao outro enquanto ela lhe acariciava os cabelos e logo puxava a camisa dele para fora da calça. Rachel correu os dedos pelas costas de Alleyne, por baixo da roupa, deixando-o arrepiado, com a respiração suspensa.

Eles estavam se permitindo uma troca de carícias quase lânguida, o calor da paixão queimando abaixo da superfície até o momento de explodir. Não havia pressa.

Paixão e prazer intenso.

– Hummm – fez ele, capturando a boca de Rachel mais uma vez.

– Hummm – concordou ela.

Alleyne levantou a saia mais para o alto e deslizou a mão por baixo para acariciá-la enquanto a beijava. Ele passou o dedo de leve pela região mais íntima dela, sentindo o calor e a umidade crescente ali, tornando sua ereção mais rígida. Então sentiu a mão dela roçando seu membro, embora Rachel não fizesse nenhuma tentativa de desabotoar a calça. Ele entrou mais fundo no âmago dela com dois dedos. Rachel estava muito úmida e Alleyne tinha consciência de que o desejo que pulsava através do próprio corpo não poderia ser negado por mais tempo – não *precisaria* ser negado por mais tempo. Ela estava pronta para recebê-lo.

– Quente e úmida... – comentou ele, mordiscando-lhe os lábios. – Tem ideia de como essa combinação é deliciosa para um homem que foi convidado para um banquete?

– Não é embaraçoso? – perguntou ela, com uma risadinha baixa e ofegante.

Alleyne achou sua ingenuidade estranhamente tocante. *Como* não percebera isso da outra vez? Mas a ocasião anterior não importava mais. O momento atual era tudo que importava.

Ele tirou os dedos de dentro dela e voltou a enfiá-los.

– É muito excitante – respondeu Alleyne. – Um corpo de mulher pronto para o sexo. Seu corpo está pronto para o meu.

– Oh – fez ela contra a boca dele.

Alleyne desabotoou a calça, abriu melhor a manta sob o corpo de Rachel e se posicionou acima dela, baixando o peso aos poucos, ao mesmo tempo que abria as pernas da jovem com os joelhos.

– Rachel – falou ele, ainda com a boca colada à dela, deslizando as mãos sob a amante e erguendo-a um pouco enquanto se posicionava para penetrá-la –, *esta* é a intimidade com você de que sempre vou me lembrar, que farei você lembrar. A outra recordação está curada e esquecida... para sempre.

Os lábios dela se curvaram em um sorriso.

Alleyne ergueu a cabeça, penetrando-a devagar, mas firme. Rachel mordeu o lábio inferior e fechou os olhos enquanto ele entrava mais fundo. Alleyne se manteve imóvel dentro de Rachel, que dobrou os joelhos, firmou os pés no chão e enrijeceu os músculos internos ao redor do membro dele. Então ele apoiou parte do peso do corpo nos braços.

Mesmo naquele momento, quando o instinto o impelia ao clímax, à satisfação urgente, Alleyne se concentrou no prazer do momento. Ela era tão linda que parecia quase inacreditável – tanto os olhos quanto o corpo dele estavam plenamente conscientes disso. O dia de verão e a paisagem estavam perfeitos. Alleyne teve a estranha sensação de que os dois tinham recebido a bênção da natureza, como se fossem parte dela. Parte da beleza, da luz e do calor daquele cenário. Parte de sua abundância.

Alleyne se manteve imóvel dentro dela pelo máximo de tempo possível, deleitando-se com a sensação do corpo de Rachel, sua beleza e seu perfume, por vê-la com os olhos abertos pesados de desejo e o sorriso sensual. Longos momentos de prazer que se aproximaram muito da agonia, mas que foram gloriosos, pois eram um prenúncio de que em breve – muito em breve – estariam se sentindo satisfeitos e em paz. Talvez até abençoados.

Então os músculos internos dela se fecharam lentamente ao redor dele de novo, com força. Rachel fechou os olhos e Alleyne soube que, para ela, não haveria alívio até que ele a levasse além da agonia.

Alleyne apoiou a cabeça ao lado da de Rachel e começou a arremeter, indo e vindo sem parar, em movimentos firmes e lentos, observando as reações do corpo dela enquanto mantinha as próprias necessidades contidas para não correr o risco de terminar rápido demais e deixá-la insatisfeita e desapontada de novo.

Rachel precisava ser satisfeita. Só assim ele conquistaria o perdão dela e se sentiria em paz.

Depois de alguns minutos, ambos estavam suados e arfantes por causa do sol e dos movimentos extenuantes. Mas Rachel não permaneceu passiva – nem mesmo no início, quando estava mais constrangida e despreparada. Estranhamente, a inexperiência dela o inflamou ainda mais. Porém, logo ela usava os músculos internos para acompanhar o ritmo dele, e os pés para erguer-se o suficiente do chão de modo a girar e mexer os quadris para aumentar a fricção e o prazer.

Dar prazer a Rachel era uma doce agonia. No fim, era apenas agonia.

Alleyne esperou até se certificar de que ela estava próxima do clímax. Então, quebrou o ritmo de propósito, confundindo-a, antes de penetrá-la mais rápido e com mais força. Ela arquejou e gemeu, o corpo tenso, até estremecer de prazer no mesmo instante em que deixou escapar um grito.

Por mais agoniado que Alleyne se sentisse, foi um momento de redenção abençoada. Era como se ele estivesse sujo e de repente houvesse se purificado.

Rachel o abraçou com força enquanto estremecia até relaxar. Ele sabia que orgasmos femininos eram raros. Não sabia se antes era um homem que se preocupava tanto em dar prazer quanto em receber, mas de qualquer forma seu novo eu descobrira um segredo. O prazer do sexo era insuperável quando compartilhado com a parceira.

Rachel ficou imóvel sob o corpo dele e Alleyne buscou o auge do próprio prazer, arremetendo rápido, com força e fundo até não conseguir mais se conter. Então saiu de dentro dela e seu alívio final se espalhou na grama, afinal a redenção teria pouco valor se ele a engravidasse sem querer.

Alleyne permaneceu deitado pesadamente sobre ela por um tempo, saboreando o prazer, percebendo que Rachel fazia o mesmo, pelo modo como estava relaxada. Depois, saiu de cima dela e se deitou ao seu lado, um dos braços sobre os olhos para protegê-los do sol, a respiração e os batimentos cardíacos voltando aos poucos ao normal. A brisa fresca em seu rosto era como uma bênção.

Alleyne buscou a mão de Rachel e entrelaçou os dedos aos dela.

E agora? Teria curado uma ferida apenas para abrir outra? Ele se apaixonara por Rachel antes daquela noite em que haviam sido íntimos pela primeira vez, mas atribuíra os próprios sentimentos à fraqueza física que experimentava na época. Seu ato de agora parecera muito com fazer amor... fazer *amor*. Pensaria nesse problema mais tarde.

Alleyne se abandonou a um cochilo, embalado pela exaustão e pelo zumbido dos insetos.

Ela sentia a relva macia pinicando as pernas e os pés nus. O sol deixara seu vestido quente ao toque e aquecia seu rosto desprotegido, sem o chapéu e a sombrinha. Do lado direito, Rachel sentia o calor extra que irradiava do corpo de Jonathan. Suas mãos entrelaçadas estavam suadas. Dois pássaros voaram acima de suas cabeças.

Rachel achava que jamais se sentira mais feliz na vida. Aliás, ela *sabia* que nunca chegara nem perto de sentir tamanha felicidade.

Estava apaixonada por Jonathan, provavelmente havia muito tempo. Mas não permitiria que essa complicação estragasse sua alegria com aquele momento. Jonathan era de um mundo diferente. Vinha de uma escala social muito mais alta, desconfiava, mesmo levando em conta que a mãe dela tinha sido filha de um barão. E o mais importante: havia toda uma vida escondida em algum lugar na memória perdida dele e, mesmo que não incluísse uma esposa ou um compromisso sério, sem dúvida era rica em pessoas e experiências das quais Rachel não poderia fazer parte. Era Jonathan Smith que ela amava. Não sabia quem era o homem antigo, nem sequer o nome dele. Amava uma miragem, uma ilusão.

A paixão não era e jamais poderia ser uma possibilidade. Era efêmera e temporária, e Rachel estava satisfeita em deixar que permanecesse assim. Não se permitiria sofrer por amor quando ele se fosse. Em vez disso, iria simplesmente se lembrar dele. E agora tinha também a mais maravilhosa, a mais perfeita de todas as recordações possíveis para levar em um futuro no qual precisaria viver sem ele.

Que presente precioso era uma lembrança.

E Jonathan perdera as dele!

A enormidade disso voltou a atingi-la e Rachel virou a cabeça para encará-lo. Jonathan a fitou com os olhos semicerrados e preguiçosos, as costas da mão descansando na testa.

– Não sei quanto a você, Rache, mas pareço ter tomado um banho de suor.

Ela esperara sentimentos doces e românticos?

Rachel riu baixinho.

– Você não sabia que damas não *suam*, Jonathan?

– Devo deixá-la aqui, então, com sua perfeição de dama, enquanto nado sozinho?

Ela apreciara o calor do sol, mas quando se virara um pouco para o lado dele sentira a musselina do vestido grudada às costas. Ao levantar a mão livre para afastar do rosto uma mecha de cabelo, sentiu que também estava úmida de suor, assim como a testa. O sol em que se banhara momentos atrás agora parecia quase opressivo.

– Provavelmente o lago é fundo demais para mim – falou, ainda que ansiasse por mergulhar. – Não sei nadar.

– A água é bem rasa na área ao redor do ancoradouro. E, mesmo que não saiba nadar, pode brincar.

Rachel riu de novo.

– Eu nunca brinquei na água na vida.

Subitamente, sentiu um anseio por fazer isso, comportar-se como uma criança, divertir-se pelo simples... prazer de se divertir.

Jonathan se sentou, soltando a mão dela, e despiu a camisa. Então descalçou as botas e ficou de pé para tirar a calça. Ele sorriu para ela, apenas de roupa de baixo. A única imperfeição que Rachel conseguia ver naquele corpo era a cicatriz já menos visível do ferimento na coxa esquerda. Jonathan tinha um corpo esculpido e proporcional.

Ela se lembrou de quando ele dissera que, se havia alguma imperfeição *nela*, não conseguia ver.

– Não está envergonhada, certo? – perguntou ele com um sorriso. – Já me viu usando menos roupa.

– Não estou envergonhada.

Por que deveria estar? Jonathan estivera dentro do corpo dela pouco tempo antes. Ainda se sentia sensível e agradavelmente dolorida no lugar de onde ele saíra.

– Se vamos brincar, esse vestido terá que sair do caminho, Rache.

Ela se levantou e também ficou só com a roupa de baixo. Longe de estar constrangida, sentia-se leve, exuberante e livre. Pela primeira vez na vida, iria se banhar ao ar livre. Tirou os grampos e sacudiu os cabelos para soltá-los. Virou-se para Jonathan e riu de novo – sem nenhum motivo em particular a não ser a felicidade.

Ele a encarava com os olhos semicerrados.

– Estou pronta para brincar – anunciou ela.

– Mergulhe-me na água fria rapidamente antes que eu exploda.

Ainda rindo, Rachel desceu à frente dele na direção do lago. Ela deu alguns gritinhos quando os pés nus encontraram pedras mais afiadas, porém seguiu adiante.

CAPÍTULO XVII

Talvez uma das características mais atraentes de Rachel fosse não parecer ter a menor consciência de sua extraordinária beleza, concluiu Alleyne. Ele passou por ela e se jogou na água. Rachel era nada menos do que estonteante.

Ele não sabia que tipo de vida descobriria quando fosse embora dali e reencontrasse a parte de si que perdera. Não sabia que tipo de relacionamentos, compromissos, laços estavam entremeados ao tecido da vida daquele homem que, de algum modo, deixara para trás na floresta de Soignés. E era preciso, é claro, ter cuidado ao mergulhar fundo demais na nova vida atual.

Contudo, naquele momento, estava apaixonado por Rachel. E iria aproveitar. Simples assim. O passado se encontrava oculto atrás daquela cortina em sua mente e o futuro era ainda mais desconhecido do que deveria ser para a maioria das pessoas. Mas o presente era maravilhoso.

E lá estava ela, linda e maravilhosa.

Rachel colocou um pé na água, riu e o recolheu. As pernas dela eram longas e bem torneadas.

Ele se mantinha a uma curta distância, com a água na altura do peito. Mais alguns passos e ela chegaria aos ombros e cobriria sua cabeça.

Rachel tentou colocar o outro pé na água, mas também o recolheu.

Alleyne afundou e jogou água nela. Rachel deu outro gritinho. Então, entrou até a cintura e desapareceu até apenas seus cabelos aparecerem flutuando em um dourado escuro. Ela emergiu cuspindo, arquejando, as mãos nos olhos fechados com força.

Alleyne ficou sorrindo e, com a guarda baixa, acabou sendo atingido no rosto por um muro de água. Ele tossiu e cuspiu.

Rachel podia não ser uma nadadora, mas era uma guerreira aquática de valor.

– Ah, como isso é maravilhoso – falou ela depois de se imergir mais uma vez. – A água está morna. – A jovem afastou para trás os cabelos, que cascatearam por suas costas e ficaram flutuando. – Como faço para nadar?

– É preciso várias aulas e muita prática. Estava pensando em me desafiar para uma disputa até a margem oposta e de volta?

– Ensine-me.

O medo de Rachel em relação aos cavalos – que ela vinha superando com grande empenho e determinação – não se estendia à água, ao que parecia.

Alleyne a ensinou a flutuar e ela aprendeu com surpreendente rapidez, apesar de alguns afundamentos e de engasgos que exigiram batidas firmes nas costas. Mesmo depois de pegar o jeito, Rachel só conseguia se manter na superfície por poucos segundos antes de submergir. Porém, foi um esplêndido começo.

– Farei com que aprenda a nadar de frente e de costas até o fim do verão – disse Alleyne, mas então lembrou que eles já teriam ido embora muito antes disso.

Ele a deixou no raso e nadou mais para o meio do lago com braçadas vigorosas, deleitando-se com a própria força recuperada e com o frescor da água.

Havia uma árvore na margem, não muito longe do ancoradouro, e alguns de seus galhos se estendiam sobre o lago. Alleyne nadou na direção deles e percebeu que, naquele ponto em particular, a água era funda e pelo menos um dos ramos parecia resistente.

– Aonde você vai? – perguntou Rachel ao vê-lo subir pela margem, que era íngreme naquele trecho, com a água escorrendo do corpo.

– Vou mergulhar – respondeu ele, sorrindo.

Não era muito confortável escalar nu uma árvore, mas Alleyne sabia que já fizera isso muitas vezes. Sentou-se no galho e foi avançando centímetro a centímetro, com cuidado, para não ser pego desprevenido caso o ramo se mostrasse mais fraco. Só que ele sustentou bem o peso, sem vergar ou quebrar.

– Tenha cuidado – falou Rachel a alguma distância. Ela estava de pé na água, protegendo os olhos com a mão em pala.

Alleyne sorriu e ficou de pé lentamente, usando os braços para se equilibrar. O galho se manteve firme. Ele precisava se exibir, é claro. Foi andando até a ponta, fez pose com o corpo reto, os braços esticados à frente. Então, dobrou os joelhos e se jogou, o queixo para baixo, as pernas juntas, os pés apontando para trás.

Atingiu a água e mergulhou fundo, arqueando o corpo apenas um segundo antes de bater no fundo. Teve a sensação extremamente prazerosa de fazer algo ousado, perigoso, que lhe fora proibido por muito tempo quando menino. Surgiu na superfície, tirou a água dos olhos e sorriu para seus parceiros e conspiradores no crime, igualmente atrevidos e imprudentes.

Entretanto, só havia Rachel ali, a mão pressionada contra a boca, mas logo abrindo um sorriso enorme, cheio de alívio.

Alleyne sentiu uma profunda desorientação que fez seu estômago se revirar.

Quem ele esperara ver?

Quem? Mais de uma pessoa, na verdade. Queria se lembrar de pelo menos uma. *Por favor*, que se lembrasse de apenas uma.

Rachel abria caminho pela água na direção dele, preocupada. Ela se deteve quando a água chegou aos ombros e o fundo do lago ainda ameaçava escapulir dos pés.

– O que houve? Você se machucou, não foi, homem tolo? Bateu com a cabeça? Venha cá.

Ele olhou para Rachel, mas não foi na direção dela. Nadou até margem, saiu do lago e subiu a inclinação sem olhar para trás.

Não havia razão para não se lembrar, certo? Àquela altura, o ferimento na cabeça já deveria estar curado. As cefaleias tinham passado, sem contar os momentos em que se esforçava demais para recordar. Preparara-se para ser paciente. *Tinha sido* paciente. Mas às vezes o pânico o atacava como um ladrão na noite.

Alleyne sentou-se com as pernas cruzadas sobre a manta, pousou os pulsos sobre os joelhos e baixou a cabeça. Tentou se concentrar em respirar fundo e de forma pausada. Procurou levar a consciência a um ponto além da mente assustada e fragmentada.

Ele não a ouviu se aproximar. Só soube que Rachel estava ali quando um braço fresco foi passado ao redor de seus ombros e outro por sua cintura. Ela apoiou a cabeça no ombro dele, sem encará-lo. Seus cabelos molhados caíram sobre o braço dele. Alleyne percebeu que Rachel estava ajoelhada ao seu lado. Ela não disse uma palavra sequer.

– Às vezes – disse ele depois de um tempo – me sinto completamente castrado.

– Eu sei. Ah, Jonathan...

– Esse não é o meu nome. Até o meu *nome* me foi roubado. Não sei quem ou o que sou, Rachel. Sou um estranho para mim mesmo, mais do que você, Geraldine ou o sargento Strickland são. Ao menos você pode me contar histórias sobre si e consigo formar uma impressão a seu respeito como alguém que é um produto de sua criação, embora você tenha uma personalidade única a se acrescentar. Não tenho histórias próprias. Minha história mais antiga é o despertar na casa da Rue d'Aremberg e a visão de quatro damas muito maquiadas olhando para mim. E isso faz pouco mais de um mês.

– Eu sei quem você é – falou Rachel. – Não sei *o que* foi a sua vida. Não conheço nenhuma história sua a não ser as que compartilhei. Mas sei que você é um homem cheio de vida, de riso, generosidade e ousadia. Não acredito que suas qualidades essenciais tenham mudado. Você ainda é *você*. E testemunhei sua coragem desde que o conheci. Em momentos como este, você pode acreditar que vai desmoronar e deixar a vida passar como algo sem sentido, que você não valoriza mais. Porém, sei que vai superar, porque conheço você. Sim, eu conheço. Gostaria de poder chamá-lo pelo verdadeiro nome, pois é algo importante, torna-se parte da identidade da pessoa. Ainda assim, eu conheço você.

Alleyne ouviu a própria respiração de novo, mas, depois de alguns minutos, reparou que havia inclinado a cabeça para um dos lados, a fim de descansá-la próximo a cabeça de Rachel.

– Sabe por que sugeri esta farsa? Nem sequer me dei conta disso até agora. Não foi apenas para o seu bem, embora, naquele momento, eu realmente acreditasse que o melhor seria arrancar a fortuna das mãos de um tirano que não se importava com você. Na verdade foi por minha causa, para que eu não precisasse ir em busca da minha identidade.

– Estava com medo de não descobrir quem você é?

– Não! – Alleyne pressionou o rosto com mais firmeza contra os cabelos molhados dela. – Estava com medo de *descobrir*. Com medo de descobrir quem são meus pais e não reconhecê-los. Ou meus irmãos. Ou minha mulher e filhos. Estava com medo de olhar para eles e ver apenas estranhos. Posso acabar vendo um *filho*, Rachel, uma criança que gerei e amei, e essa criança ser um completo desconhecido. Assim, encontrei um motivo para adiar ir atrás desse passado. Pensei que minha memória voltaria naturalmente se eu esperasse. Aliás, nem pensei. Não foi consciente.

– Jonathan... – disse Rachel em voz baixa e o abraçou por um longo tempo, enquanto ele lutava em silêncio contra a escuridão do desespero.

– Acho que Phyllis ficará mortalmente ofendida se não comermos cada migalha do chá completo que ela preparou para nós – falou Alleyne por fim, levantando a cabeça.

– É verdade.

– Está com fome?

– Um pouco. Sim, na verdade, estou faminta.

– Eu poderia comer um boi – afirmou Alleyne. – Nada surpreendente, claro, já que fizemos amor de modo vigoroso e nadamos.

Rachel não fez nenhum comentário. Foi até a cesta de piquenique, abriu-a e começou a mexer no que havia lá dentro. Os cabelos dela, já secando, caíam ao redor do rosto como uma cortina dourada escura, de modo que ele não conseguia ver sua expressão. Ela parecia ter se esquecido de se vestir antes de comer.

Alleyne ficou observando-a, mas sem uma intenção lasciva. O que teria feito sem Rachel durante as semanas anteriores?

O que faria sem ela quando aquele mês terminasse?

Depois daquele dia na ilha, a vida em Chesbury Park se acomodou em uma espécie de rotina. Apesar de ter se metido em uma confusão e não ver nenhum modo de sair dela, Rachel sentia-se quase feliz.

Ela adorava morar no campo. Passear pelos jardins ou no parque além deles, montar a cavalo com cada vez mais tranquilidade e talento, aprender a nadar e a remar no lago, fazer piqueniques em vários pontos lindos da propriedade, sentar-se à janela da sala de visitas observando a chuva cair, conhecer diversas partes da fazenda com Jonathan, Flossie e o Sr. Drummond, ir às casas dos trabalhadores com cestas de comida arrumadas por Phyllis, visitar os vizinhos de carruagem, explorar o comércio do vilarejo e vagar pela igreja e os arredores com o Sr. Crowell... Rachel acreditava que nunca se fartaria.

Ela poderia ser feliz ali pelo resto dos seus dias, sem jamais ansiar pelas atividades mais agitadas de Londres. De certo modo havia uma sensação de normalidade naquilo tudo, como se pertencesse àquela vida.

Rachel também estava apreciando a companhia do tio – a princípio a contragosto, mas depois com gratidão e alegria. Ela passara a visitá-lo todas as manhãs na sala íntima dos aposentos dele, enquanto o barão descansava. Às vezes ficavam olhando pela janela, mal se falando, embora seus silêncios nunca fossem desconfortáveis – às vezes ele até cochilava. Em outras ocasiões, o tio contava histórias sobre os avós e a mãe de Rachel. Ela tinha a sensação de gradualmente resgatar as próprias origens, que até ali desconhecera quase por completo.

Numa tarde chuvosa em que não iriam receber visitas, o barão levou Rachel e Jonathan até a galeria de retratos, no andar superior da mansão. Embora o cômodo não fosse mantido fechado, Rachel evitara ir lá até então. O tio explicou o parentesco dela com um grande número de ancestrais retratados e Rachel sentiu uma onda de emoção, que começou a levar embora o vazio e a solidão de sua vida. Ela *realmente* pertencia àquele lugar.

O único retrato em que constava a mãe era um de família, pintado quando ela contava com 3 anos e tio Richard era um jovem esguio, de boa aparência e cabelos dourados. De início, Rachel quase temeu olhar, mas então encarou com avidez a menininha de bochechas redondas e rosadas, com uma massa de cachinhos louros. No entanto, não conseguiu encaixar aquele rosto de criança na lembrança muito vaga que tinha da mãe.

– Ela se parecia com você quando era mais velha – comentou tio Richard.

– Papai sempre lamentou nunca ter encomendado um retrato dela. Às vezes eu tento e tento, mas não consigo trazer o rosto dela à mente.

Nesse momento, percebeu que estava de mãos dadas com Jonathan e que ele entrelaçara os dedos aos dela e os apertava com força. Smith a confortava e, no entanto, ela ao menos sabia quem fora sua mãe. Conseguia se lembrar claramente do pai. O tio ainda estava vivo. Aquela era a casa dos antepassados dela, e ali estavam os retratos deles.

Rachel sorriu para Jonathan. Desde aquela tarde na ilha, passara a haver uma ternura tranquila no relacionamento deles, embora tivessem o cuidado de não repetir o que tinham feito lá. Nenhum dos dois aparecera à porta do quarto alheio. Ainda assim, havia aquela ternura, que não era encenação. De qualquer forma, Rachel sentia que estava ajudando a ganhar a aprovação de tio Richard para o casamento, mais ainda do que as tentativas iniciais de parecerem um casal apaixonado.

Ela estava feliz porque poderia se lembrar de Jonathan daquela forma – embora sentisse um aflição dolorosa, quase insuportável, ao pensar que o dia da separação deles se aproximava.

Parecia que Jonathan também encontrara algum prazer naquelas semanas. Era óbvio que ele amava a fazenda, passando grande parte do tempo ao ar livre ou conversando com o Sr. Drummond. Ele também ficava longos períodos com tio Richard, e Rachel sabia que os dois falavam sobre a fazenda e que às vezes Jonathan apresentava ideias para melhorias e inovações que o capataz lhe sugerira ou em que ele próprio pensara.

Tio Richard concordava com algumas sugestões. Rachel achava que ele gostava de Jonathan, que o respeitava.

Desejava que houvesse uma saída fácil e indolor para aquela confusão em que tinham se metido, mas não conseguia enxergá-la. Só que não iria procrastinar. Depois que tudo estivesse terminado, confessaria a verdade ao tio e imploraria seu perdão. Então, caberia ao barão concedê-lo ou não.

Rachel também tinha a sensação de que as quatro amigas nunca haviam estado tão felizes na vida.

Geraldine assumira a maior parte dos deveres da governanta – o fato de não saber ler ou escrever a impedia de manter as contas da casa. Estava ocupada e contente organizando os criados internos, mesmo os homens, já que o mordomo era idoso e parecia nem perceber que havia perdido o controle. Envolveu todos em um completo inventário das roupas de mesa, porcelanas, cristais, pratarias e outros itens de valor da casa, que começaram a brilhar sob seu comando. Ela ainda insistia em ser camareira de Rachel, mas durante o tempo livre sentava-se nos aposentos da governanta e se dedicava a reparar o que estivesse precisando.

Era uma mulher bastante diferente da Geraldine que Rachel conhecera em Bruxelas, mas de certa forma parecia totalmente à vontade. Ela insistiu com Strickland até que ele assumisse a maior parte da condução dos criados homens, tornando-se o mordomo extraoficial, pois o Sr. Edwards ainda mantinha o título.

Phyllis estava feliz cozinhando e ditando as regras em seus novos domínios. Como era uma excelente cozinheira e uma mulher de ótimo trato, ninguém se ressentiu da intrusão.

Além de cuidar dos livros da casa com esmero, Flossie estava ocupada sendo cortejada pelo Sr. Drummond.

– Ninguém precisa se preocupar – assegurou ela certa noite, quando estavam reunidos no quarto de vestir de Rachel, e Strickland estava parado no arco entre os cômodos, os braços enormes cruzados sobre o peito maciço. – Contei a verdade sobre mim ao Sr. Drummond sem implicar nenhum de vocês. Ele sabe quem eu sou e, ainda assim, quer se casar comigo, o tolo.

– Ah, meu Deus, Floss – disse Phyllis, levando as mãos ao seio –, que romântico! Acho que vou chorar... ou desmaiar.

– Não faça isso, Phyll – aconselhou Bridget. – Você bateria com a cabeça na beira do lavatório e então voltaria a desmaiar ao ver o próprio sangue.

– Vai aceitar o pedido? – perguntou Geraldine a Flossie. – Eu me ofereceria para ser sua dama de honra, Floss, mas pareceria estranho, já que sou camareira de Rachel, não acha?

– Ele é um *cavalheiro* – respondeu Flossie, com uma expressão trágica.

– E daí?

Geraldine levou as mãos aos quadris, parecendo pronta para a briga. Flossie não respondeu.

Bridget ia e voltava da casa do vigário, a cada poucos dias, para visitar a Sra. Crowell e o jardim dela. Também vivia desaparecendo no parque em toda oportunidade que tinha, com vários equipamentos de jardinagem, um avental grande e o chapéu de palha de abas largas.

Nenhuma das quatro parecia impaciente para ir atrás do patife que roubara o dinheiro e o sonho delas. E Jonathan já falara sobre sua relutância em começar a própria jornada. Assim, Rachel relaxou e aproveitou as semanas que precederam o baile que tio Richard insistira em oferecer.

Os preparativos eram para que fosse um evento impressionante, e a vizinhança já estava agitada, em uma alegre expectativa. Ninguém mais, por quilômetros ao redor, tinha um salão de baile. Mesmo havendo festas ocasionais com dança nos cômodos de cima da estalagem, ao que parecia uma sensação de encantamento cercava um baile particular.

Rachel decidiu que aproveitaria o evento ao máximo e, então, faria algo decisivo pelo próprio futuro. Perguntaria ao tio Richard mais uma vez pelas joias e, se por acaso ele as entregasse, iria embora, venderia pelo menos algumas e faria com o dinheiro o que planejara. Se o tio não concordasse, desistiria de persuadi-lo e simplesmente partiria.

As amigas ficariam por conta própria. Assim como Jonathan.

Tentara fazer algo por ele. Escrevera para três conhecidos em Londres e recebera resposta de dois. Nenhum sabia de qualquer cavalheiro dado como desaparecido desde a Batalha de Waterloo. Ela não esperara mesmo que soubessem, mas ainda assim ficara desapontada. Teria gostado de ajudar Jonathan a recuperar o que perdera.

Imaginava que nunca mais o veria depois que partissem dali. Era bem possível que não voltasse a ter notícias de Jonathan, que jamais viesse a saber se ele encontrara a família e o passado. Havia algo de devastador nessa ideia, mas preferiu não ficar remoendo o pensamento nem cogitar o que faria depois que fosse embora. Tudo dependeria, é claro, se teria as joias ou não.

E quanto ao tio? Como se sentiria quando soubesse que ela o enganara? Mais uma vez, imaginou Rachel, dependeria das joias.

E não sabia qual a intensidade do afeto que o tio nutria por ela.

Apesar de tudo, Rachel ansiava pelo baile com uma empolgação quase febril. Nunca estivera em um evento do tipo, muito menos um tão grande. Só sabia dançar porque o pai gostava e a ensinara em seus momentos mais animados e despreocupados, cantarolando para si mesmo e mostrando como dar passos precisos e graciosos ao mesmo tempo.

Mas dançar com outros cavalheiros em um baile com uma orquestra de verdade...

Dançar com Jonathan...

Não havia palavras para expressar o que sentia.

Tio Richard convocara a costureira do vilarejo e a convidara para passar alguns dias em Chesbury, a fim de fazer os vestidos das damas se elas desejassem. Rachel não tinha escolha. Não possuía uma roupa de baile e nenhum dinheiro extra para investir num. Houve uma breve discussão com Jonathan sobre quem pagaria pelo traje, mas tio Richard não aceitaria oposição.

– Rachel é minha sobrinha, Smith – disse o barão, erguendo uma das mãos para deter os argumentos de Jonathan. – Se tudo houvesse transcorrido de acordo com a minha vontade, ela teria sido apresentada à sociedade em Londres quando completou 18 anos e eu teria arcado com a conta por toda a temporada. Do jeito que a situação se deu, *esse* é o baile de apresentação dela à sociedade, assim como o de casamento, e não vão me negar o prazer de vesti-la para a ocasião.

As estranhas palavras dele haviam aborrecido um pouco Rachel, mas quem era ela para ficar indignada com uma mentira? De qualquer modo, se comovera mais do que iria admitir com a óbvia ansiedade do tio para recuperar o tempo perdido.

– Obrigada, tio Richard – agradeceu ela, muito próxima das lágrimas. – O senhor é generoso e bondoso.

Jonathan se limitou a fazer uma mesura e não discutiu mais. De qualquer modo, ele teria sido capaz de pagar pelo vestido? Quanto lhe sobrara dos ganhos em Bruxelas?

Os últimos dias antes do baile foram felizes e passaram voando. E enfim o dia chegou. A manhã se transformou em tarde enquanto os criados – incluindo vários extras contratados especialmente para a ocasião – se apressavam para deixar tudo em ordem a tempo. E a tarde correu até ser hora de se recolherem aos seus quartos a fim de se arrumarem para a noite.

Rachel entrou no próprio quarto de vestir e viu as roupas e adereços e Geraldine com o banho pronto. Foi então que a realidade a atingiu. Sentia-se quase doente de expectativa – aquele era, afinal, seu primeiro baile. Mas também o começo do fim.

No dia seguinte...

Ainda não pensaria no dia seguinte.

Antes havia aquela noite para viver.

CAPÍTULO XVIII

— Ah, meu Deus, Rache, eu poderia chorar – disse Geraldine. – Mas, em vez disso, encontrarei um canto tranquilo e dançarei a noite toda com Will, querendo ele ou não.

Rachel também se sentia prestes a cair no choro. Nunca parecera nem de longe tão magnífica quanto naquele momento.

O vestido era de renda branca sobre uma anágua de cetim branco, a saia de cintura alta muito cheia, embora caísse em pregas suaves ao redor do corpo quando Rachel ficava parada. O babado de renda na bainha tinha uma estampa de folhas verdes, bordado com delicados ramos verdes. O corpete era discreto, de um cetim verde-primavera, as mangas curtas e bufantes listradas de verde e branco. Os sapatinhos eram verdes e as longas luvas, brancas. Geraldine arrumara os cabelos dela em um penteado alto, embora cachos também emoldurassem o rosto de Rachel caindo pelas têmporas e na nuca. Ela usava duas plumas nos cabelos, que haviam sido arrumadas atrás e curvadas de forma convidativa sobre o topo da cabeça.

– Você fez maravilhas por mim, Geraldine – comentou Rachel com um suspiro diante do espelho grande no quarto de vestir.

– Acredito que isso foi obra da natureza – interveio outra voz. – Geraldine apenas acrescentou os toques finais.

Jonathan estava parado no arco entre os dois quartos de vestir. Rachel se virou depressa para encará-lo. Ele parecia magnífico como sempre em suas roupas de noite, que já vira quando chegaram a Chesbury. Só que Jonathan havia mudado desde então. Ele estava bronzeado e em forma e cortara os cabelos, embora uma mecha ainda insistisse em cair charmosamente sobre a sobrancelha direita dele.

Talvez Rachel estivesse sendo parcial, mas não acreditava que já tivesse visto um homem mais lindo.

– Nossa! – exclamou Geraldine. – Como você está lindo! Eu gostaria que o houvéssemos amarrado nu às colunas da cama em Bruxelas quando tivemos oportunidade.

Jonathan sorriu e balançou o dedo para ela. Seus dentes eram de um branco ofuscante em contraste com o rosto bronzeado.

– Mas vocês quatro teriam me exaurido, Geraldine, e a esta altura eu seria uma mera sombra do meu antigo eu.

– Mesmo a sua sombra seria capaz de fazer uma mulher suspirar. Will ainda está nos seus aposentos? Preciso ensiná-lo a dançar.

– Ele já fugiu para o andar de baixo. Para se esconder do destino sombrio que o aguarda, acredito.

– O pobre querido... – disse Geraldine com ternura enquanto saía do quarto. – Não tem ideia do que está prestes a atingi-lo.

Jonathan sorriu para Rachel e ela percebeu que não conseguia mais vê-lo com imparcialidade. Por quase um mês vinha fazendo o papel da esposa devotada, e a farsa tivera um efeito definitivo sobre suas emoções. Isso sem contar aquela tarde na ilha – que não fora repetida ou mencionada desde então, embora com certeza não houvesse sido esquecida. Não mesmo.

Como ela *poderia* esquecer?

– Você está mesmo linda – disse Jonathan, entrando de vez no quarto de vestir.

– Obrigada. – Ela lhe deu um sorriso melancólico. – Vou me divertir esta noite como nunca me diverti antes. É meu primeiro baile e talvez meu último. É o fim, Jonathan. Tem noção disso, não é? Amanhã vou procurar meu tio e pedir novamente as joias. Caso ele se recuse a me entregar, não pretendo continuar a lutar. Depois de amanhã vamos partir de qualquer maneira. E então você estará livre.

– Estarei? – perguntou ele em voz baixa. – Rachel, precisamos...

Uma batida à porta do quarto o interrompeu. Jonathan abriu-a. O tio de Rachel entrou, mas logo parou abruptamente.

– Ah, Rachel, você não tem ideia de quanto ansiei por vê-la assim – falou ele, admirando-a. – Ou como ansiei para ver sua mãe enfeitada para o primeiro baile *dela*.

Rachel não queria brigar com o tio, não naquela noite, mas a pergunta escapou de sua boca antes que ela pudesse se conter:

– Por que o senhor disse que, se as coisas saíssem à sua maneira, eu teria sido apresentada à sociedade quando fiz 18 anos?

O barão não aceitou a cadeira que Jonathan lhe ofereceu.

– Seu pai não permitiria. Assim como não permitiu que eu a trouxesse para cá para passar férias quando você era menina nem que eu a mandasse para uma boa escola de moças. Pelo que você me contou nas últimas semanas, percebi que ele nunca deixou que você recebesse nenhum dos presentes de Natal e de aniversário que eu lhe mandava todo ano. Seu pai também não autorizou que sua mãe se comunicasse comigo de maneira alguma depois que se casaram... até ela estar no leito de morte. Já não o culpo de todo. Lidei mal com a questão do namoro deles. Eu era jovem, autoritário e absolutamente inflexível. Levei-os a fugirem. Mas como posso lamentar o que aconteceu se a união entre eles gerou você?

Estranho como a verdade era simples. E como acabava num átimo com dezesseis anos de mal-entendidos. O tio *não* a negligenciara – nem à mãe dela. Eles haviam sofrido com longos anos de separação e infelicidade porque, muito tempo antes, dois homens teimosos brigaram por uma mulher: um, irmão e tutor; o outro, apaixonado por ela.

– Tio Richard... – começou Rachel, dando dois passos na direção dele.

O barão ergueu a mão para detê-la.

– Vamos nos sentar e conversar sobre isso amanhã, Rachel. Eu, você e seu marido. Há muito a ser dito, mas pode esperar. Nada vai ameaçar o nosso prazer esta noite. Enfim a verei dançar em um baile oferecido por mim... com um marido à sua altura e capaz, eu acredito, de lhe dar a longa vida de felicidade que você merece.

Rachel sentiu como se alguém houvesse enfiado uma faca em seu estômago e a torcido. Ah, o preço da mentira! Jonathan havia cruzado as mãos nas costas e a encarava intensamente.

– Vim trazer isto – falou o barão, mostrando um estojo de veludo que Rachel não notara até aquele momento. – Eram de sua tia, Rachel, e agora são suas. Fico feliz por você não estar usando nenhuma outra joia.

Ele abriu o estojo e Rachel se viu olhando para um colar de pequenas pérolas com uma esmeralda engastada em um pendente de diamantes. Em um dos cantos do estojo havia um par de brincos de esmeralda e diamante combinando.

– Meu presente de casamento para você.

Rachel achou que suas pernas iriam ceder. Então, sentiu o braço firme de Jonathan ao redor da cintura.

– É um lindo conjunto, senhor – elogiou ele. – Estava lamentando não ter a chance de comprar joias para a minha esposa. Mas agora me sinto quase feliz por isso. Permita-me.

Jonathan tirou o colar do estojo e prendeu-o no pescoço de Rachel. A joia caiu pesada, fria e magnífica contra o colo dela, a esmeralda aninhando-se logo acima do decote. Jonathan também colocou os brincos nas orelhas dela e sorriu, ainda o ator consumado, como se não sentisse como era trágico o que estava acontecendo.

– Tio Richard...

Rachel se aproximou e o tocou pela primeira vez. Enlaçou o pescoço do tio e pressionou o rosto contra o dele, mas não conseguiu dizer nada significativo, pois a garganta estava dolorosamente apertada.

– Tio Richard...

Ele deu um tapinha carinhoso nas costas dela.

– As joias não são necessárias para aumentar sua beleza, isso é certo. De qualquer modo, estão onde devem estar. A quem mais eu daria as joias de Sarah? Restam apenas um primo distante e a esposa dele, e nunca os vejo.

Rachel devolveria as joias no dia seguinte, é claro. O colar era como uma corrente de culpa ao redor de seu pescoço. Porém, prometera aquela noite a si mesma e, o mais importante, ao tio também. Talvez em algum momento do futuro – rogava a Deus para que ele vivesse tanto – o barão conseguisse perdoá-la pelo que ela fizera, ou ao menos se lembrasse daquela noite com menos sofrimento do que sem dúvida experimentaria quando descobrisse a verdade.

Rachel recuou, sorriu e deu o braço a ele.

– Vamos descer?

Ela se virou para Jonathan, ainda sorrindo, e lhe deu o outro braço. Smith pressionou o braço dela contra o corpo para tranquilizá-la, mas que consolo ele poderia oferecer?

O esquema parecera uma *grande* travessura quando Jonathan o sugerira em Bruxelas. E ela concordara. Portanto, não podia culpá-lo por nenhuma das consequências da farsa.

Aquele era um baile do campo e não se comparava em nada a alguns dos maiores que a aristocracia de Londres oferecia nas temporadas sociais que Alleyne estava certo de que frequentara. Mas o que faltava em números e brilho sem dúvida era compensado com entusiasmo.

Todos os convidados, ao que parecia, estavam ali para se divertir. E foi o que fizeram enquanto a orquestra tocava e os dançarinos executavam os passos complicados e animados de uma quadrilha atrás da outra.

Porém, ninguém ofuscou o brilho de Rachel ou aproveitou mais do que ela a noite. Alleyne estava fascinado por ela, assim como muitos outros convidados, pelo que podia ver.

Na verdade, era mais do que fascinação: estava, é claro, perdidamente apaixonado. Tivera absoluta certeza disso naquela tarde na ilha. Desde então, havia sido uma agonia mortal se manter indiferente a ela quando estavam a sós e, em público, dar conta da dupla farsa que era fingir que simulava amor e devoção. Os três batentes entre os quartos dos dois tinham sido um convite cada vez mais difícil de resistir.

Jonathan não queria arrastar Rachel para um envolvimento mais profundo que talvez não levasse a nada, a não ser a um coração partido depois que ele recuperasse o próprio passado. Estava decidido a fazer algo por ela. Ficara claro como água que o tio a amava e que Rachel poderia ser feliz ali, ainda mais após a breve explicação do barão para a aparente negligência dele. Aquele era o lugar dela.

Alleyne decidira que, depois que os dois partissem, ele voltaria. Iria confessar a verdade a Weston, assumir toda a culpa – nada mais justo – e interceder a favor de Rachel. Se o barão a amava tão profundamente como Alleyne acreditava, de forma incondicional, a perdoaria e a levaria de volta para casa. Com o tempo, Rachel se casaria, se acomodaria e teria a sensação de pertencimento mesmo após a morte de Weston.

Talvez se a busca de Alleyne pelo próprio passado o levasse a descobrir que não era um homem casado ou comprometido...

Mas ainda não ousava pensar nisso.

Alleyne e Rachel dançaram juntos o primeiro conjunto de quadrilhas. Se estivessem em um baile londrino e aquele fosse o evento de apresentação dela à sociedade, os modos de Rachel seriam severamente censurados pelos mais altos moralistas. Era moda que as jovens damas demonstrassem um permanente ar de tédio, como se a transição da sala de aula para o salão de baile exigisse a mudança da alegria juvenil para o cinismo da maturidade.

Rachel era o júbilo em pessoa.

Ela também conhecia os passos intrincados da dança e os executou com precisão cuidadosa por alguns minutos até dar uma risada súbita e deixar a seriedade de lado para apenas se divertir. Alleyne riu também.

– Talvez fosse bom você economizar alguma energia para mais tarde.

– Por quê? – O rosto dela já estava enrubescido e os olhos brilhavam. – Por que sempre guardamos as coisas de valor para mais tarde? Quero viver o *agora*. Talvez seja tudo que eu tenha.

– O agora é sempre tudo que temos – retrucou ele, rindo de novo ao bater o salto do sapato no chão junto com ela, mas a frase ficou em sua cabeça por muito tempo depois que a falou.

Jonathan viu Weston parado perto das portas duplas do salão de baile com um dos vizinhos. Contente, ele observava Rachel balançando a cabeça no ritmo da música. Ainda não aparentava ser um homem saudável, porém sua pele perdera o tom cinzento e já não estava mais quase esquelético, parecendo à beira da morte.

Se ao menos ele conseguisse viver por mais um ou dois anos, pelo bem de Rachel...

O casal de fachada também dançou com outros parceiros. Alleyne bailou com Flossie e Bridget, entre outras. Fazia muito tempo que ele deixara de lado a esperança – e o medo – de ser reconhecido naquela vizinhança. Pelo que soubera, muito poucas famílias tinham o hábito de ir a Londres e nenhuma delas se movia pelos círculos da aristocracia.

Logo antes do jantar houve a valsa – a única da noite. Vários casais assumiram seus lugares no salão, mas não tantos quanto nas outras danças. Rachel estava de braço dado com o tio.

– Não vai valsar? – perguntou Alleyne, indo até eles.

– Infelizmente não conheço os passos – confessou ela.

– Então está na hora de aprender – falou Alleyne, estendendo a mão.

– Aqui? Agora? Acho que não – replicou Rachel, os olhos arregalados.

– Vai se acovardar, meu amor? – Ele sorriu. – Eu a ensinarei.

– Vá, Rachel – incentivou o tio.

Alleyne achou que Rachel iria recusar, mas ela riu e aceitou a mão que ele lhe oferecia.

– Por que não? Se eu passar uma enorme vergonha, sem dúvida divertirei os convidados e lhes darei assunto pela próxima semana, pelo menos.

Não era fácil ensinar alguém a valsar enquanto outros casais rodopiavam pelo salão. Porém, a plateia logo entendeu o que estava acontecendo e começou a gritar palavras de encorajamento e a aplaudir. Pareciam se divertir mais do que nunca.

Rachel continuou a brilhar, mesmo quando tropeçava, empacava, ria e voltava a tentar seguir o comando dele com determinação. Então, de repente, após alguns minutos, ela pegou o ritmo, decorou os passos e, risonha, passou a olhar nos olhos dele, e não para os pés.

– Estou valsando.

– Você está valsando – concordou ele. – Agora relaxe e me deixe guiá-la.

Ela obedeceu e logo os dois valsavam com habilidade, embora Alleyne não tentasse nenhum passo mais elaborado ou rodopio. Rachel mordeu o lábio inferior e seu sorriso desapareceu ao encará-lo. O braço direito de Alleyne estava ao redor da cintura dela, a mão esquerda de Rachel no ombro dele, as outras mãos unidas. Apenas alguns centímetros os separavam. Alleyne podia sentir o calor do corpo dela. E o perfume de gardênia.

Ele andara a cavalo com ela, caminhara com ela, até mesmo nadara com ela. Porém, mal a tocara desde aquela tarde na ilha e evitara estar tão próximo assim, e Rachel também.

Mas o que os dois poderiam fazer agora? Estavam valsando juntos no salão de baile de Chesbury, algumas dezenas de olhos os observavam e outros casais também dançavam. Mesmo assim, pareciam estar sozinhos, rodopiando lentamente por um mundo mágico destinado a desaparecer logo. Após mais dois ou três dias, Alleyne talvez nunca mais a visse de novo.

A linda, linda Rachel. Seu anjo dourado.

– Bem, qual é o veredicto para seu primeiro baile? – perguntou ele, depois de dançarem por vários minutos em silêncio.

– Foi mágico – respondeu Rachel, pondo em palavras o pensamento dele. – *Está sendo* mágico. Ainda não terminou.

Contudo, Alleyne percebeu que ela tinha consciência de que estava quase acabando. Aquele era um baile rural e os habitantes do campo não dançavam a noite toda como em Londres durante a temporada, pois a maior parte dos londrinos não tinha nada o que fazer no dia seguinte além de dormir e se levantar para mais eventos sociais. O baile terminaria logo depois do jantar.

Parte do brilho se fora dos olhos de Rachel. De repente, eles cintilavam de novo, mas agora com lágrimas que ela tentou esconder baixando a cabeça.

Por sorte eles estavam perto das portas francesas que se abriam para uma varanda. Alleyne guiou-a até lá ainda valsando e parou junto ao parapeito de pedra. O ar noturno foi uma bênção, fresco em contraste com o salão abafado.

– Jonathan – disse Rachel, envolvendo o pingente de esmeralda do colar –, não posso mais fazer isso.

Ele sabia exatamente a que ela se referia e levou uma das mãos à nuca de Rachel.

– Nunca me ocorreu que talvez eu o amasse – continuou ela. – E que talvez ele me amasse. Nunca me ocorreu que talvez houvesse uma explicação para a aparente negligência do meu tio.

– Você deveria ter vindo para cá quando ele a convidou.

– Depois da morte do meu pai? – Rachel desviou o olhar para o lago, que refletia um raio de luar. – Eu me sentia abalada, abatida. Achei que, se tio Richard tivesse qualquer vestígio de sentimento por mim, haveria me procurado, como depois da morte da minha mãe. Não imaginei que ele estivesse doente e não pudesse viajar, e acho que não lhe ocorreu me avisar. Talvez tenha presumido que eu já sabia. A carta dele pareceu abrupta e autoritária. Fria mesmo.

– Se você tivesse vindo para cá, não teria ido a Bruxelas nem se envolvido com Crawley. E não se sentiria em profundo débito com suas amigas. Não inventaria esta farsa.

– E não teria conhecido você.

– Ora, é verdade... – Ele riu baixinho. – Se você tivesse vindo para cá, é muito provável que eu estivesse morto.

– Odeio pensar nisso.

– Eu também – concordou Alleyne com fervor.

– Olhe – disse ela, apontando para baixo.

Em um pátio cercado atrás dos estábulos, duas pessoas dançavam sob o luar: um homem grande e não muito gracioso, uma mulher alta e voluptuosa. Geraldine e Strickland.

– Aquele é um encontro planejado no paraíso – comentou Alleyne antes de apoiar as costas no parapeito para que pudesse olhar Rachel mais de perto. – E qual é o seu plano?

– Amanhã vou explicar às damas que não posso ajudá-las, embora sempre vá me considerar em débito com elas e vá lhes devolver o dinheiro quando puder... daqui a três anos. Vamos todos partir depois de amanhã, sem pedir minhas joias a tio Richard. Então, ao chegar a Londres, escreverei para ele contando toda a verdade. E devolverei este colar e estes brincos. Você estará livre para fazer o que deve fazer, para encontrar sua família. Só recentemente me dei conta de que, ao concordar com seu plano para me ajudar, o mantive longe dos seus parentes um mês a mais do que o necessário. Como devem estar sofrendo...

– Por que esperar até ir embora daqui? Seu tio a ama, Rachel. Sempre amou.

Ela balançou a cabeça.

– Deixe que eu o procure amanhã e lhe conte tudo – pediu Alleyne. – Acredito poder levá-lo a perdoar você. Como não vai perdoá-la quando souber que essa farsa foi sugestão minha e que você concordou com ela apenas por amor às amigas, por achar que tinha um débito de honra? E porque seu pai escondeu que Weston sempre se preocupou com você, tentando ser um verdadeiro tio. Ele vai compreender como essa farsa se tornou intolerável para você agora que teve uma oportunidade para conhecê-lo e amá-lo. Deixe-me fazer isso.

Rachel o encarou.

– Não. Eu me enfiei nesta confusão e sairei dela. Não precisava ter concordado com a sua sugestão. Não sou uma marionete.

– Então conte a ele pessoalmente – sugeriu Alleyne. – Faça isso amanhã, Rachel, e confie no amor dele por você. Seu tio a amou por toda a vida.

– É tarde demais. Não mereço a confiança de ninguém. Ou o amor de ninguém. Perdi o direito a ambas as coisas. A música está terminando. Precisamos entrar para o jantar parecendo animados. *Ele* está feliz esta noite, não está? E com uma aparência melhor do que quando chegamos, não é mesmo? Devemos lhe dar pelo menos o resto desta noite. Ou melhor, *eu* devo.

Se alguém fosse gentil o bastante para encostar um revólver na cabeça dele, pensou Alleyne, ele mesmo puxaria o gatilho de bom grado.

Alleyne ofereceu o braço a Rachel.

Embora soubesse que o baile era em parte em homenagem ao casamento dela, Rachel não esperara que houvesse discursos e brindes durante o jantar, além de um bolo grande, que ela e Jonathan cortaram e logo foi passado de mesa em mesa para servir aos convidados.

Ela não parava de sorrir, sentindo-se doente por dentro.

Como pudera achar que aquele era um excelente modo de pôr as mãos em dinheiro?

Mas o pior ainda estava por vir. Quando Rachel e Jonathan enfim se sentaram e os convidados começavam a se agitar para voltar ao salão de baile e às últimas danças da noite, tio Richard se levantou de novo e ergueu as mãos pedindo silêncio. Todos o atenderam quase no mesmo instante.

– Considero apropriado fazer este anúncio em público, embora originalmente pretendesse informar a minha sobrinha e ao marido dela em particular amanhã. Mas, afinal, de certo modo, o que vou falar diz respeito a toda a vizinhança. Provavelmente é de conhecimento geral que sou o último homem da minha linhagem e que meu título morrerá comigo quando chegar o momento. Porém, minha propriedade e fortuna não estão atreladas ao título, são minhas para deixar a quem quiser. Há um primo distante do lado da minha família materna, a quem considerei por um longo tempo, apesar de ele viver na Irlanda e eu só o ter encontrado no máximo três vezes na vida. É claro que sempre tive a intenção de deixar uma porção considerável da fortuna para minha sobrinha, Rachel, Lady Jonathan Smith, já que é minha parente mais próxima. Só que a conheci melhor e passei a amá-la profundamente nas últimas semanas. Também vi que Sir Jonathan é um rapaz confiável, determinado, com um interesse óbvio pela terra e muita inteligência para lidar com ela. Fiz todos os arranjos necessários para reescrever meu testamento amanhã. Minha sobrinha herdará tudo depois que meus dias nesta terra houverem terminado.

Rachel não ouviu os murmúrios de concordância e os aplausos que se seguiram ao anúncio; os ouvidos foram tomados por um zumbido e seu corpo se enregelou. Percebeu que estava prestes a desmaiar. Ela inclinou a cabeça para a frente e cobriu o rosto com as mãos, sentindo a mão de Jonathan em sua nuca. Respirou lentamente para tentar se recompor.

Quando Rachel voltou a erguer a cabeça, o tio estava parado ao seu lado. Ela se levantou e o abraçou sem dizer uma palavra, em meio ao murmúrio de aprovação dos convidados e a outra onda de aplausos.

– É isso o que me fará feliz, Rachel – disse o barão, encarando-a com um sorriso, de braços estendidos. – Mais feliz do que qualquer coisa no mundo.

– Não quero que o senhor m-m-morra – balbuciou ela antes de enlaçar o pescoço do tio e enfiar o rosto no ombro dele.

Mas Rachel queria morrer. Era só o que queria.

Ela não soube como conseguiu seguir no baile pelo resto da noite, mas foi o que fez, sorrindo para estranhos e evitando com determinação todos que conhecia. Concentrou-se apenas em ser a recém-casada radiante e, graças aos céus, teve êxito.

Na agitação que se seguiu à partida dos convidados, subiu correndo para o quarto, mas não contou com a total falta de consideração das amigas por suas portas fechadas – e não havia nem isso entre o aposento dela e o de Jonathan. Poucos minutos depois, estavam Bridget, Flossie, Geraldine e Phyllis aglomeradas lá, enquanto Strickland permanecia no batente, de braços cruzados.

– Ora, Rache – disse Geraldine –, agora você está mesmo em apuros.

– Não ouvimos nada na hora em que seu tio fez o anúncio por que estávamos do lado de fora – comentou o sargento com o que bem lembrava um rubor. – Geraldine e eu, quero dizer. Estávamos tomando conta dos cavalos.

– Estávamos dançando, Will. E logo nos beijando. Então entramos em casa e Phyll nos contou.

– Meu amor – manifestou-se Bridget –, é melhor irmos embora daqui.

– Ir embora? – Phyllis pareceu não compreender. – *Embora*, Bridget? Quem vai cozinhar para o barão?

– Vim aqui para pedir a minha herança – explicou Rachel. – Na época, soou tão lógico fingir que eu era casada para obter as joias! Eu queria desesperadamente ajudá-las a encontrar o Sr. Crawley e ressarci-las. Não posso fazer isso... nada disso. Vamos...

– Só um momento, Rachel. – Flossie levantou a mão. – Que história é essa de nos ressarcir? *Você* iria nos devolver o que *ele* roubara? Isso quando o patife a usou de forma horrível e tirou tudo de você? Está louca?

– Se não fosse por mim, vocês nem o teriam conhecido.

– Rachel, meu amor – disse Bridget –, nem pensaríamos em aceitar um centavo seu, a não ser o que planejávamos pegar emprestado para nossa viagem, até podermos lhe devolver.

– Eu nunca pensaria nisso – foi a vez de Geraldine retrucar, com as mãos nos quadris. – Tem minhocas na cabeça, Rache? *Você* não roubou nosso dinheiro.

Phyllis atravessou correndo o quarto de vestir e abraçou Rachel com força.

– Mas sua intenção foi linda, Rachel. Sabe quando foi a última vez que alguém pensou em nós desse jeito? E essa estada em Chesbury Park também foi linda. Tenho sido mais feliz aqui do que já fui em qualquer outro lugar na minha vida inteira. Acho que todas nós temos. E precisamos agradecer a você por essas férias fantásticas. Portanto, não acrescente uma culpa imaginária à sua lista de infortúnios.

– E que infortúnios, Rache – comentou Geraldine.

– O que precisa fazer, senhorita... – disse Strickland. – Não que tenha me perguntado, não que seja da minha conta falar qualquer coisa, sou apenas um valete caolho e ainda nem sou muito bom nisso... Mas o que precisa fazer, senhorita... e o senhor também, embora tenha se recolhido ao seu quarto em vez de encarar a confusão aqui... O que precisam fazer é se casarem de verdade, assim tudo estará resolvido.

– Seria tão romântico... – falou Phyllis. – Você está completamente certo, Will.

– Não – retrucou Rachel com firmeza. – Isso não é uma opção. Pretendo colocar tudo em pratos limpos o mais rápido possível, então vou cuidar da minha vida. A última coisa de que preciso é de um casamento forçado. E essa também é a última coisa de que Jonathan precisa. Vou resolver tudo.

Embora só Deus soubesse como. Tio Richard parecera tão feliz... Ela nem sabia que a propriedade e a fortuna dele não estavam atrelados ao título de nobreza. Não pensara a respeito.

As damas tinham muito mais a dizer, porém Rachel não ouviu. Strickland se recolheu ao outro quarto de vestir e, enfim, as quatro mulheres foram embora, todas falando ao mesmo tempo depois de abraçarem Rachel. Então Geraldine lembrou que era camareira e voltou para ajudá-la a se despir e pentear seus cabelos.

Rachel teve a sensação de que uma eternidade havia se passado antes que ela se visse sozinha e pudesse se arrastar para a cama e puxar as cobertas sobre a cabeça.

CAPÍTULO XIX

Strickland saiu calado do quarto, seu silêncio gritando desaprovação e conselhos não ditos. Cerca de uma hora depois, Alleyne ainda estava parado diante da janela, olhando para o parque iluminado pelo luar. Duvidava que Rachel estivesse dormindo.

Alleyne se perguntava se deveria procurar Weston pela manhã sem que ela soubesse, mas desistiu da ideia. Já fizera muito mal a Rachel e não queria ainda tirar a liberdade dela para lidar sozinha com o assunto.

Ele sentiu um movimento e, ao virar a cabeça, ela estava parada no batente, de camisola. Não havia velas acesas, mas os olhos dele já tinham se acostumado à escuridão. Rachel usava a mesma camisola da noite em que *ele* entrara no quarto *dela*. Seus cabelos estavam soltos.

– Pensei que você estivesse dormindo – disse ela.

– Não.

– Ah.

– É melhor você vir aqui – sugeriu Alleyne quando Rachel permaneceu parada, muda, aparentemente sem nada mais para falar.

Ela se aproximou, apressando-se na direção dele e parando de repente a menos de um metro.

– Quero que você vá embora. Pela manhã.

– Ah.

– Sim. Vou contar tudo ao meu tio. Tenho que fazer isso. Não posso permitir que ele altere o testamento a meu favor, certo? Mas ele vai culpá-lo da mesma forma que me culpará. Vai acusá-lo de ter comprometido a minha virtude e insistirá para que se case comigo. Isso se simplesmente não nos expulsar da propriedade. Mas tenho que pensar em todas as possibilidades e estar preparada para elas. Não vou permitir que você seja coagido a se casar comigo, Jonathan.

– Não posso ser coagido. Já discutimos isso antes, lembra-se? Até eu conhecer a minha identidade e saber se sou casado, não posso desposar você nem mais ninguém... nem sequer lhe prometer casamento.

– Mas você vai descobrir quem é. E talvez descubra que é solteiro. Não quero que *ninguém* tente forçá-lo a se casar comigo. Seria terrivelmente injusto com você. Entrou nessa farsa por minha causa e eu concordei de livre e espontânea vontade. Além do mais, não quero me casar com você. É bem provável que eu nunca me case, mas, se o fizer, será porque descobri o amor da minha vida e terei a certeza de uma existência inteira de felicidade... até onde alguém pode ter certeza de alguma coisa. Não o estou insultando, Jonathan. Sei que se sente tão relutante quanto eu em ser forçado a um casamento. De qualquer modo, não pretendo que isso aconteça. Você irá embora... cedo, antes que tio Richard acorde.

– É um adeus, então? – perguntou ele.

– S-sim.

Alleyne pegou uma das mãos dela, que estava parecendo um bloco de gelo. Ele a aqueceu entre as próprias mãos.

– Não farei isso. Vamos encarar seu tio juntos amanhã.

A honra, assim como a preocupação por Rachel, exigiam que ele encarasse Weston com ela. O barão passara a confiar em Alleyne. Tinha que encarar o homem nos olhos ao admitir que essa confiança não fora merecida.

Rachel estremeceu.

– É melhor irmos para a cama – sugeriu ele.

– Juntos?

Alleyne não falara com essa intenção, porém percebeu que Rachel precisava de companhia e talvez de mais do que isso. Ela precisava ser abraçada. E ele, que Deus o ajudasse, queria abraçá-la.

– É o que você deseja?

Ele levou a mão dela aos lábios. Rachel assentiu.

– Se *você* desejar.

Alleyne riu baixinho e puxou-a junto ao corpo. Rachel ergueu o rosto para ele e as bocas dos dois se encontraram – famintas com ânsia, desejo, vontade de confortar e de ser confortado.

Como Geraldine acabara de se referir à situação em que estavam? Um infortúnio. No dia seguinte, para o bem ou para o mal, tudo acabaria. Nesse meio-tempo, havia aquela noite.

Alleyne se abaixou e levantou-a nos braços pela única razão de que agora *conseguia* fazer aquilo, já que a perna ferida estava curada e ele sentia-se forte de novo. Carregou-a até a cama e deitou-a no meio do colchão antes de se despir e se juntar a ela.

Eles só fizeram amor uma vez. Lentamente, de forma intensa e quase lânguida. Não era apenas sexo, percebeu Alleyne no meio do ato – ao menos não sexo em seu sentido mais cru. Também não era amor, pois, ao que parecia, Rachel não o amava como sonhava um dia vir a amar um homem. De qualquer modo, foi algo precioso. Uma troca intensa de conforto. E *houve* conforto.

Rachel adormeceu logo que Alleyne saiu do corpo dela e se acomodou ao seu lado, aconchegando-se ao amante. Ele descansou o rosto no topo da cabeça da mulher e seguiu-a rumo ao esquecimento do sono.

Rachel afastou o prato do café da manhã, a comida quase intocada. Estava com dificuldade até de olhar para Jonathan. Ela o procurara no meio da noite para persuadi-lo a deixar Chesbury cedo pela manhã e acabara dormindo na cama dele. Quer dizer, não apenas dormira...

Era muito mortificante. Mas não fora apenas Jonathan que tirara seu apetite. O tio já havia acordado, embora, como sempre, estivesse tomando o desjejum nos próprios aposentos. Ele mandara o valete descer para convidar Rachel e Jonathan a irem encontrá-lo quando lhes fosse mais conveniente.

Geraldine estava no andar de cima, arrumando a bagagem de Rachel. Iriam todos embora ao meio-dia no máximo. Rachel tentou se concentrar nesse pensamento, mas primeiro precisava sobreviver àquela manhã. Como poderia se sentir aliviada mesmo já indo cair na estrada, se havia fracassado e deixaria seu tio irritado e traído? Então a partida de Jonathan seria iminente.

Às vezes, a vida parecia tão desoladora que o único consolo era não poder ficar pior.

Rachel e Jonathan se levantaram. Extraordinariamente, nem Bridget nem Flossie disseram uma palavra quando o casal deixou a sala.

O barão estava sentado na cadeira de sempre, mas a virara para dentro do quarto naquela manhã. Rachel percebeu que o tio parecia doente de novo. A noite passada fora demais para ele. E agora...

– Sentem-se – pediu o barão em tom grave.

– Tio Richard, há algo que preciso lhe dizer. Não adianta esperar mais. Eu só...

– Por favor, Rachel. – Ele ergueu a mão. – Há algo que *eu* preciso dizer primeiro. Tenho sido covarde demais para falar, mas a hora chegou. Por favor, sente-se. E você também, Smith.

Rachel se acomodou na beira de uma cadeira, infeliz, enquanto Jonathan se sentava em outra.

– Acredito que eu teria tomado a decisão que anunciei ontem à noite mesmo que não tivesse qualquer outro incentivo – continuou o barão. – Sempre ansiei por tê-la aqui, Rachel, para que você descobrisse que este é o seu lugar. E também constatei com alegria que você tem um marido que ama, compreende o campo e sempre tomará conta dele, mesmo que vocês dois estabeleçam como principal residência a propriedade no norte da Inglaterra.

– Tio Richard...

– Não. – Ele voltou a erguer a mão. – Deixe-me terminar. Acredito que eu teria tomado a decisão que tomei de qualquer modo, embora possa parecer a você que fiz isso na intenção de suborná-la e aliviar minha consciência. Planejei lhe contar hoje que manteria suas joias comigo até você completar 25 anos, já que esse foi o desejo de sua mãe. Imaginei que estaria morto até lá.

– Não diga isso. – Rachel se inclinou para a frente. – Eu nem mesmo *quero* essas joias.

O barão suspirou e apoiou a cabeça contra as almofadas. A pele dele parecia cinzenta de novo.

– Elas se foram, Rachel.

– Como assim?

– Foram roubadas – confessou ele.

Jonathan se levantou, serviu um copo de água de um jarro que estava sobre a bandeja ao lado do barão e pousou-o perto da mão do homem. Então, foi até a janela e ficou olhando para os jardins.

– Roubadas? – sussurrou Rachel.

– Não tenho nem certeza de quando, como ou por quem – explicou o tio. – Elas só não estavam mais no cofre quando fui pegar alguma outra coisa, mais ou menos uma semana antes de você chegar aqui. Era impossível suspeitar de qualquer empregado, mesmo que o serviço deles realmente houvesse caído de qualidade nos últimos anos. Ainda assim, o único estranho que esteve em minha biblioteca, que poderia ter visto onde guardo meus bens mais valiosos, foi um *clérigo*, e era um homem com consciência, caridoso. Não faria sentido suspeitar dele.

Jonathan virou a cabeça e seus olhos encontraram os de Rachel.

– Um clérigo... – repetiu ela. – Nigel Crawley?

– Nathan Crawford – respondeu o tio.

– Alto, louro e belo? – perguntou Rachel, os olhos arregalados. – Muito charmoso? Entre 30 e 40 anos? Talvez com uma irmã acompanhando-o?

O barão encarou a sobrinha.

– Você o *conhece*?

– Acredito que eu o tenha feito vir até aqui sem querer. – Ela deixou escapar uma risada trêmula. – Conheci esse homem em Bruxelas, quando trabalhava para Lady Flatley. Inclusive fiquei noiva dele. Estávamos voltando à Inglaterra para nos casarmos, então viríamos aqui visitar o senhor e tentar persuadi-lo a me dar as joias. Mas ouvi esse homem conversando com a irmã e eles estavam rindo e falando sobre o que fariam com todo o dinheiro que lhes fora dado para as supostas obras de caridade. Também levavam uma grande quantia das minhas amigas que estão aqui... na verdade, as economias da vida toda delas.

Tio Richard fechara os olhos, parecendo mortalmente pálido.

– Várias pessoas daqui fizeram doações para as obras de caridade dele. Eu também fiz. Dei o dinheiro a ele quando estávamos juntos na biblioteca e nem tentei esconder o cofre. O homem parecia totalmente confiável. Imagino que tenha voltado para pegar as joias. Não é difícil invadir Chesbury, e meus criados não vinham sendo vigilantes. Seja como for, Rachel, as joias se foram e eu não fiz nada para recuperá-las. Não sabia o que fazer ou de quem suspeitar.

Estranhamente, levando-se em consideração as atitudes extremas que estivera disposta a tomar para colocar as mãos na fortuna, Rachel estava mais preocupada com o tio naquele momento do que com ela. Aquelas joias não haviam lhe causado nada além de dissabores. Que se fossem, não eram mais problema dela. Levantou-se, apressou-se até a cadeira do tio, ajoelhou-se ao lado dele e pousou o rosto em seus joelhos.

– Não tem importância, tio Richard. Não mesmo. Ele não machucou o senhor e isso é tudo que importa. Nunca vi essas joias. Não vou sentir falta do que nunca tive. Estou quase *feliz* por elas terem ido embora.

– Talvez você não se dê conta da enorme fortuna que elas valiam – replicou ele, a mão pousada na cabeça dela. – Como posso me perdoar por tê-la enganado dessa forma? Deveria ter lhe contado imediatamente. Deveria ter mandado alguém procurar você assim que dei falta das joias.

– Tio Richard, o senhor não sabe *nada* sobre engodos.

Ele acariciou os cabelos dela. Jonathan, ainda diante da janela, pigarreou. O coração de Rachel martelava no peito.

– Se você era noiva de Crawford, ou Crawley, ou qualquer que seja o nome dele – comentou o tio, no silêncio que se seguiu –, então como...

– Senhor – adiantou-se Jonathan –, foi Rachel que apresentou Crawley às amigas. O homem levou as economias delas com a bênção das damas e de Rachel, supostamente para investir o dinheiro com segurança em um banco londrino. Rachel se culpou pela perda considerável das amigas e jurou a si mesma... sem o conhecimento das damas... que devolveria cada centavo. Para tal, Rachel precisava da herança dela. Precisava vender algumas peças de joias.

Rachel fechara os olhos.

– E qual é a sua parte nisso, Smith? – perguntou tio Richard.

– Devo a minha vida a Rachel. Ela me encontrou abandonado e à beira da morte depois da Batalha de Waterloo e cuidou de mim até que eu me curasse. Rachel precisava de um marido se quisesse persuadir o senhor a entregar a herança dela mais cedo.

– E você *não* é marido dela de verdade?

– Não, senhor.

Era injusto deixar que Jonathan explicasse tudo sozinho, pensou Rachel. Ela sinceramente não pretendera que aquilo acontecesse. Porém, manteve os olhos fechados. Aquela manhã terrível parecia ter saído do controle.

– Por que não? – questionou o tio, com a voz baixa e tensa.

– Quando recuperei a consciência, descobri que havia perdido a memória – explicou Jonathan. – Não sei nada sobre o meu passado. Nem mesmo se sou casado com outra pessoa.

– Então você não é Sir Jonathan Smith?

– Não, senhor. Não sei meu nome verdadeiro.

– E não tem propriedade e fortuna em Northumberland?

– Não, senhor.

– Foi tudo culpa minha – interveio Rachel. – Jonathan achou que me devia a vida e sabia que eu queria pôr as mãos nas joias mais do que qualquer coisa no mundo. Então se ofereceu para me ajudar. Foi tudo culpa minha. Absolutamente tudo. Ele não deve ser culpado de nada. Mas eu não poderia manter a farsa, ainda mais após a noite passada. Eu *nunca* soube dos presentes de aniversário que o senhor mandou ou da oferta para me mandar à escola ou, ainda, da vontade de me apresentar à sociedade em uma temporada. Achei que o senhor havia me esquecido completamente. Achei que me odiava. Não consegui *suportar* quando o senhor me deu o colar e os brincos da minha tia e, logo depois, disse a todos que tinha decidido deixar tudo para mim porque me amava. Vim aqui esta manhã para lhe confessar tudo. Jonathan insistiu em vir comigo.

– Ora, que os raios me partam – falou o tio, após um curto silêncio.

Então ele fez algo tão inesperado que Rachel se sobressaltou, alarmada: começou a rir. A princípio foi apenas um mero tremor que poderia ter sido de fúria, logo depois um ribombar baixo que poderia ter sido o prenúncio de um infarto mortal, mas era um som tão caloroso que só podia se tratar de uma risada.

Rachel se sentou sobre os calcanhares e ergueu os olhos para o tio, preocupada. Ainda assim, sempre achara risadas contagiantes, mesmo quando não sabia o que as causara – o que era o caso. Os lábios dela se curvaram e Rachel sentiu o riso borbulhando dentro de si. Então, cobriu o rosto com as mãos e caiu na gargalhada.

– *Realmente* isso tudo é um incrível absurdo – disse Jonathan, seco.

De repente, estavam todos às gargalhadas por causa de assuntos que haviam parecido tão trágicos pouquíssimo tempo antes – e com certeza voltariam a parecer assim que eles se acalmassem e pensassem melhor na situação.

Às vezes a farsa simplesmente leva à farsa, pensou Rachel mais tarde, quando teve a oportunidade. Antes que qualquer um deles tivesse se acalmado o bastante para encarar a realidade, a porta foi aberta de supetão sem que ninguém batesse e Flossie entrou apressada na sala, seguida de perto por Geraldine, Phyllis e Bridget. Flossie agitava uma folha de papel.

– Ele está em Bath, Rachel. O patife está em Bath, jogando charme para todas aquelas matronas velhas, convencendo-as a lhe entregarem seus trocados e se apresentando como Nicholas Croyden. Mas é ele com certeza. Não tenho dúvida.

– Vamos atrás dele, Rache – falou Geraldine. – Will vai segurá-lo e eu arrancarei as unhas de seus pés.

– E eu vou bater no nariz dele até enfiá-lo na cabeça – acrescentou Phyllis. Apropriadamente, os braços dela estavam cobertos de farinha e ela brandia um rolo de abrir massa.

– Vou arrancar todos os fios de cabelo dele e rechear um travesseiro, então lhe enfiarei tudo garganta abaixo – foi a vez de Bridget.

– Esta carta – disse Flossie, agitando o papel – é de uma das nossas colegas, que vai ficar de olho nele até chegarmos lá. Você vem conosco, Rachel?

Tio Richard pigarreou.

– Rachel, acho que está na hora de você me apresentar adequadamente às suas amigas e à sua, ahn, camareira.

Foram todos para Bath.

A princípio, Phyllis pareceu que ia ficar para trás, preocupada com a perspectiva de deixar lorde Weston sem comida adequada para restaurar sua saúde e para engordá-lo um pouco. Então Rachel tentou insistir para que Alleyne fosse a Londres sem demora, já que a farsa acabara. Ela ficaria em Chesbury, se o tio a quisesse ali. Bridget anunciou sua intenção de permanecer com Rachel, pois a jovem agora era oficialmente solteira e precisava de uma acompanhante. Strickland, que estivera esperando do lado de fora da sala desde o começo, demorou-se explicando que, embora gostasse da ideia de proteger as damas e dar uma surra em Crawley, sentia-se na obrigação de ir com o Sr. Smith como valete dele, ao menos até que o homem retomasse a memória. Geraldine lembrou que era camareira de Rachel – até recordar que já não precisava mais fingir. De qualquer modo, sentia-se relutante em partir logo quando conseguia pôr ordem na criadagem e estava no meio do inventário da casa, que vinha supervisionando. Flossie se virou para todos com um olhar sonhador e revelou que, na noite anterior, Drummond a levara até o lago sob o luar e a pedira em casamento.

Ela afirmou que ainda não aceitara, mas também não recusara. E lhe prometera uma resposta naquele dia ou no dia seguinte.

Então, pareceu que ninguém iria.

Mas Weston se manifestou:

– É de uma incrível covardia que todos escolham ficar aqui quando a aventura chama em Bath. Acho que precisarei ir sozinho.

– Ah, esplêndido! – exclamou Flossie, amassando a carta contra o seio. – O senhor tem espírito esportivo, milorde. O Sr. Drummond pode esperar pela minha resposta.

Então, o clamor e confusão voltaram quando todos de repente começaram a achar razões para ir a Bath.

Rachel, é claro, não aceitou de bom grado a decisão do tio:

– O senhor *deve* ficar tranquilo aqui. Não está forte o bastante para viajar. Ficarei com o senhor e todos os outros podem ir, exceto Jonathan.

– Rachel, acreditei que esta manhã fosse ser uma das mais sombrias da minha existência, mas você me deu uma nova perspectiva de vida. Apesar da perda das joias, que podem muito bem não ser recuperadas, nunca me diverti tanto na vida. Não perderia a ação em Bath por nada neste mundo.

A opinião de Alleyne não fora solicitada nem oferecida, mas ele pegou Rachel o encarando de olhos arregalados depois do que o tio falou, e é claro que todas as damas a imitaram. E logo também Strickland – sem os olhos arregalados.

– Londres pode esperar, da mesma forma que Drummond – anunciou Alleyne, sorrindo para eles. – Assim como minha memória e minha antiga vida. No entanto, por mais estranho que pareça, e isso de certo modo é alarmante, tenho a sensação de que a presente vida não é muito diferente da antiga. Estar envolvido com pessoas loucas em esquemas loucos me parece natural... e não fui eu que sugeri o último esquema? Vou para Bath mesmo se mais ninguém for.

– Ótimo – comemorou Geraldine. – Ouviu isso, Will? Você também virá.

Alleyne percebeu que ela ficou ruborizada, o que era *muito* interessante... Mas a atenção dele foi desviada quase imediatamente. Rachel estava sorrindo para ele, os olhos cintilando de prazer e dançando de contentamento.

– Bath vai descobrir que não conseguirá nos conter.

– Espero que sim.

Alleyne piscou para ela.

Um estranho que entrasse na sala naquele momento nunca imaginaria que quase todos ali eram vítimas de roubos recentes e devastadores, envolvidos em longas farsas complexas até alguns poucos minutos antes. Eles se regozijavam com a perspectiva de abalar a sociedade sisuda e respeitável de Bath.

Era realmente extraordinário, pensou Alleyne. Também era um enorme alívio não ter que fingir mais e saber que Rachel encontrara seu lar e ficaria feliz e segura ali depois que toda aquela história houvesse terminado – e depois que ele se fosse.

Porém, Alleyne só pensaria na separação deles quando chegasse a hora.

Nesse meio-tempo, o barão Weston se encontrou com seu advogado, como planejado, e reescreveu o testamento.

Então, na manhã seguinte, bem cedo, todos partiram para Bath em um verdadeiro desfile de carruagens e charretes de bagagens com a intenção declarada de fazer com que Nigel Crawley – ou Nathan Crawford ou Nicholas Croyden – se arrependesse de ter nascido.

CAPÍTULO XX

O barão alugou quartos para todos no York House Hotel, o melhor de Bath, apesar dos protestos das damas, que não tinham condições de pagar por eles – ao menos até encurralarem Nigel Crawley e tomarem de volta as economias. Lorde Weston avisou que se responsabilizaria pela conta, e foi o que fez. E não quis ouvir mais nem uma palavra a respeito. Por sugestão dele, todos mantiveram as identidades que haviam assumido quando chegaram a Chesbury, exceto Rachel – que voltou a usar o nome de solteira – e Geraldine, elevada a Srta. Geraldine, irmã da Sra. Leavey, com quem se parecia tanto quanto um cavalo é semelhante a um coelho.

Weston ficou de cama pelos dois dias que se seguiram à chegada deles, devido à exaustão após a viagem e também à agitação que a antecedera. Rachel permaneceu sentada ao lado dele na maior parte do tempo, mais preocupada com o tio do que com todas as joias e patifes do mundo. Ela se animou ao ouvir do médico que fora mesmo apenas o esgotamento que o abatera e que não havia nenhum sinal da volta dos problemas cardíacos.

Ela ficava em silêncio quando o tio precisava dormir ou apenas estava introspectivo e conversava quando o barão mostrava mais energia. Chegou mesmo a ler para ele certa vez. Rachel não conseguia evitar a lembrança de outro quarto de doente por onde passara com frequência e de outro paciente de quem cuidara, não muito tempo antes, embora parecesse ter passado um século.

Ela viu Jonathan muito pouco e se resignou ao fato de que era mesmo o começo do fim. Ele não voltaria a Chesbury Park com o grupo. O tio já a convidara para morar na propriedade e Rachel aceitara – ambas as atitudes não haviam sido motivadas apenas pelo dever. Por incrível que pudesse parecer, tio Richard a amava – *mesmo* depois da farsa armada. E, o que talvez fosse mais incrível ainda, ela o amava. Durante aqueles dias, Rachel mergulhou num amor incondicional e não lhe fazia exigências.

O barão aceitara até mesmo as amigas dela, embora elas houvessem confessado quem e o que eram. Na verdade, lorde Weston fizera mais do que aceitá-las: ele realmente gostava delas.

– Rachel – disse tio Richard certa tarde, depois de acordar de uma soneca –, não sentia nenhuma admiração pelo seu pai, mas de algum modo ele a criou bem. Quase nenhuma dama se disporia a ser amiga de quatro representantes de uma das classes mais rejeitadas da sociedade apenas porque uma delas fora sua ama na infância. E pouquíssimas reconheceriam ter um débito de honra com elas ou iriam a tais extremos para pagá-lo. Mas acredito que suas ações tenham merecido uma recompensa certa. A amizade delas é tão sincera quanto qualquer outra que você pudesse fazer entre mulheres da mesma categoria social.

– É verdade, tio Richard. Elas me acolheram quando eu não tinha nada, mesmo tendo perdido tudo o que haviam economizado.

– E a Srta. Levy cozinha de forma maravilhosa – comentou o barão com um suspiro.

Rachel estava satisfeita: quer encontrassem Nigel Crawley ou não, quer recuperassem o que ele lhes roubara ou não, aquela aventura terminara de forma muito mais feliz do que ela achava merecer.

Também estava satisfeita por ver Jonathan tão pouco. E ficaria ainda mais quando ele fosse embora de vez. Então seu coração poderia começar a se curar e talvez ela pudesse buscar a felicidade. Mesmo assim, temia o momento da partida. Depois que Jonathan já tivesse ido, ela ficaria bem. O problema era o momento em si. Rachel ensaiou mentalmente o que diria a Jonathan. Como *sorriria*.

Enquanto isso, as damas passaram aqueles dois dias visitando as amigas, a quem chamavam de irmãs, e reunindo mais informações sobre Nicholas Croyden, que se hospedara com a irmã na área de Sydney Place e era visto com frequência jogando charme para todas as viúvas e mulheres sem compromisso de idade incerta, que abundavam no balneário. Ele aparecia no Pump Room todas as manhãs, para o concorrido passeio e para tomar as águas, embora nenhuma das colegas consultadas jamais houvesse posto os pés naquele lugar consagrado.

– Mas *nós* iremos – afirmou Flossie quando estavam reunidos para a refeição na sala de jantar particular do barão, na segunda noite. – É um lugar absolutamente respeitável para a viúva do coronel Streat ir acompanhada pela cunhada, pela *irmã* e pela querida amiga delas, a Srta. Clover. Iremos lá amanhã.

– Sim, iremos – concordou Jonathan, que fez uma elegante mesura para Rachel e sorriu. – Posso ter a honra de acompanhá-la, Srta. York? Com a permissão do seu tio, é claro, ao lado da Srta. Clover, cuja companhia é necessária para a ocasião.

Ele estava se divertindo, pensou Rachel. No fundo, era mesmo um homem temerário. Ela se perguntava se Jonathan sempre teria sido assim e sentiu uma pontada de tristeza por não tê-lo conhecido antes, pois não viria a saber quem ele realmente era.

– Obrigada, Sir Jonathan – respondeu ela. – O prazer seria meu.

– E meu também – disse o tio. – Ninguém vai me deixar para trás. Só precisamos torcer, suponho, para não nos vermos diante de um lamentável anticlímax caso o homem durma demais e não apareça para a caminhada da manhã.

– Tio Richard... – começou Rachel, mas ele ergueu a mão para impedi-la de continuar.

– A maior parte das pessoas vem a Bath por duas razões, Rachel. Porque precisam alugar uma moradia temporária ou passar algum tempo em uma pequena pensão e Bath é uma cidade mais barata, ou porque não estão bem de saúde e desejam fazer uso das águas medicinais. Faço parte do segundo grupo. Vou tomar as águas no Pump Room amanhã de manhã.

– E nós fazemos parte do primeiro grupo – disse Geraldine, sem titubear. – Mas não por muito tempo. Quando colocar as mãos naquele patife, vou espremê-lo até ele vomitar dinheiro.

– Muito refinado o seu linguajar, Gerry – comentou Flossie, estalando a língua. – Por favor, lembre-se de quem você é. Damas não *vomitam* ou provocam vômito. Você vai espremê-lo até ele *colocar para fora* o nosso dinheiro. E eu ajudarei.

– O que eu não entendo – interveio Rachel, franzindo a testa, enquanto pegava uma colherada da sobremesa – é por que ele apareceria em público em um lugar como Bath se muitas pessoas na Inglaterra já devem ser capazes de reconhecê-lo.

– É um risco calculado – respondeu Jonathan. – Lembre que a maioria, na verdade, *deu* o dinheiro para as obras de caridade. Se por acaso o reencontrassem, longe de atacá-lo com fúria, essas pessoas o cumprimentariam com alegria e ainda fariam outra doação... embora pudessem estranhar a troca de nome. No entanto, é pouco provável que haja muitos reencontros. O tipo de gente que estava em Bruxelas durante a primavera não é o mesmo que frequenta Bath. Depois daqui, talvez ele vá a algum lugar como Harrogate, outra estação de águas, é claro, mas que seja bem mais ao norte daqui, com poucas chances de atrair a mesma clientela.

– Ora, desta vez ele cometeu um grande erro – disse Phyllis. – Não deveria ter se metido conosco. Nós provavelmente não o teríamos encontrado se ele não houvesse usado um nome tão similar ao de Bruxelas. Por que ele fez isso? Se eu fosse ele, me apresentaria agora como Joe Bloggs.

– Mas quem faria doação para pobres órfãos necessitados a um *Joe Bloggs*, Phyll? – perguntou Geraldine. – Use sua imaginação.

– Compreendo seu ponto de vista – disse Phyllis.

Jonathan pediu licença logo depois e o resto do grupo se recolheu cedo.

O barão Weston foi reconhecido e cumprimentado por várias pessoas quando apareceu no Pump Room na manhã seguinte. Contudo, foram as acompanhantes dele que despertaram mais interesse, já que todas eram jovens, com a possível exceção de Bridget, que ainda assim era uns vinte ou trinta anos mais nova do que a maior parte dos que apareciam para fazer caminhadas, fofocar e – em poucos casos – beber as águas.

Um general aposentado logo deu o braço a Flossie e Phyllis e foi caminhar pelo salão com elas, perguntando sobre as experiências das duas com os exércitos e contando as próprias experiências. Geraldine e Bridget foram acolhidas sob as asas de uma matrona elegante e altiva, que usava um chapéu alto com um formidável arranjo de plumas e agitava um lornhão com intensidade, como um maestro extravagante conduzindo a orquestra. Rachel ficou parada junto às fontes com o tio e lidou com um desfile de pessoas que iam tomar as águas. Alleyne se viu envolvido em uma conversa com um casal de idade, que alegava conhecer os Smiths de Northumberland e insistia em descobrir se não eram da mesma família à qual Sir Jonathan pertencia.

Nigel Crawley não apareceu. Alleyne não podia reconhecê-lo, mas sabia como era sua aparência. Não seria difícil avistar um cavalheiro alto, louro e belo, mais jovem, entre o grupo não muito grande reunido no Pump Room.

Foi uma decepção, dada a empolgação febril de todas as damas ao saírem do York House. Depois que as houvesse acompanhado de volta ao hotel para o café da manhã, pensou Alleyne, iria até Sydney Place para descobrir por si mesmo se o homem e a irmã ainda se encontravam por lá.

Estava um dia muito agradável e quente, mesmo tão cedo. Os que haviam ido caminhar no Pump Room não tinham pressa de retornar para casa. Como se já não houvessem fofocado bastante nos salões, muitos continuaram as conversas do lado de fora, no pátio da abadia. O general Sugden não estava disposto a abrir mão da companhia de duas damas encantadoras e as regalou com mais uma história de batalha, na qual aparecia como o herói conquistador. A nobre matrona estava certa de que veria a Srta. Ness e a Srta. Clover nos Upper Rooms alguma noite e as convidou para tomar chá com ela lá. Deixou claro que esperava que elas levassem também Weston, a sobrinha dele e Sir Jonathan Smith. Três damas e dois cavalheiros detiveram o barão e Rachel. O casal de idade de repente se lembrou de que na verdade conheciam uma família de *Joneses* – um erro compreensível, já que por algum motivo Smith e Jones eram nomes facilmente confundíveis. Eles queriam saber se Sir Jonathan conhecia algum dos Joneses daquele condado.

Ao que parecia, houvera serviço religioso na abadia pela manhã. Uma pequena congregação de fiéis saía para o pátio e começava a se reunir para conversar, inclusive se misturando com os grupos do Pump Room.

Entre os fiéis se destacava um cavalheiro alto, louro e belo e uma dama de cabelos claros com a mão no seu braço. Com eles, vinha um grupo de quatro damas de idade indeterminada, todas escutando o que o louro dizia com expressões idênticas de pia adoração.

Alleyne olhou de relance para Rachel. Qualquer dúvida que pudesse ter desapareceu quando viu a expressão dela. Os olhos da jovem estavam grudados no homem que acabara de sair da igreja, o rosto pálido. Alleyne voltou rapidamente o olhar para o homem – bem no momento em que este viu Rachel e, talvez, Weston.

O sorriso desapareceu dos lábios de Crawley, ele baixou a cabeça, puxou mais para a frente a aba do chapéu, murmurou algo que deve ter sido um tipo de desculpa para as damas e deu meia-volta bruscamente, sem dúvida com a intenção de fugir correndo.

– Deixem-me lidar com isso – falou Weston enquanto Alleyne se aproximava de Rachel e lhe dava o braço.

Porém, já era tarde demais para lidar com a situação de forma discreta: Phyllis tinha avistado a presa. Ela deu um gritinho, saiu em disparada do lado do general que ainda estava no meio de uma frase e se jogou nas costas de Crawley, os braços ao redor do pescoço do homem, as pernas presas à cintura dele.

– Finalmente o peguei! Seu patife!

Flossie não estava muito atrás.

– Ora, se não é o Sr. Ardiloso – disse ela, e chutou sua canela.

Empunhando a sombrinha, Geraldine avançou para cima de Crawley como uma amazona com uma lança envenenada e lhe deu uma estocada nas costelas.

– Onde está o nosso dinheiro? Seu covarde de coração negro, seu... O que fez com ele? Fale, homem. Não estou conseguindo ouvi-lo.

– Ah, céus – foi a vez de Bridget, apressando-se para se juntar à confusão –, deixou cair seu chapéu, Sr. Crawley, e alguém pisou nele e o arruinou.

Ela lhe arrancou o chapéu elegante e caro e pulou sobre ele até que estivesse todo amassado e cinza de poeira.

Por alguns momentos, os numerosos espectadores daquela exibição espetacular de vulgaridade permaneceram em silêncio, imóveis. Então, todos começaram a falar e a se mover ao mesmo tempo.

O general avançou com a bengala firme para resgatar suas damas; a matrona com o lornhão se benzeu e olhou ao redor em busca de conhecidos com quem compartilhar o delicioso escândalo do momento; estranhos se materializaram e encheram o pátio; a dama de cabelos claros gritou por socorro; as quatro mulheres que saíram da igreja encantadas com Crawley urraram e gritaram, exigindo que soltassem o querido Sr. Croyden; as agressoras não prestaram a menor atenção; Alleyne, Rachel e o barão chegaram mais perto; a vítima do ataque partiu para a ofensiva.

– Longe de mim condenar qualquer pessoa, sendo um homem de fé que ama *toda* a humanidade como Nosso Senhor – conseguiu dizer ele, tentando desviar da ponta da sombrinha e ao mesmo tempo tirar Phyllis de suas costas, enquanto todos ao redor pediam silêncio uns aos outros –, mas essas quatro mulheres não deveriam estar a menos de um quilômetro de um lugar tão refinado. Não é adequado. São todas prostitutas.

A bengala do general sem dúvida era muito mais eficaz do que a sombrinha de Geraldine. Crawley se encolheu quando ela acertou seu estômago e deixou escapar um grunhido nada elegante de dor.

– Declarações como essa, jovem – falou o general, grave –, convidam a um duelo ao amanhecer.

A multidão ficou em silêncio, obviamente sem querer perder uma única palavra dita, para que pudessem espalhar uma versão acurada do incidente entre os conhecidos ausentes desafortunados.

– Elas são, sim – insistiu Crawley. – Eu *quase* lamento tê-las auxiliado em Bruxelas, onde tinham um bordel. Mas essa é a natureza do amor aos homens que Nosso Senhor nos ensinou... e às mulheres também.

– Onde está o nosso dinheiro, seu crápula?

– Você está mentindo, seu ladrão.

– Roubou nosso dinheiro e agora vai dar conta de cada centavo.

– E roubou também as joias de Rachel. Vou arrancar seus olhos!

As quatro falavam todas de uma vez. Os murmúrios aumentaram no pátio da abadia, chocados e indignados, a simpatia da multidão tendendo para o lado do belo clérigo e contra as mulheres que não estavam se comportando como damas.

Então os olhos de Crawley pousaram novamente em Rachel e se encheram de malícia. Ele se levantou, afastando Phyllis das costas, e apontou um dedo acusador na direção da jovem.

– Ela também está envolvida – disse enquanto metade dos aglomerados pedia silêncio, a outra metade se calava e todos se viravam na direção de Rachel. – Não passa de uma prostituta.

Embora Rachel não fosse esposa ou viúva de nenhum coronel do Exército, por pura galanteria o general estava prestes a enfiar de novo a bengala na barriga de Crawley. Mas Alleyne o afastou com o cotovelo. Sem pensar que Crawley era quase da sua altura e provavelmente tinha o mesmo peso, agarrou-o pela lapela do casaco e o sacudiu.

– Perdão? – perguntou entre dentes.

Crawley agarrou as mãos de Alleyne e tentou voltar a encostar os calcanhares no chão, sem sucesso.

– Não ouvi sua resposta – insistiu Alleyne. – Fale alto. A quem estava se referindo um instante atrás?

– Não compreendo o que o senhor tem a ver...

– A quem estava se referindo? – perguntou Alleyne mais uma vez.

Se um alfinete caísse no chão do pátio naquele momento, todos conseguiriam ouvir, tamanho o silêncio.

– A Rachel.

– A *quem*?

Alleyne o levantou mais alto e o aproximou mais do rosto.

– À Srta. York.

– E *o que* disse dela?

– Nada – respondeu Crawley, a voz mais aguda.

Houve outra onda de murmúrios, logo silenciada.

– *O que* você disse?

– Disse que ela está envolvida.

– Envolvida com o quê?

Alleyne chegou a cabeça mais perto e os dois ficaram praticamente com os narizes colados.

– Com as prostitutas. Ela também é uma.

Alleyne o socou no nariz e teve a satisfação de ver o sangue espirrar-lhe das narinas.

A dama de cabelos claros gritou, assim como as outras mulheres que haviam saído da igreja com ela e o irmão.

– Talvez queira rever o que disse – falou Alleyne, trazendo Crawley para perto de novo. – *O que* é a Srta. York?

Crawley murmurou algo com a voz anasalada, tentando, em vão, levar as mãos ao nariz.

– Não consigo ouvi-lo! – bradou Alleyne.

– Uma dama – balbuciou Crawley. – Ela é uma *dama*.

– Ah, você mentiu, então. E a Sra. Streat, a Sra. Leavey, a Srta. Ness e a Srta. Clover?

– Damas também.

O sangue pingava do queixo de Crawley sobre o lenço alvo ao redor do pescoço dele.

– Então elas serão vingadas quatro vezes – replicou Alleyne.

Em seguida, acertou mais quatro socos, dois com cada punho: duas vezes no maxilar, mais uma no nariz e a última no queixo.

Crawley foi ao chão sem esboçar um único golpe em defesa própria. Ficou caído, apoiado em um dos cotovelos, segurando o nariz com uma das mãos e chorando alto de dor.

A maior parte dos espectadores aplaudiu, com direito até a gritinhos de aprovação. Uns poucos, mais especificamente as damas que antes estavam com Crawley, ficaram chocados e indignados e pediram que chamassem um policial. Ninguém lhes deu atenção, talvez porque ninguém quisesse perder um único momento do espetáculo.

A plateia se voltara para ele, aguardando o movimento seguinte, percebeu Alleyne ao sentir a ira gélida se acalmar e tomar consciência do ambiente ao redor. Ele olhou para Rachel. Pálida, ela estava parada não muito longe, fitando-o de olhos arregalados, com o braço de Weston passado por seus ombros.

– Muito bem, Sir Jonathan – disse o barão. – Se eu fosse vinte anos mais novo, por Deus, eu mesmo teria derrubado o patife.

– Acredito que aqui em Bath esse homem seja chamado de Nicholas Croyden – Alleyne se dirigiu à multidão, erguendo a voz para que todos pudessem ouvi-lo. – Era conhecido como Nigel Crawley em Bruxelas, antes da Batalha de Waterloo, e como Nathan Crawford quando visitou Chesbury Park e seus arredores, em Wiltshire, pouco depois. Aonde quer que vá, finge ser um clérigo devotado à humanidade. Pede doações para obras de caridade não existentes e, quando a oportunidade se apresenta, rouba as vítimas sem hesitar.

– Não! – gritou a dama de cabelos claros. – Isso não é verdade. Meu irmão é o homem mais bondoso e amoroso do mundo.

– Que vergonha! – exclamou a dama perto dela para Alleyne. – Eu confiaria toda a minha fortuna e a minha própria vida ao querido Sr. Croyden.

– Essas damas – continuou Alleyne, indicando as quatro amigas que pareciam se divertir bastante – tiveram as economias de toda uma vida roubadas quando Crawley prometeu depositar o dinheiro em um banco londrino para elas.

– E fiz exatamente isso – protestou Crawley, procurando por um lenço no bolso. – Depositei cada centavo.

– E roubou todo o dinheiro da Srta. York – acrescentou Alleyne.

– Ela me *deu* para que eu o guardasse – defendeu-se Crawley –, então voltou para essas prost... essas damas para espalhar mentiras. O dinheiro está separado para devolver a ela.

– Essas acusações são muito sérias, Sir Jonathan – falou o general. – Talvez seja melhor o senhor entrar em contato com o banco em Londres onde Croyden diz que depositou o dinheiro.

– A Srta. York confiava em Crawley naquela época – continuou Alleyne – e lhe contou que possuía uma fortuna em joias, que estavam sob a guarda do tio até que ela completasse 25 anos. O primeiro destino de Crawley ao chegar à Inglaterra foi Chesbury Park, onde ele se insinuou nas graças do barão Weston, aceitou a doação do barão para uma de suas obras de caridade e voltou durante a noite para roubar as joias.

Houve um murmúrio coletivo de ultraje.

– Se alguma dessas joias for descoberta nos aposentos de Crawley – falou Alleyne –, todos aqui acreditarão que ele é o ladrão que digo ser. Pretendo acompanhá-lo aos seus aposentos sem mais demora.

Weston pigarreou.

– A Srta. Crawford... ou Crawley, ou Croyden... está usando um broche da coleção.

A mulher levou a mão ao colo.

– Não estou! O senhor está mentindo. Minha mãe me deu há vinte anos.

– Irei com o senhor, Sir Jonathan – anunciou o general. – Deve haver uma autoridade independente para confirmar a busca. O broche não pode mais ser usado como evidência irrefutável, já que tanto lorde Weston como a Srta. Croyden reclamam sua posse, então se pode chamar um ou outro de mentiroso sem maiores considerações. Eu pediria por uma descrição detalhada, Weston, do máximo de peças de que conseguir se lembrar.

Houve uma nova onda de agitação quando a Srta. Crawley tentou escapar sem ser notada e quatro damas, encabeçadas por Geraldine, caíram em cima dela com muita fúria e impropérios – na verdade, os insultos mais inventivos e chocantes saíram dos lábios da Srta. Crawley. O espetáculo estava praticamente chegando ao fim.

Lorde Weston aconselhou aos doadores de Crawley que logo pedissem o dinheiro de volta e que ninguém cogitasse lhe fazer mais doações para as obras de caridade.

Uma das damas que haviam saído com Crawley da igreja deu um gritinho e desmaiou. Duas outras declararam que defenderiam o pobre e querido homem até o dia em que morressem.

Enquanto isso, Rachel se adiantara e estava parada olhando para Nigel Crawley, que ainda não ficara de pé, talvez com medo de ser nocauteado de novo.

– É estranho como o bem pode vir tanto do mal quanto do que parecia um desastre. Foi através do senhor e de sua vilania que descobri a verdadeira amizade, o amor e a compaixão. Espero que o mesmo bem possa vir para o senhor. – Ela voltou a atenção para a dama. – E para a Srta. Crawley também, embora duvide que isso vá acontecer.

Alleyne colocou Crawley de pé e foi levando-o a passos rápidos através do pátio e dos arcos sobre pilares na entrada dele, até uma das carruagens que estiveram esperando por eles desde que haviam saído do Pump Room. A multidão retrocedeu para que passassem; logo atrás deles, vinham a Srta. Crawley com suas quatro vigias, Weston e Rachel.

– Este é o acontecimento mais empolgante que já vimos em Bath – comentava um cavalheiro com outro quando Alleyne passou – desde que Lady Freyja Bedwyn acusou o marquês de Hallmere de se aproveitar de moças inocentes bem no meio do Pump Room. Você estava lá?

As palavras de algum modo se alojaram na mente de Alleyne, embora ele não tivesse a oportunidade de examiná-las de novo de imediato. Estava ocupado demais empurrando Crawley para dentro de uma das carruagens, subindo logo atrás e ajudando Weston e o general a embarcarem também.

Enquanto isso, as damas – todas as seis – se empilharam em outra carruagem, aparentemente com a intenção de irem também para Sydney Place.

Alleyne torceu para que ninguém pensasse em mandar um policial lá.

CAPÍTULO XXI

Rachel mal conseguia suportar olhar para Nigel Crawley. Era muito humilhante lembrar que um dia o respeitara e admirara o bastante para concordar em se casar com ele. Como podia ter sido tão ingênua? Além de ladrão e trapaceiro, o homem era um covarde. Apesar de ser quase do mesmo tamanho de Jonathan, Crawley nem sequer tentara reagir, mesmo sem ninguém tê-lo segurado. E, depois que fora nocauteado, ficara no chão, choramingando. Agora estava sentado na cadeira em que Jonathan o depositara, em seus aposentos, todo encolhido, relanceando olhares ao redor como se buscasse uma rota de fuga.

Era pouco provável que encontrasse alguma. Geraldine, Flossie e Phyllis estavam de guarda, triunfantes, enquanto Bridget mantinha um olho firme na Srta. Crawley, sentada a uma curta distância do irmão.

Seu único consolo, pensou Rachel, era que muitas mulheres e muitos homens também haviam sido enganados – não que tivessem chegado perto de se casar com ele.

Encontraram uma enorme quantidade de dinheiro nos aposentos, assim como a caixa de joias tirada do cofre de Chesbury. Tio Richard identificara todas as peças e o general Sugden confirmara que elas batiam com as descrições passadas durante o trajeto de carruagem até Sydney Place.

O general assumira o comando da situação no momento em que haviam chegado e Rachel acreditava que ele vinha se divertindo bastante. Conseguira papel, pena e tinta com a senhoria e agora, sentado a uma mesa coberta com uma toalha no meio da sala de estar, fazia uma lista do que fora descoberto no lugar, com exceção da mobília e dos artigos pessoais dos dois ocupantes.

Porém, houve omissões significativas na lista. Antes de se sentar, o general dera a Flossie o valor das economias das quatro amigas somadas, executando uma magnífica mesura militar. Além disso, devolvera a Rachel a pequena soma que ela entregara a Nigel Crawley. O sargento também ofereceu ao barão a quantia que ele doara para a caridade, mas o tio de Rachel a recusou. Só então o general Sugden pediu à senhoria que chamasse o policial.

Rachel não estava de todo certa da legalidade do que o sargento fizera, mas ninguém o contrariou, menos ainda os Crawleys. E estava claro para ela que, se esperassem pelo curso da lei, provavelmente nunca mais veriam o dinheiro. De qualquer modo, o general parecia ser um homem poderoso, até mesmo autoritário, que faria sua opinião valer sobre a de qualquer magistrado que, por acaso, viesse a saber o que ele fizera e tivesse a temeridade de questioná-lo.

– Com sua permissão, Weston – disse o general, finalmente limpando a pena –, as joias permanecerão como prova. Dinheiro é uma prova fraca de roubo, já que é difícil rastrear seu dono original. Mas a presença dessas joias aqui, ainda mais que uma delas estava sendo usada pela mulher suspeita ao ser apreendida, será uma prova irrefutável de que são ladrões e patifes.

Quando baixou os olhos para as joias, acomodadas em sua caixa pesada, Rachel sentiu-se quase nauseada. Havia muito mais peças do que imaginara. E deviam mesmo valer uma enorme fortuna. Então, um súbito pensamento atravessou sua mente e ela cruzou o quarto até ficar diante de Crawley.

– Não pretendia se casar comigo, não é mesmo? Teria encontrado uma desculpa para esperar até depois que houvéssemos estado em Chesbury. Me queria apenas para levá-lo às joias.

Ele levantou os olhos com uma malícia maldisfarçada. Mas foi a Srta. Crawley quem respondeu com uma risada zombeteira:

– Você achou que ele ia se casar com *você*? Acha que só porque tem todo esse cabelo louro e esses olhos grandes e comoventes é a resposta de Deus à prece de todos os homens? Ele não se casaria com você nem se fosse a última mulher na Terra. E, de qualquer modo, não poderia: ele é casado *comigo*.

– Ah. – Rachel fechou os olhos. – Graças aos céus.

Bridget deu um tapa não muito gentil no ombro da Srta. Crawley – ou *Sra.* Crawley, ou fosse qual fosse o nome da mulher.

– Agora fique quieta – ordenou Bridget – e só fale quando lhe dirigirem a palavra.

Foi nesse momento que a porta se abriu de súbito e Strickland irrompeu no quarto.

– Recebi a mensagem – disse, olhando para Geraldine – e aqui estou. Então esse é ele, não é? – O sargento encarou Nigel Crawley com dureza. – *Sentado* na presença de damas?

– Que damas? – resmungou o Sr. Crawley.

– Isso não foi gentil, camarada – replicou Strickland, chegando mais perto –, nem inteligente. De pé, então.

– Vá para o inferno.

Strickland estendeu a mão enorme, agarrou o homem pela parte de trás do colarinho e ergueu-o até que ficasse de pé, como se não pesasse mais do que um pequeno saco de batatas.

– Ele nos chamou de prostitutas, Will – queixou-se Geraldine –, no meio do pátio do Pump Room. E se dirigiu a Rachel da mesma forma. Então, Sir Jonathan acertou-lhe um soco no nariz e ele caiu sangrando no chão. Quase desmaiamos de alegria. Jonathan estava belo como o pecado naquele momento...

– Isso não foi nada, nada inteligente, camarada. – Strickland balançou a cabeça como se lamentasse, o olhar preso em um agora acovardado Nigel Crawley. – Certo, então. Sentido!

O Sr. Crawley o encarou sem compreender.

– Sen-ti-DO!

O homem obedeceu.

– Muito bem, senhor – falou o sargento, agora se dirigindo a Jonathan –, o que devo fazer com ele?

– Mandaram chamar um policial. O dinheiro das damas já foi devolvido a elas, e as joias da Srta. York, recuperadas.

– Muito bem mesmo, senhor. Tomarei conta do prisioneiro, então, até os policiais chegarem. E o senhor e lorde Weston podem levar as damas de volta ao hotel para tomarem o café da manhã. Olhando para a frente, camarada.

– Ah, Will – disse Geraldine –, você está fazendo meu coração se derreter. Se eu tivesse seguido o batalhão com você, viveria desmaiando. Vou lhe avisar logo que estou me apaixonando.

– O senhor deve ser sargento – manifestou-se o general em tom de aprovação –, e um sargento da melhor qualidade, se não me engano. Ficaria feliz em tê-lo servindo no meu batalhão se ainda tivesse um, mas a Sra. Sugden me persuadiu a me aposentar há dez anos.

Strickland fez uma saudação elegante.

– Está tudo certo, senhor. De qualquer modo, fui dispensado do serviço por ter perdido um olho em Waterloo, mas trabalho como valete agora... até organizar a vida de novo. Olhando para a frente, camarada. E não me faça repetir, se não quer me ver de mau humor.

Nigel Crawley ficou de pé como um soldado, parecendo extremamente ridículo. O nariz dele brilhava como um farol.

Rachel olhou para Jonathan e viu que ele também a encarava, com um olhar risonho e algo de cálido. As duas últimas horas haviam sido turbulentas e os dois mal tinham trocado uma palavra ou um olhar, mas Jonathan fora o paladino dela. Rachel abominava violência, achava que sempre se podiam resolver as diferenças de opinião de modo pacífico. Ainda assim, jamais se esqueceria da satisfação que sentira quando o sangue jorrara do nariz de Nigel Crawley depois que o homem a chamara de prostituta.

Se já não estivesse apaixonada por Jonathan, teria se apaixonado perdidamente naquele momento.

Contudo, agora a ligação entre eles estava quase chegando ao fim. Não havia mais nada prendendo a ela e ao tio em Bath agora com a prisão do Sr. Crawley e o resgate das joias. E não havia nada que impedisse Jonathan de ir para Londres. Naquele dia mesmo, talvez todos partissem.

Rachel também sorriu para Jonathan e sentiu o peito apertado.

Dois policiais chegaram logo depois e houve novamente muito barulho e confusão, pois várias pessoas tentavam contar a história ao mesmo tempo. Logo eles se foram, levando os prisioneiros para apresentá-los diante de um magistrado, junto ao general Sugden, ao sargento Strickland e às quatro damas. Bridget ia ficar para trás, mas Rachel percebeu quanto a antiga ama desejava ir e fez sinal para que fosse. Afinal, Weston poderia acompanhar a sobrinha.

Ele estava de novo terrivelmente esgotado. Depois que voltaram ao hotel, pediu o café da manhã em seus aposentos. Rachel permaneceu ao seu lado, pois queria mantê-lo à vista até que ele estivesse instalado. Jonathan não foi com eles.

Rachel torcia para que tivesse a oportunidade de haver uma despedida em particular entre os dois mais tarde. Jonathan com certeza partiria no dia seguinte – ou talvez até mesmo naquele dia. E ela não conseguiria suportar uma despedida em público.

Mas como conseguiria suportar uma despedida em particular?

Uma hora após ao retorno ao hotel, com o tio de Rachel já adormecido, ela se levantou para folhear distraidamente a pequena pilha de cartas que haviam sido mandadas para ele de Chesbury.

Não havia nada que o prendesse ali por mais tempo, percebeu Alleyne. A farsa tinha acabado, assim como a perseguição ao ladrão. O patife que causara todos os infortúnios a Rachel fora pego e as amigas receberam de volta o dinheiro que ela encarara como uma dívida pessoal.

Alleyne não podia reclamar para si grande parte da glória pelo final feliz dela, mas ficava satisfeito por saber que Rachel usufruiria agora a vida que deveria estar vivendo desde a morte do pai. Ela era a Srta. York de Chesbury Park, herdeira de uma fortuna considerável e, o melhor de tudo, tinha um tio que a amava como a uma filha.

Nada mais o prendia ali.

Mais nenhuma desculpa.

Na noite seguinte, já poderia estar em Londres e encontrar alguém que o reconhecesse ou ao menos descobrir alguma informação sobre si mesmo. Era uma perspectiva empolgante. Com certeza, assim que ele realmente visse um rosto familiar, toda a memória voltaria.

Entretanto, enquanto olhava pela janela do quarto de hotel, para a rua molhada por uma súbita pancada de chuva, Alleyne não se sentia empolgado.

Na verdade, sentia-se profundamente deprimido.

Rachel não precisava mais dele. E não o queria.

Estava com o tio e, com o tempo, se casaria... qual foi a expressão usada por ela mesmo?... com o amor de sua vida. E encontraria esse homem. Como não? Bons partidos apareceriam aos montes. Rachel poderia escolher quem quisesse.

Iria até a rua assim que a chuva parasse, decidiu Alleyne. Se Strickland retornasse logo, talvez pudessem até partir de Bath naquele dia mesmo, isto é, se o sargento quisesse acompanhá-lo. Talvez o homem preferisse ficar com Geraldine.

Por onde começaria sua procura?, perguntou-se Alleyne. E quais pistas já tinha que talvez pudessem levá-lo à sua identidade. Não tivera mais nenhum sonho novo desde o último, o da fonte, ou qualquer nova sensação de familiaridade como a que sentira no dia em que mergulhara no lago. Ao menos não achava que houvesse tido. Ainda assim...

Ele sonhara na noite passada? Havia algo recente, algo que acontecera ou com que ele sonhara. Mas o que era? Alleyne franziu a testa, concentrando-se. Esperava que a sua memória de eventos recentes não começasse a lhe pregar peças também.

Depois de alguns minutos, virou-se de costas para a janela, irritado. Teria que sair, com ou sem chuva. Enlouqueceria se permanecesse ali. Mas uma batida na porta desviou sua atenção.

– Entre – falou, esperando ver Strickland ou talvez uma camareira do hotel que não soubesse que ele estava ali.

Só que era Rachel. Ela entrou e fechou a porta.

– Rachel. – Alleyne sorriu. – Espero que os eventos desta manhã não tenham sido excessivos para o coração de seu tio e que não a tenham perturbado demais. Mas você deve estar muito feliz porque todos os bens perdidos foram recuperados e porque aquele casal não vai mais ter oportunidade de roubar ninguém por muito tempo.

– Estou, sim.

Contudo, ela parecia definitivamente pálida. Não retribuíra o sorriso com que ele a recebera enquanto caminhava em sua direção, as mãos esticadas, olhando-o com intensidade.

– Obrigada, Alleyne. Obrigada por tudo.

A princípio, ele pensou que seu corpo estava enregelado porque tomara as mãos frias dela. Mas também havia uma sensação de vertigem.

– O quê?

Ele a encarou, sem compreender.

– Lorde Alleyne Bedwyn – disse Rachel, baixinho.

Alleyne segurou a mão dela como se fosse um homem se afogando agarrado à única tábua de salvação.

– *O quê?* – repetiu ele.

– Esse nome lhe é familiar?

Não era. Não à *mente* dele. No entanto, Alleyne sentia todo o corpo reagir de modo estranho e desconfortável, algo muito semelhante ao pânico.

– Onde ouviu esse nome? – Ele mal percebeu que estava sussurrando.

– Recebi uma carta de uma das minhas antigas vizinhas em Londres. Foi mandada para cá, de Chesbury, junto com a correspondência de tio Richard. Ela só tinha conhecimento de um cavalheiro desaparecido: lorde Alleyne Bedwyn, que morreu na Batalha de Waterloo, embora seu corpo nunca tenha sido encontrado. Minha vizinha sabia disso porque, por acaso, estava perto da St. George's em Hanover Square quando já terminava o serviço fúnebre que o duque de Bewcastle encomendou para o irmão. Ela ficou parada, vendo os presentes deixarem a igreja.

Alleyne Bedwyn. Bedwyn. *Bedwyn.*

Esse é o acontecimento mais empolgante que já vimos em Bath desde que Lady Freyja Bedwyn acusou o marquês de Hallmere de se aproveitar de moças inocentes bem no meio do Pump Room.

Fora aquilo que estivera cutucando o fundo da mente dele poucos minutos antes... *Freyja Bedwyn.*

– É você mesmo? – perguntou Rachel.

Alleyne ergueu os olhos para ela de novo e ficou encarando-a, inexpressivo. Ele sabia que era. Mas apenas seu corpo sabia disso. A mente ainda estava vazia.

– Sim, sou Alleyne Bedwyn.

– Alleyne. – As lágrimas escorriam quando ela mordeu o lábio. – Combina muito mais com você do que Jonathan.

Alleyne Bedwyn.

Freyja Bedwyn.

O duque de Bewcastle – irmão dele.

Eram apenas palavras na mente dele e um pânico crescente no corpo.

– Você deve escrever logo para o duque de Bewcastle – disse Rachel, o sorriso radiante. – Imagine como ele ficará feliz, Jon... Alleyne. Vou correr para pegar tinta e pena. Você precisa...

– Não! – exclamou Alleyne com a voz ríspida, e soltou as mãos dela.

Ele se afastou e foi até a beira da cama, onde parou de costas para Rachel e se ocupou ajeitando o castiçal na mesa de cabeceira.

– Ele deve ser informado – insistiu ela. – Deixe que eu...

– *Não!* – Alleyne se virou para encará-la com uma expressão furiosa, os olhos ardendo. – Deixe-me. Saia daqui.

Rachel o fitou com os olhos arregalados.

– Fora! – Ele apontou para a porta. – Deixe-me.

Ela se virou rapidamente e se apressou em direção à porta. Mas não a abriu. Ficou parada por alguns instantes, a cabeça baixa.

– Alleyne, não se distancie. Por favor. *Por favor.*

Rachel o encarou, os olhos arregalados e magoados. Alleyne soube que, se ela saísse do quarto, ele desmoronaria. Estendeu a mão cegamente para Rachel. Os dois se encontraram no meio do quarto e se abraçaram com força.

– Não me deixe – pediu Alleyne. – Não me deixe.

– Não deixarei. – Ela ergueu o rosto. – Nunca o deixarei.

Ele a beijou e a apertou junto ao corpo como se jamais fosse soltá-la. Quando parou de beijá-la, enterrou o rosto no ombro de Rachel e chorou. Alleyne teria se afastado, , horrorizado e constrangido, mas ela o segurou com força e murmurou palavras ininteligíveis enquanto ele voltava a chorar em alto e bom som, deixando escapar soluços que considerou muito pouco dignos, até estar exausto.

– Bem – comentou Alleyne, a voz trêmula, afastando-se um pouco para enxugar o rosto com o lenço –, agora você sabe que tipo de pessoa é Alleyne Bedwyn.

– Eu sempre soube quem ele era. Só não sabia o nome dele. É um cavalheiro de quem gosto e que admiro e respeito. É um cavalheiro por quem sinto uma profunda afeição.

Alleyne guardou o lenço no bolso e passou os dedos pelos cabelos.

– Sempre tive esperança de que, se uma pequena lembrança retornasse, todas as outras voltariam em um instante. Mas meus piores medos acabam de se concretizar. Alguém no pátio da abadia esta manhã mencionou o nome *Lady Freyja Bedwyn* e senti que havia tomado um choque, embora estivesse ocupado demais naquele momento para prestar atenção em qualquer sensação. Quando você falou *lorde Alleyne Bedwyn*, soube imediatamente que era o meu nome. E reconheci a menção ao duque de Bewcastle. Mas a cortina não se afastou da minha memória, Rachel. Freyja... Qual é a relação dela comigo? *Sei* que há alguma relação entre nós. Agora sei quem sou e que tenho no mínimo um irmão mais velho. Porém, é como se eu soubesse essas coisas com o corpo, com uma parte de mim localizada no estômago, não com a mente. Não consigo *me lembrar*.

Alleyne se sentiu grato por Rachel não dizer nada, não tentar lhe oferecer palavras de conforto ou esperança. Ela simplesmente ficou parada ao lado dele, pousou uma das mãos no seu braço e descansou a testa em seu ombro.

Alleyne levou-a até a cama e os dois permaneceram deitados lá por um longo tempo, um braço dele passado pelos ombros dela, a outra mão sobre os próprios olhos. Rachel ficou aconchegada contra Bedwyn, a cabeça em seu ombro, um braço cruzando sua cintura.

Ele se sentiu infinitamente reconfortado. Ela era Rachel. O amor dele. Sua única âncora em um oceano turbulento de profundezas agitadas.

– Acredito que poucas pessoas podem dizer que sobreviveram ao próprio funeral – comentou Alleyne. – Preciso agradecer a você por isso.

Ele beijou o topo da cabeça dela. Rachel se aconchegou ainda mais a ele.

Então Alleyne voltou a visualizar a fonte. Dessa vez via também ao fundo uma grande mansão que era uma mistura curiosa, mas não desagradável, de diversos estilos arquitetônicos, abrangendo vários séculos.

– Lar – disse ele. – Lá é o meu lar.

Alleyne não lembrava o nome do lugar, mas o via. E o descreveu para Rachel – a parte externa, ao menos. Não conseguia se recordar do interior.

– Você vai se lembrar de todo o resto – garantiu ela. – Sei que vai, Alleyne. Alleyne, Alleyne. Gosto *muito* do seu nome.

– Nós todos temos nomes estranhos. – Ele franziu a testa, então balançou a cabeça. – Acho que foi minha mãe que os escolheu. Ela adorava ler romances antigos e acredito que tenha achado muito banal nos batizar de George, Charles, William... ou Jonathan.

Ela beijou a orelha dele.

Quando todos se reuniram para o jantar daquela noite, havia uma grande empolgação no ar.

Nigel Crawley e a esposa ficariam presos até o julgamento e as damas estavam agitadas, ansiosas para contarem todos os detalhes que os outros tinham perdido quando voltaram ao hotel. Até mesmo Strickland encontrara uma desculpa para estar na sala de jantar e ficou parado respeitosamente atrás da cadeira de Alleyne. Incapaz de resistir à tentação, às vezes fazia um longo comentário sobre o assunto.

As damas também estavam animadas por terem recuperado o dinheiro, pois não contavam com isso. Agora podiam se declarar oficialmente aposentadas, um anúncio que motivou um brinde geral. Assim, elas reviveriam seu sonho e decidiriam exatamente em que lugar da Inglaterra desejavam se acomodar. Quando resolvessem, iriam até lá e procurariam uma casa adequada para abrir a pensão.

No dia seguinte, partiriam para Londres a fim de amarrar todas as pontas soltas e fazer planos.

Rachel deixou-as falar até que pareceu não restar mais nada a dizer. Então olhou para todos ao redor, as mãos cruzadas contra o seio.

– Tenho algo a dizer.

Nem o tio sabia ainda, pois dormira a tarde toda. De qualquer modo, Rachel ficara o tempo inteiro no quarto de Alleyne. Chegara mesmo a adormecer lá. E, por incrível que pudesse parecer, ele também.

– Tem, Rachel? – disse Bridget. – Nós falamos demais, não é mesmo? Mas admito que o dia foi muito empolgante.

– O que quer dizer, Rachel? – perguntou Geraldine.

– Quero apresentá-los a alguém que todos vocês vêm desejando conhecer.

Rachel riu. Alleyne a encarava com olhos brilhantes, quase febris. Ela apontou para ele com uma das mãos.

– Permita-me apresentar lorde Alleyne Bedwyn, irmão do duque de Bewcastle.

Flossie deixou escapar um grito de comemoração nada elegante.

– Que Deus o abençoe, senhor – falou Strickland. – Sempre soube que era um verdadeiro nobre.

– Bewcastle? – manifestou-se o barão, olhando detidamente para Alleyne. – De Lindsey Hall, em Hampshire? Não fica muito longe de Chesbury. Eu deveria ter notado a semelhança entre vocês.

– Que Deus nos abençoe – falou Phyllis –, estou jantando com o irmão de um *duque* de verdade. Faça a gentileza de me segurar enquanto eu desmaio, Bridge.

– Eu *disse* que era um nariz aristocrático – declarou Geraldine. – Disse ou não disse?

– Disse, sim, Gerry – confirmou Flossie. – E estava absolutamente certa.

– Conheço Bewcastle – afirmou o tio de Rachel –, mas não cheguei a conhecer nenhum dos outros. Há alguns irmãos, eu acho, mas não sei os nomes deles. No entanto, lorde Alleyne poderá dizer a vocês.

– Minha memória não retornou, senhor – avisou Alleyne. – Apenas meros fragmentos.

Houve um curto silêncio enquanto os presentes digeriam aquele fato, mas logo todos começaram a falar ao mesmo tempo, fazendo perguntas, dando sugestões, oferecendo consolo, querendo saber como lorde Alleyne descobrira sua identidade se ainda não conseguia se lembrar de nada.

Foi Flossie quem sugeriu outro brinde.

– A lorde Alleyne Bedwyn – disseram todos.

Alleyne partiria na manhã seguinte para Lindsey Hall, anunciou ele em resposta a uma pergunta de Geraldine.

O silêncio se abateu sobre eles. Quando olhou ao redor, Rachel descobriu que todos haviam parado de sorrir. Talvez, pensou, ela não fosse a única que estivesse se sentindo mortalmente deprimida.

– Vou sentir *muita* saudade da cozinha em Chesbury – declarou Phyllis – e de cozinhar para o barão. Acho que fui mais feliz lá do que jamais havia sido na vida. Na verdade, *sei* que fui mais feliz lá.

– Nunca cheguei a dar uma resposta ao pedido de casamento do Sr. Drummond – falou Flossie com um suspiro. – Não me pareceu certo aceitar, sendo ele um cavalheiro de nascimento. Mas o Sr. Drummond sabia sobre mim e garantiu que não se importava nem um pouco com o meu passado. E sinto uma saudade terrível dele.

– Não cheguei a terminar de organizar adequadamente o andamento da casa em Chesbury – lembrou Geraldine – e de fazer um inventário. Poderia ter executado um bom trabalho como governanta ali, se ao menos soubesse ler e escrever.

– Eu poderia ensiná-la – ofereceu-se Bridget. – Mas não agora. Vocês devem ir para Londres na minha frente. É melhor eu ficar com Rachel. Ela vai precisar de uma acompanhante, e não será nenhum sacrifício voltar a Chesbury com ela por algum tempo. Tenho amigos lá.

As outras três damas olharam melancolicamente para Bridget enquanto o barão pigarreava.

– Preciso desesperadamente de uma governanta e de uma cozinheira. E temo que, se meu capataz não conseguir arrumar uma esposa logo, a solidão acabe afastando-o do meu serviço. E odiaria isso. Ele é um bom homem. Rachel com certeza vai precisar de uma dama de companhia. Agora, longe de mim destruir o sonho de alguém, mas se todas vocês *desejarem* adiar esse sonho, ou até mesmo mudá-lo inteiramente, eu sugeriria que todos voltássemos juntos a Chesbury.

As damas começaram a falar juntas. Era quase impossível distinguir comentários individuais, mas tudo ficou claro quando Phyllis se levantou, foi até a cabeceira da mesa, enlaçou o pescoço do barão por trás e lhe deu um beijo no rosto.

A risada geral dessa vez foi muito mais alegre do que antes.

– Acredito que, levando em consideração meus vizinhos, Sra. Leavey, é melhor matarmos o coronel Leavey em Paris – disse tio Richard. – E é melhor que ele tenha morrido pobre, forçando-a a aceitar o cargo de cozinheira.

– E vamos ter que inventar uma história para Rachel também – falou Geraldine. – Ela teria sido abandonada pelo marido monstruoso e infiel. A menos que alguém consiga pensar em um modo de torná-la uma jovem solteira de novo, para que possa receber pretendentes. Alguma sugestão?

Mas ninguém ofereceu nenhuma. E a melancolia voltou a cair sobre todo o grupo de novo.

No dia seguinte, Alleyne partiria para casa, para Lindsey Hall.

CAPÍTULO XXII

Alleyne não teve uma despedida a sós com Rachel. Poderia, talvez, se houvesse batido à porta do quarto dela. Embora também dormisse ali, Bridget teria saído discretamente, deixando-os sozinhos.

Ele preferiu descer para tomar café da manhã na sala de jantar do hotel, apenas um pouco mais cedo do que o normal, então saiu para caminhar, até ver todas as carruagens e charretes de Chesbury estacionando na frente do edifício para serem carregadas com as bagagens.

Na noite anterior, Weston decidira retornar para casa sem demora. Alleyne imaginava que o barão estava louco de alegria porque a sobrinha voltaria com ele, e quase tão satisfeito porque as outras damas iriam junto. Chesbury Park seria um lugar muito mais feliz para ele em relação ao que era apenas pouco mais de um mês antes.

Talvez, afinal, toda aquela farsa houvesse trazido um bem, pensou Alleyne, embora ele esperasse ter aprendido a lição de que mentiras e engodos não eram uma forma de atingir nenhum objetivo.

Alleyne decidira vê-los partir antes de ele mesmo seguir seu caminho. Outra tática de atraso? Mas pegaria a estrada bem antes do meio-dia – para Lindsey Hall, em Hampshire. Na noite anterior, ele se lembrara de que lá havia um magnífico salão de banquete medieval logo além das portas da frente, com painéis de madeira e uma galeria para menestréis, uma mesa enorme de carvalho, além de armas e cotas de exércitos nas paredes.

Strickland saiu com Geraldine, carregando uma bolsa que devia ser dela, um com uma expressão conformada, a outra parecendo uma rainha latina trágica. As demais damas os seguiram até o pátio, então vieram Rachel e Weston.

Deveria ter ido para o Pump Room, ou melhor, deveria ter saído para uma longa caminhada, pensou Alleyne. Despedidas eram uma abominação. Ninguém as desejava, embora parecessem ser um mal necessário.

Weston apertou a mão de Alleyne, desejou-lhe um bom-dia emocionado e os melhores votos para a viagem e foi ajudado a entrar na primeira carruagem pelo próprio valete. Bridget o abraçou e seguiu o barão para dentro. Então foi a vez de Flossie e de Phyllis, que chorava copiosamente. Geraldine estava abraçada ao sargento diante da segunda carruagem, onde ela entrou depois de as outras duas já terem embarcado.

Sobrou Rachel. Ela não abraçou Alleyne. Nem se apressou para entrar no veículo com o tio e Bridget. Ficou parada, pálida, os olhos secos, sem sorrir, até Alleyne encará-la. Ele se arrependeu por não ter ido procurá-la mais cedo. Porém, quando os olhos dos dois se encontraram, Rachel abriu um sorriso animado, adiantou-se alguns passos e segurou as mãos dele entre as suas.

– Alleyne, adeus. Faça uma boa viagem. E não tema. Depois que você chegar a Lindsey Hall, depois que vir o duque de Bewcastle e o resto de sua família de novo, tudo voltará. Pode demorar, mas se dê esse tempo. Adeus.

Foi um discurso breve, educado, animado e *ensaiado*.

Alleyne fez uma mesura e levou as mãos dela aos lábios, uma de cada vez. De repente, não conseguiu se lembrar por que estava permitindo que Rachel o deixasse daquela forma – só o fato de que não tinha nada a lhe oferecer e que, depois da vida que Rachel vivera até ali em seus 22 anos, ela merecia a chance de ser a Srta. York de Chesbury, livre para considerar a corte de uma ampla gama de cavalheiros.

Era natural que eles se sentissem comovidos e sufocados de emoção em um momento como aquele. Haviam passado por muitas coisas juntos nos últimos dois meses. E significavam muito um para o outro.

– Seja feliz, Rachel. É tudo que desejo para você.

Ele soltou uma das mãos dela, ajudou-a a entrar na carruagem, observou-a arrumar as saias antes de fechar a porta e se afastou para que o veículo pudesse seguir caminho. Então, ergueu a mão em um gesto de adeus e sorriu.

Houve muito barulho e agitação quando as duas carruagens, seguidas pela charrete com as bagagens, se distanciou pela rua, dobrou uma esquina e desapareceu de vista. Todos acenaram de dentro dos veículos, exceto

Rachel, que se recostou no assento e nem olhou para trás. Geraldine havia aberto a janela e agitava o lenço, com os olhos em Strickland. Ela estava chorando.

Diabos, *ele* também sentia vontade de chorar, pensou Alleyne, propositalmente não se virando para olhar o valete.

Ele a amava, maldição. Ele a *amava*.

– Vou terminar de arrumar sua bagagem, senhor – disse o sargento depois de soltar um suspiro pesado e sentido. – É impossível não amar todas elas, não é mesmo? Todas têm o coração grande como o mar, não importa o que costumavam fazer. Não que eu me importasse com o que faziam. Nunca olhei com desprezo para esse tipo de dama como alguns camaradas olham, mesmo camaradas que usam seus serviços. Elas se esforçavam para se sustentar, assim como o resto de nós. E não posso dizer que matar para viver é uma forma melhor de ganhar a vida. Posso pedir para que a carruagem esteja aqui em uma hora?

– Pode – respondeu Alleyne. – Não, peça para que passe ao meio-dia. Preciso dar uma caminhada e espanar teias de aranha. Melhor ainda, espere meu retorno. Não há pressa, certo?

Ele nem voltou a entrar no hotel. Desceu logo a Milsom Street na direção do centro da cidade. Então, seguiu pelo pátio da abadia e continuou rumo ao rio. Lá, ficou parado olhando para as águas por algum tempo, mas logo caminhou ao longo do curso de água, passando pela represa, até alcançar a Pulteney Bridge. Ele a atravessou e prosseguiu a passo rápido pela Great Pulteney Street, na direção dos Sydney Gardens.

A princípio, os pensamentos de Alleyne estavam concentrados em Rachel. Ele se perguntava exatamente onde ela estaria a cada momento, se estava animada e conversando sem parar com o tio e com Bridget, se sentia saudades – se o coração dela estaria ali com ele.

Então, do nada, lembrou-se de Morgan. Da irmã. A mulher que esperava por ele nos portões de Namur. Quando Alleyne deixara Bruxelas, ela estivera cuidando de soldados feridos e ele tivera a intenção de retornar o mais rápido possível, a fim de levá-la para casa, para a segurança da Inglaterra.

Em um primeiro momento, não conseguiu recordar por que ela se encontrava em Bruxelas nem por que ele se afastara em vez de levá-la para casa sem demora. Mas então lembrou que a irmã tinha 18 anos, fora apresentada à sociedade em Londres na primavera anterior e, depois, fora para

Bruxelas com uma amiga e os pais desta. Não lhe vinha à mente o nome deles – embora soubesse que o pai da amiga de Morgan era um conde. Alleyne teve um vislumbre do rosto da irmã, parou de caminhar, fechou os olhos e voltou a se concentrar na imagem. Era um rosto moreno, oval, com olhos escuros – como os dele – e cabelos escuros. Um rosto lindo. Ela era a mais adorável de todos eles. Era a única que não herdara o nariz da família.

Quantos irmãos mais teria?

Freyja devia ser um deles. O que haviam dito no pátio da abadia na manhã anterior?

Esse é o acontecimento mais empolgante que já vimos em Bath desde que Lady Freyja Bedwyn acusou o marquês de Hallmere de se aproveitar de moças inocentes.

Freyja Bedwyn. O marquês de Hallmere. Hallmere.

Então ele recordou que os dois eram casados. Estivera no casamento deles não fazia muito tempo. No último verão? Ainda assim, Freyja acusara Hallmere publicamente, no meio do Pump Room, de ser um assediador de jovens inocentes?

De repente, Alleyne riu alto. Sim, aquilo parecia mesmo coisa da Freyja – a boa e velha Free, pequena, determinada e sempre pronta para usar a língua afiada ou os punhos, ou ambos, diante da menor provocação. De súbito, ele conseguiu visualizá-la, estranhamente bela, com seus cabelos claros e revoltos, as sobrancelhas mais escuras e o nariz proeminente.

Alleyne ficou sentado nos Sydney Gardens por horas, observando distraidamente os esquilos, meneando a cabeça de vez em quando para os outros caminhantes, juntando aos poucos as peças esparsas do quebra-cabeça da vida dele. Ainda havia alguns pedaços grandes faltando, mas o pânico de outrora começava a diminuir. Se algumas lembranças tinham voltado, então a memória dele não fora arrancada para sempre. Outras também retornariam – talvez tudo, com o tempo.

Será que havia uma esposa escondida em algum lugar das recordações?

Onde estaria Rachel naquele momento?

Quando finalmente se levantou para voltar à George Street e ao York House, Alleyne ficou surpreso ao ver, pela posição do sol, que já devia ser o fim da tarde. Para onde teria ido o dia?

Já era muito tarde para partir a Hampshire. Esperaria até o dia seguinte. Não havia pressa, na verdade. Todos achavam que estava morto. Tinham organizado um serviço fúnebre para ele em Londres. Mais um dia não faria grande diferença.

Alleyne não suportaria encará-los sem reconhecê-los.

Ele se lembrou da tarde em que se deitara na cama do quarto do hotel com Rachel aconchegada ao lado enquanto assimilava o fato de que era lorde Alleyne Bedwyn.

Sentia muita falta de Rachel; era como uma verdadeira dor física.

Duvidava que já houvesse se sentido mais solitário na vida do que naquele momento.

Rachel estava em casa, em Chesbury Park, havia cinco dias. *Casa*. Aquela provavelmente era a palavra mais maravilhosa que existia, pensou. Ela pertencia àquele local. Poderia viver ali pelo resto da vida se assim desejasse. Mesmo depois que os dias do tio se acabassem na terra, o lugar seria dela.

Torcia para que isso demorasse muito a acontecer. Ele estava cansado após a viagem de volta de Bath, embora houvesse se recuperado mais rápido do que na ida. Naquele momento, era um homem feliz. Ele a amava. E a casa de repente ganhara vida mais uma vez. Geraldine fora nomeada oficialmente governanta e se atirara à tarefa com grande energia. Ela parecia ser muito querida pelos outros criados, sobretudo pelos homens. Bridget já começara a ensinar a amiga a ler. Phyllis ocupava permanentemente a cozinha e logo descobriu quais eram os pratos favoritos do barão para que pudesse mimá-lo todos os dias. O Sr. Drummond anunciara seu noivado com Flossie e recebera a bênção do patrão. Bridget fizera do cuidado com os jardins e da luta contra as ervas daninhas seu projeto pessoal, e as plantas desabrochavam gloriosamente, embora estivesse perto do fim de agosto.

Rachel se manteve ocupada lendo, costurando, bordando e fazendo companhia ao tio. Em um dia chuvoso, passou a tarde sozinha na galeria de retratos, examinando de novo as semelhanças entre todos os seus ancestrais por parte de mãe, gravando o exato grau de parentesco de cada um consigo. Ficou olhando por dez minutos para a criança que fora sua mãe. Nos outros dias, mais ensolarados, caminhou muito ao ar livre, às vezes com Bridget e Flossie, às vezes sozinha. Rachel também saiu a cavalo algumas vezes, seguida por um cavalariço poucos passos atrás, e ficou orgulhosa por conseguir sozinha. Chegou mesmo a pegar o barco uma vez, embora não chegasse nem perto da ilha remando.

O tio estava determinado a ficar bem o bastante para levá-la a Londres na primavera seguinte, para apresentá-la primeiro à rainha e depois à sociedade, em um baile que ele ofereceria antes de participarem de alguns eventos da temporada. Rachel achou que gostaria, por mais que já se achasse velha para ser apresentada à sociedade.

Não pretendia se esconder e permanecer reclusa só porque tinha o coração partido.

Esse era um modo ridículo e teatral de descrever o que sentia. Seu coração não estava *partido*. Apenas doía o tempo todo, dia e noite. Rachel continuava a dormir no mesmo quarto de antes. Embora só houvesse estado no outro uma vez quando Alleyne estivera lá, a vez em que passara a noite com ele, o cômodo agora lhe parecia tão vazio e silencioso que chegava a ser opressivo. Ela podia *sentir* o aposento sem precisar ir lá. Desejava que houvesse uma porta que pudesse fechar para manter aquele espaço afastado de sua lembrança.

Rachel pensava constantemente em Alleyne. Ela tentava visualizar o retorno dele a Lindsey Hall. Como o duque de Bewcastle o teria recebido? Haveria outros membros da família lá também? Será que Alleyne se lembrara de todos assim que os vira? Ainda estaria lutando para recuperar as lembranças de seu passado?

Haveria uma esposa esperando por ele?

Rachel imaginava ter notícias dele em algum momento, pois, ao que parecia, agora os dois circulavam no mesmo mundo. Talvez até chegasse a encontrá-lo de novo – quem sabe na primavera seguinte. Era possível que Alleyne fosse a Londres.

Ela esperava que não. Talvez dali a dois ou três anos fosse capaz de vê-lo e não sentir nada além de prazer e uma afeição branda. Mas não na primavera seguinte. Seria cedo demais.

Rachel estivera passeando pelo lago, onde havia uma trilha sombreada pelas árvores que os jardineiros tinham limpado e podado recentemente. Encontrara uma sombra para se sentar por algum tempo, já que o dia estava quente, e ficara olhando ao redor, inspirando os aromas intensos da vegetação no verão, absorvendo a beleza daquela parte do parque. Dali conseguia divisar apenas um trecho do teto do mirante no topo da ilha.

A visão a entristeceu e mudou seu humor, que até ali era quase de contentamento. Rachel voltou para a casa, atravessando diagonalmente o gramado para chegar mais rápido. Ela parou a meio caminho e protegeu os olhos com a mão em pala. A portas estavam abertas, como permaneciam com frequência naqueles dias, e havia alguém parado no alto dos degraus. Não parecia o tio. Uma visita, então? Eles não recebiam visitas desde o retorno de Bath, portanto ainda não fora dada nenhuma explicação aos vizinhos sobre a mudança de nome e de estado civil dela.

Rachel deixou a mão pender ao lado do corpo e sentiu uma onda de emoção dominá-la e escapar de seus lábios em um grito. Ela levantou a barra da saia e saiu em disparada.

– *Alleyne*! – berrou, o coração tão pleno de alegria que nem sequer lhe ocorreu se perguntar por que ele estava ali.

Alleyne a encontrou no meio do caminho, ergueu-a nos braços e girou-a duas vezes no ar. Então colocou-a de pé mais uma vez e se afastou o bastante para que ela conseguisse ver o sorriso dele, os olhos risonhos.

– É muita ousadia minha esperar que você esteja feliz em me ver? – perguntou ele. – Você é um colírio para os meus olhos, Rachel, embora esta seja uma expressão clichê. Senti saudades de você.

Rachel se pegou olhando além de Alleyne, para a janela do quarto do tio que estava sentado ali, assistindo ao encontro dos dois. Ela se afastou um passo. Alleyne olhou por sobre o ombro e voltou a encará-la.

– Quando eu cheguei, você não estava aqui. Já tive uma palavra com seu tio.

– Mas o que você está fazendo aqui?

Agora que a alegria irracional começava a ir embora, ela lamentava que ele estivesse ali. Tudo que sofrera nos cinco dias anteriores se repetiria quando Alleyne se fosse novamente.

– Como sua família permitiu que você se afastasse tão pouco tempo depois de ter voltado? Foi um retorno feliz, Alleyne? Você reconheceu todos? E conseguiu se lembrar de tudo?

Ela absorvia a visão dele, como se houvesse esquecido algo e estivesse determinada a guardar cada detalhe para acessá-los no futuro. Alleyne estava sem chapéu. A brisa alvoroçava seus cabelos e fazia voar a mecha que teimava em cair sobre a testa.

– Não estive lá – respondeu ele.

– O quê?

Rachel ergueu as sobrancelhas.

– Sou o pior covarde do mundo, Rache. Fiquei em Bath arrumando desculpas todos os dias para esperar mais uma hora ou mais um dia. Só conseguiria encará-los quando tivesse me lembrado de tudo ou ao menos do bastante para não ficar parado diante deles como um tolo estúpido depois de bater à porta de Lindsey Hall e perguntar se alguém lá me conhece.

Rachel inclinou a cabeça para o lado e pegou as mãos dele sem pensar no que fazia.

– E você se lembrou?

– Do bastante para me tranquilizar. E me lembro de mais e mais a cada dia, na verdade. Não tenho mais desculpas para não ir a Lindsey Hall. E *quero* ir, assim como desejo fazer qualquer outra coisa na vida.

– Mas veio para cá em vez disso? – Ela o encarou sem compreender.

– Fico de joelhos bambos à mera ideia de chegar lá – confessou ele, abrindo um sorriso de novo –, de me apresentar a Bewcastle e a qualquer outro familiar que por acaso esteja lá, para anunciar a eles que o irmão voltou da morte. Acho que uma das piores experiências da última semana foi descobrir que eles organizaram um serviço fúnebre para mim... um *funeral*, mas sem corpo. Ser tratado como morto quando ainda se está vivo... Não, não consigo nem começar a explicar qual é a sensação.

Rachel apertou as mãos dele com mais força.

– Só consigo voltar a Lindsey Hall se você for comigo – continuou ele. – Nossa, essa é uma declaração nada máscula, não é mesmo? O velho Alleyne Bedwyn não teria dito ou mesmo sentido isso. Era um homem arrogante, despreocupado, independente, com limites muito bem demarcados. Eu mudei desde então. Não consigo fazer isso sem você, Rachel. Venha comigo?

– Para Lindsey Hall?

Os olhos dela estavam arregalados.

– Vá nem que seja por ter salvado minha vida, Rache. Bewcastle vai querer lhe agradecer. Se você não for, acredito que ele virá aqui, e seria uma experiência bem intimidante. Ele é o máximo da arrogância que um aristocrata conseguiria ser.

Alleyne sorriu de novo e Rachel percebeu que ele não estava brincando. Precisava dela. Desesperadamente.

– Eu irei se tio Richard permitir.

– Ele já deu permissão e Bridget aceitou em nos acompanhar... mas só se você concordar por vontade própria. Posso fazer isso sozinho se for preciso, Rachel. É claro que posso. Mas preferia fazer junto com você.

Ele levou uma das mãos dela aos lábios e Rachel sorriu.

– Há uma coisa que você precisa saber: não sou casado, Rachel. Não existem esposa ou filhos. Não sou comprometido, não tenho nenhum relacionamento romântico que me prenda.

Rachel desviou o olhar e, pela primeira vez, uma esperança dolorosa nasceu em seu coração. Por que Alleyne voltara? Por que era tão importante que ela o acompanhasse a Lindsey Hall? Seria mesmo apenas porque salvara a vida dele?

– Quero saber tudo que você andou fazendo nos últimos cinco dias – disse ele. – Foram mesmo *só* cinco dias? Pareceram uma eternidade. E quero lhe contar tudo que lembrei durante esse tempo. Quero lhe contar quem eu sou. Podemos caminhar um pouco?

Ela assentiu e aceitou o braço que ele oferecia, pensando se o sol havia afetado sua mente. Seria possível que aquilo estivesse acontecendo? Sentia o braço firme dele sob a mão e o calor do corpo de Alleyne ao lado. Se quisesse, poderia fechar os olhos e descansar o rosto no ombro dele.

Alleyne era real e estava ali. E não era casado.

Eles não seguiram qualquer direção predeterminada. Contornaram a casa e caminharam ao longo do gramado dos fundos, que fora aparado desde aquela primeira manhã, quando ela o atravessara montada no cavalo dele. Margaridas, botões-de-ouro e trevos brotavam alegremente de novo.

Rachel contou a Alleyne sobre a viagem de volta para casa e sobre o que fizera nos últimos dias, pois ele parecia sinceramente interessado. Alleyne a fitava e riu quando Rachel lhe falou sobre andar a cavalo sozinha e sobre o passeio de barco.

– Espero que se sinta tão orgulhosa de você quanto eu me sinto, Rache. Você se transformou em uma intrépida dama do campo.

Ela estava *mesmo* orgulhosa de suas conquistas.

– Mas ainda não aperfeiçoei a arte de ficar de pé sobre o lombo do cavalo apoiada em apenas um dos pés e girando arcos.

– É preciso que o cavalo esteja *galopando* – lembrou Alleyne, e os dois riram.

Porém, foi ele quem mais falou, porque Rachel queria saber muito e ele estava muito ansioso para contar.

O duque de Bewcastle era um homem poderoso, um alto aristocrata até os ossos. Governava seu mundo como um déspota, mas nunca teve uma atitude mais violenta do que erguer as sobrancelhas e o monóculo para reafirmar sua vontade. O nome dele era Wulfric. O segundo irmão era Aidan, um coronel da cavalaria reformado que se casara no ano anterior e se instalara no campo, com a esposa e dois filhos adotivos. Então havia Rannulf, normalmente chamado de Ralf, que parecia um guerreiro viking e se casara com uma linda ruiva. Freyja – o nome que ele ouvira em Bath – era a irmã mais velha, uma mulher formidável e intempestiva, casada com o marquês de Hallmere, que de algum modo conseguia lidar com ela sem precisar estrangulá-la diariamente. E, por fim, havia Morgan, a mais jovem, de apenas 18 anos.

– Morgan era a dama que estava me esperando nos portões de Namur – revelou Alleyne. – A dama dos meus sonhos recorrentes. O casal que estava responsável por minha irmã em Bruxelas não a tirou de lá quando a batalha eclodiu e permitiram que ela saísse para cuidar dos feridos no dia da Batalha de Waterloo. Eu prometera a Bewcastle ficar de olho nela, embora Morgan não tenha ido para a cidade sob meus cuidados. Estava desesperado para voltar para ela.

– E qual era o seu regimento?

– Ah, eu deveria ter começado por aí. Não sou militar. Ia ser diplomata. Trabalhava para a embaixada em Haia, sob a tutela de Sir Charles Stuart. Fui mandado ao front com uma carta para o duque de Wellington e estava voltando com a resposta... a desgraçada carta dos meus sonhos. Mudei tanto, Rachel... Não conseguiria mais voltar àquela vida mesmo que me oferecessem toda a embaixada.

Ele levara cinco dias para se lembrar e ainda havia lacunas na memória que o desafiavam e o mantinham se esforçando para se recordar de tudo.

– Estou sentindo mais falta é das *sensações*, se é que essa é a palavra certa – prosseguiu Alleyne. – Sei tudo isso sobre mim, minha família e minha vida de uma forma desapaixonada, como se fossem coisas que eu houvesse descoberto sobre outra pessoa. Não há uma conexão. Eu me sinto quase com vergonha de voltar, como se precisasse me desculpar por, afinal, não ter morrido.

254

Ele retirou a mão de Rachel de seu braço e entrelaçou os dedos com os dela.

– E, veja só, já atravessamos todo o caminho até as árvores e eu mal permiti que você dissesse uma palavra. Que tipo de cavalheiro eu sou para não prestar atenção nas gentilezas de uma conversa polida?

– Não se trata de uma conversa polida – replicou Rachel. – Sou sua amiga, Alleyne. Eu *me importo* com você.

– É mesmo? Mas tenho sido muito egocêntrico ultimamente, não tenho?

– Com bons motivos. Você só está se sentindo assim porque ficou sozinho por cinco dias com seus próprios pensamentos e as lembranças que estavam voltando. Antes disso, se concentrou em *me* ajudar, mesmo que de um modo completamente equivocado. Então foi meu paladino quando encontramos Nigel Crawley. Às vezes acho que eu deveria me envergonhar por me lembrar tão alegremente do nocaute e do sangue escorrendo do nariz dele. Mas não me envergonho.

– Vamos até as cascatas? – sugeriu Alleyne.

Estava muito quente em meio às árvores. Devido à posição do sol, a pedra em que haviam se sentado antes se encontrava na sombra. Eles voltaram a se acomodar ali, Alleyne deitado de lado, Rachel com os joelhos dobrados e os braços passados ao redor deles.

– Eu nasci no seio da riqueza e do poder, entenda. Não necessariamente é algo bom, embora suponha que seja mil vezes preferível à miséria. Já tenho independência financeira. Não precisarei trabalhar duro um dia se não quiser. Era um homem cínico, irrequieto, sem preocupações e sem objetivos. Lembro-me disso. Mas sabia que havia um vazio em minha vida. Pensei em entrar para a política, porém acabei optando pelo serviço diplomático. Acho que me pareceu um rumo mais aventureiro.

– Mas você não vai voltar – concluiu ela.

– Não. Eu pertenço à terra. Sei disso agora. É estranho... Hoje lembro que Ralf descobriu isso quando foi viver com nossa avó. Meu Deus, acabo de me recordar dela, mãe da minha mãe. Vovó mora em Leicestershire, uma mulher miúda como um passarinho. E Aidan também teve a revelação ao se aposentar da cavalaria e viver com Eve no campo. Talvez, depois que aprendemos a nos livrar das amarras da riqueza e do poder, isso é o que os Bedwyns são no fundo... uma família devotada à terra, ao que é básico na vida. À satisfação. E ao amor.

Rachel viu que ele olhava para a água com os olhos semicerrados. Ela se perguntou se chegaria o momento em que ela estaria sozinha de novo e se sentaria ali, lembrando-se daquele dia. Ou se...

Os olhos de Alleyne agora estavam fixos nela.

– É isso, claro – disse ele, não como se acabasse de fazer a descoberta, mas como se houvesse pensado naquilo antes e só naquele momento tivesse compreendido plenamente a si mesmo. – É o amor que faz toda a diferença. As pessoas poderiam falar que perder a memória foi a melhor coisa que poderia ter me acontecido, já que me desligou do meu passado e me deu a oportunidade de começar de novo, cometer os mesmos erros e aprender as lições devidas. Mas isso aconteceu porque havia uma nova dimensão na vida, uma dimensão que eu nunca tinha experimentado antes e fez toda a diferença para mim.

Rachel apoiou o rosto nos joelhos e manteve os olhos fixos nele.

– Casar tarde sempre foi uma tradição na nossa família – continuou Alleyne –, mas quando nos casamos é por amor e para sempre. A fidelidade no matrimônio é esperada até para o mais libertino de nós. Vi isso acontecer no ano passado com Aidan, Ralf e Freyja e me senti um tanto incrédulo e cético. Não compreendi realmente. Agora compreendo.

Rachel abraçou as pernas com um pouco mais de força enquanto ele sorria.

– Sei que você está aproveitando o primeiro momento de verdadeira liberdade da sua vida, Rachel, e que, pela primeira vez, está no meio dos seus por direito de nascença. Você não me deve nada... muito pelo contrário. E, embora o amor se concentre em uma pessoa quando estamos apaixonados, não é um sentimento dependente ou possessivo. Não quero que se sinta em uma armadilha ou que se deixe mover pela pena. Se eu tiver que viver sem você, viverei. Mesmo se tiver que ir sozinho para Lindsey Hall, irei. Ah, olhe aquela covinha aparecendo de novo. Eu disse alguma coisa engraçada?

– Não – respondeu ela. – Mas você *realmente* está falando demais, Alleyne. Deve ter sido contagiado pelo sargento Strickland.

Ele riu e ela o encarou, espantada por um homem tão belo e charmoso, que levara uma vida de privilégio e poder, com todos os desejos atendidos, mulheres sem dúvida caindo aos pés dele por um sorriso... a espantava que um homem assim pudesse ser tão inseguro com ela a ponto de disparar a falar.

– Sim – disse Rachel.

– Sim?

Alleyne ergueu as sobrancelhas, imediatamente parecendo arrogante.

– Sim, aceito me casar com você. Se você me disser que não era a isso que toda essa conversa estava levando, eu me jogarei no rio e deixarei que me leve até o lago e ao esquecimento da morte. *Era* isso mesmo?

Rachel o encarou, horrorizada, o rosto ardendo como se o sol estivesse bem em cima de suas cabeças.

Alleyne riu de novo, sentou-se, segurou o rosto dela entre as mãos e a beijou.

– Não, mas não é uma má ideia, é?

Rachel deu um gritinho e empurrou o peito dele. Alleyne levou a mão ao queixo dela e a beijou de novo.

– Na verdade, é absolutamente brilhante, Rache. Quer se casar comigo, meu amor? Você é o meu amor, sabe? É a minha nova vida. Embora eu pudesse levar esta vida sem você, preferia que não fosse assim. Quer se casar comigo?

Ela pressionou a boca contra a dele.

– Isso é um sim, Rache?

– Sim.

Alleyne afastou a cabeça e sorriu, mas sem nenhuma malícia agora. O que Rachel viu nas profundezas dos seus olhos a deixou sem fôlego. Ela pousou a mão trêmula no rosto dele.

– Amo você. Poderia levar uma vida agradável e produtiva aqui em Chesbury, com meu tio e minhas amigas, se precisasse. Mas realmente preferia que você vivesse aqui comigo, meu amor.

Eles se encararam, encantados, e começaram a rir.

– Falei com o seu tio antes de sair para procurá-la – contou Alleyne. – Os primeiros proclamas serão lidos no próximo domingo, Rache, e é bom pensar em alguma história para contar à vizinhança. Vamos colocar Strickland e as damas para pensarem em algo adequado, ou seja, complicado e de arrepiar os cabelos. Mas só daqui a um mês conseguiremos celebrar nossas núpcias e poderei carregá-la para um leito nupcial respeitável. Você consegue esperar tanto?

Ela balançou a cabeça e mordeu o lábio inferior.

– Boa menina – disse ele, uma das mãos na nuca de Rachel. – Nem eu.

Alleyne voltou a beijá-la e a colocou em cima dele, deitando-se sobre a pedra morna. Aquela provavelmente não era a cama mais confortável do mundo – na verdade, com certeza não era –, mas os dois mal perceberam qualquer desconforto enquanto se perdiam no prazer sensual de fazer amor.

Só que aquele também não foi um encontro completamente irracional. Rachel estava muito consciente de que, apenas algumas horas antes, dizia a si mesma que poderia aprender a viver satisfeita sem ele, que talvez em alguns anos conseguisse vê-lo de novo sem que doesse demais. E também estava muito consciente do calor do dia, do som das cascatas, do canto dos pássaros.

Eles fizeram um amor quente, faminto, rápido, luxuriante. E depois permaneceram deitados lado a lado, cálidos, ofegantes e relaxados, o braço dele sob a cabeça dela. Os dois ficaram fitando os topos das árvores e se viravam de vez em quando para sorrirem um para o outro.

– Como você soube que eu estava vivo? – perguntou Alleyne.

– Eu toquei você. Toquei seu rosto e senti um calor suave. Então toquei seu pescoço e senti a pulsação.

– Você me deu a vida. Uma *nova* vida. Eu disse desde o início, não foi, que havia morrido e ido para o céu e que encontrara um anjo dourado esperando por mim?

– Mas essa foi a segunda versão – relembrou Rachel. – Na primeira, você havia morrido, chegado ao paraíso e descoberto que era um bordel.

Alleyne riu, rolou o corpo para cima dela e a beijou até perderem o fôlego de novo.

CAPÍTULO XXIII

Alleyne decidira que a manhã era o melhor momento do dia para voltar a Lindsey Hall. Bewcastle provavelmente estaria em casa – se estivesse na propriedade. Mas era fim de agosto, logo pouco provável que se encontrasse em Londres.

Eles passaram a noite em uma estalagem, a vários quilômetros, pois Alleyne não queria ser reconhecido, e os dois partiram logo depois do café da manhã. Bridget ficou para trás, na estalagem.

A manhã do belo dia ensolarado já estava adiantada quando a carruagem deles se aproximou da casa. Alleyne sentiu uma pontada de reconhecimento assim que entraram na alameda reta ladeada por olmos que lembravam soldados em uma parada. Ao aproximar mais a cabeça da janela, pôde ver a casa grande à frente e, diante dela, o jardim circular com a fonte no centro.

Desejou não ter tomado o desjejum. A comida se rebelava em seu estômago. Não precisaria de muito para dar as costas e fugir, para nunca mais retornar. Era um absurdo completo aquela relutância em voltar para casa, em se apresentar diante de Bewcastle. Era como se achasse que, porque lhe haviam organizado um serviço fúnebre, deveria permanecer morto.

O que ele *deveria* ter feito era escrever para Bewcastle primeiro, como Rachel quisera, quando ainda estavam em Bath.

Então Alleyne sentiu a mão quente dela na sua e virou a cabeça para lhe sorrir. Que Deus a abençoasse, Rachel não dissera uma palavra. Apenas o encarou com os olhos plenos de amor e, de repente, ele se sentiu calmo. A vida antiga começava a se fechar ao redor dele de novo – a carruagem dera a volta para circundar a fonte –, mas ali ao lado estava a nova vida e nada poderia voltar a ser como antes. Nada nem ninguém significaria mais para ele do que Rachel.

Alleyne desceu da carruagem assim que pararam e o cocheiro abriu a porta. Ele se virou, ajudou Rachel a saltar e lhe deu o braço. Mas não precisou bater nas grandes portas duplas. Elas foram abertas e o mordomo de Bewcastle saiu e ficou parado de um lado, com grande dignidade, depois de fazer uma profunda reverência. O homem tinha uma expressão que era quase sorridente. Então ele levantou a cabeça e olhou diretamente para Alleyne.

O meio sorriso desapareceu e ele ficou muito pálido e boquiaberto.

– Bom dia, Fleming – cumprimentou Alleyne. – Bewcastle está em casa?

Fleming não fora o mordomo do duque pelos últimos quinze anos à toa. Teria sido possível contar os segundos – não foram mais de dez – até que ele se recuperasse do choque silencioso. Nesse meio-tempo, Alleyne subia os degraus com Rachel e entrava no grande saguão.

– Não no momento, milorde.

Alleyne estacou logo depois de passar pela porta. O grande salão medieval, uma das primeiras lembranças a lhe retornarem, estava sendo arrumado para um banquete. Criados se agitavam de um lado para outro, arrumando pratos, ajeitando flores, acertando a posição das cadeiras. Mais de um parou para encarar Alleyne, estupefato, antes que um sinal silencioso de Fleming os fizesse correr de volta para o trabalho.

– Sua Graça está... – começou a dizer o mordomo.

Alleyne ergueu a mão para silenciá-lo.

– Obrigado, Fleming. Ele estará em casa logo?

– Sim, milorde.

Algo estava prestes a ser comemorado em grande estilo. Havia uma sala de jantar menor em Lindsey Hall. O grande salão só era usado para eventos festivos extraordinários – o último tinha sido o casamento de Freyja.

Um casamento?

De Bewcastle?

Porém, Alleyne não tomaria o caminho mais fácil que era perguntar a Fleming. Ele ficou parado onde estava, olhando ao redor, mais grato do que nunca pela presença reconfortante de Rachel.

Achavam que ele estava morto. Haviam organizado uma espécie de funeral. E então a vida seguira para todos. Naquele dia, apenas dois meses e meio depois de Waterloo, estava sendo celebrado um evento em grande estilo.

260

Alleyne perguntou a si mesmo se estava magoado. Como a vida podia ter continuado para a família como se ele jamais houvesse existido? Mas como a vida poderia ter ficado parada por mais de dois meses? Não ficara parada para ele. A própria vida seguira em frente e Alleyne tinha a sensação de ter vivido mais, amadurecido mais desde Waterloo do que em todos os quase 26 anos antes disso.

Ele conhecera Rachel. Encontrara alegria, felicidade e raízes profundas. Encontrara o amor.

Alleyne baixou os olhos para ela.

– É tudo tão magnífico... – comentou Rachel. – Estou boquiaberta.

Ele abriu a boca para responder algo, mas ambos ouviram, acima do burburinho no salão, o som de cascos de cavalo se aproximando pela alameda e de rodas de carruagem. Alleyne fechou os olhos por um instante.

– Ficarei aqui – disse Rachel. – Vá até lá fora sozinho, Alleyne. Isso é algo que você precisa fazer sozinho. É um dia de que vai se lembrar como um dos mais felizes da vida.

Será mesmo? Naquele momento, várias horas depois de tomar o café da manhã, ele ainda corria o risco de colocar tudo para fora. Mas sabia que Rachel estava certa. Precisava fazer aquilo sozinho.

Ele saiu para o pátio.

Era uma carruagem aberta e havia duas pessoas sentadas dentro, um homem e uma mulher. No mesmo instante em que se abraçaram e se beijaram, sem se importar com a possibilidade de alguém estar observando da casa, Alleyne reparou nas fitas coloridas flutuando na traseira do veículo e das botas velhas sendo arrastadas pelo chão. Era uma carruagem de casamento.

Bewcastle?

Quando o veículo entrou no pátio e o casal se separou, Alleyne viu que o homem não era Bewcastle. Era... meu Deus, era o *conde de Rosthorn*, aquele que oferecera o piquenique na floresta de Soignés que Rachel mencionara, que andara se insinuando para Morgan nada discretamente.

A constatação e a lembrança chegaram e se foram num piscar de olhos, pois os olhos de Alleyne pousaram na mulher, na *noiva*, e era Morgan, toda vestida de branco com enfeites cor de lavanda.

Ele não conseguiu mais pensar. Mal conseguia respirar.

Morgan encarou Alleyne com os olhos brilhantes e sorridentes enquanto a charrete parava, então o sorriso congelou em seu rosto, ela ficou mortalmente pálida e se levantou depressa.

– Alleyne – sussurrou.

Ele tivera duas semanas para se preparar, porém duvidava que estivesse menos chocado que ela. Alleyne abriu os braços e, de algum modo, Morgan se jogou da carruagem antes mesmo que a porta fosse aberta. Ele a abraçou com força por um longo tempo. Os pés de Morgan nem tocavam o chão.

– Alleyne, Alleyne... – Ela continuou a sussurrar o nome dele sem parar, como se não confiasse em seus sentidos o suficiente para falar em um tom mais alto.

– Morg – falou ele, finalmente colocando-a no chão. – Eu não poderia faltar ao seu casamento, poderia? Ou pelo menos ao *café da manhã* do seu casamento. Você se casou com Rosthorn?

O conde estava descendo da carruagem do modo convencional, mas Morgan continuava abraçada a Alleyne, o olhar ainda fixo ao rosto dele como se não conseguisse se fartar de encará-lo.

– Alleyne – repetiu ela, agora em voz alta. – Alleyne.

Talvez dali a pouco Morgan se recuperasse o suficiente para dizer algo mais além do nome dele, só que os noivos não haviam saído da igreja com muita dianteira. Todo um grupo de carruagens vinha subindo agora a alameda. A primeira já estava dando a volta na fonte e tomando o lugar do veículo nupcial, que fora levado embora pelo cocheiro.

Tudo iria ficar bem, afinal, pensou Alleyne. Toda aquela ausência de familiaridade, aquela falta de conexão, toda a impessoalidade das lembranças haviam desaparecido no momento em que Morgan aterrissara em seus braços. Ele estava de volta ao lar da sua infância e, por alguma estranha manobra do destino, chegara em um momento festivo, em que com certeza todos estariam ali.

Ansioso, Alleyne fitou a carruagem que vinha na frente e viu a avó, Ralf e Judith, Freyja e Hallmere apertados juntos. A irmã e a avó olharam com carinho para Morgan, porém nem o viram. O irmão desceu e se virou para ajudar a avó a descer, quando Morgan o chamou. Ele olhou por cima do ombro com um sorriso animado – e o sorriso também se congelou em seu rosto.

– Meu Deus – disse Ralf. – *Meu Deus. Alleyne!*

Ele deixou a avó por conta própria e correu até Alleyne, soltou um grito e deu um abraço de urso no irmão.

Houve muito barulho e confusão por conta do estranho comportamento de Rannulf, que chamou a atenção de todos para o homem que ele abraçava com tanto entusiasmo. Então se seguiram abraços, exclamações, perguntas e umas poucas lágrimas. Alleyne abraçou carinhosamente a avó. Ela parecia mais frágil do que nunca e deu um tapinha carinhoso no rosto dele com a mão ossuda enquanto o encarava maravilhada.

– Meu menino querido, você está vivo.

Apenas Freyja não tomou parte daquela primeira comoção. Os outros se afastaram para deixá-la passar. Ela olhava para Alleyne com o rosto muito pálido e o olhar presunçoso. Caminhou pisando firme na direção do irmão, que abriu os braços. Em vez de se aconchegar neles, Freyja levantou o braço direito e socou-lhe o queixo.

– Onde você esteve? *Onde você esteve?* – Ela se jogou em cima dele e o abraçou com força o bastante para tirar o fôlego de Alleyne. – Vou matá-lo com as minhas próprias mãos. Juro que vou.

– Free – disse Alleyne, flexionando o maxilar –, você não está falando sério. E, se estiver, não deixarei que faça isso. Vou chamar Hallmere para me proteger.

De repente, Aidan, Eve e os filhos também estavam ali, descendo da segunda carruagem. As crianças se lançaram para Alleyne com gritinhos de alegria enquanto a cunhada cobria a boca com as mãos e arregalava os olhos. O irmão vinha logo atrás dos filhos.

– Por Deus, Alleyne, você está vivo – falou ele, declarando o óbvio, enquanto tomava o irmão nos braços.

Alleyne acreditava que nunca seria mais abraçado pelo resto da vida.

Ele riu e levantou as mãos como se para bloquear a miríade de perguntas que o bombardeavam.

– Mais tarde. Deem-me um momento para me deleitar com a visão de vocês todos juntos de novo e para me recuperar do soco de Freyja. Você ainda tem um punho e tanto, Free.

Alleyne viu a tia e o tio Rochester descendo de uma carruagem com duas damas desconhecidas, e a expressão de choque no rosto arrogante e aristocrático da tia era quase cômico.

Onde estava Bewcastle?

E então lá estava ele, parado no pátio a certa distância. A magnitude de sua presença era tamanha que todos pareceram senti-la, afastaram-se de Alleyne e até pararam de falar. Ainda havia todo tipo de barulho, é claro – cascos de cavalos, rodas de carruagens, vozes, a água jorrando da fonte –, mas Alleyne teve a sensação de que caíra um completo silêncio.

Bewcastle já o vira. A expressão nos olhos prateados era inescrutável. A mão do duque alcançou o monóculo de cabo de ouro decorado com pedras preciosas, que ele sempre usava com vestimentas mais formais, e ergueu-o a meio caminho do olho, em um gesto típico. Então, Bewcastle se aproximou em uma velocidade pouco característica e não parou até levantar o irmão em um abraço apertado e sem palavras que durou pelo menos um minuto. Alleyne enfiou a cabeça no ombro do duque e finalmente se sentiu em segurança.

Foi um momento extraordinário. Ele era um pouco mais do que uma criança quando o pai morrera, e o próprio Wulfric tinha apenas 17 anos. Alleyne nunca vira o primogênito como uma figura paterna. Na verdade, sempre se ressentira da autoridade que o irmão exercia sobre eles com determinação férrea e, frequentemente, com aparente impessoalidade e ausência de humor. Sempre pensara nele como uma pessoa arredia, sem sentimentos e autossuficiente. Um homem frio. Ainda assim, foi nos braços de Wulfric que sentiu de forma mais intensa que voltara para casa. Nesse momento, sentiu-se enfim incondicionalmente amado.

Um momento de fato extraordinário.

Alleyne pestanejou para afastar as lágrimas, constrangido de repente. Felizmente não cedeu à tentação mortificante de chorar. Bewcastle se afastou um passo e voltou a pegar o monóculo. Talvez também estivesse acanhado por tamanha demonstração pública de emoção. De qualquer forma, voltara à aparência arrogante e fria de sempre.

– Alleyne, você vai nos dar uma explicação para sua longa ausência, certo? – questionou Bewcastle.

Alleyne sorriu e logo começou a rir.

– Quando vocês tiverem uma hora... ou três livres – respondeu, olhando ao redor, para sua família, os conhecidos e outros convidados que não paravam de chegar. – Mas parece que minha chegada desviou a atenção da noiva, o que é imperdoável. Ainda assim, peço a atenção de vocês por mais um instante.

Ele olhou para as portas abertas da casa e viu Rachel parada do lado de dentro, nas sombras. Sorriu para ela, caminhou em sua direção e lhe estendeu a mão. Percebeu que Rachel estava assustada, mas ela manteve a aparência calma enquanto lhe dava a mão e permitia que ele a guiasse para o pátio.

Rachel estava incrivelmente linda, pensou Alleyne, ainda que o vestido verde-pálido de viagem e o chapéu não combinassem nem um pouco com o esplendor luxuoso do casamento.

– Tenho a honra – disse ele, virando-se para encarar a família – de apresentar a Srta. Rachel York, sobrinha e herdeira do barão Weston de Chesbury Park, em Wiltshire, e minha prometida.

Houve um alarde enquanto Rachel sorria, os olhos brilhando, enrubescida. Foi Bewcastle, como sempre, que teve a palavra final. Ele fez uma mesura rígida e muito correta para Rachel e falou:

– Srta. York, conheço seu tio. Seja bem-vinda a Lindsey Hall. Sem dúvida Alleyne vai nos regalar com muitas histórias durante as próximas horas e dias. Mas nesta manhã há um casamento a celebrar, convidados a receber e um café da manhã está esperando por nós. O conde e a condessa de Rosthorn abrirão caminho para dentro de casa.

O conde e a condessa...

Ele estava se referindo a *Morgan*. Agora que o choque inicial pela volta do irmão passara, ela sorria radiante para Rosthorn, que a olhava com o mesmo grau de adoração e lhe oferecia o braço.

Wulf se inclinou e deu o braço a Rachel.

A avó segurou um braço de Alleyne, e Freyja agarrou o outro como se tivesse a intenção de não o soltar nunca mais. Rachel estava certa: com certeza ele se lembraria daquele dia como um dos mais felizes da vida.

Mas só porque Rachel estava com ele. Sem ela, teria adiado aquele retorno até no mínimo os 80 anos.

Algumas árvores ao redor do lago começavam a mudar de cor. Rachel contemplou-as da janela do quarto de dormir. Setembro fora um mês frio e úmido, porém, na véspera, finalmente o sol se abrira de novo e agora quase parecia que o verão havia retornado apenas para a ocasião.

O casamento dela teria sido glorioso com chuva, tempestade ou neve, mas Rachel acreditava que toda noiva sonhava ser recebida por sol e céu azul ao sair da igreja com o noivo.

Rachel estava pronta para sair para a igreja. Mas ainda era cedo, é claro. Geraldine chegara ao quarto de vestir ao raiar do dia, seguida por dois criados carregando uma banheira e uma fila de criadas com baldes de água quente. Ela insistira em ficar para banhar as costas de Rachel e, depois, ajudá-la a colocar o vestido marfim de renda e cetim que tio Richard insistira que fosse feito para a ocasião, além de uma espantosa quantidade de roupas para o enxoval.

Não era adequado que a governanta fizesse papel de camareira, dissera Rachel, rindo, porém Geraldine insistira.

– Rache, antes do Natal serei esposa de um valete... ou do cavalheiro de um cavalheiro, como Will prefere se chamar... então isso me faz mais ou menos uma camareira por casamento, não é? – Geraldine riu. – Ouviu o que acabei de dizer? *Camareira por casamento.* De qualquer modo, ninguém consegue arrumar seus cabelos tão bem quanto eu e, hoje, eles precisam parecer ainda mais especiais, pois lorde Alleyne olhará para você o dia todo e os soltará à noite, quando vocês dois forem para a cama. Acho que você não precisa de nenhum conselho para a ocasião, já que não tem a sua mãe aqui, precisa?

As outras damas também haviam se reunido no quarto de vestir de Rachel antes que a manhã estivesse muito avançada. Phyllis não pôde permanecer muito tempo porque havia convidados hospedados na casa; além disso, insistira em preparar ela mesma os pratos que seriam servidos no café da manhã nupcial.

– Vai sair tudo bem – dissera Phyllis antes de sair do quarto. Isso se eu conseguir esquecer que estarei alimentando um *duque* de verdade. Ele se parece com lorde Alleyne, mas tenho a impressão de que, se alguém colocar um cubo de gelo em sua mão, ele permanecerá lá para sempre, sem derreter.

– Ele fez uma mesura para mim quando fui a Lindsey Hall, depois que lorde Alleyne me chamou – lembrara Bridget com um suspiro –, e me perguntou como eu estava. Quase caí para trás, mas é claro que ele não sabia quem eu realmente era, não é?

Depois que Geraldine pousara o chapéu cuidadosamente sobre o penteado de Rachel, Flossie arrumara o véu sobre ele e se afastara para examinar o efeito.

– Você é a noiva mais linda que já vi, embora eu tenha me achado bem bonita duas semanas atrás.

Rachel abraçara todas elas quando chegara a hora de as damas seguirem para a igreja. Ela mesma ainda não podia descer. Alleyne estava em Chesbury, ainda que não no antigo quarto que ocupara, é claro. Toda a família dele também se encontrava hospedada ali. Rachel não queria ver nenhum deles antes de entrar na igreja. Não desejava atrair má sorte.

As carruagens haviam sido levadas para o pátio e Rachel se afastou da janela antes que algum dos passageiros que elas aguardavam saísse da casa.

Passara quase uma semana em Lindsey Hall e, então, voltara com Bridget para preparar o casamento. A princípio, ficara terrivelmente desconfortável, para dizer o mínimo. Os Bedwyns pareciam exalar arrogância aristocrática por todos os poros. Ainda por cima, eram uma família de pessoas impetuosas e objetivas. Porém, por fim Rachel acabara se sentindo à vontade com eles. Passara a gostar de todos e a sentir real afeição.

Inclusive do duque de Bewcastle.

Ele era poderoso, autoritário e frio de tão reservado. Nunca ria ou mesmo sorria. Mas Rachel vira o rosto dele durante aquele longo minuto em que mantivera Alleyne nos braços. Provavelmente ela fora a única que de fato vira aquela cena, já que o duque estava de costas para os demais.

Naquele momento, a expressão do duque fora do mais puro e explícito amor.

Desde então, Rachel nutria um carinho especial por ele.

Ela os conhecera melhor durante aquela semana e eles a aceitaram sem qualquer escrúpulo, ao que parecia. Provavelmente teriam aceitado qualquer pessoa sob aquelas circunstâncias, pensou Rachel. Afinal, tinham o irmão de volta depois de acreditarem, por dois longos meses, que ele havia morrido. A carta que Alleyne levava com a resposta do duque de Wellington fora encontrada abandonada na floresta.

Quase desde o primeiro instante, Alleyne deixara claro para todos que Rachel salvara a vida dele.

Ela conseguia ouvir as vozes, as portas sendo fechadas, o barulho dos cascos dos cavalos e das rodas das carruagens. Alguns instantes depois, escutou uma batida à porta e Strickland respondeu ao seu chamado.

– Todos já partiram para a igreja e o barão está esperando pela senhorita no andar de baixo. Nossa, a senhorita está mesmo uma beleza... mesmo que não caiba a mim dizer isso, já que sou apenas o cavalheiro de um cavalheiro.

– Estão vendo? – falou Alleyne. – Eu me casei com uma mulher que é digna do nome Bedwyn. Que não baixa a cabeça e sai correndo.

Ele ajudou Rachel a entrar na carruagem e a seguiu, esperando por um momento enquanto ela arrumava as saias ao redor, sem nem tentar limpar as pétalas e folhas. Alleyne jogou punhados de moedas para as crianças do vilarejo, que saíram correndo e gritando para recolhê-las.

Então, ele se sentou ao lado de Rachel, tomou-lhe a mão e entrelaçou os dedos aos dela enquanto a carruagem se afastava na direção de Chesbury. Alleyne ignorou os aplausos e assobios atrás, embora estivesse subitamente consciente do badalar alegre dos sinos da igreja e do barulho metálico das chaleiras sendo arrastadas.

– Bem, meu amor...

– Bem, meu amor...

Eles riram juntos e Alleyne apertou a mão de Rachel.

– Quem teria imaginado – comentou ele – que eu acabaria eternamente grato àquela bala de mosquete que acertou a minha coxa, à queda do cavalo e à perda de memória? Quem teria imaginado que o que pareceu ser um desastre se transformaria na melhor coisa que já me aconteceu?

– E quem teria imaginado que eu me sentiria grata pelo trabalho horroroso como dama de companhia, pelo desastre de ficar noiva de um patife e pelo roubo de todo o dinheiro que eu e minhas amigas possuíamos? Quem teria imaginado que minha ida à floresta para encontrar bens valiosos me levaria a você?

– Jamais direi que não acredito no destino ou num caminho definido que nossas vidas tomam para nos levar à realização, se o aceitarmos sem vacilar.

Rachel ergueu o rosto e ele a beijou com suavidade.

– E olhe para mim – zombou Alleyne –, cuspindo filosofia quando o destino nos deu esses poucos momentos a sós antes do ataque ao café da manhã nupcial. A noite parece que vai demorar séculos para chegar, mas *temos* este momento.

Ele soltou a mão de Rachel para passar o braço pelos ombros dela e puxá-la mais para perto.

– Eu já lhe disse que você às vezes fala demais – observou ela.

– Que insubordinação... – resmungou ele, esfregando o nariz no dela. – Você agora é minha esposa, Rache. É Lady Alleyne Bedwyn e precisa ser educada comigo e me obedecer.

– Sim, milorde.

Os olhos dela sorriam para ele.

– Beije-me, então.

– Sim, milorde.

Rachel riu alto, mas logo o obedeceu, virando o corpo no assento e o abraçando para fazer o serviço bem-feito.

O anjo dourado dele.

Sua esposa.

Seu amor.

CONHEÇA OS LIVROS DE MARY BALOGH

Os Bedwyns

Ligeiramente casados
Ligeiramente maliciosos
Ligeiramente escandalosos
Ligeiramente seduzidos
Ligeiramente pecaminosos
Ligeiramente perigosos

Clube dos Sobreviventes

Uma proposta e nada mais
Um acordo e nada mais
Uma loucura e nada mais
Uma paixão e nada mais
Uma promessa e nada mais
Um beijo e nada mais
Um amor e nada mais

Para saber mais sobre os títulos e autores da Editora Arqueiro,
visite o nosso site e siga as nossas redes sociais.
Além de informações sobre os próximos lançamentos,
você terá acesso a conteúdos exclusivos
e poderá participar de promoções e sorteios.

editoraarqueiro.com.br